# PARFUM DE
# COURTISANE

www.quebecloisirs.com

UNE ÉDITION DU CLUB QUÉBEC LOISIRS INC.
© Avec l'autorisation du GROUPE LIBREX INC., faisant affaire sous le nom de
Les Éditions Libre Expression
L'auteure tient à préciser que, tout en restant fidèle aux faits
historiques, elle s'est permis une certaine liberté quand il
s'agissait de personnages et de lieux secondaires.
© 2007, Les Éditions Libre Expression
Dépôt légal — Bibliothèque et Archives nationales du Québec, 2008
ISBN Q.L.: 978-2-89430-860-8
Publié précédemment sous ISBN: 978-2-7648-0354-7

Imprimé au Canada

JENNIFER AHERN

NOBLESSE DÉCHIRÉE

# PARFUM DE
# COURTISANE

*À François, qui partage ma vie et mon imaginaire.*

## Remerciements

C'est ma mère qui, la première, a reconnu et encouragé mon goût pour la lecture et pour l'écriture. Elle m'a offert une machine à écrire lorsque j'avais quinze ans. Quand, douze ans plus tard, je lui ai annoncé que j'écrivais mon premier roman, elle m'a, comme toujours, témoigné sa confiance et son soutien. Merci maman.

Pour avoir stimulé mon envie d'écrire et salué mes premières tentatives littéraires, je suis reconnaissante à Gérard Leduc, mon professeur de français de cinquième secondaire.

Il y a trois ans, j'ai décidé de réaliser mon rêve d'adolescence; celui d'écrire un roman. Sans le soutien de François, je ne suis pas certaine que mon roman aurait vu le jour. Merci d'avoir su m'écouter, me conseiller et d'avoir lu chaque nouvelle page avec la même attention. Ton talent de conteur m'a permis de vivre le monde des courtisanes et de le partager.

J'ai la chance d'être entourée de collègues formidables, qui ont prêté une oreille attentive à mes péripéties d'écriture depuis le tout début de mon projet. Merci à vous toutes.

Merci à Julie Simard, pour son enthousiasme indéfectible à l'égard de mon roman et pour m'avoir servi de guide dans le monde de l'édition.

Être lu pour la première fois est excitant et angoissant. Le plaisir que vous avez eu à la lecture de l'histoire de Margot a été le plus beau des témoignages: Chantale, Édith, Marie, Linda, Nathalie, Diane et Lisette.

Je tiens à remercier Vanessa Boily pour ses observations judicieuses et pleines de tact qui ont enrichi mon texte.

Pour leur confiance, leur amour et leur présence si importante dans ma vie: Serge, David, Carméla, Nicolas et mamie Marguerite.

# 1

## En chemin

Les odeurs de boisé, de terre meuble et de mousse emplissaient le carrosse autant que la poussière qui s'élevait de la route de campagne. Bien que spacieuse, la voiture devenait étouffante en cette trop chaude journée de fin d'été. Soudain, un cahot projeta Claudine contre la domestique qui, emportée par cet élan, s'écrasa une fois de plus contre Marguerite.

Marguerite, irritée, joua du coude pour repousser la pauvre domestique intimidée qui se redressa sur la banquette et tenta, malgré sa solide constitution, de se faire le plus petite possible. Claudine lança un sourire navré à la pauvre fille.

— Nous serons bientôt sur la route principale, mes enfants, compatit Charles-Antoine de Collibret, baron de Mirmille, à l'adresse de ses deux nièces. Profitez de notre bon air de la province pendant qu'on y est encore.

Marguerite sortit un mouchoir brodé et le pressa contre ses narines d'un air narquois. Claudine se retint de rire et, prenant le parti de son oncle, dit :

— Je me souviens fort bien de mon dernier séjour à Paris, dont les relents d'égouts m'avaient donné mal à la tête pendant plusieurs heures.

Une autre secousse ébranla le carrosse et, cette fois, la pauvre Claire reçut un coup de coude bien senti de la part de Marguerite, ce qui eut pour effet de la maintenir à sa place. Son visage vira au rouge. La baronne de Mirmille, Annette de Collibret, qui avait remarqué les manœuvres qui se déroulaient sur l'autre banquette, fronça les sourcils devant le malaise évident de sa servante.

— Vous sentez-vous bien, Claire, devons-nous demander au cocher de faire une halte ? demanda-t-elle, pleine de sollicitude.

— N… non, ma… dame, je vais… bien, répondit la servante en reprenant son souffle.

— Peut-être, en effet, devrions-nous faire une pause, ma tante, je suis indisposée par ce cahotement incessant, se plaignit Marguerite. Il me semble que je n'aurais pas dû déjeuner ce matin, ah… et cette chaleur !

Marguerite fit quelques pas sous le couvert des arbres. Son malaise n'était pas tout à fait feint : elle avait mal à la tête et la température lui était insupportable. Sur le bord de la route, le baron de Mirmille s'entretenait avec le cocher et les deux gardes qui les accompagnaient. Marguerite concevait mal les relations familières que son oncle et sa tante entretenaient avec leurs domestiques ; cela ne cadrait pas avec l'idée qu'elle se faisait de châtelains respectables.

— Te sens-tu mieux, Marguerite ? Tiens, je t'ai apporté de l'eau.

Claudine avait le visage humide et ses boucles blondes ruisselaient de gouttes d'eau ; elle tendit un gobelet à sa sœur en souriant candidement. Marguerite accepta le gobelet, mais ne put réprimer un regard de reproche à l'endroit de sa sœur cadette. Claudine avait parfois de ces emportements si peu dignes d'une noble demoiselle. Claudine soutint son regard et secoua la tête, envoyant des gouttes d'eau à la volée. Marguerite la poussa gentiment.

— Je me sens mieux, oui, mais je n'en peux plus de me faire écraser par cette grande gourde. C'est le carrosse de père, après tout.

— Marguerite, la pauvre fille est beaucoup plus incommodée que toi, tu ne devrais pas être si dure ! En plus, nous allons bientôt atteindre la grand-route, avant la nuit nous serons à Paris !

— Il me semble que je me répète cela depuis le début de l'été. Ah, Claudine, j'ai tellement hâte de rentrer chez nous !

— Moi aussi, il me tarde de voir père, admit Claudine, chagrinée.

— Ne t'en fais pas, cette dernière année chez les ursulines passera très vite. Tu seras bientôt de retour pour partager sorties et promenades avec moi.

— Sans compter les salons et les bals ! s'exclama Claudine en faisant tournoyer sa robe de voyage froissée, comme s'il s'agissait de la plus fine étoffe.

— Pour cela, il te faudra affiner ta conduite et soigner tes manières, chère sœur, la taquina Marguerite.

Claudine lui tira la langue tout en plissant ses yeux noisette. Marguerite lui renvoya sa grimace en y mettant la même fougue.

— Puisque vous semblez aller mieux, mademoiselle Marguerite, nous allons reprendre notre route, annonça Annette de Collibret, les surprenant dans leur jeu amical.

C'était inhabituel pour Charles-Antoine et Annette de Collibret de quitter leur domaine juste au moment où débutait la saison des récoltes. La chaleur avait favorisé une moisson abondante, si bien que plusieurs fermes avaient dû engager des paysans pour répondre aux besoins du travail aux champs. Les châtelains de Mirmille partaient l'esprit tranquille de savoir leurs métayers comblés. Les affaires d'Alain de Collibret, le frère de Charles-Antoine, étaient un prétexte de voyage tout à fait valable selon Annette, qui espérait profiter de l'occasion pour revoir de vieilles amies. Les rencontres avec son beau-frère étaient en elles-mêmes assez rares pour qu'il s'agît d'un événement. Depuis qu'Alain avait obtenu la charge de financier auprès du surintendant des finances Nicolas Fouquet, la famille Collibret se voyait moins souvent.

La baronne se dit en elle-même : « Cela doit faire au moins deux années qu'il n'est pas venu en Champagne. »

Selon Annette, Alain travaillait trop. Elle bénissait le ciel de lui avoir donné un mari présent et aimant, même si leur vie campagnarde était parfois difficile. Le séjour de Marguerite et de Claudine à Mirmille avait été un sujet d'inquiétudes pour la baronne, qui prenait au sérieux son rôle de tante, d'autant qu'elle était la seule figure maternelle dans la vie de ses nièces depuis la mort de leur mère.

Avec attendrissement, elle s'aperçut que Claudine discutait d'un air enjoué avec son oncle, qui lui racontait ses mésaventures de gentilhomme de province dans la capitale. Ses yeux vifs et sa voix clairette s'animaient pour peu qu'on piquât sa curiosité ; la jeune fille de quinze ans avait un caractère spontané et facile. Annette avait deux fils, mais point de fille, et la compagnie de Claudine, sa gentillesse et sa joie de vivre avaient été un véritable cadeau.

Pour Marguerite, cela avait été un supplice. Elle était une jeune femme à présent et elle voulait vivre sa vie intensément ; passer l'été à la campagne ne correspondait pas à ses goûts mondains et raffinés. Après plusieurs semaines et force patience, Annette avait discerné chez la jeune fille une nature complexe ; tour à tour assurée et vulnérable, Marguerite était avide de faire ses premiers pas dans le monde.

« Comme sa mère à cet âge », pensa Annette.

Leur ressemblance physique était tout aussi saisissante ; Marguerite avait hérité du teint clair de sa mère, de ses cheveux entre le brun et le noir, de ses sourcils arqués et de sa longue silhouette. Seuls ses yeux changeants montraient qu'elle était bien la fille de son père. Aujourd'hui, ils tendaient plutôt vers le doré, avec un éclat de vert.

Marguerite sourit à sa tante, ce qui découvrit ses dents blanches légèrement avancées, signe indéniable qu'elle avait du caractère. Depuis qu'ils avaient repris la route, Marguerite était perdue dans ses pensées, et les soubresauts du carrosse ne semblaient plus l'affecter.

— Marguerite, Margot, tu m'écoutes ? demanda Claudine.

— Quoi ? Non. Qu'est-ce que tu disais ?

Claudine leva les yeux au ciel.

— Tu savais, toi, que père avait déjà voulu jouer au théâtre ?

Marguerite lança un regard qui en disait long sur l'opinion qu'elle avait des talents d'acteur de son père.

— Votre père a toujours eu l'éloquence qu'on lui connaît aujourd'hui. Jeune, il récitait des vers de Corneille dans des salons et s'était fait remarquer pour son talent, expliqua Charles-Antoine devant l'œil incrédule de Marguerite. Vous ne semblez pas me croire, pourtant c'est vrai : votre père était séduit par les charmes de la vie d'artiste. C'était il y a longtemps, bien sûr.

— Je me rappelle aussi qu'il a écrit à votre mère quelques vers qui n'étaient pas si mauvais, ajouta Annette.

La discussion continua de plus belle. Ils avaient rattrapé d'autres attelages, qui étaient maintenant loin derrière. Depuis quelques minutes, la route était meilleure et la forêt, moins bruyante. Marguerite écarta les rideaux azur et regarda distraitement à l'extérieur. Une bouffée de chaleur monta à son visage et emplit la voiture. Dehors, la forêt de chênes offrait un paysage tantôt clair, tantôt sombre. La verdure abondante obscurcissait une partie du bois, apportant une bonne fraîcheur ; toutefois, des rayons de lumière parvenaient à s'infiltrer, illuminant des feuilles vertes et vives. Marguerite ne voyait ni la forêt ni les éclats qui jouaient sur les feuilles.

Elle avait l'esprit à Paris, où son père et sa demeure l'attendaient. Où sa vie l'attendait. Remarquant la demoiselle penchée à la fenêtre, un des deux cavaliers qui les accompagnaient depuis Mirmille la salua en touchant le bord de son chapeau. Marguerite lui jeta un regard distrait, étonnée soudain de le trouver là, à son côté. Elle relâcha le rideau et se cala sur sa banquette.

Subitement, le carrosse ralentit. Le cocher tira sur les rênes, puis s'arrêta. Marguerite regarda dehors : le garde n'était plus à son poste. Elle perçut un vif mouvement dans les bosquets.

— Pourquoi nous arrêtons-nous ? s'enquit le baron.

La réponse ne se fit pas attendre : une détonation assourdissante fendit l'air. Tous les passagers restèrent pétrifiés pendant plusieurs secondes. Dehors, on entendit des bruits étouffés et des cliquetis de lames. Puis, Charles-Antoine de Collibret se redressa avec une vivacité étonnante chez cet homme rondelet. Dès qu'il mit le pied au sol, une voix forte et vibrante se fit entendre :

— Mesdames, messieurs, vous êtes sur les terres du marquis des tributs, sous-préfet des cotisations et vice-roi des rétributions. Je constate à votre équipage que votre dernière participation remonte à quelque temps et je me vois dans l'obligation de remédier à cette désolante situation…

— Comment osez-vous, scélérat ! s'indigna l'oncle de Marguerite.

Dans le carrosse, Annette jetait des regards angoissés à ses nièces, tordant sa jupe de ses frêles mains. Claudine était blême, tandis que Marguerite, sur le qui-vive, regardait par la portière entrouverte le spectacle qui se déroulait. Son oncle avait dégainé sa rapière et fonçait sur le bandit le plus près. Chacun des gardes et le cocher se battaient contre un brigand.

— Des bandits de grand chemin… murmura Annette, comme si elle annonçait une fatalité.

Lestement, un homme surgit dans le cadre de la portière. Un masque de velours noir couvrait le haut de son visage, laissant deviner son profil élégant. Il était vêtu d'un pourpoint de drap noir qui découvrait une courte veste ornée d'une boutonnière : la dernière tendance vestimentaire de l'Île-de-France. Il sourit aux dames comme il l'aurait fait devant un public.

— Mesdames, on vous laisse à la merci de tout un chacun, paraît-il… Il faudrait que quelqu'un s'occupe d'enseigner les manières de gentilshommes à ces bougres ! s'exclama le bandit en soulevant courtoisement son chapeau de feutre.

Marguerite reconnut la voix de l'assaillant : c'était celle du « marquis ». Quand ses yeux croisèrent les siens, elle soutint fièrement un regard empreint d'un mépris évident.

— Je vais vous demander de descendre de votre carrosse, mesdames.

Tremblante, Claudine, soutenue par Claire, se leva. Quand elle posa le talon sur le marchepied, le brigand lui tendit galamment sa main. Claudine le regarda, confuse.

— Soyez assurée, mademoiselle, que vous ne serez pas malmenée par mes hommes. Tout cela sera réglé en peu de temps.

Devant et autour de la voiture, les malfrats ferraillaient toujours avec les gardes. Quant au baron de Mirmille, il s'escrimait férocement.

— Il doit y avoir un malentendu, monsieur, cessez cette mascarade pour l'amour de Dieu ! s'alarma Annette d'une voix mal assurée.

— Madame, c'est à vous de dire à votre mari de baisser les armes, je lui recommanderai de se fier à votre sagesse.

Les coups de lames retentissaient de part et d'autre du carrosse. Apparemment indifférent aux combats, celui qui se donnait le titre de « marquis » tendit sa main gantée à Marguerite. La jeune femme descendit d'un pied ferme et, ignorant l'homme, se plaça près de sa tante. Soudain, le cocher lâcha un cri et son arme vola ; sur sa veste se répandait une trace de sang.

— Mesdames, si vous ne voulez pas manquer le prochain événement mondain, je vous conseille de dire à votre équipage de…

— Vous êtes un bouffon, un misérable gueux, un lâche ! lança Marguerite entre ses dents, regardant fixement le voleur.

— Tout doux, comme vous y allez !

Profitant de la distraction qu'offrait l'altercation verbale, Annette s'élança vers l'avant de la voiture en courant. Plus rapidement et lestement que le fer qui fend l'air, le chef des brigands s'élança à sa poursuite et l'arrêta juste avant qu'elle ait pu s'emparer de l'arquebuse du cocher.

— Là, là, on se calme, madame.

Il lui saisit les poignets et l'amena rudement vers les autres femmes, visiblement mécontent de la tournure des événements.

— Monsieur, votre femme et vos filles sont à ma merci, je vous suggère de vous rendre, vos hommes sont blessés et vous êtes dénombrés ; c'est folie de poursuivre dans cette voie. Je vous donne ma parole qu'aucun mal ne sera fait ni à vous ni à vos proches.

Le seigneur de Mirmille, qui s'était débattu sans faiblir, leva sa main pour signifier qu'il se rendait et donnait le combat à son adversaire.

— Voilà qui est sage, approuva le marquis des tributs. Intimez à vos hommes l'ordre de lâcher leurs épées. Approchez.

Le baron se rendit au chef des brigands. Il boitait légèrement et avait l'air abattu. Annette glissa sa main dans la sienne. Chacun des hommes rendit son arme. Ils portèrent le cocher dans la voiture. Celui-ci reprenait difficilement son souffle.

— Que voulez-vous ? demanda Charles-Antoine d'un ton résigné.

Le bandit lui lança un sourire narquois qui n'avait rien de celui d'un gentilhomme.

— Ma cotisation, monsieur le baron, ma cotisation. Claude, Jean-Jean, Léon, fouillez les malles et les coffres !

— À vos ordres, votre grâaaace ! s'écrièrent les hors-la-loi en chœur.

Une fois la victoire assurée, les adversaires n'eurent plus rien d'honorable. Les trois hommes s'affairèrent à piller les bagages, éparpillant les effets autour du carrosse. Ils saccageaient comme saccagent des brutes, sans délicatesse aucune. Leur chef se contentait de surveiller le déroulement des opérations en souriant avec satisfaction. Quand son regard s'arrêta sur Marguerite, une lueur amusée dansa dans ses pupilles sombres. Leur appétit se limita aux bijoux, aux objets précieux et à l'argent. Charles-Antoine lançait des regards d'encouragement à Claudine, à Marguerite et à Claire, qui étaient littéralement effrayées. Enfin, ils descendirent de l'attelage, leur butin clinquant bien en main.

— Maintenant que mes hommes sont récompensés, je vais prendre ma part des profits, annonça le chef des bandits.

— Comment, vous ne trouvez pas que vous avez pris assez comme cela !

— Eh bien, non. Je dois dire que votre fortune est moins grande que je le croyais. J'avoue que je suis un peu contrarié.

Annette devint cramoisie. Charles-Antoine blêmit. Le bandit fit quelques pas vers la voiture. Ses mouvements étaient lents et exagérés comme ceux d'un mime du pont Neuf. La baronne se plaça entre lui et la portière.

— Monsieur, vous trouverez sans doute à votre goût ce collier de grenats, tenta-t-elle en lui montrant le bijou ancien qui pendait à son cou.

Marguerite se mordit les lèvres ; sa tante ne se séparait jamais de ce collier, il comptait tellement pour elle. Il jeta un regard distrait et assez désintéressé sur la parure.

— Hum… Voyons, qu'avons-nous ici ?

Il se détourna, considérant Marguerite.

— Ma nièce n'a aucune parure de valeur, je vous prie de le croire.

Le détrousseur s'approcha. De son corps émanait une odeur de poussière et de sueur. La jeune femme se raidit et leva la tête, ses yeux défiant le masque noir penché sur elle.

Annette poussa un petit cri d'indignation quand il glissa ses doigts dans les spirales de sa coiffure. Habilement, il souleva sa lourde chevelure, découvrant son cou gracile et ses fines oreilles, ornées de petites perles. Humiliation. Marguerite était paralysée. Pas un seul instant elle n'avait imaginé qu'il aurait pu porter la main sur elle ou la contraindre, lui, un voleur de grand chemin. Son visage frôla celui de la jeune femme. Elle réagit et recula, mais le bras de l'homme cintrait ses mouvements, entourait ses reins. Il l'embrassa fougueusement, forçant ses lèvres. Indignée, la jeune femme se débattit, mais ainsi retenue elle offrait une piètre opposition. Le sang battait à ses tempes et ses lèvres brûlaient tandis qu'il fouillait sa bouche. Étourdie, Marguerite perdit pied et tomba. Il l'avait lâchée.

— Je vous interdis de toucher ma nièce ! protestait le baron.

En un bond, les bandits le maîtrisèrent tandis que le chef des hors-la-loi entrait d'une enjambée dans le carrosse. Claudine et sa tante, d'un élan commun, aidèrent Marguerite à se relever. Annette entoura les épaules de sa nièce d'un bras ferme, Claudine et Claire placées derrière elle, comme si sa frêle stature pouvait à elle seule les protéger de la convoitise des rustres. Quand le bandit émergea du carrosse, un grand portefeuille de cuir sous le bras, Charles-Antoine cessa de se débattre. L'assaut de sa nièce avait-il été calculé ? Impossible de déchiffrer les traits impassibles du chef des bandits, qui se préparait apparemment à les quitter. Il pâlit.

— Voilà, nous pouvons y aller maintenant.

Le « marquis » fit signe à ses hommes de le suivre et héla sa monture, un étalon noir comme la nuit. Il se tourna vers Marguerite, qui, encore sous le choc de l'émotion, accueillit la caresse de ses prunelles noires comme un affront monumental. Claudine perçut le malaise de sa sœur et la soutint pour empêcher qu'elle défaille.

— À près de deux lieues d'ici, il y a un péage où vous pourrez trouver des soins et le gîte. Allez, adieu !

Les voleurs, qui étaient apparus silencieusement, disparurent bruyamment dans un nuage de poussière et un brouhaha d'exclamations.

Après que les voyageurs eurent dégagé la voie des branchages qui l'obstruaient, le carrosse reprit son chemin sans toutefois s'attarder au péage. Ils confièrent le cocher au soin de la famille du péagiste et poursuivirent la cadence. En peu de temps, ils avaient atteint la route principale, où les fermes et les villages se multipliaient. Annette ne parvenait pas à se détendre malgré le paysage coloré des champs ; elle triturait sa jupe et poussait de longs soupirs. Une ride profonde creusait le front de Charles-Antoine. Sa femme le guettait avec une expression où se mêlaient soucis et questionnements. Elle savait que les documents contenus dans le portefeuille étaient d'une grande importance pour Alain de Collibret, le frère de Charles-Antoine, et par conséquent pour la famille en entier. Néanmoins, elle n'avait aucune idée de leur valeur exacte ni de leur utilité. Le mutisme de son mari l'inquiétait et elle aurait tout donné pour être seule avec lui afin de savoir ce qui le préoccupait.

Après la peur causée par l'agression, elle avait fondu en lar-mes, louant tous les saints du ciel de les avoir laissés sains et saufs ; la perte de leurs possessions était fâcheuse, mais Annette avait craint le pire. Évidemment, les bandits n'étaient pas des saints et les histoires de saccages sordides pullulaient dans les campagnes. Pour les filles d'Alain, une rencontre comme celle-là tenait du cauchemar ; protégées par les murs des couvents et par les conventions, elles ne concevaient pas que des roturiers puissent s'en prendre à des nobles. La baronne soupira. Le choc passé, et malgré leurs pertes, les deux sœurs s'étaient remises de la ren-contre. Marguerite s'était conduite avec calme et dignité, sou-cieuse avant tout de la santé du cocher. Annette n'avait pu qu'ad-mirer sa force de caractère. Claudine, assoupie depuis un moment sur l'épaule de Claire, avait résolu de faire brûler un cierge à Notre-Dame pour la remercier de la protection qu'elle leur accor-dait, ce qui avait fait sourire tout le monde.

## 2

*Après une longue absence*

Sous un ciel assombri, le carrosse entra dans la cour arrière, guidé par des laquais qui retenaient les grilles de fer. La vue des bâtiments, du grand escalier de pierre et des bosquets avait quelque chose de rassurant et d'apaisant. Annette coordonnait les domestiques chargés de transporter les malles, et tout le groupe patientait. Claudine, qui s'éveillait fraîche comme une rose, ne cachait pas son empressement.

— Allez, ma tante, les domestiques vont se charger de vos bagages, dit-elle en sautillant. Où est mon père ?

— Mademoiselle, votre père est au salon où il vous attend, ainsi que toute la famille, l'informa le maître d'hôtel.

Annette soupira et se laissa finalement conduire par Marguerite, qui lui offrait le bras. Claudine grimpa les marches en soulevant ses jupes et devança le groupe. Dans le grand salon, tout avait été préparé pour répondre aux besoins des voyageurs affamés. Annette se laissa choir sur un divan, pendant que ses nièces renouaient avec leur père.

— En plus, j'ai assisté à la naissance d'une pouliche et je l'ai baptisée Neptune en raison des petites taches qu'elle a sur les flancs et qui ressemblaient à des coquillages. Je me suis exercée au luth avec tante Annette presque tous les jours et j'ai même donné un récital pour les bourgeoises de Sézanne, se vanta Claudine, qui avait apparemment décidé de faire le récit de toutes ses occupations estivales.

— Vraiment ?

Alain leva un sourcil amusé et légèrement désapprobateur à son frère.

— Hum… enfin, plus précisément pour un groupe de dames que ma femme fréquente. Ce sont des femmes de beaucoup d'agrément, qui s'y connaissent en poésie et en musique.

Alain se tourna vers Marguerite qui souriait, sensible à la joie de sa sœur. Chaque fois que les saisons le séparaient de ses enfants, c'est avec un certain émoi paternel qu'il les retrouvait. Une saison, quelques mois, mais il lui semblait, encore une fois, se rendre compte qu'elles étaient devenues des femmes. Charles-Antoine se leva de son siège et s'approcha de son frère, et l'expression grave qu'il avait sur son visage saisit Alain.

— Nous avons été attaqués par des bandits sur le chemin de Paris, juste avant de sortir de la forêt.

— Attaqués !

Instinctivement, Alain se tourna vers ses filles, bouleversé. Il regarda tour à tour Marguerite et Claudine, Claudine et Marguerite, cherchant à se rassurer sur leur état.

— Ils ont pris nos bijoux et de l'argent, le cocher est encore blessé, nous l'avons laissé au péage. Personne d'autre n'a été blessé, le réconforta Annette en posant une main sur l'épaule de Claudine.

Dans sa jeunesse, Alain pouvait se vanter d'avoir sillonné l'est du pays et emprunté à maintes reprises les voies menant à la capitale. Il connaissait les dangers des routes, et les bandits de grand chemin n'étaient pas parmi les moindres. Annette lança un regard entendu à Charles-Antoine, qui se retint de raconter à son frère les détails de l'assaut.

— Avez-vous alerté la maréchaussée ?

— Non, nous voulions arriver au plus vite. Ils doivent déjà être loin maintenant, présuma Annette.

— Il y a beaucoup plus de révoltes et d'agitation aux abords de Paris depuis la mort de Mazarin, toutes les semaines on apprend que quelqu'un s'est fait attaquer sur les routes, affirma Alain de Collibret.

— Heureusement, Fouquet va remettre en ordre les finances du royaume, n'est-ce pas, père ? demanda Marguerite, qui s'était servi une coupe de vin d'Anjou et s'asseyait posément à ses côtés.

Alain lança un regard fier et complice à sa fille aînée. D'aussi loin qu'il se le rappelât, elle avait toujours eu cette intuition pour les intrigues et les affaires du royaume. Elle regardait nonchalamment le liquide rouge et dense qui tanguait dans sa coupe, comme si elle n'avait pas quitté ce fauteuil de tout l'été. Il eut un pincement au cœur en imaginant combien la vie à la ville avait dû lui manquer. Tout comme lui, la jeune femme ne goûtait pas les charmes de la Champagne et de sa vie paisible.

— Enfin, nous l'espérons tous. Le roi se fait de plus en plus pressant, surtout depuis la fête de Vaux-le-Vicomte.

— Vaux-le-Vicomte… Les festivités, comment était-ce, père ? demanda Claudine, ses grands yeux déjà émerveillés.

Alain entreprit de décrire à un public attentif la fête grandiose donnée par Fouquet le 17 août en l'honneur du roi Louis. Feux d'artifice, comédie-ballet, promenade dans les bosquets enchantés, fontaines et jeux d'eau, loteries… Le surintendant avait engagé les plus grands artisans et artistes : maîtres d'hôtel, jardiniers, compositeurs, dramaturges. Jamais les courtisans n'avaient connu pareil enchantement. Même Annette, qui généralement désapprouvait l'ostentation de la cour, ne put se retenir de pousser des « oh ! » et des « ah ! » au récit des festivités du château de Vaux. En quête de détails, Marguerite demanda la description des tenues, des parures, des coiffures des convives. Le portrait avait quelque chose de fabuleux et de magique. Quelque chose d'irréel. La France se remettait de la mort du premier ministre Mazarin et d'une longue période de noirceur qui avait marqué son service auprès du jeune roi. Non, on n'était pas accoutumé à des fêtes comme celle-là dans le royaume.

❧

Marguerite ouvrit les yeux et surprit la draperie rebelle qui laissait, par son pan mal tiré, filtrer la lumière jusqu'à son édredon, puis jusqu'à elle. Maugréant, elle se retourna dans son lit et se cala dans ses oreillers. Dans le couloir, elle entendit la voix de son père, suivie par le bruit familier des chambrières qui s'affairaient à l'étage. Résignée, elle repoussa les draps et glissa hors du lit.

— Bonjour, mademoiselle Marguerite !

Les servantes la saluèrent l'une après l'autre jusqu'à ce qu'elle ait atteint le rez-de-chaussée, où tout était calme. Marguerite s'attarda sur le pas de l'escalier, feignant de remettre de l'ordre dans sa coiffure pour savourer un moment de tranquillité légitime. Toute la demeure se fit silencieuse un bref moment, comme pour accueillir son retour. Elle se dirigea lentement vers l'antichambre de son père, saluant du regard les objets familiers qui agrémentaient le salon et le vestibule. C'était toujours rassurant de voir que rien n'avait changé pendant ses mois d'absence et, parfois, elle se plaisait à imaginer qu'un enchantement endormait la maison lorsqu'elle la quittait pour le couvent ou pour la campagne. Dans la salle à manger, la table était déjà couverte de victuailles. À la vue de la poire bien mûre qui semblait l'attendre sur un plateau d'argent, elle sentit un gargouillement dans son ventre. D'un geste nonchalant, elle tendit la main et la saisit. Poursuivant son chemin jusqu'au cabinet, elle s'arrêta, alerte et l'oreille tendue. On parlait là-dedans.

— Tu penses qu'il a pris le portefeuille à dessein ? Comme s'il savait ce qu'il contenait…

— Je ne sais pas, Alain, j'ai eu cette impression à la façon qu'il a eue d'entrer dans la voiture et de partir dès le vol accompli, répondit Charles-Antoine en secouant la tête, incertain.

Assis dans un fauteuil, il se tenait appuyé sur ses coudes, atterré par l'ampleur de la situation.

Alain se leva et regarda à la fenêtre. Dehors, le quartier du Marais se réveillait dans le soleil ; ce serait une autre journée chaude dans les rues de Paris.

Il suivit distraitement des yeux un carrosse qui tournait au coin de la rue. Apparut ensuite une chaise à porteurs lourdement ornée qui emprunta le même chemin en se dandinant. Deux jeunes pages suivaient par-derrière, les rubans de leur coiffure et de leurs canons s'agitaient dans la brise légère. Probablement des gens désireux de profiter du calme matinal pour se rendre dans les jardins. Le quartier du Marais était hautement prisé par les artistes, les gens aisés et les notables. Ses rues se paraient de belles façades de pierres, de grandes portes ouvragées puis, moins souvent, de grilles en fer protégeant des cours vastes et fleuries. Leur hôtel était une des plus grandes demeures de la rue et certainement celui dont la cour était le plus odorante. À la naissance de Claudine, ils avaient planté des orangers pour en agrémenter le parterre.

— Je vais avertir de ce pas M. Fouquet. Si tu dis vrai, quelqu'un a orchestré ce vol.

Il serra ses lèvres, ce qui était chez lui un signe de grand mécontentement, avant de poursuivre :

— Ces documents ne doivent pas tomber dans les mains d'ignares, ils pourraient très facilement donner matière à un scandale ! Il ne peut y avoir là-dessous qu'une grave menace pour le surintendant.

— Mais certainement que le surintendant garde une copie de ces documents ? tenta le baron, qui cherchait à se rassurer.

— Je ne crois pas, Charles-Antoine. Si Fouquet m'a fait quérir ces documents en toute hâte, c'est qu'il voulait en user, ou bien…

Il s'arrêta de parler, mais son visage trahissait la pensée qui suivait son chemin.

— Ou bien ?

— Le roi met beaucoup de pression sur Fouquet pour qu'il assainisse les comptes et qu'il justifie les sommes dépensées. Fouquet a trop bien impressionné le roi avec la fête de Vaux. Des rumeurs circulent depuis quelques semaines et cela inquiète nos amis…

— Quoi, des rumeurs ? s'exclama Charles-Antoine, que l'attente angoissait, et à son front large perlaient de petites gouttes de sueur.

— Des rumeurs qui disent que Fouquet ne sera pas au pouvoir très longtemps…

Charles-Antoine arrêta son geste, mouchoir en main. Cette révélation avait pour lui des conséquences si stupéfiantes qu'il n'osait imaginer qu'elle puisse être vraie. Depuis que son frère était à Paris, d'abord comme secrétaire puis en tant que commis, sa famille n'avait manqué de rien. Indirectement, la baronnie de Mirmille était redevable à Fouquet pour la prospérité de son commerce comme pour la vie confortable qu'on y menait. Charles-Antoine pensa à ses deux fils, pensionnaires chez les jésuites.

— Je devrais être de retour pour le souper, même avant. Je sais qu'Annette et les filles devaient aller faire la visite des étals du marché, il serait souhaitable qu'elles ne changent rien à leurs plans, spécifia Alain en regardant son frère, je ne veux pas que quiconque se fasse du souci inutilement, tu m'entends ?

Charles-Antoine acquiesça. Il savait que son frère lui demandait de taire cette conversation à sa femme. Alain avait le don de se faire comprendre implicitement. Ils se levèrent et quittèrent le boudoir. Alain marcha lentement, comme si rien ne le tracassait. En le voyant en apparence si détendu, Charles-Antoine se dit que, finalement, il aurait pu faire un bon comédien. Dans la salle à manger, Marguerite se coupait un morceau de fromage. Elle salua distraitement son oncle qui quittait la pièce.

— J'ose croire que vous avez répété votre italien ? s'enquit son père d'une voix où pointait une once de rigidité.

— De fait, j'ai travaillé ma diction et j'ai lu la plupart des œuvres qui m'avaient été recommandées.

— La plupart ?

— Sauf le récit de la *Vie des saints*, que j'ai lu en français et que j'ai trouvé fort ennuyeux.

Alain sourit malgré lui et dut reconnaître qu'il n'avait rien à redire là-dessus.

— Bien, bien, je vais m'assurer que le signor Avanti vienne cette semaine afin que vous ne preniez pas de retard dans votre apprentissage.

— Père, je vais avoir besoin de nouvelles robes qui conviennent à la saison : je vais recevoir des invitations et je n'ai plus rien de décent à porter, annonça Marguerite.

Alain sourit, indulgent. « Plus rien de décent » était un euphémisme. Sa fille aurait préféré être cloîtrée plutôt que d'avoir à porter une tenue démodée.

— Je vais voir à ce que les tailleurs passent à la maison demain.

Marguerite lui lança un sourire satisfait et se tourna vers une assiette de saucisses. Au même moment, Claudine entra dans la pièce et fit une courbette à son père, ce qui dénuda ses mollets rebondis. Alain constata, un sourcil levé, que sa fille aînée ne serait pas la seule à avoir besoin d'une nouvelle garde-robe.

— Margot, n'oublie pas que nous allons à la cathédrale aujourd'hui. Ensuite, nous irons visiter les échoppes, précisa Claudine en nouant son écharpe autour de ses épaules.

— Han, han…

— À la cathédrale ? demanda Alain.

— Oui, père. Nous allons allumer un cierge pour remercier Notre-Dame de veiller sur nous tous en nous préservant du mal et des voleurs, affirma candidement Claudine.

Marguerite observa du coin de l'œil la réaction de son père. Il sourit avec bienveillance à sa fille cadette et, bien qu'il fût loin d'être connu pour sa piété, il ajouta avec conviction :

— C'est une pensée très louable, ma chère fille. Nous devrions remercier le ciel de nous faire grâce de la santé et de la prospérité, et ce, chaque jour que Dieu nous envoie.

— Je partage cet…

Claudine fut interrompue par une boule de poils qui fonça dans la pièce en poussant des aboiements aigus.

Le chien fit rapidement le tour de la table et vint s'asseoir devant sa maîtresse en agitant la petite protubérance qui lui tenait lieu de queue. Claudine fit un mouvement pour le prendre et le barbet s'élança de nouveau autour de la table.

— Capu, Capucine, appela Claudine affectueusement.

— Je crois que cette chienne est sourde, affirma Marguerite.

— Non, cette chienne n'est pas sourde, elle est contente, c'est tout, certifia Claudine.

Alain fut soulagé de voir que sa fille cadette se remémorait le nom de ce barbet miniature. Il avait régulièrement des pertes de mémoire à ce sujet et, pourtant, c'était l'animal de compagnie de sa femme avant que Claudine s'en amourache à son tour. Il allait sortir, puis se rappela.

— Claudine, Marguerite, votre frère va se joindre à nous ce soir, faites en sorte d'être de retour avec Annette avant cinq heures.

༄

— Ho, ho, ho ! fit le cocher, qui parvint à esquiver les colporteurs encombrant le passage.

Le carrosse s'arrêta presque au milieu de la rue. Annette passa la tête par la fenêtre.

— On s'arrête ici ? demanda-t-elle au cocher.

— Je ne peux pas aller beaucoup plus loin, vous y êtes presque, se justifia-t-il en montrant les nombreux passants et étals qui faisaient obstacle au déplacement de la voiture.

La place du marché était bondée d'une foule bruyante et disparate. Partout où les yeux s'arrêtaient, il y avait des échoppes, des enseignes colorées et des étalages à même la rue où des passants se pressaient. C'était jour de marché dans la fin de la saison ; Paris était vivant. Vivant et bruyant. Annette, Claudine et Marguerite se faufilaient entre les crieurs publics, les gardes en service qui guettaient les tire-laine, les vendeurs de colifichets et les amuseurs.

— Gardez la main sur votre aumônière, leur avait conseillé leur tante en sortant du carrosse.

En bonne campagnarde avertie, Annette de Collibret savait que le vrai fléau de Paris était le tire-laine qui venait soutirer habilement votre avoir dans votre bourse. Quel que fût le coin de la ville, il y en avait toujours un qui rôdait dans les parages, guettant le citadin insouciant.

— Attention, mam'selle, lança un passant à la mine ingrate en s'adressant à Claudine.

Elle évita de justesse un gros tas de crottin sur le pavé. Quand on y pensait bien, les tire-laine n'étaient pas les pires fléaux de la ville. L'élégante boutique d'un chapelier fut un refuge réconfortant pour les nobles dames, qui s'y engouffrèrent comme des pèlerins en quête d'une rédemption. À l'abri dans la boutique, elles pouvaient enfin respirer et l'air était beaucoup plus frais.

— Vous avez vu cette voilette ! C'est la dernière mode, selon vous ?

— C'est divin, de toute façon.

— Regardez ce bonnet, avec tous ces rubans ; vous croyez que ça m'avantage ?

— Sans le moindre doute, tante Annette, c'est très joli, affirma Claudine.

— Marguerite, qu'en pensez-vous ? demanda la baronne en quête d'une deuxième opinion.

— Hum… non, je ne crois pas, ceci vous irait mieux, répondit Marguerite en lui tendant un grand chapeau avec une large boucle sur le côté.

Annette devait avouer que soit Claudine était flatteuse, soit elle n'avait pas un goût très affirmé. En regardant sa nièce qui se mirait dans la glace, un gros chapeau à plumes multicolores sur la tête, elle en conclut que c'était probablement un manque de jugement. Quant à Marguerite, elle semblait être toujours la première à mettre la main sur la plus belle pièce de la boutique. Justement, son œil venait d'apercevoir une très belle coiffe munie d'une large voilette de dentelles.

— Les festons et les rubans sont le dernier caprice de la saison ; plus il y en a, mieux c'est, affirma une jolie demoiselle qui essayait une coiffure excentrique devant une glace.

Marguerite se retourna en entendant la voix. La jolie rousse qui commentait la dernière tendance n'était autre que Jeanne de Vimont-Clercy, sa compagne des beaux jours du couvent. Marguerite de Collibret s'approcha, considérant la demoiselle d'un œil circonspect, sa coiffe à voilette à la main.

— Allons, allons, ne l'écoutez pas, ce chapeau vous va à ravir, dit-elle à l'endroit de la demoiselle rondelette qui accompagnait Jeanne.

— Marguerite ! s'exclama la grande rousse en la reconnaissant.

— Mademoiselle de Vimont-Clercy, répondit posément Marguerite en insistant sur le « mademoiselle ».

Profiter de la surprise de son amie pour paraître plus assurée était délicieux, d'autant plus que la rouquine ne manquait jamais une occasion de ramener tout le monde à la bienséance la plus stricte.

— Mademoiselle de Collibret, rectifia prestement Jeanne, vous êtes enfin de retour de Champagne.

— Depuis hier, j'arrive tout juste, affirma Marguerite. Vous connaissez ma sœur, Claudine de Collibret. Voici ma tante, la baronne de Mirmille.

— Laissez-moi vous présenter ma cousine, Marie-Luce de Ménault.

Les quatre femmes se saluèrent courtoisement et échangèrent quelques banalités. Affectueusement, Jeanne prit le bras de Marguerite et l'entraîna plus loin, laissant les autres à l'essayage.

— Comment se fait-il que vous ayez passé tout l'été à la campagne ? s'indigna la rouquine.

— Qu'ai-je raté de si important, après tout ? questionna Marguerite, faussement désinvolte.

— Qu'est-ce que vous avez raté, ah… mais les salons, ma chère ! Tout Paris n'a que ce mot en bouche. Voyez, cette semaine seulement, je suis reçue avec ma mère dans trois salons différents.

Puis, il y a les promenades aux Tuileries et au Cours-la-Reine. À ce sujet, vous avez reçu ma dernière lettre ?

— Celle où vous me racontez votre rencontre avec le poète Ménage… glissa Marguerite à voix basse. Le courrier de la poste étant, hélas, d'une lenteur inqualifiable, je n'ai pas pu vous répondre avant notre départ. À présent, nous pourrons nous écrire avec plus d'aisance.

— Chère amie, vous devrez me dire quand vous êtes libre pour une promenade, conclut Jeanne en examinant le chapeau que Marguerite tenait à la main.

Selon Jeanne, il était impossible que Marguerite ait sciemment choisi de passer l'été en province. Son amie était au moins aussi distinguée qu'elle et beaucoup plus instruite, puis on ne passait pas délibérément l'été à la campagne quand on avait dix-sept ans et qu'on sortait tout droit du couvent. Jeanne se retint de lui faire part de ses réflexions, sachant combien Marguerite était sensible.

— Dès que j'aurai reçu mes nouvelles tenues, je serai libre tous les après-midi. J'ai du temps à rattraper, comme vous pouvez le voir. Donc, vous disiez que la mode consiste à se couvrir de rubans et de galons ?

— Précisément, ma chère, du moins en cette fin d'été. Vous savez, ça change si vite…

Une modiste s'affairait autour de Claudine et d'Annette, leur proposant plusieurs modèles de chapeaux. Avec leurs rubans de toutes les couleurs et leurs dentelles qui se superposaient, Marguerite jugea que les coiffures ressemblaient davantage à des nids d'oiseau. Elle choisit une coiffe plus classique, avec des cordelettes blanches et des rubans vert et marron, et une autre avec de la dentelle et des festons bleus.

— C'est tout ! s'exclama Claudine, habituée à ce que les tenues de sa sœur accaparent à elles seules un porteur.

— Oui. Avons-nous le temps de nous rendre à la boutique de maître Jourdain pour les accessoires ?

— Je crois que nous allons devoir revenir, votre père nous attend pour le souper, puis le temps de retourner à la voiture, avec tous ces passants…

Elles durent attendre avant de pouvoir régler leurs achats, car Jeanne et sa cousine, ainsi que d'autres femmes, les avaient devancées. Annette, peu accoutumée à cet achalandage typiquement parisien, s'impatientait en agitant son éventail, tandis que les modistes, bien intentionnées, emballaient soigneusement les chapeaux. Marguerite suivait avec intérêt les choix des clientes qui se miraient dans les glaces. Décidément, elles affectionnaient tout particulièrement les nids d'oiseau.

— Vous voyez la dame là-bas ? indiqua-t-elle à son amie du couvent.

La femme en question avait attiré son attention par sa grâce et une aisance distinguée.

— Depuis qu'elle est arrivée, le maître chapelier Touvet lui-même est tout à ses caprices. Je me demande qui elle est… peut-être une dame de la cour ?

— Nenni, c'est M$^{lle}$ de Lenclos, vous savez, la courtisane ?

— La courtisane… M$^{lle}$ de Lenclos, répéta Margot.

Elle observait cette femme, qui rayonnait dans une robe vert pomme au profond décolleté, à son aise malgré les regards indiscrets qui convergeaient vers elle. La courtisane essayait chapeaux et coiffes, les uns à la suite des autres, affichant une moue tantôt indécise tantôt comique, et provoquant le gloussement des boutiquières qui l'entouraient. Marguerite se surprit à s'interroger sur le statut de cette courtisane, qui, apparemment, recevait un service digne d'une duchesse.

— Pauvre femme, vraiment, on dit qu'elle a trois amants qui l'entretiennent, pouvez-vous le croire ?

— Cela semble lui réussir… Ou est-ce que le chapelier espère lui tirer quelque faveur ? chuchota Marguerite derrière son éventail.

Jeanne pouffa de rire en rougissant.

— C'est que M<sup>lle</sup> de Lenclos n'est pas de cette trempe… elle ne se commet pas avec des gens de peu, précisa Jeanne avec dédain. J'ai ouï dire qu'elle était au mieux avec le prince de Condé.

Cette fois, Marguerite ne put retenir une exclamation.

## 3

*L'art de converser*

Après avoir soupé en compagnie de sa sœur, Gabriel de Collibret considérait que celle-ci devait entrer dans une école de demoiselles afin de parfaire son étiquette ou, mieux, rester au couvent encore quelques années. Si Claudine espérait un jour faire son entrée dans le monde, il lui faudrait d'abord réprimer ses emportements et cesser de couper la parole aux convives à la table, ce qu'elle faisait particulièrement souvent quand c'était lui qui parlait. Fort de ses treize ans et de sa charge de page de la maison du prince de Condé, Gabriel estimait que sa sœur lui devait considération et respect, puisque, après tout, il était maintenant un homme et évoluait dans le monde depuis près de deux années. Ce qui irritait Gabriel était que ni son père ni sa sœur Marguerite ne semblaient se rendre compte du comportement absolument déplacé de Claudine. Quant à son oncle et sa tante, il ne fallait pas compter sur eux : il était évident qu'ils étaient d'une indulgence déplorable envers Claudine.

— Apprendre le clavecin ne doit pas être très difficile, c'est une discipline musicale comme le luth ou la viole. Si on en voit si peu, c'est que les musiciens les plus aguerris affectionnent le son du luth, voilà tout, affirma Marguerite.

— Non seulement cela, mais on ne peut pas jouer sur le clavecin une mélodie composée pour le luth. Pensez, Chambonnières et Couperin…

— Père, vous croyez que je saurais apprendre ? J'ai maîtrisé le luth en si peu de temps, coupa Claudine.

Gabriel soupira fortement en regardant fixement sa sœur de ses yeux noisette. Plus d'une demoiselle de la ville avait plongé son regard dans ces yeux charmeurs en soupirant à son tour, mais présentement le jeune homme n'avait pas l'œillade amoureuse. Il jouait nerveusement avec sa chevalière en or, un présent qu'une noble dame lui avait fait cette semaine en reconnaissance de ses services ; il était facile pour un damoiseau discret et habile d'obtenir une rente généreuse dans les couloirs du Palais-Royal.

— Mon frère, vous avez passé l'été au nord de Paris avec la suite du prince ? s'intéressa Marguerite.

— Précisément à Chantilly, ma chère sœur, un domaine enchanteur. Le prince veut encore faire agrandir les jardins et ajouter des bassins et des statues ! Je souhaite que vous puissiez y venir un jour, vous adoreriez l'endroit.

Il baissa le ton et ajouta :

— Ce n'est rien d'ennuyeux comme votre triste campagne.

Marguerite lui sourit d'un air entendu. Selon Gabriel, sa sœur et lui étaient de la même race. Ce qu'il aimait, Marguerite l'aimait, et vice et versa. Quand ils étaient enfants, ils jouaient à la « cour royale » ; le but de l'exercice était de parvenir à devenir favorite et favori du roi et de la reine. Un des deux inventait une intrigue bien complexe et l'autre devait élaborer des stratagèmes pour retourner la situation à son avantage. Contrairement à Marguerite, Gabriel avait eu deux années pour expérimenter quelques stratégies, mais le but à atteindre était encore très loin.

— *Notre* campagne n'est pas si ennuyeuse, c'est plutôt excitant de se faire détrousser sur la route ! s'exclama Claudine.

— Si j'avais été présent, je vous aurais embroché ces pourceaux avec ma rapière, n'en doutez pas, assura le page.

— Vous savez manier l'épée, maintenant ? demanda Charles-Antoine.

— Il m'a fallu apprendre, je m'en suis sorti avec une ou deux égratignures ; je suis naturellement plutôt doué, confia Gabriel d'un ton important. Monseigneur le prince considère l'escrime comme une discipline essentielle à tout gentilhomme : comment peut-on, sinon, défendre son honneur ?

— Sa majesté le roi désapprouve le duel, et je ne puis qu'être en faveur d'une législation en ce sens, recommanda Alain avec sérieux.

— Le roi n'oserait pas nous retirer ce privilège, plaida Gabriel, indigné.

— Fi, combien de jeunes gens tirent l'épée pour un mot de travers ? C'est profondément ridicule et je vous prie, mon fils, de faire montre de plus de raison que les damoiseaux de la cour.

— Mon frère, n'avons-nous pas, nous-mêmes, dans notre jeune temps, réparé quelques affronts avec la pointe de notre épée ? renchérit Charles-Antoine.

— C'était une autre époque. Les mœurs gaillardes des Condé et des Coligny sont révolues depuis plusieurs années. On peut très bien ne pas connaître le maniement du fleuret et ne pas démériter pour autant. Le surintendant incarne, au demeurant, un idéal de gentilhomme bien de notre temps.

— Et que pense monseigneur le prince de Condé de l'influence du surintendant Fouquet ? s'enquit Marguerite à brûle-pourpoint.

— Malgré ce qui peut sembler, je ne reçois pas régulièrement les confidences de monsieur le prince, admit Gabriel avec humilité, je sais ce qui se dit à la cour et un peu partout…

— Venez tous les deux, nous nous rendons au salon, annonça Claudine, coupant court aux confidences de son frère.

Margot se leva en prenant le bras de Gabriel et Claudine les suivit avec Capucine, qui s'était jointe aux convives. Marguerite se pencha à l'oreille de son frère et lui glissa un commentaire à voix basse.

— Qu'est-ce que vous préparez ? demanda Claudine, qui n'aimait pas se sentir à l'écart de la complicité entre son frère et sa sœur.

Gabriel lui lança un regard hautain, riposte non dissimulée à ses affronts durant le souper. Claudine, déconfite, s'en fut au salon sans insister. La discussion reprit, et tant Gabriel que Marguerite s'y mêlèrent. Ils parlèrent de la journée au marché, de la visite à la cathédrale, de la mode et des achats que les femmes avaient faits. Gabriel leur vanta les créations d'un autre chapelier qui avait ouvert une boutique cet été et elles résolurent d'y aller le lendemain en début de journée, avant les autres visites. Annette racontait qu'elle avait reçu des réponses aux lettres qu'elle avait envoyées à ses amies de la ville quand le maître d'hôtel annonça un visiteur.

— Monsieur, le sieur de Gourville est à la porte.

Alain de Collibret parut surpris un bref instant, puis il opina du chef.

— Bien, faites-le entrer, Raymond.

Margot considérait son père, attentive à toutes les subtilités qu'il pourrait laisser transparaître dans sa voix ou dans son maintien. Elle avait constamment l'impression qu'il se tramait quelque chose depuis la conversation qu'elle avait surprise le matin. Or, ce « quelque chose », elle ne voulait pas en être exclue.

— Jean de Hérault, le sieur de Gourville, est un de nos amis et un des plus ingénieux financiers de notre époque.

Le visiteur entra du pas assuré de celui qui connaît les lieux et se retrouve en terrain familier. Il avisa la troupe de convives d'un air mi-sérieux, mi-amusé. Sa lourde boutonnière était ouverte et son pourpoint de velours bâillait nonchalamment comme s'il s'était fatigué dans une soirée trop rigide. Son âge était difficile à évaluer, mais Marguerite estima qu'il devait avoir quelques années de moins que son père.

— Monsieur de Collibret, je vous dérange en pleine réunion familiale, j'en suis navré, dit-il, plus pour suivre les convenances que par conviction.

— Mais non, mon cher Gourville, vous êtes toujours le bienvenu, voyons. Revenez-vous d'une soirée ?

— Précisément, j'étais tout à côté et bien qu'on puisse me faire le reproche de partir si tôt, je devais vous voir... Vous ne me présentez pas à vos proches ?

Annette remarqua que le sieur de Gourville regardait sa nièce avec insistance et elle leva un sourcil, médusée. Décidément, elle n'aimait pas les manières de cet homme.

— J'y venais. Voici mon frère, Charles-Antoine de Collibret, baron de Mirmille, et sa femme, Annette. Monsieur Jean de Hérault, sieur de Gourville.

— Enchanté, enchanté.

— Monsieur, c'est un honneur de vous rencontrer, confia Charles-Antoine.

Annette leva les yeux au ciel. Elle se souvint que son mari pouvait parfois agir comme le plus provincial des hobereaux. Elle se demanda quel « honneur » cela pouvait représenter pour son mari de rencontrer un financier de Paris.

— Je me souviens fort bien de votre fils Gabriel ; c'est une joie de vous revoir, jeune homme, dit-il en serrant la main du page avec un plaisir évident.

— Monsieur de Gourville, je suis ravi que vous ayez gardé souvenir de moi, fit Gabriel courtoisement.

— Vous avez rencontré mon fils chez monseigneur le prince ?

— Effectivement, j'ai eu l'occasion de lui enseigner quelques astuces aux cartes.

Leurs clins d'œil complices n'échappèrent pas à Alain, qui prit note de revenir là-dessus auprès du garçon. Son fils avait un goût fâcheux pour le jeu, qui s'alliait à une totale inaptitude à concevoir la valeur de l'argent.

— Mes filles, Claudine et Marguerite de Collibret.

Le sieur de Gourville fit le baisemain aux deux demoiselles. C'est avec une candeur touchante et un léger empressement que la plus jeune des deux demoiselles, la blonde, lui rendit son sourire en exécutant une courbette.

Le sieur de Gourville fréquentait de nombreux salons, souvent les plus en vue de Paris. Chaque semaine, de jeunes et fraîches jouvencelles y faisaient leurs premiers pas sous les yeux attentifs de qui accourait à ces mondanités. Chaque fois, il était séduit par le mélange de naïveté et d'intensité qui émanait de ces jeunes femmes.

— Vont-elles faire leur entrée dans le monde cette saison ?

— Claudine retourne au couvent pour une autre année. Quant à Marguerite, oui, elle est à Paris pour se faire voir en société.

Le sieur de Gourville voulut dire quelque chose, mais se retint. La belle brune venait enfin de lui accorder un sourire. Ou plutôt un demi-sourire. Il la considéra avec une admiration évidente, et se surprit à la trouver plus femme que fille.

Elle avait des formes pleines qu'il devinait admirables sous sa collerette de dentelles. Quel âge pouvait-elle avoir ? Pas plus de dix-huit ans. Décidément, elle ne semblait nullement s'émouvoir sous son regard, il lui sembla même qu'elle lui souriait avec bienveillance.

— Vous allez faire honneur à votre père, mesdemoiselles, conclut-il en se retournant vers son collègue financier, plus charmé qu'il n'aurait voulu l'être. Si c'est possible, j'aimerais vous entretenir d'une affaire importante.

Alain de Collibret s'excusa auprès de sa famille et se retira dans son cabinet de travail pendant que Gabriel, favorisé par les circonstances, se fit un plaisir de raconter avec moult détails comment il avait rencontré Jean de Hérault, sieur de Gourville.

Alain réapparut près d'une heure plus tard. Charles-Antoine l'observa discrètement, mais ne put deviner si son frère savait quelque chose à propos du portefeuille. Claudine et Annette montèrent se coucher assez tôt, prétextant la fatigue de la journée. En bas, sous l'œil attentif de Marguerite, Charles-Antoine et Alain entamèrent une partie d'échecs. Gabriel vint les rejoindre et se plaça auprès de sa sœur. Chaque fois qu'elle en avait l'occasion, Marguerite jouait aux échecs. Gabriel devait avouer qu'il avait bien essayé de s'y mettre, surtout pour faire plaisir à sa sœur, mais en vain, car il n'aimait pas ce jeu. De plus, c'était loin d'être à la mode dans les cercles de pages et de demoiselles. Marguerite insista pour faire une partie contre son père, et une autre après celle-là. Déçu de ne pas obtenir l'attention de sa sœur, Gabriel décida finalement de monter à sa chambre. Le compte final fut de deux victoires pour Marguerite contre son père et d'une victoire pour Alain contre Charles-Antoine.

⁕

Modesto Avanti était homme de lettres par volonté et non, comme beaucoup d'autres, par naissance ou fortune. Il estimait que la patience et la volonté égalaient le talent naturel et même le surpassaient. Issu d'une classe modeste, il avait réussi à faire de brillantes études et s'était suffisamment démarqué pour quitter sa région et échapper à la carrière de pêcheur qui était le lot des hommes de son village. Comme rien ne le prédestinait à réussir dans les lettres, il s'était convaincu que le travail acharné valait dix fois le talent naturel.

Jamais il n'avait connu élève aussi douée que Marguerite. Dès les premières leçons, il fut séduit par son intelligence et sa rapidité à comprendre et à intégrer des notions complexes. Elle avait bien compris la langue maternelle de son enseignant et en avait aussitôt aimé les subtilités. C'était pour lui un accomplissement sans précédent, et plus que la langue même, il en avait transmis l'essence à sa jeune élève. Lui qui avait travaillé d'arrache-pied pour maîtriser les langues, leur grammaire, leur morphologie, il n'avait jamais réellement apprécié leurs couleurs. C'est Marguerite, avec son sens inouï des nuances et des contrastes, qui lui avait ouvert les yeux.

— Signor, fit la demoiselle en exécutant une courbette gracieuse, nos leçons m'ont manqué.

Il avait attendu le retour de son élève durant tout l'été. Lorsqu'elle entra dans la pièce, il vit apparaître le soleil.

Chaque fois qu'il était en sa présence, le signor Avanti se représentait le jour où la demoiselle de Collibret ferait son entrée dans les salons et séduirait l'aristocratie française par son bel esprit et sa grâce. Ce jour-là sonnerait le tocsin de sa victoire, car Modesto Avanti, malgré ce que pouvait suggérer son prénom, n'était pas loin de s'attribuer le mérite des futurs triomphes de son élève.

— Je suis bien aise de l'apprendre, répondit-il de sa voix chantante et suave non dépourvue de charme.

— De quoi nous entretiendrons-nous aujourd'hui ? Je suis d'une humeur communicative, exprima Marguerite avec entrain.

— Je suggère alors, si vous le voulez bien, mademoiselle de Collibret, que vous me racontiez votre séjour en province.

— Souhaitez-vous vraiment me voir me taire si rapidement ? plaisanta la demoiselle. Voyez-vous, j'ai peu d'anecdotes à raconter sur mon été et encore moins d'anecdotes amusantes.

Marguerite adorait les cours d'italien avec le signor Modesto Avanti. Maintenant qu'elle maîtrisait la langue des princes de la renaissance, c'était une occasion de parfaire sa diction tout en s'informant sur la ville de Paris, les chroniques mondaines ou politiques. L'art de la conversation ne venait pas d'Italie, mais de France. Dans chaque salon, on recherchait les brillants discours, l'éloquence spirituelle et les esprits déliés.

La leçon dura près d'une heure. Dehors, la pluie coulait sur les carreaux de la fenêtre, formant des arabesques qui se regroupaient, se séparaient, se regroupaient de nouveau. Dans peu de temps, la boue aurait recouvert la majorité des rues de Paris. Comme les gouttes d'eau, les pensées de Marguerite se répandaient et formaient des tourbillons. Elle avait presque réussi à calmer les inquiétudes qui la rongeaient depuis qu'elle avait surpris la discussion entre son oncle et son père.

## 4

*Chez Sapho*

Claudine se dandinait sur le pas de la porte tout en jouant avec l'éventail de soie ocre et marron sur lequel étaient peintes des scènes bucoliques. Dans la glace, elle apercevait sa sœur qui retenait son souffle pendant que la femme de chambre tirait sur les cordons de son corset. La jeune fille songea que le manteau de robe aux reflets ambrés s'agençait parfaitement avec les yeux changeants de Marguerite. La coupe avantageait sa taille, en épousait la minceur tout en mettant en évidence sa poitrine. Claudine gonfla son buste et retint son souffle, puis expira bruyamment, désolée par la petitesse de ses appas féminins, loin d'être aussi ronds et pleins que ceux de sa sœur. Elle se consola en se disant qu'elle avait près de deux années de moins que Marguerite, et, par conséquent, encore un peu de temps avant de s'arrondir.

— Laissez-nous, Élise, je vais terminer ma toilette toute seule, indiqua Marguerite à la chambrière, qui les quitta discrètement.

Selon Claudine, sa sœur serait la plus belle demoiselle de Paris à faire son entrée ce samedi au salon de M<sup>lle</sup> de Scudéry.

Marguerite avait passé la semaine en promenade, accompagnée de sa tante et de sa sœur ou de Jeanne de Vimont-Clercy. Aux Tuileries, elle avait pu circuler entre les bosquets fleuris et envier les galants qui s'y rencontraient. Comme sa tante l'accompagnait toujours, les hommes qui s'aventuraient vers elles étaient soit en couple, soit peu enclins à quelques réparties romantiques. Contrairement à son amie du couvent, la jeune femme n'avait pas le désir de chercher de potentiels maris. Elle savourait la douceur d'évoluer dans la société sans arrière-pensée. Après quelques goûters chez les amies de sa tante, Margot avait pris son parti d'éviter cette compagnie plutôt morose et grise. Elle réservait ses nouvelles tenues de soirée pour les cercles plus nantis qui pourraient les apprécier pleinement.

Claudine avait noté l'émoi de sa sœur quand celle-ci avait reçu l'invitation de M<sup>lle</sup> de Scudéry; depuis leur arrivée, on ne leur parlait que de cela, des ruelles et des salons. Bien qu'elle ne saisît pas vraiment la différence entre ces salons-là et les autres, Claudine partageait l'émotion de sa sœur et n'avait pas peu hâte d'arriver à l'année suivante. Elle s'assit sur le tabouret pour observer les gestes de Marguerite; comment elle appliquait le fard sur ses joues et comment elle rosissait ses lèvres avec un baume. C'est tout juste si Claudine n'imita pas les mouvements de Marguerite quand cette dernière accrocha les larmes de perles à ses oreilles. Elle termina avec la torsade que leur père lui avait offerte pour son dernier anniversaire.

— Qu'est-ce que tu en penses? Ferai-je tourner les têtes? demanda Marguerite avec un demi-sourire sur ses lèvres pulpeuses.

— Vous êtes sublime, répondit Annette en s'approchant de sa nièce, émue malgré elle.

Claudine se retourna, surprise de voir sa tante alors qu'elle ne l'avait pas entendue entrer.

Annette se sentait privilégiée d'être présente à la première vraie soirée de sa nièce. Elle pensa que la mère de Marguerite aurait été très fière de sa fille aujourd'hui.

— Merci, ma tante, j'espère que j'ai fait le bon choix en portant cette robe, la couleur est assurément surprenante, déclara Marguerite.

— Vous êtes radieuse, ma nièce, je ne connais pas un homme dans tout Paris qui saurait dire le contraire.

Claudine rougit, imaginant des hordes de gentilshommes se jetant aux pieds de la demoiselle de Collibret pour un de ses regards dorés. Margot en serait-elle embarrassée? La jeune fille, qui parvenait difficilement à ne pas rougir quand un homme la regardait, se demandait comment sa sœur aînée réussissait à paraître si posée en présence du sexe opposé. Annette tendit le bras à Marguerite.

Ces deux femmes si dissemblables, qui remplissaient la vie de jeune fille de Claudine, semblaient avoir trouvé leur voie dans le monde. Sa sœur aînée, avide de triomphes mondains, fière de pouvoir converser en italien et lire Montaigne. Sa tante, châtelaine digne et vaillante, qui aspirait à une vie honnête loin de la ville. Parfois, Claudine sentait que sa place à elle était moins facile à définir, peut-être justement parce que les deux modèles qu'elle estimait étaient si différents.

Le carrosse des Vimont-Clercy entra dans la cour presque au moment où Marguerite souhaitait le bonsoir à sa famille. Les sabots des chevaux de traits heurtèrent lourdement le pavé devant l'hôtel, résonnant dans la rue plutôt calme. Claudine ne put s'empêcher de soupirer quand elle s'installa avec son ouvrage de broderie, regardant avec envie par la fenêtre du salon la grille de fer qui se refermait sur le carrosse. Sa tante lui sourit, et son sourire aimant chassa le regret de la cadette de ne pas suivre Marguerite.

— J'ai le bonheur de vous saluer, madame de Vimont-Clercy, dit Marguerite en prenant place sur la banquette en face.

Jeanne lui serra la main avec complicité et Marguerite sourit, gagnée par l'enthousiasme de son amie.

— Mes compliments, mademoiselle de Collibret, vous êtes dans votre bel aimable, admira la mère de Jeanne. Je vous avais dit, ma fille, que d'avoir la tête fleurie de rubans était du dernier agréable.

Elle lança à Jeanne un regard oblique qui aurait pu passer pour un reproche.

— Marguerite, il est vrai que je vous vois furieusement belle ce soir, approuva Jeanne avec un soupçon de contrariété dans la voix.

Marguerite ne se rappelait pas que M^{me} de Vimont-Clercy était aussi maniérée et pointilleuse. Peu habituée aux termes des ruelles, Margot se rappela que « furieusement » était la formule d'usage pour dire « tout à fait », et qu'être « dans son bel aimable » voulait dire « en beauté ». Elle se tourna vers Jeanne, qui resplendissait dans une robe aurore frangée de passement doré.

— Merci, ma chère amie. Venant de vous qui êtes si élégante, ce compliment me touche beaucoup.

Avant qu'elle eût pu répondre, M^{me} de Vimont-Clercy reprit la parole.

— Soignez vos termes, mademoiselle de Collibret. Chez Sapho, si vous voulez faire figure, vous devez ne pas être avare de beaux discours.

Des jupons de toutes les teintes défilaient autour du lit où était assise M^{lle} de Scudéry, surnommée Sapho. De temps à autre, une jambe enrubannée de canons par-ci ou par-là tranchait sur l'homogénéité du groupe. Le silence s'établit finalement quand un gentilhomme au pourpoint de soie violette, garni de nombreux rubans et orné de longues manches de dentelle, s'avança auprès du lit, dans la ruelle, pour prononcer une allocution. Il fit une profonde révérence, ce qui finit de gagner l'assistance. « Comment ne pas laisser mourir le sentiment amoureux », était le thème chéri de la soirée. Certains déclamaient des vers, d'autres s'enhardissaient dans des discours qui provoquaient des soupirs chez la coterie féminine.

— Pourquoi se marier, le mariage n'est-il pas le moyen le plus sûr pour faire trêve à l'amour ? commença le gentilhomme.

Pantoise, Marguerite ne cachait pas sa fascination pour ces femmes qui donnaient au sentiment amoureux le sens d'un lien entre un homme et une femme fondé sur l'estime et la tendresse. Fait on ne peut plus singulier, certaines d'entre elles maintenaient un célibat qu'elles se vantaient de préférer à un mauvais mariage !

— Quel beau parleur ! s'extasia Jeanne de Vimont-Clercy lorsque sa mère eut le dos tourné.

— Qui est-ce ?

— Il se surnomme Mitrane, répondit-elle, admirative. Je crois qu'il est poète. Viens, esquivons-nous, nous pourrons l'entretenir sans que ma mère ne nous gêne.

Trop contente de se débarrasser de cette femme qui épiait ses moindres paroles et gestes, Marguerite saisit la main de Jeanne, qui se faufilait déjà entre les invités. Elles débouchèrent en pouffant de rire dans le dos du gentilhomme, qui se retourna aussitôt.

— Voilà un vent de fraîcheur qui souffle, ma foi, très gracieusement, constata-t-il avec un sourire qui éclairait son visage harmonieux.

— Monsieur… hésita Jeanne.

— D'où nous étions, nous ne pouvions apprécier furieusement votre éloquence, intervint Marguerite avec verve.

— Mesdemoiselles, puis-je avoir la grâce de connaître vos noms ? demanda le gentilhomme, une main sur le cœur.

— Mon cher Mitrane, fit une voix derrière lui, votre humeur vous porte vers d'autres horizons que le mien, or voilà des demoiselles que je n'ai point l'heur de connaître.

Sapho avait quitté le lit de sa ruelle et s'approchait. L'homme lui céda la place.

— Bienvenue dans mon réduit, salua M<sup>lle</sup> de Scudéry en considérant d'un œil approbateur les nouvelles venues.

Marguerite et son amie se présentèrent avec une joie qu'elles ne tentèrent pas de dissimuler. L'instant d'après, la mère de Jeanne s'approcha, affichant un air affecté.

— Je vous avais pourtant dit de ne pas vous éloigner de la portée de ma voix, mademoiselle ma fille. Il me faudrait des miroirs de l'âme aux confins de la tête avec cette enfant, se désola-t-elle en prenant la main de sa fille.

M<sup>lle</sup> de Scudéry leva un sourcil narquois devant celle qui s'imposait dans la conversation avec tant de maladresse. Jeanne baissa les yeux, penaude, alors que sa mère l'entraînait à l'écart.

« Sans doute se demande-t-elle comment cette femme s'est retrouvée dans sa ruelle, jugea Marguerite. Vraiment, la mère de Jeanne est du dernier ridicule. »

— Mademoiselle de Collibret, restez près de moi je vous prie, l'invita Sapho de sa voix douce et pleine de charme. Je suis friande de nouveaux visages et le vôtre se rappelle à ma mémoire avec une douce tendresse.

— Je n'espérais pas tant de bonté, mademoiselle, accepta Margot, soulagée et ravie de la tournure de la situation.

— Venez, allons nous asseoir, l'entraîna Sapho en désignant deux fauteuils. La conversation sera plus aisée.

Intriguée par tant d'attention, Marguerite prit place en se remémorant les propos que son frère avait eus à l'égard de Madeleine de Scudéry :

« Les demoiselles qui forment l'entourage de M<sup>lle</sup> de Scudéry sont de bonne naissance, certes, mais voudrait-on nous faire croire qu'elles sont invitées pour leur esprit ? Si l'on prête foi aux rumeurs, ma sœur, le salon de Sapho serait un lieu tout désigné pour les gentilshommes à la recherche d'une jeune conquête. M<sup>lle</sup> de Scudéry a jugé qu'elle aurait meilleure société si sa ruelle pouvait s'enorgueillir des plus beaux minois de la ville. »

— Me ferez-vous le plaisir de me partager vos impressions toutes fraîches sur le débat qui est en cours ? Je suis avide de connaître votre avis, lança M<sup>lle</sup> de Scudéry avec chaleur.

— Mademoiselle, cette idée de « ne pas faire mourir le sentiment amoureux » m'inspire nombre de réflexions, commenta Margot avec empressement. Je n'avais jamais considéré qu'on puisse avoir une relation amoureuse, permise je veux dire, sans mariage ; en soi, c'est une nouveauté tout à fait exceptionnelle.

— C'est une rareté, précisa Sapho en souriant. Peu d'hommes sont enclins à emprunter ce chemin pour accéder à l'amitié tendre.

Marguerite se doutait bien que l'état de chasteté de ces relations pourrait en rebuter plusieurs. Elle leva les yeux vers son hôtesse tout en s'efforçant de paraître accoutumée aux conversations de cet ordre.

— Vous avez le même air gracieux et réfléchi que votre mère, c'est inouï. Elle avait une grâce incomparable dont vous semblez avoir hérité, confia Madeleine de Scudéry.

Marguerite ne cacha pas son étonnement :

— Vous connaissiez ma mère ?

— Si fait, je connaissais bien votre mère. Votre ressemblance est frappante, vous devez vous le faire dire très souvent. Je vous ai tout de suite reconnue lorsque vous êtes entrée, confia-t-elle avec gentillesse.

Son amabilité gagna immédiatement Marguerite, qui n'aurait pu espérer meilleur accueil. Que cette femme pleine d'esprit, estimée de tous, ait connu sa mère et l'ait considérée comme une amie ravissait la jeune femme.

« Chère mère, comme votre présence me manque », songea-t-elle avec tristesse en s'avouant qu'elle enviait Jeanne, qui avait une mère sur qui elle pouvait s'appuyer, malgré les maladresses de cette dernière.

La soirée, ponctuée de conversations spirituelles et de rencontres intéressantes, fila comme l'éclair. Gagnée par son charme, Sapho pria Marguerite de revenir un autre samedi.

## 5

*Nuages à l'horizon*

Au retour du salon des précieuses, Marguerite parut lointaine et songeuse durant deux jours. Rien n'y fit, pas même les tours d'adresse de Capucine, ni les efforts combinés de Claudine et d'Annette. Elle souriait distraitement et se retirait dans sa chambre après les repas. La baronne, qui l'avait souvent vue lointaine durant l'été, en déduisit que sa nièce s'ennuyait de quelqu'un ou de quelque chose. Malheureusement, Marguerite ne répondait pas à ses interrogations, aussi subtiles fussent-elles; elle les débusquait toujours. Malgré elle, Annette se mit à nourrir des inquiétudes. C'était tellement plus facile avec Claudine, en qui on lisait comme dans un livre ouvert. Lorsque son oncle proposa à Margot de jouer aux échecs, elle se laissa tenter mais joua maladroitement, et il la mit en échec en six coups. Charles-Antoine conclut que la belle enfant était amoureuse.

— Voyons, Annette, un galant a dû lui conter fleurette, voilà tout, mais oui! Avec toutes les rencontres qu'elle fait, ce ne serait pas surprenant, si tu te souviens de sa mère à cet âge…

Justement, Annette se rappelait très bien Madeleine, la mère de Marguerite, et savait combien une nature passionnée pouvait receler de mystères et d'aspirations.

— Hum… Oui, tu as sans doute raison, finit-elle par dire.

Autre chose tracassait Annette. Alain était absent tout le jour et rentrait tard après le souper. Ses traits tirés et ses cernes témoignaient de son épuisement. Elle n'osait pas s'informer de son travail de traitant, car son mari lui avait bien fait comprendre qu'elle ne devait pas dire qu'elle était au courant de l'histoire du portefeuille. Ce qui désolait le plus Annette, c'est qu'il ne passait pas beaucoup de temps avec ses filles, lui qui leur avait tant manqué. Claudine ne disait rien, mais elle guettait les bruits de sabots dans la cour pendant qu'elles brodaient. Enfin, un soir, il arriva plus tôt dans le Marais et ils purent tous souper en famille. Annette trouva un prétexte pour se retirer dans sa chambre dès la fin du repas afin de laisser les deux filles profiter pleinement de la présence de leur père.

Le lendemain matin, Alain alla trouver Marguerite à sa chambre. Elle était à sa fenêtre et jouait du luth.

— Vous avez reçu une invitation, annonça-t-il.

— Une invitation ? Je ne crois pas… répondit-elle en lançant un coup d'œil à sa table où elle avait laissé les missives reçues dans la matinée.

— Jean de Hérault, le sieur de Gourville, m'a écrit pour me demander la permission de vous inviter à une soirée chez la marquise de Plessis-Bellière. C'est ce soir, vous avez quelque tenue ? lança-t-il nonchalamment, conscient de l'effet que ses paroles auraient sur sa fille.

— La marquise de Plessis-Bellière, répéta Marguerite, étonnée, oui, je crois bien que oui. Cela sera-t-il une grande soirée ?

— Il y aura jeu et musique, je crois qu'elle attend plusieurs personnes, la marquise a un cercle d'amis étendu. Je ne pourrai pas y être, c'est pourquoi je vous confie à Jean de Hérault, qui est le meilleur des accompagnateurs ; il connaît tout le monde et pourra vous présenter à cette société mieux que je n'aurais pu le faire.

— À quelle heure doit-il venir ? demanda Marguerite, soudain fébrile.

— À sept heures, je vous conseille de faire vite, ironisa Alain, qui savait combien la toilette de sa fille pouvait compter de préparatifs.

Elle se leva et se dirigea vers son armoire où étaient rangées ses robes pour les grandes occasions. Alain se félicita de son initiative et sortit, rassuré de savoir que sa fille aînée allait passer une belle soirée. Depuis une semaine, il peinait si fort avec les autres commis qu'il ne s'était pas arrêté pour voir comment se portait sa famille. Généralement, il profitait du souper pour renouer avec ses enfants, mais cette semaine, il n'avait mis les pieds chez lui qu'au moment du coucher. Hier soir, sa fille aînée lui avait paru distante. Rien ne laissait présumer les raisons de cette humeur lunatique, mais il ne se cachait pas que ses filles avaient raison de lui tenir rigueur de ses absences répétées. Ainsi donc, il avait conçu cette idée de soirée, sachant combien Marguerite en serait heureuse. À l'origine, il avait aussi été convié chez la marquise, mais il devait terminer un rapport pour le lendemain. Après cela, il se promettait d'être davantage à la maison. Claudine l'avait invité à un récital de luth et il ne voulait pas le manquer.

Précisément à sept heures moins le quart, Marguerite était prête et se tenait devant sa glace. Elle avait changé de bas et de gants trois fois, mais, cette fois-ci, elle était certaine de son choix.

— Est-ce vrai que les grandes dames de la ville ont pour usage de désigner sous d'autres noms les choses du quotidien ? s'interrogea Annette.

— Comme quoi, par exemple ? demanda Marguerite.

— C'est une amie à moi qui s'est mise en tête de s'embarrasser de nouvelles expressions, prétendument répandues dans les salons.

Marguerite sourit en songeant à M^me de Vimont-Clercy.

— Il est vrai, ma tante, que les belles tournures de phrases sont relevées et, à certains égards, encouragées, mais un habile causeur ne devrait pas laisser la conversation s'égarer dans quelque méandre, reconnut Marguerite.

— Comment parle-t-elle, votre amie, ma tante ? s'enquit Claudine.

— Oh… elle prétend que le mariage est le « tombeau des passions ». Que dit-elle encore ? Ah oui, elle parle du Marais comme de la « République de Platon »… Les glaces, elle les nomme les « conseillers des grâces ». Il y en avait d'autres, mais je ne les ai pas toutes retenues.

— Comment faites-vous pour comprendre ? C'est pire que de la poésie ! s'exclama Claudine en riant.

Marguerite sortit de sa contemplation et sourit avec indulgence à sa sœur. L'idée de la voir un jour dans un salon l'amusait et lui paraissait improbable. La jeune femme allait retourner au couvent le surlendemain. Cette pensée attristait grandement Marguerite ; elle aurait souhaité que, comme elle, Claudine apprécie la vie de couventine. Si la cadette se soumettait aux prières et au catéchisme avec plus de naturel qu'elle, elle n'avait en revanche aucun goût pour la poésie, pour l'arithmétique ou pour les arts de l'agrément. De plus, sa personnalité naïve et peu disciplinée l'avait exclue de plusieurs cercles de jeunes filles bien nées qui aspiraient toutes à se démarquer dans la société. Quant à Annette, elle pressentait que les journées seraient plus longues sans la primesautière enfant. Elle craignait, mais n'osait en parler, que le charme spontané de l'enfant fût éteint par la rigueur du couvent.

— Qu'en dites-vous, ma tante, cet éventail s'agence-t-il mieux avec mes bas et mes chaussures ?

— Ma chère nièce, je ne crois pas que ce soit si crucial puisque, de toute façon, personne ne pourra s'assurer de l'effet d'ensemble à part vous-même, répondit Annette avec un demi-sourire.

Elle devait l'admettre, elle éprouvait une certaine réticence à laisser sa nièce avec le sieur de Gourville, qui n'avait su cacher son admiration des grâces de la jeune femme. Mais l'enthousiasme de Marguerite était si grand et, surtout, si communicatif qu'elle ne s'était pas opposée à cette invitation. Cependant, Annette ne s'était pas cachée de son opinion à Alain, qui l'avait écoutée, compréhensif, bien qu'inébranlable de confiance dans les intentions de son ami.

Le maître d'hôtel leur annonça que le sieur de Gourville était en bas. Marguerite prit le temps de mettre une goutte de parfum à ses poignets avant de donner le bras à sa tante.

Lorsqu'il vit apparaître Marguerite en haut des marches, Jean de Hérault, sieur de Gourville, se dit que ce service à son ami était en fait une faveur pour lui. Il tenta de paraître détendu et nonchalant, car il sentait que la baronne, jalousement accrochée au bras de sa nièce, scrutait son comportement. C'était d'un ridicule inouï, jamais il ne courtisait les demoiselles de cet âge-là ni de ce rang-là, justement pour échapper à ce genre d'épreuve. Et quand finalement il acceptait d'escorter une jouvencelle, il devait avouer en toute bonne fois qu'il n'était pas au-dessus des reproches. Mais la vérité était que son accompagnatrice était la fille d'un confrère et que, bien qu'elle fût d'une beauté à en rendre l'âme, il se garderait bien de pactiser avec le démon qui le tiraillait.

— Mes hommages, madame, c'est un plaisir de vous revoir, mentit-il en s'inclinant bien bas.

— Monsieur de Gourville.

— Monsieur de Gourville, salua Marguerite, je suis heureuse de vous accompagner.

— Mademoiselle de Collibret, je vous remercie d'avoir accepté mon invite. Vous êtes ravissante.

« Voilà, se dit-il, ni trop peu ni trop charmant. Le chaperon ne pourra rien me reprocher. »

Annette embrassa Marguerite. Claudine, qui n'avait pas voulu descendre sous prétexte qu'elle n'était pas coiffée, lui fit un signe discret de la main du haut des marches. Marguerite lui répondit par un clin d'œil complice.

— Venez, mon carrosse nous attend, dit-il en lui prenant le bras.

C'était un attelage impressionnant. Les deux chevaux blancs, des pur-sang, étaient harnachés par des courroies argentées, et les deux portières étaient décorées de motifs stylisés bleu et blanc. Le cocher, revêtu d'une impeccable livrée, leur tint la portière ouverte en s'inclinant devant eux comme devant la noblesse royale.

— Vous connaissez les jeux de cartes qui sont à la mode ? s'assura le sieur de Gourville quand ils furent assis confortablement.

— Bien sûr, mais je ne suis pas douée comme vous, répondit Marguerite, flatteuse.

La vérité, c'est que Gabriel avait bien essayé de lui enseigner le triomphe et le reversi, mais elle avait boudé ses tentatives, préférant se consacrer aux échecs, seul jeu qu'elle jugeait digne d'intérêt. La société du sieur de Gourville en était une de riches dilettantes, de mécènes et d'artistes. Assurément, ils étaient d'habiles joueurs de cartes. La jeune femme broda un peu, préférant dire qu'il y avait longtemps qu'elle n'avait pas joué plutôt que d'admettre qu'elle n'aimait pas les cartes. Puisque le tête-à-tête lui offrait l'occasion de parler de son passe-temps favori, Jean de Hérault expliqua à Marguerite qu'il avait établi plusieurs stratégies aux cartes qui lui avaient valu la reconnaissance des autres et le titre de joueur émérite. Marguerite l'écoutait tout en s'efforçant de paraître intéressée.

— De plus, j'ai appris à évaluer mes adversaires, ce qui est évidemment un facteur décisif dans la maîtrise. D'abord, il y a les passionnés, ceux qui se jettent dans la mêlée d'un coup de cœur ou, si vous voulez, qui jouent d'instinct ; ce sont les plus difficiles à déjouer, car ils sont souvent imprévisibles. Puis, il y a les calculateurs, les fins tacticiens qui pèsent le pour et le contre avant de se lancer dans l'action et qui très souvent sous-estiment le hasard. Enfin, il y a les manipulateurs, ceux qui savent jouer et qui peuvent distraire ou séduire l'assistance par leurs plaisanteries et galanteries, afin de gagner plus habilement ; ceux-là ne se fient pas aux apparences et peuvent faire croire à tout un chacun qu'ils ont un jeu médiocre alors qu'il n'en est rien. Vous, mademoiselle, vous êtes de la deuxième espèce, l'espèce calculatrice. Par votre frère, j'ai su que...

— Mon frère a eu l'audace de vous parler de moi ! s'exclama Marguerite, irritée en songeant à ce que son cadet avait pu raconter au sieur de Gourville.

Jean se tut, s'accusant silencieusement d'être allé trop vite dans ses déclarations. Il se tortilla sur la banquette, incertain quant à savoir s'il devait ou non continuer.

— Enfin, votre frère m'a seulement confié que vous étiez une féroce joueuse d'échecs, ce qui me porte à croire que vous jouez stratégiquement et logiquement. Dans les échecs, il y a moins de facteurs fortuits que dans les cartes, puisque d'abord il n'y a que deux joueurs.

— Je vous l'accorde, mais il y a toujours un imprévu à considérer, selon le joueur, le style du jeu, la connaissance et la pratique, répondit Marguerite, plus détendue. Ainsi, Gabriel vous a dit que j'appréciais les échecs. Avez-vous devisé longuement de moi ?

— En fait, nous nous sommes revus chez le prince de Condé et je lui ai demandé si vous aimiez jouer aux cartes. Déjà, j'avais l'intention de vous inviter à une soirée.

— Il a dû vous dire que j'aimais mieux les échecs que les cartes, tout le contraire de lui, en fait.

— En réalité, il n'a eu que des éloges pour votre personne.

Avec modestie, Marguerite tenta de dissimuler sa sensibilité à la flatterie.

« Quel homme charmant, je ne suis pas fâchée d'être sa compagne », admit-elle en faisant un sourire discret au sieur de Gourville.

Le trajet hors de Paris jusqu'à l'hôtel de la marquise parut très court. Les deux interlocuteurs discutèrent gaiement, la glace était brisée. À dessein, Gourville avait voulu créer une complicité avec la demoiselle de Collibret. Il y parvint en provoquant la jeune femme, qu'il sentait fière et distante. Aux mots « échecs » et « Gabriel » elle s'était égayée et son corps, sensible et gracieux, s'était avancé vers le sien. Sa vivacité et sa retenue étaient un vin fruité et léger qui le grisait. Quand le carrosse pénétra dans la cour de l'hôtel de Charenton, Marguerite s'étira pour examiner les héraldiques des carrosses, impatiente de découvrir qui serait de la soirée.

Il tira un certain orgueil devant son agitation de jouvencelle. Quelques écussons étaient couverts de drapés noirs, ce qui était la coutume dans la haute noblesse lorsque les soirées bourgeoises tenaient lieu de prétexte à des débordements. Gourville fronça les sourcils. Probablement quelques jeunes seigneurs qui venaient fêter hors de Paris. Il tendit galamment le bras à la fille de son confrère, prenant soin de ne pas laisser transparaître son agacement.

Leurs talons résonnaient sur les dalles de pierre qui s'étiraient comme un long prélude devant la façade. Marguerite retenait sa jupe du dessus de sa main libre et conjuguait grâce et habileté pour avancer dignement malgré le poids des trois épaisseurs de tissus. Autour d'eux, des cochers et des valets jouaient aux dés entre les attelages, sans même lever les yeux sur le couple richement vêtu qui passait à leur portée. La cour de l'hôtel ainsi que ses salons dégageaient une ambiance de détente et d'allégresse comme Marguerite n'en avait jamais connu auparavant. Les invités, ceux qui jouaient aux cartes et les autres, semblaient résolument joyeux et nonchalants. Un peu partout, de grands drapés couraient sur les murs ou au sol, et des tables étaient jonchées de fruits, de friandises et de verres de liqueur. En entrant dans le salon de cartes, Jean de Hérault, sieur de Gourville, s'arrêta pour chercher la marquise des yeux ; ne la trouvant pas, il fit le tour des autres salons, Marguerite à son bras. De temps à autre, il saluait un ami ou un couple, prenant soin de présenter sa compagne. Enfin, il aperçut une femme âgée élégamment vêtue et se dirigea vers elle.

— Madame de Plessis-Bellière, salua-t-il.

Elle se retourna vers lui, souriante. Elle était richement parée et portait une belle jupe brodée de motifs floraux. Ses cheveux pâles, coiffés en cascades, laissaient voir quelques fils argentés aux tempes.

— Monsieur de Gourville, quel plaisir de vous compter parmi nous ! dit-elle en donnant sa main à celui qui venait d'arriver.

— Madame, tout le plaisir est pour moi.

Puis il ajouta, sincère :

— Vous êtes un enchantement pour les yeux. Laissez-moi vous présenter ma compagne, M<sup>lle</sup> Marguerite de Collibret.

— Mademoiselle de Collibret, bienvenue chez moi, annonça la marquise en adressant à la demoiselle un sourire affable.

— Madame de Plessis-Bellière, fit Marguerite en saluant la dame.

— Vous avez là une charmante compagne, Gourville, j'espère que cette fois vous n'irez pas passer la soirée aux tables de cartes.

Puis elle ajouta à l'adresse de Marguerite :

— S'il vous délaisse, venez nous retrouver au salon de poésie, votre charmante tête nous fera sans doute de beaux vers.

Marguerite, tout comme Gourville, s'inclina devant la marquise, qui retourna à son groupe d'invités. La jeune femme avait entendu bien des choses sur la noble dame, dont la majorité venaient d'une de ses amies de couvent qui avait servi chez elle comme demoiselle de compagnie. Elle était tout sauf une débutante dans l'art de recevoir et dans celui, moins notoire, d'intriguer.

— Venez, dit Gourville à Marguerite, je vais vous présenter un ami commun à votre père et à moi.

Paul Pellisson, elle le savait, était un écrivain et un homme d'esprit. Contrairement à Gourville, il était court sur jambes et avait une mine austère, qui s'animait quand il débattait de lettres, de politique ou d'histoire, enfin, de tous les sujets qui le passionnaient. Quand Gourville vint lui présenter Marguerite, une clameur s'éleva du petit groupe de jeunes gens, pour lequel Pellisson semblait servir de modérateur dans un débat qui durait depuis quelque temps. Il fit un signe aux impatients, qui cessèrent de protester en maugréant.

— Marguerite de Collibret, fille d'Alain de Collibret, présenta Gourville.

— Mademoiselle, c'est une joie de vous être présenté. Votre père est un ami depuis euh… enfin, depuis longtemps déjà. Permettez-moi de vous dire que vous êtes tout le portrait de votre mère, complimenta-t-il, guilleret. Alors, vous êtes avec ce charmeur de Gourville ?

— J'ai cette chance, en effet. Mon père avait à faire ce soir, il n'a malheureusement pas pu se présenter.

— Bien sûr, bien sûr, il était avec les autres intendants et les commis de Fouquet. Ils travaillent beaucoup, ces commis… Il faut dire qu'il y a de quoi, ajouta-t-il, songeur.

— Vous faites allusion au doute qui pèse sur le surintendant, ou aux coffres du trésor ? risqua Marguerite.

Gourville la regarda fixement, décontenancé par la question.

— Aux comptes, aux comptes, bien entendu ! s'exclama Paul Pellisson. Il faut avoir confiance, ce sera bientôt clair tout cela… bientôt clair.

Il lança un regard embué à Marguerite, lequel confirma à Gourville que son ami avait bu plus que d'habitude.

Il y eut un court silence. Intensément, Marguerite considéra Paul Pellisson, l'interrogeant de ses grands yeux dorés. Sans trop savoir pourquoi, Gourville ressentit un malaise. Il prit le bras de la demoiselle, soucieux de la voir quitter cet air grave.

— Bon, bon, nous vous laissons à vos disciples, blagua-t-il, nous repasserons plus tard. C'est la première soirée de M^lle de Collibret et je tiens à ce qu'elle y prenne plaisir.

Il entraîna sa cavalière à l'extérieur de la pièce, où son regard aiguisé avait repéré des couples enlacés dans les recoins. Bien intentionné, il se dirigea vers les autres salons où l'atmosphère, bien que festive, seyait davantage à une jeune femme bien née. Tout en se convainquant qu'il n'avait que le bien-être de Marguerite en tête, il se dirigea vers les tables de cartes. Un attroupement se formait autour de la table de trente et quarante, où un croupier annonçait les résultats des tirages. D'un œil averti, Jean de Hérault repéra les groupes qui jouaient au triomphe. Plusieurs convives avaient déjà de petits gains devant eux. L'argent n'était pas la première motivation du joueur ; c'était gagner qui importait. Cela ne l'empêcha pas de choisir une table où les mises étaient généreuses. Il attendit qu'une partie se termine et prit place au côté du duc de Vivonne.

Les trois joueurs et les auditeurs, corbeaux avides qui se repaissaient des déconfitures des joueurs, accueillirent le sieur de Gourville avec un enthousiasme certain. Sa réputation avait fait son chemin. Il était reconnu comme un fin observateur et un joueur hors pair. Après les salutations d'usage, le jeu commença. Le chevalier de Merfeuille, à qui la chance avait souri dans la dernière partie, perdit toutes les levées du premier tour et la moitié de ce qu'il avait gagné jusque-là.

— Jouez pour moi, lança Gourville à l'adresse de Marguerite en se levant de son siège.

Marguerite resta interdite quelques instants, tandis que de la table montaient des paroles d'encouragement. Elle s'assit sur la chaise le plus naturellement possible, considérant les cartes devant elle, bien que son cœur battît rapidement. Elle n'avait pas souvent joué au triomphe et n'avait pas suivi le déroulement de la partie, préoccupée davantage par les commentaires du poète Pellisson. Dans sa main, les couleurs et les chiffres se mélangeaient. C'était la première fois qu'elle se retrouvait avec des adversaires qui lui étaient totalement inconnus. Elle essaya de suivre la cadence rapide du jeu tout en se concentrant sur ses cartes.

Au deuxième tour, ne pouvant fournir une carte de la couleur demandée, elle fut obligée de se défausser d'un valet de trèfle. Autour de la table, les spectateurs regroupés murmuraient à qui mieux mieux quelques plaisanteries et commentaires sur la partie.

— Vous ne pouvez donc pas fournir à cœur ? s'étonna le duc de Vivonne d'un ton faussement désinvolte.

Marguerite ignora la boutade et se contenta de sourire, sacrifiant une répartie spirituelle afin de rester concentrée sur son jeu. Le duc de Vivonne remporta les trois premières levées, prenant le groupe par surprise. Le croupier, un serviteur, ramassa les écus misés par les joueurs.

Gourville perçut le malaise de Marguerite quand elle perdit les trente pistoles qu'elle avait mises en jeu. Habituellement, les femmes qui l'accompagnaient s'amusaient à jouer sa fortune et lui-même s'en enorgueillissait. Il lui était indifférent de perdre une petite somme s'il pouvait divertir son accompagnatrice. Apparemment, Marguerite de Collibret ne semblait pas apprécier sa situation. Elle observait le duc qui, ayant gagné la somme des mises, plaisantait spirituellement avec les personnes rassemblées. Gourville se dit qu'il aurait l'air ridicule s'il invitait Marguerite à se retirer, après deux tours infructueux.

Il se pencha doucement à son oreille et lui glissa un mot d'encouragement. Contrairement à ce qu'il espérait, Marguerite se raidit sur la chaise et rougit légèrement. Jean se fustigea intérieurement pour son geste ; offensée, la jeune femme ne voulait pas qu'il puisse voir sa vulnérabilité.

— N'ayez crainte, mademoiselle, ce n'est pas cette bagatelle qui mettra ce cher Gourville sur la paille, plaisanta le comte d'Avaux, qui jouait à la droite de Marguerite.

Marguerite l'ignora et attendit que le marquis distribue les cartes. Les regards des spectateurs demeuraient rivés à la table. Depuis que le sieur de Gourville avait cédé sa place, la maîtrise de la partie s'était déplacée entre les mains du duc de Vivonne. Quant à la belle demoiselle dans sa robe de taffetas, elle avait déjà perdu près de soixante pistoles. L'attention se déplaçait du sieur de Gourville, que tous connaissaient pour être un joueur impitoyable, à l'élégant duc de Vivonne et à la nouvelle joueuse. Gourville hésita, se demandant si Marguerite finirait par gagner une levée ou s'il devait interrompre le massacre, malgré tout le déplaisir qu'il aurait à passer pour pingre. Il songeait à la jeune femme, qu'il ne voulait pas humilier alors que son intention première était justement de lui faire plaisir.

Marguerite ramassa ses cartes. Sa main était forte : un roi, deux valets, un dix et un neuf.

— Mademoiselle, messieurs, vos mises.

— J'annonce que je vais faire la « vole », affirma le marquis de Vivonne.

Une exclamation de surprise accueillit cette déclaration. Si le marquis réussissait à remporter toutes les levées de ce tour, il marquerait deux jeux et serait proclamé gagnant de la partie.

Marguerite esquissa un sourire en avançant sa mise de cent pistoles, soit près du double de ce qu'elle avait joué, et perdu, jusqu'à présent. Penché sur elle, Gourville appuya silencieusement son choix : sa main était suffisamment forte pour qu'elle tentât de contrer le duc. Quelques murmures s'élevèrent des spectateurs. La partie prenait un tour intéressant.

Le front soucieux, le duc tentait de se faire une idée sur l'assurance de la demoiselle, tout en faisant virevolter une pièce d'or entre ses doigts fins. Le comte d'Avaux et le chevalier de Merfeuille misèrent peu et prudemment.

— Vous êtes audacieuse, mademoiselle, glissa à son oreille une dame un peu grassouillette qui, depuis tout à l'heure, faisait des yeux doux au jeune duc.

— Votre mise, monsieur de Vivonne, demanda le croupier.

Gourville constata avec désappointement que, imperturbable, le gentilhomme misait généreusement. L'avantage de commencer revenait à Marguerite, qui choisit de débuter offensivement avec son roi. L'assemblée se tourna vers le duc, alors que Marguerite retenait son souffle. Avec un sourire, le duc coupa avec un atout et remporta la levée, provoquant plusieurs murmures d'admiration. Pareille chance ne se voyait pas souvent. Marguerite se sentit rougir et, légèrement décontenancée, essaya de ne pas paraître émue. Le reste de la partie se joua en quelques secondes ; le duc abattit deux atouts et un roi, raflant les levées en un tour de main. Avant le dernier jeu, les deux autres joueurs félicitaient déjà le jeune duc pour son adresse.

Marguerite se leva et esquissa un mouvement qui pouvait passer pour une courbette. Gourville, souriant, lui prit la main et lui murmura quelques compliments, mais Marguerite se dégagea solidement et se détourna en fendant la troupe d'observateurs. Ses pas s'éloignèrent résolument du salon de cartes.

ॐ

Les appels de Gourville finirent par se perdre : avait-il vraiment appelé, avait-il essayé de la suivre ? Elle avait les joues en feu, les mains froides et moites, et une pression sur ses tempes l'étourdissait. Dans son empressement, elle évita de peu de percuter un petit groupe de gens qui sortait d'un salon. Marguerite ne voulait pas se retourner, elle voulait mettre le plus de distance possible entre elle et la table des joueurs. Elle tourna dans une galerie peu éclairée où elle n'entendait plus les bruits des invités. Une série d'assiettes peintes décorait les murs. Tous les vingt pas, une alcôve avec un banc se dissimulait dans le renfoncement, offrant une intimité aux galants qui s'y retrouvaient. Marguerite s'assit sur l'un d'entre eux, dans l'ombre, souhaitant que le sieur de Gourville ne puisse la voir s'il avait persisté à la suivre. Elle laissa l'obscurité et le silence l'engloutir tout entière. Les verres de liqueur lui montaient langoureusement à la tête, elle ferma les yeux et se laissa couler contre le mur.

Marguerite ouvrit les paupières. Ses prunelles reconnurent les assiettes sur le mur : elle était dans la galerie, dans l'alcôve. Depuis combien de temps ? Quelques secondes, une heure… L'engourdissement et le sommeil avaient tout occulté. Soudain, elle perçut des bruissements d'étoffes et des chuchotements. Quelqu'un était entré dans la galerie et cela l'avait réveillée. Elle entendit un bruit sourd et une femme lâcha un cri, vite étouffé. Le cœur de Marguerite fit un bond dans sa poitrine. Elle se redressa ; le bruit venait d'une des alcôves tout près de la sienne. Elle tenta de se lever, mais dut aussitôt se rasseoir, des milliers de petites assiettes de porcelaine dansant devant elle.

— Laisse-toi faire, ma belle, ce sera meilleur, tu verras… fit une voix tout près.

C'était un gémissement, comme la plainte d'un enfançon qu'on opprime. À peine un sanglot, tout près. Marguerite sentit un goût âcre monter à sa bouche.

— Angecourt, tu perds tes moyens. Presse-toi, tudieu ! On ne va pas y passer toute la soirée, grommela une autre voix, plus rauque.

Posément, Marguerite se leva et s'éloigna de l'alcôve. Ses mains cherchaient le mur qui l'avait conduite jusque-là. Cadencé par ses battements de cœur, chacun de ses mouvements lui faisait l'effet d'un boucan désordonné. Inquiète, elle se tourna vers la galerie. Dans l'ombre, elle arrivait à discerner deux silhouettes : l'une était debout, appuyée contre le mur, dos à elle. L'autre était allongée sur le banc, une jambe fléchie, l'autre étendue ; le reste de son corps se perdait dans l'ombre. Dans l'obscurité de la galerie, elle aperçut la demoiselle : une pointe de blancheur lunaire dans un frou-frou de jupons. Elle eut un haut-le-cœur et se retint pour ne pas s'enfuir en courant. Il ne pouvait s'agir que d'une noble demoiselle. Une jeune femme sans accompagnateur, sans protectrice. Elle parvint à l'entrée de la salle, qu'elle franchit sans bruit. Sa sortie ne les avait pas détournés de leur besogne. Marguerite promena un regard autour d'elle, hésitante. La fête qui se déroulait dans le reste de la maison parvenait à peine jusqu'à elle, comme un murmure dans le couloir adjacent à la galerie. Marguerite prit une grande inspiration et s'avança en direction de la rumeur. Le boudoir dans lequel elle déboucha lui sembla inconnu. Elle était partie précipitamment, sans regarder où elle allait. Son regard, comme une question, se posait partout sans pourtant reconnaître aucun détail. Elle maudit intérieurement son mauvais sens de l'orientation et se dirigea aléatoirement vers un deuxième salon. Personne. Elle ouvrit une porte, puis une deuxième. Soudain elle s'arrêta. Quelque chose n'allait pas, elle prit conscience qu'elle n'entendait plus la musique, elle n'allait donc pas dans la bonne direction. Margot sentit les larmes lui piquer les yeux. Soudain, elle entendit un claquement. Des pas ; elle s'élança à leur rencontre.

— Holà ! Faites attention ! s'exclama l'homme en tendant les bras vers Marguerite, qui arrivait sur lui telle une bourrasque.

— Monsieur… Je suis désolée, s'excusa Marguerite.

Elle avisa d'un coup d'œil le physique athlétique de l'homme et la rapière qui se balançait à sa hanche puis, soulagée, poursuivit :

— Je vous prie de me suivre, il y a une demoiselle qui est aux prises avec des hommes.

— Aux prises avec des hommes ?

— Oui, là, dans une galerie, deux hommes ! s'écria-t-elle. Venez, monsieur, son salut dépend de notre diligence.

Marguerite leva vers lui un regard pressant. Sa mine était calme, mais dans ses yeux noirs brillait une lueur espiègle. Un instant, elle se dit qu'il l'avait sûrement reconnue comme la jeune demoiselle de la table de jeu, mais elle s'en fichait à présent. Elle se détourna et se mit à courir en priant qu'il ne fût pas trop tard. Quand ils débouchèrent dans la galerie, les deux hommes étaient encore là. Ils se redressèrent et se tournèrent vers eux d'un même mouvement. Ils portaient des masques, avec leurs vêtements froissés et leurs hauts-de-chausses rabattus, ils avaient un aspect coupable que leur regard hautain n'affichait pas. Le compagnon de Marguerite fut sur eux en un bond.

— Beau spectacle en vérité, messieurs ! Voyons si votre lâcheté est aussi assidue en combat qu'en goujaterie, proposa-t-il en dégainant sa rapière.

— Comment ! ? s'indigna le plus jeune, un grand blond que Margot identifia comme le dénommé Angecourt. Vous n'y pensez pas, monsieur, nous ferions de la charpie avec vous…

— Retournez à la fête, monsieur, intima son complice de sa voix rauque, et vous aussi, mademoiselle.

Margot fit un pas un arrière, intimidée par cet homme moustachu qui boutonnait ses chausses tout en la toisant derrière son masque noir. Ils étaient deux et l'homme aux yeux noirs était seul. Elle ne comptait pas. Sur le banc, la robe déchirée dénudait la poitrine blanche et les cuisses. Un étourdissement saisit Margot : la femme était morte.

— Vous êtes des lâches, ah ! Ça ! Je ne vous laisserai pas vous en sortir à si bon compte, tonna l'homme en abattant son arme sur les agresseurs masqués.

Le combat s'engagea, avec une telle férocité et une telle détermination que Marguerite pensa que tous les adversaires allaient s'entre-tuer. Les coups fusaient de toutes parts. Elle se dirigea vers la porte de la galerie, désespérément prête à crier à l'aide si son champion se faisait blesser. Les lames s'entrechoquaient, provoquant des bruits de ferraille assourdissants. Après quelques échanges de coups, elle s'aperçut, étonnée, que non seulement son compagnon n'avait pas été touché, mais qu'il tenait habilement en joue les deux hommes masqués. Son corps était la flamme d'un brasier qui vacillait et dansait, évitant les coups avec l'adresse d'un acrobate. Enfin, la pointe de son épée déchira la chemise du moustachu, qui poussa un râle lorsque son sang éclaboussa le sol. Angecourt sembla comprendre qu'il avait affaire à un adversaire hors du commun, car il tenta une retraite désespérée. Dans son élan, il exposa son flanc droit et reçut un violent coup à la cuisse. Les deux hommes étaient livides. Ils tentèrent de fuir, talonnés par le duelliste qui les frappait sans merci. Une fois les agresseurs mis en déroute, Marguerite s'élança vers la fille. Du sang rougissait son sexe. Ses cuisses blanches, écartées disgracieusement, formaient avec ses bras ballants un ensemble grotesque. Sa tête blond platine était rejetée vers l'arrière. Marguerite s'approcha timidement et rabattit avec pudeur la jupe de la victime. Un souffle irrégulier s'échappait de ses lèvres décolorées. Son corps était pris de tremblements et Margot la retint pour qu'elle ne bascule pas sur le sol. Elle était gracile, et ses membres étaient transis. Un sanglot s'étrangla dans la gorge de Marguerite ; en vain, elle tenta de couvrir les seins de la femme avec des lambeaux de tissu.

— Là, on va s'occuper d'elle maintenant.

Marguerite se retourna. Le duelliste l'avait rejointe et la couvrait d'un regard apaisant.

— Vous en avez fini avec eux ? lança-t-elle.

— Ils se sont sauvés, les lâches, je crois qu'ils ne recommenceront pas de sitôt.

— Comment, vous les avez laissés fuir !

— Contre mon gré, bien sûr, mais ces goujats m'ont demandé la merci ! Que vouliez-vous que je fasse ? se défendit-il.

— Ils ne méritent pas votre indulgence, ces, ces… explosa Marguerite en se redressant. Si vous n'en avez pas le courage, moi si !

— Moins fort, vous voulez donc alerter tout le monde ! recommanda-t-il. Je conviens qu'ils ne méritent pas le pardon. Mais pas ici, pas comme ça, ou c'est nous qui nous ferions supprimer.

Puis il ajouta, devant l'air incrédule de Marguerite :

— Vous avez vu leurs masques : ce sont des nobles de *haut* rang, de *haute* noblesse. On ne plaisante pas avec ceux-là. Vous connaissez la maîtresse de la maison, M^me de Plessis-Bellière ? Bon, allez la quérir. Pendant ce temps, je m'assure que personne n'approche de la demoiselle. Allez.

Marguerite sortit de la galerie, encore sous le choc. L'homme avait une voix rassurante et surtout convaincante ; elle ne douta pas qu'il eût raison. Elle rejoignit les pièces que les invités avaient désertées, y imprimant une atmosphère de bacchanale interrompue. Quand elle pénétra dans le salon de jeu, des regards curieux et des murmures l'accueillirent. Elle répondit à la rumeur en levant le menton. Elle savait bien ce que sa tenue et sa coiffure désordonnées laissaient présumer. Gourville aperçut Marguerite et se précipita vers elle.

— Où étiez-vous, que vous est-il arrivé ? s'inquiéta-t-il.

— La marquise, où se trouve-t-elle ?

Marguerite les conduisit vers la galerie sans répondre aux questions pressantes de Gourville, que le mutisme de la jeune femme alarmait davantage. La vérité est qu'elle ne savait comment décrire ce qui s'était passé, elle ne voulait pas pleurer devant eux et, pourtant, seuls ses pleurs auraient pu exprimer ce qu'elle vivait. La jeune demoiselle était encore étendue sur le banc de l'alcôve, mais aucune trace de l'escrimeur qui l'avait délivrée. Marguerite se prit à espérer qu'il avait choisi de poursuivre les violeurs. Chaque fois qu'elle pensait aux deux hommes masqués, elle était prise d'un vertige. Avec une grande efficacité, la marquise se chargea de faire transporter la demoiselle dans une chambre et fit quérir un médecin. Elle félicita Marguerite de sa discrétion et la rassura sur l'état de la jeune blonde ; selon la marquise, elle avait eu un malaise et avait sombré dans l'inconscience.

— Je connais son père, ne vous en faites pas, on va s'occuper d'elle. Vous avez vu le responsable ?

— Oui, enfin, ils étaient deux et portaient des masques, je n'ai pu voir leur visage.

— La meilleure chose à faire est de ne plus y penser, le principal est qu'elle soit vivante. Grâce à vous, son honneur sera sauf. Vous n'avez plus à vous en préoccuper, recommanda la femme.

— Madame, j'ai entendu le nom de l'un d'eux : Angecourt, murmura Marguerite à la marquise.

— Cela ne me dit rien. N'y pensez plus, il vaudra mieux.

Marguerite eut l'impression que la marquise était troublée. Ce nom, *Angecourt*, n'était pas inconnu de leur hôtesse, elle le sentait. Elle ne fit rien qui puisse laisser penser qu'elle avait perçu le malaise de la marquise de Plessis-Bellière. Si la marquise elle-même réagissait à ce nom, c'est que le duelliste avait eu raison ; ces hommes étaient des nobles de haut rang. C'est seulement lorsqu'elle fut dans le carrosse qui la ramenait vers Paris que la jeune femme sentit ses muscles se relâcher. Les images de la soirée défilaient derrière ses paupières lorsqu'elle fermait les yeux. Pellisson, les cartes, la galerie, le viol, les masques, le duel… Margot se força à garder les yeux ouverts. Devant elle, Gourville affichait un air atterré. Margot sourit afin de dissiper les angoisses de son vis-à-vis. Gourville réagit en se penchant vers elle.

— Marguerite, je suis profondément désolé de ce qui s'est passé ce soir. Je ne sais comment vous apaiser… balbutia-t-il.

— Vous n'êtes pas à blâmer.

— Vous devez me croire, Marguerite, cela n'arrive pas dans nos soirées. Jamais je ne vous aurais laissée seule si j'avais seulement su, plaida-t-il d'une voix émue.

Jean de Hérault se maudissait. D'abord, il aurait dû faire un geste pour l'arrêter quand elle s'était enfuie du jeu de cartes. Il aurait dû la suivre. Il avait été ridicule et inconséquent. Sa fréquentation des femmes sans vertu l'avait engourdi.

« Ridicule et inconséquent », ne cessait-il de répéter.

Jamais il n'avait rencontré autant de fierté et de sensibilité dans une seule femme. C'est seulement après un moment qu'il s'était esquivé pour aller à sa recherche. Il s'était étonné de ne pas la retrouver. Pas un seul instant il n'avait imaginé qu'il aurait pu lui arriver quelque chose. Les soirées de la marquise attiraient des hédonistes, il est vrai. Mais des habitués, des amis. Personne n'aurait osé s'en prendre à ses convives, sous son toit. Gourville s'interrogeait ; si la situation du surintendant était arrivée aux oreilles de ses ennemis… Il ne pouvait s'agir que d'une attaque ouverte aux intimes de Fouquet, un tel acte de brutalité…

Lorsque la voiture franchit l'enceinte de la ville, Gourville se questionnait encore. Il fut étonné de constater qu'ils avaient déjà atteint Paris. La demoiselle de Collibret penchait son beau profil contre la fenêtre du carrosse ; baignée par la lune, sa peau devenait encore plus lumineuse.

— Vous êtes belle, s'entendit-il dire.

Elle tourna vers lui ses grands yeux vert-jaune. Gourville fut saisi d'un désir soudain de se rapprocher d'elle et, impulsivement, il lui saisit les mains et les porta à ses lèvres. Ses paumes étaient chaudes et douces. Il l'attira à lui. Dieu qu'il avait envie de la réconforter, de la bercer contre lui et de la protéger ! Il pouvait sentir son odeur fraîche et féminine.

Marguerite tressaillit imperceptiblement à son contact. Elle ressentit quelque trouble à ce rapprochement intime, mais un désir inavouable naquit en elle.

« Si je laisse mes mains dans les vôtres, qu'allez-vous penser de moi, monsieur de Gourville ? » songea Marguerite.

Elle se défit de son étreinte et plongea ses prunelles dans les siennes. Son regard lui commanda le respect beaucoup mieux que ne pouvaient le faire des paroles ou des protestations.

Quand ils entrèrent dans la cour de l'hôtel, elle lui dit :

— Je ne souhaite pas inquiéter mon père inutilement avec tout cela, monsieur de Gourville, vous n'allez pas lui raconter ce qui s'est passé ce soir ?

— Non, pas si vous me demandez de ne pas le faire, répondit-il, soulagé par ce secret partagé qui le rendait moins fautif.

— Merci.

Il la regarda s'éloigner, certain qu'il s'était désormais amouraché d'elle.

## 6

### Départ de Claudine

Claudine partit pour le couvent à la première heure le matin du 8 septembre. Mi-figue mi-raisin, elle fit la moue à sa famille et à sa sœur, qui lui offrit un recueil de poésie dans l'espoir que ce cadeau l'égaye. Après son départ, Marguerite se réfugia à sa chambre et pleura en silence. Depuis la soirée chez la marquise de Plessis-Bellière, il lui semblait avoir vécu plus de soubresauts que dans sa vie entière. La nuit ne lui avait pas permis de fermer l'œil ; les événements se confondaient, entraînant des rêves morbides où masques et rapières valsaient…

On cogna à sa porte et Margot se réveilla en sursaut.

— Marguerite, voulez-vous m'accompagner chez mon amie, M^me Bichon ? s'enquit Annette en ouvrant la porte.

Marguerite cligna des yeux, encore à mi-chemin entre le rêve et la veille.

— Vous dormiez, ma chère nièce, je suis désolée, constata la baronne en jetant un œil inquiet à Marguerite, puis, convaincue, se décidant à entrer. Vous portez-vous bien ? Je sais que le départ de Claudine est pénible, mais il ne faut pas rester enfermée, c'est malsain.

— Ma tante, Claudine est partie *ce matin*, je ne suis pas sortie *aujourd'hui*, fit remarquer Margot avec conviction.

— Hum… vous avez raison, c'est moi qui suis soucieuse de votre bien-être. Peut-être trop ? Vous êtes une jeune femme maintenant, poursuivit Annette, théâtrale. Vous n'avez pas besoin d'une duègne pour vous couver et vous distraire.

— Ne dites pas cela, ma tante, et ne vous tourmentez pas pour moi, je vais bien, fit Margot en se dressant sur ses coussins afin de donner le plus de crédibilité possible à ses propos.

Annette fit semblant de se laisser convaincre et sortit, consciente que quelque chose tourmentait sa nièce. Certaine aussi que celle-ci n'en dirait pas plus. Annette se morfondit toute la soirée, puis finit par admettre qu'elle attribuait l'air troublé de sa nièce à ce sieur de Gourville, qui ne lui avait jamais fait bonne impression. Non, décidément, ce riche célibataire ne lui inspirait pas confiance. Dès qu'elle en aurait l'occasion, elle irait en reparler avec Alain de Collibret. Après tout, rien ne valait un instinct maternel pour percer les cœurs, même les plus ombrageux.

Dès que la porte fut refermée, Margot se laissa choir sur ses coussins. Il avait fallu que sa tante vînt la réveiller pour que le voile de l'oubli se levât sur sa conscience. En quelques secondes, sa mémoire faisait le chemin inverse afin de reconstituer le casse-tête. Cette voix, ces yeux... sa découverte l'étourdissait. Elle comparait les gestes, le regard, tout concordait. Tout, sauf les intentions, les personnages. Le duelliste de la galerie de Charenton était valeureux et sans peur ; il avait secouru une demoiselle infortunée en bravant deux hommes. Le bandit de grand chemin, l'homme masqué habillé de noir, était un fourbe qui lui avait soutiré un baiser de force. Pourtant, elle était certaine qu'il s'agissait du même homme. Le cœur de Marguerite battait rapidement, mais rien dans son apparence ne trahissait l'onde de choc qu'elle éprouvait. Elle avait croisé par deux fois en quelques jours un homme sans identité, qui pouvait faire basculer le destin de sa famille. Comment le voleur du portefeuille s'était-il retrouvé parmi les invités de la marquise ? Qui était-il ? La jeune femme se leva, décidée à résoudre cette énigme.

☙

Marguerite traversa la cour de l'hôtel. Claire l'avait suivie tout l'après-midi sans poser de questions et elle lui en était reconnaissante. Elle avait mal aux pieds dans ses bottillons lacés qu'elle rêvait d'enfin retirer. Au moment où elle atteignait l'escalier, la porte de l'entrée s'ouvrit et son père apparut dans l'encadrement. Il était pâle. Elle fut saisie par son air qui trahissait colère et peur.

— Monsieur ? fit Claire d'une toute petite voix.

— Margot, où étiez-vous bon sang ? poussa Alain d'un ton fort, mais contenu.

L'écho emplit la cour.

Marguerite s'arrêta, convaincue qu'il était arrivé malheur. Son oncle et sa tante surgirent, cette dernière s'élança dans les marches en geignant et la prit dans ses bras.

— J'étais sortie me promener avec Claire, tenta-t-elle d'expliquer, sans toutefois oser en dire plus, ne sachant pas si ces alarmes étaient dues à sa visite à l'hôtel de la marquise.

Elle entendit son père soupirer fortement et sa tante la regarda fixement, lui tenant les avant-bras comme si elle risquait de s'envoler. Marguerite sentit un frisson sur sa nuque.

« Ça y est, ça y est, un malheur est arrivé au surintendant », pensa la jeune femme intuitivement.

— Venez, venez, ma chérie, la rassura Annette en la menant par le bras. Nous ne savions pas où vous étiez, votre père était très soucieux.

Marguerite pénétra à l'intérieur et, escortée de sa tante, retrouva son oncle et son père au salon. Elle s'assit près de lui.

— Je suis désolée, père, je ne croyais pas être partie si longtemps.

— Ça va, ça ne fait rien, répondit Alain faiblement.

Il regardait ses mains et le tapis au sol qui représentait des courbes.

Annette poussa un long soupir.

— Que se passe-t-il, est-il arrivé quelque chose à Claudine ? demanda Marguerite, perplexe et ne sachant pas comment aborder la situation.

— Non, non, répondit Alain. Le surintendant Fouquet a été arrêté, lâcha-t-il.

Le salon s'emplit d'un silence, chacun retenait son souffle. Margot ferma les yeux sous le coup de l'annonce. La nouvelle était stupéfiante. Le surintendant avait été arrêté, ordre du roi. Le capitaine des mousquetaires l'avait appréhendé à Nantes. Un financier avait raconté à Alain que plus de cinquante hommes avaient été dépêchés pour le conduire en prison. Quand il était revenu à sa demeure, Alain de Collibret n'y avait retrouvé aucun membre de sa famille. Puis son frère et sa femme étaient revenus, mais ni eux ni le maître d'hôtel ne savaient où se trouvait Marguerite. Elle avait été absente tout l'après-midi. Par-dessus tout, Alain voulait tenir sa fille dans ses bras, et son absence l'avait bouleversé. Il avait été sur le qui-vive, redoutant qu'on vienne le chercher pour le questionner. Ensuite, il s'était mis à penser, déraisonnablement, comme on le fait quand on vit une situation aussi angoissante, que peut-être, par erreur, on avait emmené sa fille. Il serra la main de Marguerite, soulagé de la savoir en sécurité.

Les lettres se multipliaient, les amis de Fouquet, indignés ou apeurés par la situation, lui écrivaient.

Alain de Collibret gardait ses pensées pour lui. La prudence était de mise dans ce métier et il n'était pas novice. Il avait toujours su flotter au gré du pouvoir et de la faveur. Plusieurs des traitants avaient des familles qui résidaient dans le Marais. Il n'osait pas imaginer que le courroux du roi puisse s'étendre jusqu'à eux. Or, quand il n'avait pas vu son aînée, il avait craint pour elle.

— Ma fille, je veux que vous évitiez de quitter la maison durant quelques jours. Nous saurons bien vite ce qu'il adviendra de nous, mais pour l'heure, je souhaite que ma famille demeure au même endroit.

— Quand saurez-vous ce qui se passe ? demanda Annette en tournant un visage ravagé par la crainte vers son mari.

— Hélas, la volonté du roi est insondable. Mais même lui ne saurait le garder longtemps sans preuve. Quelles que soient les

charges qui pèsent contre Fouquet, il reste le surintendant, raisonna Alain.

— Le temps saura nous le dire, murmura Charles-Antoine
sombrement.

## 7

## *Nouvelle arrestation*

Lorsque Marguerite se réveilla, elle prit conscience du murmure des servantes dans le couloir avant toute autre chose. Personne n'ignorait plus la menace qui planait sur la famille de Collibret. Elle eut un mouvement d'exaspération et fit tinter la clochette dont elle ne se servait pourtant que très rarement. Un instant plus tard, une chambrière apparut.

— Vous êtes bien matinale, mademoiselle, commenta la domestique avec bienveillance.

— Épargnez-moi vos réflexions et allez me quérir ma robe d'intérieur pervenche.

Malgré les attentions de la chambrière, Marguerite ne put chasser son déplaisir. Elle se rendit dans la salle à manger où elle trouva sa tante et son père. Celui-ci leva les yeux et lui sourit.

— A-t-on reçu d'autres nouvelles ? s'enquit-elle en ne cherchant pas à cacher son inquiétude.

— Quelques lettres… rien qui puisse nous éclairer sur le sort que nous réserve le roi. Voulez-vous manger quelque chose ?

Elle voulut répondre mais l'arrivée du maître d'hôtel l'en empêcha. Il était suivi par quelqu'un, et Marguerite prit quelques secondes à reconnaître Jean de Hérault, le sieur de Gourville, dans cet homme aux traits tirés et hâtivement vêtu.

— Alain, mon ami, je me fais le messager de bien mauvaises nouvelles, lança Gourville en s'introduisant sans attendre.

Le père de Marguerite lui fit signe d'approcher. Son calme apparent sembla agir sur Gourville, qui se ressaisit et salua

Marguerite et sa tante avec courtoisie. Marguerite aurait voulu qu'il livre les informations sans plus attendre, mais elle se plia aux convenances avec raideur.

— Voilà, commença Jean de Hérault une fois assis. J'ai l'infortune de vous annoncer que notre cher Pellisson a été arrêté ce matin. Il a été conduit à la Bastille.

Annette étouffa une plainte et Marguerite écarquilla les yeux.

— Connaît-on la cause de cette... arrestation ? demanda Alain en tentant de rester calme.

— Tous l'ignorent, hormis le roi lui-même, évidemment. Ces messieurs de la police n'ont pas perdu de temps ; au moment où on se parle, ils sont probablement occupés à fouiller son hôtel.

— Monsieur de Gourville, croyez-vous qu'ils y cherchent des pièces qui l'inculperaient ? questionna Marguerite.

— Assurément. Du reste, ils ont déjà cadenassé les hôtels de Fouquet et de la marquise de Plessis-Bellière. Je ne suis pas devin, mais je prédis qu'on n'a pas fini de voir des sceaux de cire rouge dans Paris, conclut Jean de Hérault avec émotion.

— Persisterez-vous à rester ici ? questionna Alain.

— J'ai quitté mon hôtel rue Guénégaud, annonça le visiteur avec un regret manifeste. Ce n'était pas très modeste comme logis et il en faut peu pour encourir les soupçons. En attendant, je me suis loué un petit hôtel, tout près d'ici, rue du Chaume. Ce n'est pas cher payé pour dormir en paix.

Alain acquiesça en hochant la tête.

— J'ai quelque chose à vous montrer, dit-il à Gourville tout en l'invitant à se rendre dans son cabinet.

Margot les suivit du regard jusqu'à ce que son père et Gourville disparaissent derrière la porte. Malgré la présence de sa tante, elle dissimulait avec peine l'envie d'aller coller son oreille contre l'huis.

Un verre de brandy à la main, Alain se laissa tomber dans un fauteuil.

— Bruant m'a écrit, j'ai reçu la lettre des mains de son valet de chambre. Tout porte à croire qu'il a quitté Paris pour se réfugier au sud.

— Que disait la missive ?

— Elle était très brève. J'en déduis qu'il craignait d'être intercepté.

— Pellisson aurait mieux fait de fuir… Alain, qu'attendez-vous pour partir en Champagne ?

— La Champagne n'est pas loin, on aura tôt fait de me retrouver. Non, pour les miens, je reste. Ma fuite serait une condamnation et je ne veux pas que mes enfants subissent cet outrage.

Ce qu'il venait d'affirmer était l'aboutissement d'une longue réflexion. Il n'était pas question pour lui d'entraîner ses enfants et la famille de son frère dans sa disgrâce.

— J'admire votre courage, confia le financier, affecté par le sacrifice de son ami. Je n'osais pas en parler devant votre famille… mais j'ai bien peur que ma charge de secrétaire du Conseil d'État me soit retirée. Mon hôtel sera bientôt mis sous scellés. Je ne suis pas parti pour rien, je savais que ce serait moi le prochain.

— Avez-vous pris garde de détruire… s'inquiéta le père de Marguerite.

— Bah… je leur ai laissé quelque chose à se mettre sous la dent. Il n'osera pas me prendre, Alain, affirma Gourville avec force. Il a trop à perdre, mon association avec Mazarin… Mon arrestation lui coûterait trop cher dans un procès qui n'est certes pas gagné d'avance.

Alain de Collibret reconnaissait là le tempérament de Jean de Hérault, sieur de Gourville, financier astucieux qui se distinguait par l'habitude qu'il avait de prendre des risques que nul autre n'aurait osé prendre.

Après son départ, Marguerite, son père, son oncle et sa tante se rassemblèrent, désormais unis dans l'attente. Alain, qui voulait tout le monde prêt et averti, ne cacha pas sa crainte d'être appréhendé d'un jour à l'autre.

Intérieurement, il remerciait le ciel que sa plus jeune fille fût déjà partie pour le couvent, ignorante du malheur qui s'abattait sur eux. Quant à son fils Gabriel, il était peut-être déjà au courant, puisque son service auprès du prince de Condé le plongeait dans l'intimité des confidences et des rumeurs royales. D'après les estimations d'Alain, son fils serait le moins affecté par ce revirement de fortune ; cela faisait bientôt deux années qu'il servait comme page et il avait son propre cercle de fréquentations. Toutefois, les calculs des valeurs sociales étaient beaucoup moins faciles à prévoir que ceux des valeurs monétaires.

— Advenant le pire, commença Alain, je peux compter sur toi et Annette pour vous occuper des enfants. J'ai amassé de l'argent qui pourra te permettre de payer le couvent de Claudine pendant la prochaine année ainsi que de faire vivre le reste de la famille.

— Je t'en prie, mon frère, ne pense pas à tout cela, supplia Charles-Antoine, qui avait peine à contenir son désespoir.

— Il faut pourtant en parler, Charles-Antoine. Il est fort probable que les commis seront arrêtés avec leur maître. Je veux savoir si toi et…

— Oui, oui, oui ! affirma le baron, la gorge nouée par l'émotion. Annette et moi, nous te devons tout. Claudine et Marguerite, je les aime comme mes filles. Gabriel, je le chéris comme mon propre fils.

— Merci, mon frère.

Comme s'il sentait le dénouement proche, Alain passa la soirée à parler avec sa fille, apaisé maintenant par le fait que son frère s'occuperait de sa famille. Marguerite avait l'esprit lucide et se retenait de se laisser aller à son désarroi. Le père et la fille se ressemblaient sur ce point, comme sur beaucoup d'autres. Chaque moment qui passait comptait, peu importe ce qui adviendrait. En tant qu'aînée, elle se sentait la responsabilité d'épauler son père et d'être forte pour les plus jeunes. Annette se souvenait comme de la veille du soir où elle et Charles-Antoine étaient allés à Paris lorsqu'ils avaient appris le décès de la femme d'Alain.

C'est la petite Margot qui les avait accueillis dans sa robe de satin noir. Elle leur avait dit, très noblement :

— Claudine et Gabriel sont déjà montés à leurs chambres ; ils sont petits, eux. Moi, je dois rester pour recevoir les invités.

La tante de Marguerite savait qu'en vieillissant sa nièce avait conservé ce sens des responsabilités, et elle ne pouvait qu'admirer la jeune femme qu'elle était devenue. Cette nuit-là, Annette veilla avec elle. La nuit prit des allures de forteresse puisque, tant que le jour n'est pas à la porte, l'ennemi ne peut pas entrer. Ce n'est qu'à l'aube que chacun regagna sa chambre. Dorénavant, le sort disposerait d'eux.

Il ne fut pas long à se manifester. Trois jours plus tard, les gazetiers proclamaient dans tout Paris que le roi faisait arrêter d'autres fidèles de Fouquet.

Lorsque les mousquetaires pénétrèrent dans la cour de leur hôtel, Marguerite fut la première à les apercevoir par la fenêtre du salon. Leurs uniformes, qu'elle avait jusqu'alors admirés, firent naître une peur sourde au creux de son ventre. Elle avait perdu sa mère lorsqu'elle avait huit ans… elle refusait de perdre le seul parent qui lui restait maintenant ! Son corps se mit à trembler lorsqu'elle entendit les coups à la porte et la voix forte qui proclamait l'ordre d'arrestation.

Charles-Antoine alla ouvrir, manifestant un comportement très digne devant le représentant du pouvoir royal.

— Marguerite, regardez-moi, lui dit son père avec calme. Je ne pars pas pour toujours… Je ne serai absent que quelque temps. Promettez-moi d'être forte. Claudine va avoir besoin de vous.

— Monsieur de Collibret, insista le sergent des mousquetaires qui occupait tout le vestibule de sa présence menaçante.

— Je viens, rétorqua Alain, déchiré par les larmes qu'il voyait perler aux yeux de sa fille.

Charles-Antoine pressa son frère contre lui avec émotion.

— Nous sommes là, ne t'en fais pas, répéta Annette à quelques reprises.

Comme Pellisson avant lui, il fut emmené à la Bastille. Une fois dans la cour de l'hôtel, il se laissa conduire avec calme et docilité. Le sergent des mousquetaires, qui n'en était pas à sa première arrestation dans cette affaire, ressentit un certain respect pour cet homme qui conserva toute sa dignité même lorsqu'il dut pénétrer dans sa cellule.

Sans le savoir, il donna par son attitude espoir à Marguerite. Elle essuya ses yeux et ne pleura pas ce jour-là, ni les jours suivants.

Tant que l'hôtel ne leur serait pas enlevé, un espoir persistait. Margot s'en fut à sa chambre et se mit à écrire lettre sur lettre, demandant de l'aide auprès des grands du royaume.

## 8

*Dénouement du drame*

Marguerite s'endormit sur son secrétaire, à la lumière tamisée des chandelles qui s'étaient consumées et dont la mèche semblait vouloir encore dispenser une lueur à peine visible. Ses doigts tachés d'encre noire n'avaient pas lâché la plume d'oie, dont l'extrémité était émoussée par l'exercice constant auquel on l'avait soumise. Lorsque la baronne de Mirmille entra dans la chambre, un courant d'air frais la fit frissonner. Les volets n'avaient pas été fermés. Elle secoua sa tête devant le triste spectacle qui s'offrait à elle. Lentement, elle se pencha sur sa nièce et lui retira la plume des mains. Elle souffla les chandelles, qui résistèrent à sa tentative dans un effort pathétique car bien vain. En regardant vaciller l'étincelle, Annette songea que les chandelles et les jeunes femmes avaient en commun un esprit combatif qui se manifestait dans les instants les plus dramatiques.

Encore une fois, le jour se leva sur l'hôtel du Marais. Charles-Antoine de Collibret regardait sa femme entasser des provisions et des bijoux dans les coffres de voyage. Choisissant avec rapidité ce qui devait ou non être emporté, elle avait déjà réussi à boucler trois petites malles. Jeune, la baronne avait vécu dans le Poitou, près de La Rochelle. Les pillages des brigands, la clameur des dragons, le soufre et la poussière des combats avaient bercé sa jeunesse et en avaient fait une femme aguerrie à l'art de la survie, qui, s'il n'était pas aussi glorieux que celui de la guerre, était tout aussi vital pour le peuple. Charles-Antoine soupira en se versant un autre verre de liqueur. Il avait résolu de vider les caves de son frère avant que les autorités fassent main basse sur les avoirs de la famille.

— La pauvre enfant… la pauvre enfant… répéta-t-il, la langue déjà bien engourdie par l'alcool.

— Cesse tes jérémiades, veux-tu ? demanda la baronne, agacée.

Annette se leva et enleva d'un geste brusque le verre de cristal des mains de son mari. Elle foudroya ce dernier de son regard noir, qui avait parfois des similitudes avec celui des gitanes. Le baron baissa la tête piteusement.

— La seule personne qui fait pitié à voir ici, c'est toi ! Prends exemple sur ta nièce, et si tu ne peux être un mari digne de ce nom, sois au moins un oncle décent ! jeta la baronne.

C'est à ce moment-là que Margot décida d'entrer dans le salon. Moins étonnée par la dispute familiale que par le fouillis qui régnait dans la pièce, elle s'arrêta sur le seuil.

— Que se passe-t-il ici, ma tante ?

— Je fais nos valises, nous allons partir sous peu, répondit-elle sans détour.

— Comment !

Marguerite s'était vêtue d'une belle robe de satin gris clair, dont les manches étroites épousaient les bras. Sa coiffure en serpenteaux et le soin de sa tenue ne laissaient deviner aucune disgrâce familiale. À peine avait-elle de petits cernes habilement masqués par le fard. Annette s'étonnait de la voir si dispose et s'arrêta pour la considérer un moment.

— Où allez-vous dans cette tenue, Marguerite ?

— Je vais voir monseigneur le prince, déclara la jeune femme d'un air autoritaire, qui semblait signifier : « J'espère que tout cela sera remis en ordre à mon retour. »

— Monseigneur le prince ! s'étouffa le baron de Mirmille.

— Oui-da.

— Mademoiselle, le carrosse est prêt, fit le cocher.

Annette regarda la robe grise s'éloigner, impressionnée malgré elle par tant de détermination. Elle se mit à penser que le regard de Margot pourrait en effet faire changer le cours du destin.

Ce matin-là, la jeune femme avait conclu que le prince de Condé était le seul appui qu'elle pouvait solliciter et qui était assez puissant pour soutenir leur cause. De plus, son frère était de la maison du prince, rien ne l'empêchait d'aller lui rendre visite. Lorsque le Grand Condé n'était pas à Chantilly, il séjournait dans son hôtel privé, moins vaste qu'imposant ; ce n'était pas un bâtiment moderne, mais il était vénérable.

Le carrosse s'arrêta à la grille. L'héraldique des Bourbon-Condé, coulé dans le bronze, surplombait les grilles et le jardin qui s'étendait devant la maison. Des dizaines de chaises à porteurs et plusieurs carrosses piétinaient l'allée et les bosquets. L'attelage de Marguerite s'aligna sur les autres. Lorsqu'elle posa le pied sur les pavés, elle avisa les têtes tournées vers elle ; un petit groupe de laquais la scrutait d'un air appréciateur. Elle prit une grande inspiration et traversa la cour. La domesticité d'un hôtel comme celui du prince avait sa propre hiérarchie. C'était un imbroglio de charges et de fonctions ; les pages, les laquais, les majordomes, les intendants, chacun jaloux de son rang. Heureusement, la jeune femme avait déjà ses entrées dans les quartiers princiers, grâce à Gabriel. Un cercle de têtes bouclées et de rubans parfumés se forma autour de ses jupes.

— Gabriel ? Il est en province, à Chantilly, l'informa un garçon aux boudins blonds.

Les pages étaient curieux, la plupart lui lançaient des œillades coulantes, croyant sans doute qu'elle était la dernière conquête de Gabriel.

— Ah bon. Vous connaissez Célestin d'Autevielle ?

— Oui, voulez-vous que je vous introduise ? Il est au salon des gentilshommes.

— Merci, répondit Margot reconnaissante, se disant qu'elle parlerait à son frère de ce jeunot sympathique.

La jeune femme n'aurait pas pu se débrouiller sans guide dans ce dédale de couloirs. Partout, il y avait des invités ou des solliciteurs ; impossible de faire la différence entre les deux quand on n'était pas de la maison. Le page bouclé la laissa devant un salon en lui promettant que ce ne serait pas long. Quelques secondes plus tard, Célestin apparut. C'était un jeune homme de taille moyenne avec une chevelure foncée et des yeux bleu ciel. Sa charge de page principal faisait de lui, outre le damoiseau le plus en vue de la maison, un intime de la chambre du prince et une autorité parmi les autres pages.

— Mademoiselle de Collibret, salua-t-il en reconnaissant la sœur de son ami.

— Bonjour, monsieur d'Autevielle, fit la jeune femme en souriant.

— Vous cherchez votre frère ? Je crains qu'il ne soit à Chantilly en ce moment, affirma-t-il avec entrain.

Le protocole lui interdisait de faire sentir à la jeune femme la défaveur qui l'entourait. Pourtant, Marguerite voulait en avoir le cœur net.

— Dites-moi, mon frère est en province depuis longtemps ?

— Depuis quelque temps... admit-il.

— Célestin... est-ce que c'était... avant ? implora Margot.

— Gabriel est là-bas depuis une dizaine de jours.

Marguerite fit un signe qui témoignait de son soulagement. Son frère n'avait pas senti le déshonneur, pas encore... Les nouvelles n'avaient pas eu le temps d'atteindre la province.

— Célestin, je dois voir monseigneur le prince.

Les prunelles aquatiques, le parfum de miel, les courbes alléchantes de la demoiselle... Célestin prit le parti de croire que le déplacement en valait la peine. Au mieux, le prince la recevrait et la trouverait à son goût ; cela lui vaudrait au moins un compliment. Au pis, il s'en tirerait avec une petite réprimande pour son manque de jugement ; or ce serait à lui de répandre le bruit que causerait à la cour la démarche de la demoiselle de Collibret. Il y trouvait donc son compte.

— Venez, je vais vous faire introduire, promit le jeune homme avec un sourire suave.

Dans l'antichambre, plusieurs aristocrates et quelques bourgeois attendaient. Certains étaient là depuis le matin, d'autres depuis des jours, voire des semaines.

Le prince était un homme influent et une personnalité de la cour du roi. Célestin se rendit jusqu'au majordome qui gardait la porte et glissa quelques mots à son oreille. Marguerite, le cœur battant, attendait. L'air de la pièce était lourd ; chargé de parfum et d'une sorte d'anticipation fébrile. Elle vit le majordome hocher la tête et disparaître à l'intérieur. Célestin revint vers elle.

— Ça va être à votre tour, bonne chance, dit-il en quittant la pièce.

Marguerite attendit. Puisque le temps s'écoule différemment lorsqu'on appréhende quelque chose, elle eut l'impression d'attendre un long moment. Puis un jeune clerc s'approcha d'elle. Il portait l'écusson de la maison, discrètement brodé sur sa toge, insigne de sa fonction. Quelques curieux se retournèrent, mais comme la jeune femme était inconnue de tous, ils s'en désintéressèrent aussitôt. Il la salua et lui tendit un billet. Surprise, Marguerite le déplia.

Il y était écrit :

« Nous sommes navrés de l'infortune qui accable votre famille. Comprenez que nous ne pouvons pas vous recevoir. »

Elle lut le mot, une fois, deux fois. Pas de signature, pas de titre d'adresse. On ne voulait pas la recevoir. Son inexpérience des mœurs et des coutumes de la vie de cour lui pesait lourdement. Où trouver des éclaircissements ? Certainement pas dans les yeux du clerc, qui exprimaient de l'inconfort et de la pitié. Marguerite replia le mot et réussit à articuler un « merci » à peine audible. S'éloigner de cette pièce, sortir dans le couloir, s'asseoir.

Machinalement, elle accomplit tous ces gestes. La ruche animée des déplacements des domestiques et des courtisans enterrait tous les bruits. Elle se sentit soulagée d'être entourée, elle ne voulait pas être seule. Lorsqu'elle leva la tête, elle croisa le regard d'un jeune page, un de ceux qui étaient dans le vestibule. Le jeune homme recula d'un pas et faillit bousculer une dame âgée qui portait un caniche, puis il s'éloigna précipitamment dans les couloirs. Margot eut la désagréable impression qu'il partait à cause d'elle. Elle se leva, résignée, et tenta de retrouver son chemin. Ses pieds lui paraissaient lourds comme du plomb. Un petit groupe de demoiselles en robes blanc et bleu se dirigea vers elle. Margot s'appuya contre le mur et attendit qu'elles passent. Il lui semblait qu'elle n'était pas désirée ici ; des chuchotements et des œillades précédaient ses pas comme un tapis de pétales gris.

Lorsqu'elle aperçut l'attelage arborant les armoiries des Bourbons, elle réprima une plainte de résignation.

— Ha ha ! Vous êtes, sans conteste, une femme des plus étonnantes, mademoiselle de Lenclos ! s'exclama un homme grand et bien vêtu en tendant la main à une femme qui montait dans le carrosse.

Marguerite reconnut le prince de Condé. Comme si elle avait reçu un coup de poignard dans sa poitrine, les larmes montèrent à ses yeux. Elle fit un effort considérable pour ordonner à ses pieds d'avancer.

Au moment où il se tournait de son côté, le prince de Condé, qui n'était pas homme à s'attendrir facilement, fut saisi à la vue de cette jeune femme.

Les larmes emplissaient ses yeux tels deux étangs verts. Il marcha à sa rencontre. C'était intrigant, d'autant plus qu'il ne parvenait pas à mettre un nom sur le visage de la jouvencelle.

— Vous êtes monseigneur le prince de Condé, supposa la jeune femme, dont la voix demeurait claire malgré les émotions de son regard.

— On ne peut plus vrai. Vous êtes ? demanda le prince avec autorité.

— Quelqu'un que vous avez refusé de recevoir, monseigneur, lança-t-elle en sortant le billet de son aumônière.

Le prince, de plus en plus intrigué par cette rencontre dramatique, s'avança pour prendre le papier que lui tendait la jeune femme. Lorsqu'il le lut, une grande ride se dessina sur son front. Son profil aquilin se pencha vers Margot, qui se sentit tout à coup minuscule à côté de cet homme ayant remporté les plus grandes batailles de la France.

— Quel est votre nom, quel est votre titre, mademoiselle ? commanda-t-il.

— De titre, je n'en ai point, mais mon nom est Marguerite de Collibret, s'empressa-t-elle de répondre.

Il y eut un court silence durant lequel le prince parut incertain de ce qu'il devait dire ou faire.

— Je vois, votre père a été emprisonné. Votre frère est à mon service. Je connais votre histoire. Hum…

— Pouvez-vous quelque chose pour notre famille, monseigneur ? s'enquit la jeune femme, qui avait recouvré ses esprits.

— Je crains que non. Vous avez des appuis, de la famille, à Paris ?

— Monseigneur, vous êtes la seule personne qui puisse nous aider, relança la jeune femme.

Le ton de sa voix, ses pupilles qui l'imploraient rendirent le prince mal à l'aise. Apparemment, la jeune femme avait placé tous ses espoirs dans sa seule personne.

— Le roi a ordonné l'arrestation de votre père, mademoiselle de Collibret, je crains que personne ne puisse se porter à votre aide. Le roi ne fléchira pas. Dans cette affaire, mon influence est toute relative. Cependant, je pourrais glisser un bon mot à votre sujet, vous pourriez être reçue à la cour.

— À quoi bon ? répondit la jeune femme, de moins en moins convaincue.

— Le roi pourrait vous accorder une pension à vous et à votre famille, avança le prince.

Marguerite comprit que l'entretien était vain, qu'elle n'obtiendrait pas le soutien qu'elle était venue chercher. Elle fit une révérence en signe de respect et se dirigea vers son carrosse.

— Mademoiselle, je veillerai à ce que votre frère ne soit pas inquiété par cette infortune, je m'en porte garant, annonça le prince.

La jeune femme n'entendait plus. Elle referma la portière et se laissa emporter par les larmes de rage qu'elle contenait.

C'est seulement à ce moment-là que la femme élégante qui avait passé l'après-midi au bras du Grand Condé ordonna à son cocher de quitter l'hôtel des Bourbons. En tant que courtisane, elle était connaisseuse des charmes féminins et savait reconnaître une disposition naturelle lorsqu'elle en rencontrait une. Évidemment, le prince était un homme d'expérience qui avait survécu à plusieurs maîtresses. Mais si cette jouvencelle avait plaidé la cause de son père auprès du jeune roi, il n'est pas dit qu'elle n'aurait pas réussi.

Cette nuit-là, Marguerite dormit pour la dernière fois dans sa chambre de l'hôtel du Marais. La baronne de Mirmille avait vu juste ; en effet, son esprit prévoyant était en avance d'une journée sur la maréchaussée. C'est au début de l'après-midi qu'ils se présentèrent aux grilles de la cour afin de mettre des scellés sur la résidence du financier Alain de Collibret, soupçonné d'être le complice de Nicolas Fouquet. Cette maison était la première et la seule où la jeune femme avait vécu. La quitter était à plusieurs égards un deuil aussi grand que celui causé par l'emprisonnement de son père. De plus, cela rendait leur situation définitive et incontestable. Son oncle et sa tante retournaient à leur baronnie, plus rien ne les retenait ici, si ce n'était un parent pour lequel ils étaient impuissants. Ils avaient des responsabilités sur leurs terres et deux fils qui étaient encore au monastère. Ni eux ni Claudine ne savaient encore ce qui était arrivé à Paris. Chaque fois que la jeune femme pensait à sa sœur, les larmes lui montaient aux yeux. Comment la fragile et sensible Claudine allait-elle réagir ? Le devoir envers sa sœur lui paraissait lourd à porter. Elle était l'aînée, elle devait montrer à sa famille que tous les espoirs d'une vie normale n'étaient pas chimériques. Tant qu'elle resterait ici, il y aurait un cœur qui battrait encore dans Paris pour croire que les entreprises du roi et de la cour ne pouvaient pas tout briser.

— Je ne pars pas avec vous, annonça Marguerite, entourée des malles et des coffres qui étaient destinés à la voiture.

— Marguerite, il n'y a pas de « Je ne pars pas avec vous »,
trancha Annette, qui attendait cette discussion depuis qu'elle
avait vu que sa nièce ne portait pas sa robe de voyage.

— Je ne pars pas, je reste ici, auprès de mon père, affirmat-t-elle derechef.

— Voyons, Marguerite, que voulez-vous faire à Paris ? Il n'y
a personne pour nous aider.

— Je vais trouver, ne vous inquiétez pas pour moi, confiat-elle avec assurance.

— Ne pas s'inquiéter ! Ne pas s'inquiéter ! C'est de la folie,
vous m'entendez ? C'est hors de question, éclata Annette, qui avait
de plus en plus peur de l'entêtement de sa nièce. Où donc avez-
vous l'intention de séjourner ? s'enquit la baronne, piquante.

— Chez une de vos amies bourgeoises, je vais servir comme
demoiselle !

— Marguerite, arrêtez, vous allez me faire mourir de rire !
Mes amies n'ont pas de demoiselles, mais des domestiques, des
servantes. Vous ne savez même pas tenir une aiguille ! Qu'est-ce
qui vous fait croire qu'elles voudront vous prendre chez elles ?

— Si vous ne voulez pas m'aider, je m'arrangerai autrement,
dit la jeune femme, blessée par les propos de sa tante.

— Marguerite, recommença Annette avec douceur, je vous en
prie, soyez raisonnable. Votre courage est louable, mais ne servira
qu'à vous faire du mal. Je vous aime beaucoup trop pour vous voir
vous perdre dans les méandres de la ville, de la cour. Je ne doute
pas de votre volonté, mais de la bonté des gens, voyez-vous.

— Ma tante, si je vois qu'il n'y a pas d'issue, je vais quitter
Paris. Je vous le promets.

Annette poussa un soupir résigné. Quoi que sa tante dise, la
jeune femme ne serait pas d'accord. Les yeux de Marguerite
cherchaient sa bénédiction, mais son esprit batailleur s'en passe-
rait si le siège devait durer trop longtemps.

## 9

### *Langue Sale et langue fourchue*

— Voilà la pièce qui est à votre disposition, si vous acceptez mon invitation, dit M^me Bichon en ouvrant la porte.

La chambre était étroite et austère. Un coffre avait été posé au pied du lit qui constituait, avec une vieille armoire et une petite table mal assortie, l'unique mobilier. Seuls un chandelier et une couette de cotonnade exprimaient quelque intention de rendre la pièce accueillante.

« Ce n'est pas différent d'une chambre de couvent, se dit Marguerite, une fois les rideaux tirés… »

M^me Bichon s'aperçut que quelque chose tracassait la jeune femme.

— Écoutez, je sais que ce n'est pas très luxueux, mais votre tante m'a fait comprendre que… commença-t-elle.

— Ça va, ce sera très bien, coupa Margot, dont l'orgueil avait été assez éprouvé depuis quelques jours.

Elle se convainquit que ce n'était que pour quelques jours, quelques semaines, tout au plus. Prendre conscience qu'il n'y avait pas de rideaux, pas de fenêtres, l'avait assommée. Les dehors de la maison, pourtant, ne l'avaient pas trompée. C'était une demeure modeste dans un quartier où vivaient de petits bourgeois et quelques artisans. La maison était propre et bien tenue, mais très austère. Sa chambre était la plus petite, même la chambre des domestiques était plus grande. Marguerite se disait qu'il s'agissait au moins de sa chambre et qu'elle ne la partageait pas. M^me Bichon vivait avec sa fille depuis la mort de son mari, survenue trois années auparavant. Elle expliqua à Marguerite que sa fille avait son âge et que, étant enfant unique, elle bénéficierait grandement d'une compagne qui partagerait son quotidien.

— Marguerite, laissez-moi vous présenter ma fille, Géraldine, fit M^{me} Bichon.

— Enchantée, dit Marguerite à la demoiselle qui, à peine plus grande que sa mère, lui ressemblait à s'y méprendre.

— C'est vous dont le père a été arrêté ? demanda Géraldine avec un soupçon de mépris dans la voix.

Elle examina la nouvelle venue de la chevelure aux souliers avec un sérieux qui donna froid à Marguerite et lui ôta toute envie de s'en faire une amie.

— Oui, répondit-elle.

— Géraldine va vous montrer les commodités de la maison, expliqua M^{me} Bichon. Présente-lui la cuisinière et Marie et, oh, n'oublie pas de lui indiquer où se trouvent les fontaines de la maison. Comme vous le constatez, mademoiselle, nous n'avons pas assez de domestiques pour nous permettre de vivre dans l'oisiveté.

Cette journée avec Géraldine fut un véritable cauchemar. À chaque occasion, la jeune femme rappelait à Marguerite la défaveur de sa famille et la chance qu'elle avait qu'on veuille bien la recevoir ici. Marguerite ne put rien avaler ce soir-là au souper. La perspective d'habiter sous le même toit que la fille de M^{me} Bichon lui nouait l'estomac.

La routine s'installa dans cette petite maison froide qui paraissait encore plus petite à Margot du fait qu'elle se retrouvait souvent en présence de Géraldine. M^{me} Bichon voyait d'un bon œil l'influence de sa fille sur la jeune noble et ne manquait pas une occasion de leur demander d'aller faire quelques courses ensemble. Marguerite taisait son inconfort, sachant fort bien qu'elle n'avait pas d'autre choix : c'était ça ou la campagne. Plus les jours passaient, plus la jeune femme se demandait que faire. L'idée saugrenue de solliciter le roi ou un ministre lui était passée par la tête, mais elle l'avait vite rejetée. Ce qui revenait sans cesse, c'était l'inquiétude quant à la situation de son père. Était-il mort ?

Elle voulait lui envoyer une lettre, un message, mais ne savait pas comment s'y prendre. Au moins, savoir qu'elle n'était pas seule à espérer et à lutter aurait donné un sens à tout ce qu'elle vivait. Un jour, elle s'était même rendue jusqu'à la Bastille et, devant les grandes pierres grises, elle s'était effondrée en larmes. Il lui semblait que son énergie se dilapidait, que chaque matin elle se réveillait un peu moins certaine de pouvoir faire quelque chose. Les occupations de la maisonnée ne lui donnaient pas beaucoup de temps pour réfléchir, elle se couchait le soir épuisée, incapable de sortir de ce cercle sans fin. Les jours devinrent des semaines qui se ressemblaient en tout point. Seules les lettres de la baronne de Mirmille laissaient une marque dans son quotidien.

Les pensées stériles de Marguerite se heurtaient aux murs de la chambre étroite.

La pièce paraissait encore plus sombre que d'habitude. Des espoirs rompus et de vaines illusions étaient les seules choses qui l'habitaient. Margot se prit à penser à sa vie d'autrefois, d'il y avait quelques semaines. Tout lui semblait si loin et si différent à présent. Elle était heureuse alors, tout lui était acquis : son rang, sa famille, sa vie confortable ; mais il n'en était rien. Qui pouvait se vanter d'être à l'abri de tels revirements de fortune ?

Et pourtant, elle était née dans la noblesse, dans un royaume où être noble voulait tout dire, car avec la naissance venaient les privilèges. Du moins, c'est ce qu'elle avait toujours cru.

Dans la matinée, Margot avait failli être renversée par un équipage qui, à en juger par son allure, devait probablement appartenir à des nobles.

Les joues en feu, elle avait ramassé son panier sur la chaussée, offensée par l'audace du cocher.

— Combien de servantes et de roturières *votre* équipage a-t-il renversées, s'était esclaffée Géraldine en la voyant prendre des airs de grande dame.

Ce soir-là, Margot, allongée sur sa paillasse, se posait la question tout en maudissant Géraldine. Elle sentait une peur terrible monter en elle. Au début elle ne voulait pas y croire, elle s'y refusait. Puis elle se rendit compte que personne n'allait venir changer le sort qui lui était réservé. Elle seule y pouvait quelque chose. Chaque jour amenait son lot de mauvaises nouvelles ; emprisonnements, exils, le roi avait pris des décisions et il faisait savoir qu'elles étaient inflexibles. L'attente et les jours n'avaient rien changé, et les paroles de sa tante, tantôt suppliantes, tantôt exaspérées, lui revenaient en mémoire. Elle sentait son courage s'amenuiser, mais la perspective d'abandonner son père à son sort, et en même temps tout ce qui lui était associé, lui était insupportable. Pourtant, elle était convaincue qu'elle ne pouvait rien changer, oui, elle le savait maintenant. Ce constat lui coûtait, comme si avec lui se brisait une partie de ses rêves, une partie de son enfance. Tard dans la nuit, elle parvint à trouver le sommeil.

Dans les jours qui suivirent, Marguerite fit preuve d'une plus grande ardeur dans les tâches quotidiennes. M^{me} Bichon finit par se dire que la jeune femme avait finalement accepté son lot et elle fut prise de compassion pour celle qui, malgré ses dehors fiers, avait tout perdu et se retrouvait seule à Paris. Elle écrivit à son amie de province pour la rassurer sur l'humeur de sa nièce et lui loua son courage et sa persévérance. De fait, dès l'aube, la jeune femme allait aux nouvelles au faubourg pour connaître le fin mot de la disgrâce du surintendant. Plus souvent, elle revenait sans information. Celui qu'on avait surnommé « l'affameur du peuple » était enfermé au château d'Angers et on se désintéressait déjà de lui. Le peuple avait besoin de scandales frais et les échos de la cour n'en manquaient pas. Observatrice, Margot avait constaté que les étals du marché populaire devenaient rapidement le centre de réunion des commères ; elle pouvait à loisir s'y rendre et, tout en achetant une miche, s'informer auprès de celles qui ne se faisaient pas prier pour livrer leurs opinions sur l'arrestation. Une telle soutenait que le procès allait s'ouvrir sous peu, une autre énonçait au contraire que le roi, soucieux d'obtenir le châtiment le plus sévère, voulait former une chambre de justice. Bref, les opinions étaient diverses et controversées. D'aucune allait même jusqu'à prétendre que la disgrâce de Fouquet venait en fait de l'intérêt qu'il avait porté à la ravissante demoiselle de La Vallière, la favorite du jeune monarque. Davantage intéressée par les arrestations et le sort des traitants, Marguerite ne goûtait guère les anecdotes colorées et parfois très rocambolesques qui s'échangeaient. C'est ainsi qu'elle piqua l'attention de la très curieuse mais non moins sympathique boulangère Tartier, qui tenait commerce avec son frère dans le faubourg Saint-Victor. Cette grosse femme au visage rond et large se fit un devoir de glaner les nouvelles pour Marguerite, qui avait éveillé sa curiosité.

En effet, le teint clair et le beau parler de la jeune femme n'avaient pas échappé à la commerçante. Ce n'était pas tous les jours qu'on entendait pareille élocution dans le voisinage. Au début, Marguerite se méfia des questions indiscrètes de la commère, qui cachait sous une apparente bonhomie un sens aigu de l'observation. Puis elle se laissa gagner par la voix et l'attitude bienveillante de la femme, laquelle lui rappelait vaguement la cuisinière de sa tante. Elle se rendit donc aussi fréquemment qu'elle le pouvait au comptoir, de plus en plus pour bavarder avec sa nouvelle amie, mais aussi pour s'évader de l'atmosphère pesante qui régnait chez M^{me} Bichon. Ce nouveau lien lui permit, sans qu'elle en soit pleinement consciente, de s'introduire dans un monde qui n'était pas le sien : celui de la population roturière.

— Pourquoi vous ne lui amenez pas de l'eau de mon baril, au lieu de peiner pour vous rendre à la cathédrale ? lui suggéra Muriel Tartier, entre deux clients.

Marguerite rougit en pensant que parfois la boulangère avait des propos qui frôlaient l'impiété.

— C'est que je n'ai pas envie de me rendre à Notre-Dame, fit Marguerite, qui avait évité consciemment l'endroit depuis l'emprisonnement de son père. N'importe quelle eau consacrée ferait l'affaire, non ?

— Je vois, l'eau de mon baril n'est pas assez bonne pour la Géraldine, répondit la grosse femme en faisant mine de poursuivre le débat.

Celle-ci avait pris Géraldine en aversion et chaque prétexte était bon pour tarabuster la jeune bourgeoise.

— Muriel, soyez sérieuse ! Je ne peux pas apporter de l'eau de votre baril, s'exclama Marguerite.

Malgré l'antipathie qu'elle éprouvait à l'égard de Géraldine, Marguerite ne se résignait pas à être aussi irrespectueuse. Il est vrai que Géraldine ne se gênait pas pour lui rendre la vie difficile. Ce n'était pas un secret : Géraldine avait manifesté son mépris dès sa première rencontre avec elle, et depuis, elle profitait de chaque instant passé avec la jeune femme pour le lui témoigner. Récemment, chacune des sorties de Marguerite était prétexte à un caprice ou à une corvée supplémentaire. Cependant, Margot avait toujours profité de ses sorties pour échapper à la présence de la jeune femme ; c'étaient ces bouffées d'air frais qui lui donnaient la force de retourner dans la maison. La fille de M^me Bichon savait précisément que Marguerite n'avait pas d'autre choix que d'habiter là.

— C'est une fausse dévotion que je vous dis, vous savez comme moi que c'est encore une de ses lubies, reprit la commère, plus calme et d'un ton compatissant.

— Je ne sais pas combien de temps cela va durer encore, soupira la jeune femme, le regard dans le vague.

Quand Marguerite avait cet air lointain et distant, Muriel Tartier savait que la jeune femme était perdue dans ses pensées. Elle aimait à croire que sa belle amie avait un amant mystérieux, quelque prince qui viendrait la chercher et l'emmènerait loin de Paris. La boulangère fut tirée de ses réflexions par une voix familière qui la réclamait.

— Holà, je vous ai demandé la meilleure brioche au miel de la ville !

Le jeune homme avait posé ses coudes sur le comptoir et tapait impatiemment le bois de ses longs doigts minces et tachés d'encre.

— Benjamin Doucet ! Encore faudrait-il que tu me payes les dernières brioches que tu m'as prises ! lâcha la grosse femme de sa voix forte.

— Chut… je t'ai déjà dit de ne pas m'appeler comme ça ici, murmura le jeune homme en jetant des regards suspicieux autour de lui.

— Où étais-tu caché ? Ta pauvre mère et moi nous faisons un sang de cochon pour toi quand tu disparais comme ça sans crier gare…

Familièrement, il s'accoudait au comptoir et ses longues jambes traînaient derrière lui. Tout son corps, ses yeux noisette, ses cheveux épais, ses épaules musclées, réagissaient à l'unisson lorsqu'il se mettait à parler.

— Je suis sur un gros coup ! Les nobliaux… ah ! Ils vont se faire déculotter ! Langue Sale n'a pas dit son dernier mot… on ne peut pas me faire taire comme on veut, moi. C'est pour demain, ça va faire tout un raffut, tu vas voir ! Ha ! Ha !

— Si c'est comme la dernière fois, je veux bien te croire.

— Tu pourras me passer cinquante pamphlets, comme à l'habitude ?

— Mais oui, répondit-elle tout en découpant une large part d'une brioche dorée.

Ses yeux gourmands fixaient la brioche comme un loup guette un lièvre.

— Jem vaisu… viniere oau trèttitau… parvint-il à formuler, la bouche humide de sucre et de miel.

Marguerite, la curiosité éveillée, tendait l'oreille. Le jeune homme ne semblait plus se soucier de discrétion ou de la présence de la jeune femme, et sa bouche, qu'il avait large et expressive, s'ouvrait pour laisser s'échapper mille insanités. Malgré cela, la jeune femme le trouva sympathique. Sa physionomie rassemblait plusieurs éléments qui, combinés, donnaient un minois spirituel et assez agréable à regarder.

— Muriel, vous ne me présentez pas à votre ami ?

Soudain, il se tourna vers elle et Margot crut un instant qu'il allait s'étouffer avec sa brioche. Heureusement, il dut arriver à la conclusion qu'elle n'était pas dangereuse, car il finit par avaler la pâtisserie.

— Mais certainement, Langue Sale, voici Marguerite, une amie à moi, affirma la matrone sans détour et avec sa bonhomie habituelle.

— Bonjour, mademoiselle, dit-il en prenant sa main pour la serrer franchement, sans doute avez-vous déjà entendu parler de moi ?

— Euh… non.

— Marguerite n'est pas… de la région, intervint promptement la boulangère.

— Bigre ! Je comprends, constata-t-il en hochant la tête le plus sérieusement du monde. Quelle autre raison auriez-vous de ne pas connaître le plus grand pamphlétaire et gazetier de Paris ? Oui, madame. Je me donne le titre, sans modestie aucune, de redresseur de torts. Également nommé « voix de la populace » et « défenseur de la veuve et de l'orphelin », vous comprendrez que je suis le fléau des nobliaux. Celui dont les feuillets les plus acides ont donné un sens à l'adage « la plume est plus forte que l'épée ».

— Ça va maintenant, coupa Muriel Tartier.

— Vous serez à la place Saint-Michel demain ? Il ne faut pas manquer le spectacle, conseilla-t-il en chipant un morceau de pain aux œufs sous les yeux de la boulangère. Allez, à demain.

Marguerite le regarda s'éloigner en déambulant entre les étals. Pour rien au monde elle n'aurait voulu rater le spectacle du lendemain.

— Muriel, je crois que cet homme peut m'aider, glissa-t-elle à son amie avant de prendre congé.

Ce jour-là, Marguerite se rendit à l'église Saint-Séverin pour aller y chercher de l'eau bénite. Elle ne fit pas ses dévotions, mais s'arrêta tout de même pour se signer devant la petite chapelle. Lorsqu'elle revint à la maison, elle remit l'eau bénite à Géraldine, qui fut étonnée de la trouver dans de si bonnes dispositions.

❧

Dans un nuage de poussière et d'odeurs disparates, la foule se pressait au bord du tréteau improvisé : un chariot de bois et des ballots de paille. Au premier rang, des jouvencelles se trémoussaient en attendant celui qu'elles étaient venues voir. Les autres citadins, moins excités, étaient arrivés assez tôt pour s'assurer d'une bonne place. C'était toujours un bon jour pour les marchands. L'attente et la presse donnaient faim aux passants qui se déplaçaient parfois d'un faubourg à un autre pour assister aux spectacles comme celui que donnait Langue Sale. Certains colporteurs s'implantaient même sur les lieux afin de faire du profit, ce qui entraînait souvent des querelles avec les marchands de la place Saint-Michel. Bref, c'était un événement à ne pas manquer. Trois gamins étaient grimpés sur une colonne de tonnelets ; malin, puisqu'ils pouvaient de là apercevoir le chariot ainsi que sonner l'alarme si un garde ou un policier se présentait.

Étrangère à ces divertissements publics, la jeune femme n'avait pas pu bénéficier d'un point de vue aussi avantageux. C'est un peu avant midi qu'elle arriva sur la place, stupéfaite devant le flot de citadins qui s'entassaient autour du chariot de foin. Chacun jouait du coude, du panier ou de la canne afin de se faire de la place. Elle renonça à avancer et s'appuya plutôt contre un sac d'avoine. Près d'elle se tenait un légiste en tenue d'avoué. D'abord, elle s'en étonna, puis se dit qu'après tout les avocats avaient tout intérêt à être au parfum des déboires de la noblesse. Cela la fit sourire.

Tout à coup, elle sentit qu'on lui glissait quelque chose dans la main. Margot tressaillit, puis reconnut le visage spirituel sous un large feutre noir. Il lui fit un clin d'œil et s'élança vers le tréteau. Plus rapide qu'un singe dressé par un bohémien, il fut sur le chariot en un grand bond agile. Les acclamations et les applaudissements des auditeurs accueillirent l'arrivée de Langue Sale.

— Holà braves gens de France ! Mesdemoiselles, mesdames, messieurs ! La rumeur publique veut que je sois un infâme propagateur, un horrible agitateur aux feuillets mensongers ! Ô peuple

de Paris ! Je vous dis : n'écoutez pas les rumeurs et les racontars !
Je vous apporte des faits !

À la plus grande surprise de la masse réunie, des rectangles
de papier se mirent à pleuvoir par dizaines. Les feuillets blancs
tournoyaient dans le vent, voletaient, papillons de poésie délurée
que des mains impatientes cueillaient au vol. La masse com-
pacte se divisait et s'éparpillait, avide de mettre la main sur le
pamphlet convoité.

Marguerite ouvrit sa paume et y trouva un rectangle de
papier. Un poème signé Langue Sale.

— De quel crime accuse-t-on Fouquet ? Si fait, si fait, mes
amis. Je répète : quel mal a commis Fouquet ? Le Mazarin, il me
semble, a fait mieux et pire en son temps. Le roi l'aurait-il oublié ?
Ou serait-ce qu'on veut nous faire l'oublier ? Voilà qui serait bien
commode… Car qui dit Mazarin dit aussi Colbert, qui fut son
protégé ! Dame ! Vous n'avez rien retenu de mes leçons ? Bah ! Je
vous pardonne ; la preuve, j'ai pour vous une petite chanson :

*Fouquet on veut accuser ?*
*A-t-on déjà oublié ?*

*Jadis, on ne punit point,*
*Pareil crime en France.*
*L'exemple du Mazarin,*
*Qui évita la potence,*
*Le c… posé sur le butin.*

*On voudrait bien effacer,*
*De ce Colbert le passé*
*Vous Talon et Lamoignon,*
*Ne soyez pas si bêtes,*
*Croire le procès honnête.*
*Serait bien mal connaître,*
*Du roi les filiations.*

*Peut-on condamner celui,*
*Qui fit tel qu'on lui apprit ?*

Le « Peut-on condamner celui qui fit tel qu'on lui apprit ? »
était sur toutes les bouches. On le chantonnait, on en riait.
Langue Sale avait marqué un point. Sans se positionner pour ou
contre Fouquet, le gazetier était parvenu à questionner les motivations du roi et de ses conseillers. Avant même que les noms du
président et du procureur de la chambre de justice fussent
confirmés, on parlait de M. Talon et du président Lamoignon
depuis quelque temps, on doutait de l'issue du procès…

Les « oh » et les « ah » s'étaient tus depuis un petit moment.
Certains passants étaient repartis, déçus que les policiers ne
fussent pas venus faire leur ronde. La foule se plaisait à ralentir
les représentants de l'ordre pour que le pamphlétaire ait le temps
de fuir. Après tout, personne ne souhaitait que Langue Sale fût
pris au collet. Ce n'était pas un voleur, ni un tueur, ni un violeur.
Marguerite comprit le pouvoir du « redresseur de torts » comme
figure populaire. Depuis un bon moment déjà, elle attendait de
pouvoir lui parler. Étalé sur les ballots de foin, il badinait gaiement avec trois jouvencelles qui devaient être parmi ses admiratrices les plus assidues. Marguerite entendait les gloussements
des demoiselles qui minaudaient avec beaucoup d'entrain, mais
peu de bienséance. Elle repoussa une mèche de cheveux et se
décida à aller vers lui.

Lorsqu'il la salua, elle vit qu'il était ravi qu'elle ait assisté à
son spectacle. Elle sentit plusieurs regards mécontents se poser
sur elle. Ne résistant pas à un défi, elle sortit son arme la plus
redoutable. Le jeune homme frémit lorsqu'elle posa sa main sur
la sienne. Margot lui lança son plus beau sourire, découvrant des
dents parfaitement droites. Le combat était inégal.

— Je dois vous parler, maintenant, intima-t-elle.

— Je, oui, j'arrive, répondit-il en se redressant.

Les gourgandines poussèrent de petites plaintes aiguës de
chatons à qui l'on vient de retirer un bol de crème. Il leur assura

que son absence serait de courte durée et suivit la jeune femme dans une des rues qui débouchaient sur la place Saint-Michel.

— Nous sommes à l'abri d'oreilles indiscrètes ici, affirma-t-il.

— Si j'en crois la réaction des badauds, vous êtes capable de soulever une foule avec vos pamphlets et vos... discours. J'ai besoin de votre plume. Mon père a été arrêté injustement. Je le crois victime d'un complot.

— Où est-il gardé ? demanda le jeune homme, qui comprenait soudain que la situation était grave.

— On l'a emmené à la Bastille, monsieur.

— À la Bastille ! s'exclama-t-il. Bigre ! De quoi est-ce qu'on l'accuse ?

— Mon père était un commis et travaillait pour Fouquet. On le soupçonne d'être complice du surintendant. Je n'ai eu aucune nouvelle depuis son enfermement. Mon père était très proche de Fouquet et savait peut-être des choses que le roi veut taire.

Benjamin Doucet fronça les sourcils. Sa mine, qui exprimait si bien la joie, l'étonnement et la comédie, devint soudain pleine de hargne.

— Si je comprends bien, vous êtes dans le camp Fouquet ?

— Oui, rétorqua sans hésiter Marguerite.

— Mademoiselle, sachez que Langue Sale ne travaille pas pour la noblesse, et encore moins pour les nobles eux-mêmes ! Je laisse la tâche aux apothicaires, qui réussissent assez bien, ma foi, à nous en débarrasser !

— Mais, vous avez dit que vous étiez un redresseur de torts. Ce qui est arrivé à mon père est injuste ! défendit la jeune femme.

— Si j'avais voulu être avocat, mademoiselle, je ne serais pas ici dans les rues de Paris. Vous vous trompez, je ne peux rien pour vous, conclut-il en la toisant avec hauteur.

Abasourdie par tant de haine et de mépris, elle demeura immobile pendant un long moment. Lorsqu'elle cligna des yeux, il était parti. Margot sentait ses forces précaires l'abandonner, constatant avec un grand désespoir que la noblesse, qui lui avait tourné le dos, s'acharnait à l'isoler encore plus en lui rappelant combien le fossé était immense entre son univers passé et le reste du monde. Elle ne savait pas où se rendre, mais ne voulait pas aller chez M^me Bichon. Là aussi, on lui reprochait sa nature et ses origines.

Lorsqu'elle la vit s'approcher, Muriel Tartier maudit intérieurement le manque de discernement du jeune homme. C'est sur son épaule généreuse que la jeune femme se laissa aller à pleurer.

— Ne vous en faites pas, il y en a d'autres comme lui dans la ville. Si vous voulez vraiment un agitateur, je vais vous aider à en trouver un. Le faubourg Saint-Antoine en regorge.

— C'est inutile, je… j'étais noble.

— Vous voyez, c'est différent avec Benjamin. Son père était avoué, il a été empoisonné par un gentilhomme. Ne me demandez pas son nom, je ne le sais pas. Ce dont je suis certaine, c'est que le petit a décidé de faire la guerre aux princes. Il veut rendre farine pour pain, vous voyez?

— J'ai bien vu qu'il me portait une grande haine.

— Mais non, mais non, ah, s'il était ici, je le rosserais! Je vais lui parler, vous verrez. S'il connaissait votre histoire… Je suis persuadée qu'il accepterait de vous aider. Je ne pensais pas qu'il serait aussi borné, soupira la boulangère.

— Où habite-t-il?

— Euh… il n'a pas vraiment de toit à lui. Quand je veux lui parler, je vais le voir dans les tavernes où il se tient. Ce n'est pas votre place, Marguerite, ces endroits sont pleins de mauvaises gens.

— Je serai prudente.

— La taverne du Dragon sourd, laissa échapper Muriel en le regrettant aussitôt. Ce n'est pas un endroit pour une dame comme vous.

## 10

## *Deux mondes*

La jeune femme aux yeux vert et brun avançait d'un pas qu'elle voulait déterminé et confiant. Sous sa chemise de chanvre, le pli frottant sa peau contenait toutes les informations dont elle se souvenait sur l'attaque du carrosse. Elle les avait couchées sur le papier pour que sa mémoire ne lui fasse pas défaut. Convaincre ce pamphlétaire n'allait pas être aisé et Marguerite misait sur ses charmes pour réussir. Le corsage de drap noir qu'elle portait, souple et lacé devant comme ceux des filles du peuple, ainsi que la cotte grise en lainage complétaient sa tenue et lui donnaient l'assurance de pouvoir convaincre le jeune homme.

Elle avait dû sortir de la maison rapidement, alors que M^me Bichon était à la cuisine avec sa fille. La jeune femme aurait bien mangé de la tête de veau et du pain frais, mais c'était l'activité du repas qui lui avait permis de partir sans être vue. Il ne faisait pas encore noir, mais c'était une heure trop tardive pour qu'une demoiselle sans escorte pût sortir. Avant de partir, elle avait mis du rouge sur ses joues et sur ses lèvres, une coquetterie qu'elle n'avait pas eue depuis des lustres. La jeune femme aux yeux changeants s'arrêta. Ce n'était pas un quartier accueillant. Près du Petit Pont, les demeures s'entassaient les unes sur les autres et les volets clos gardaient jalousement la lumière des bougies à l'intérieur. Des rigoles de boue et de déchets couraient sur le sol, et des odeurs nauséabondes s'en dégageaient. Marguerite parcourut la rue des Ratiers, cherchant à reconnaître la taverne dont la boulangère lui avait parlé. Un chat traversa la chaussée devant elle en la dévisageant de ses yeux jaunes et méfiants, tenant quelque chose dans sa gueule.

« La rue porte bien son nom », pensa Marguerite.

Quelques minutes plus tard, elle aperçut l'enseigne, illuminée par la lueur qui filtrait à travers les carreaux. La peinture, écaillée par endroits, montrait un dragon du roi, qu'on reconnaissait à sa casaque, appuyé sur une hallebarde. Un gamin espiègle faisait sonner des cymbales à ses oreilles. Marguerite conclut que l'endroit était sympathique et s'avança vers l'entrée. Au même instant, un homme en sortit. Son haleine empestait et son regard vacillant s'alluma lorsqu'il se posa sur la jeune femme ; aux aguets, celle-ci se raidit aussitôt. Il tendit un bras vers ses hanches, mais Marguerite l'esquiva en se faufilant à l'intérieur. La porte se referma sur lui.

Le Dragon sourd n'était pas le genre de taverne où l'on rencontrait des ménestrels et de jeunes gens égrillards venus se réchauffer le cœur autour d'une chanson. Ce n'était pas non plus le genre de taverne où des manouvriers venaient boire leur maigre salaire auprès d'une greluche aux tétons gras. Quand on entrait dans la taverne du Dragon sourd, c'était pour y rencontrer quelqu'un ou y traiter quelque affaire. La discrétion était de mise. Il y avait bien quelques femmes de mauvaise vie, mais bien malin qui pouvait dire lesquelles. Pour ces raisons, aucun curieux ne leva les yeux sur Marguerite.

Un feu crépitait dans l'âtre. Les conversations se perdaient entre les tintements des couverts et le cliquetis des cornets à dés. La plupart des tables étaient occupées ; certains hommes jouaient aux cartes, la plupart discutaient, les coudes appuyés sur la table. Margot n'avait aucune idée de la conduite à adopter, car elle ne voyait le pamphlétaire nulle part. La jeune femme fit quelques pas hésitants dans la vaste pièce ; là où se posait son regard, elle ne distinguait rien de familier. C'était un endroit d'hommes et elle ne connaissait rien à ce monde-là. Mue par l'instinct, elle se dirigea en zigzaguant entre les tables vers le comptoir du tenancier.

— Je me demandais combien de temps tu resterais plantée là, ma belle, dit le grand homme lorsqu'elle s'assit sur le tabouret.

Marguerite se mordit les lèvres et tenta de prendre un air assuré.

— Je cherche Langue Sale, annonça-t-elle.

— Langue Sale, hein ? Je ne connais pas ce nom… Je te sers quelque chose à boire, offrit le tenancier en poussant vers elle une bière mousseuse dans une chopine.

Elle ignora la bière qu'il lui présentait. Elle secoua la tête.

— Voyons, c'est impossible, je sais qu'il vient souvent ici, insista la jeune femme, inquiète tout à coup d'avoir fait tout ce chemin en vain.

— Ben moi, je te dis que je ne connais pas ce nom ; en attendant tu peux boire un coup, conclut-il en se tournant vers un autre client.

Marguerite poussa un long soupir. Elle sentait qu'elle ne pourrait pas rester longtemps ici sans bonne raison. Le tavernier lui jetait des regards curieux par-dessus son épaule. La jeune femme trempa ses lèvres dans la bière, qui avait un goût amer persistant. Cela lui procurait au moins une contenance et lui donnait le temps de penser à ce qu'elle devait faire maintenant. Elle sentit alors une main se poser sur son avant-bras et entendit une voix qui ne lui était pas étrangère.

— Mademoiselle, c'est moi que vous cherchez, dit Langue Sale.

Marguerite se retourna. Lorsqu'il la vit, le jeune homme tressaillit. Il venait de la reconnaître. L'expression sur son visage témoignait d'une surprise non feinte.

— Vous voilà, dit Margot, contente de son effet. Je dois vous parler, ajouta-t-elle en se levant promptement.

Elle voulait profiter de ce qu'il était surpris, car il n'aurait pas le temps de protester. Elle savait qu'elle ne disposait que de peu de temps pour le convaincre et qu'elle devait jouer les bonnes cartes. Il l'entraîna vers une table ronde légèrement à l'écart. Avant même qu'elle fût assise, sèchement il lui lança :

— Qu'est-ce que vous êtes venue faire ici ?

— J'ai quelque chose pour vous, répondit Marguerite. Mais avant, il faut que vous m'écoutiez.

— Ce n'est pas un lieu pour une jeune femme, encore moins pour quelqu'un de votre rang, dit l'agitateur sur un ton qu'il voulait le plus coriace possible.

Marguerite eut l'impression vague qu'il était surpris, peut-être même troublé. Elle décida de tirer avantage de son émotion. Adroitement, elle se mit à défaire les rubans de son corsage, en le fixant de ses prunelles mordorées.

— Qu'est-ce, qu'est-ce que vous faites ? hésita-t-il avec un malaise certain.

— J'ai quelque chose pour vous, répéta Margot dans un murmure.

— Je vous en prie, mademoiselle, dit-il en posant une main ferme sur son avant-bras, ce n'est pas l'endroit pour...

— Écoutez, je n'ai plus rien à perdre. Si vous ne voulez pas m'aider, personne ne le fera. Je sais que vous pensez que je suis suffisante et hautaine, vous ne m'aimez pas car j'étais riche et que mon père était ami de Fouquet...

— Arrêtez, je vous en prie, coupa-t-il.

Benjamin poussa un long soupir et laissa choir sa tête bouclée entre ses deux mains. Il était fort troublé par cette jeune femme qui avait plus d'audace que bien des hommes. Il se sentait tiraillé entre ses convictions et une envie de l'aider qui venait de se manifester, contre toute attente. Il devait avouer qu'il admirait son courage, et son désespoir n'était pas peu émouvant. Mais elle était de la noblesse. Ce n'était pas qu'il n'aimait pas les nobles, le mot était trop doux. Il les détestait avec une ardeur profonde. Cependant, il ne pouvait pas être totalement insensible à la détresse de Marguerite. Il se convainquit qu'elle était sans doute différente des autres, puisqu'elle avait perdu ses titres et son rang.

— Bon, racontez-moi votre histoire.

Un éclat traversa les yeux de Margot. Elle avait gagné. Quelques secondes s'écoulèrent, puis elle fit le récit des événements qui avaient précédé l'arrestation de son père. Malgré les émotions qui montaient en elle à l'évocation de l'attaque du carrosse, elle se fit le plus concise possible. Elle lui raconta sa rencontre avec le bandit gentilhomme chez la marquise de Plessis-Bellière. Ensuite seulement, elle glissa ses doigts dans son corsage et en sortit le carré de papier, sous le regard attentif et légèrement amusé de Benjamin. Le stratagème avait marché. Bon perdant, Benjamin leva un sourcil lorsqu'elle lui tendit le pli qui contenait les renseignements qu'elle venait de lui livrer.

— Il y a des grands qui auront peur... pourquoi avait-on besoin de ces papiers ? Cet homme, ce bandit a été payé par quelqu'un pour voler les documents sur la route de Paris, s'emporta Marguerite. Mon père croyait que le bandit savait exactement ce qu'il faisait en dérobant le portefeuille dans notre carrosse. Ce qui signifie que la chute de Fouquet a été orchestrée ! Pourquoi, sinon, toutes ces tergiversations sur le procès ?

— Vous pensez bien que je le sais, lança le jeune homme après quelques minutes de mutisme.

Puis voyant l'expression de surprise qui se peignait sur le visage de la jeune femme, il expliqua :

— On n'est pas roi de France un matin pour se retrouver sous les barreaux deux semaines plus tard ! Depuis Vaux-le-Vicomte, ça sentait mauvais pour Fouquet. La fête en l'honneur du roi, tout le tralala, vous pensez que cela n'a pas fait pâlir ses rivaux ? Dame, le roi lui-même a ordonné son arrestation. Mais oui... Votre surintendant, on ne peut pas dire qu'il s'était appauvri depuis la mort de Mazarin.

— Parce que être riche, pour vous, c'est une bonne raison pour se faire arrêter, continua la jeune femme. Pourtant, ce que je vous dis, les papiers, preuves de l'innocence de Fouquet, ont été volés pour mieux précipiter sa disgrâce.

— Ce sont peut-être des preuves, mais ce pourrait aussi être des papiers dangereux pour sa sécurité qui devaient disparaître, par exemple. De toute façon, cela ne pourra pas nous aider à défendre la cause de votre père, conclut le pamphlétaire. Au contraire, avec cette affaire, votre père s'est attiré le courroux des ennemis de Fouquet.

Marguerite tressaillit, prise d'un malaise.

— Vous pensez que c'est pour cela que mon père est détenu ?

— Non pas, mais s'il y a, comme vous le soutenez, un complot derrière le vol du portefeuille, le nom de votre père doit bien avoir été prononcé dans toute cette affaire. Je vais boire un coup, moi, je vous apporte une chopine ?

Il se dirigea vers le comptoir, incertain de ce qu'il devait faire. Cette fille pensait qu'on pouvait renverser un ordre du roi avec un vol de documents… Mais dans quel monde vivait-elle ? Ce qu'elle lui avait révélé lui laissait distinguer les vagues contours d'un complot, mais en investigateur averti, il ne pouvait pas présager de la suite des événements. Il lui faudrait creuser plus avant. Il apporta un pot de vin et deux verres, et les déposa un peu plus rudement qu'il ne le voulait en revenant s'attabler.

— Je n'ai pas coutume d'écrire un feuillet avant d'avoir récolté les secrets et les confidences des personnes concernées, admit-il. Je dois connaître la vérité sur l'attaque du carrosse, nous pourrons partir de là. Combien de domestiques savaient que votre oncle transportait des documents appartenant à votre père ? Est-ce que les gardes étaient de confiance ?

Marguerite devait s'avouer qu'elle n'avait jamais envisagé qu'il y ait eu un traître parmi les gardes ou les domestiques de son oncle. Après plusieurs questions, Benjamin affichait une mine contrite en se grattant la tête.

— La marquise s'est exilée, je crois. Son hôtel a été saisi peu après mon passage. Je ne vois pas comment nous pourrons découvrir le nom de ce bandit de grand chemin.

Le gazetier lui lança un sourire. Entreprendre une nouvelle enquête le grisait chaque fois. Sa tête bouillonnait d'idées, et il savait que sa volonté de faire connaître la vérité serait la plus forte. Il vida son verre d'un long trait et se sentit le devoir de justifier, d'expliquer surtout, son rôle.

— Je vais faire mes recherches. Hé ! Vous pensez bien que j'ai des yeux et des oreilles là où les grands ne se doutent pas ! Moi, je veux qu'on sache la dépravation qui ronge la France, c'est mon rôle d'avertir la populace et de la divertir un peu. Je balance mes feuillets et hop ! le tour est joué. Tant mieux si ça brasse un peu, là-haut. Mais la justice, à toute fin, ce n'est pas ce qui m'intéresse. Je serais devenu avocat comme mon père si j'avais voulu faire appliquer la loi. C'est entendu ? exposa franchement Langue Sale.

— Oui, je comprends, répondit Marguerite, une pointe de déception dans la voix.

— Vous ne buvez pas votre vin, il n'est pas mauvais pourtant, commenta le jeune homme et, changeant brusquement de sujet : Vous en avez du culot de venir me trouver ici ! Je n'aurais pas cru cela de vous…

— Quand allez-vous commencer à faire vos recherches ? demanda-t-elle du tac au tac.

— Vous y allez, dites donc ! Bon, parlons de choses sérieuses alors, dit-il résolument. Avez-vous quelques moyens ? De l'argent ?

Les économies qu'elle avait, les quelques bijoux et les objets de valeur qui lui restaient, Marguerite les gardait précieusement dans l'éventualité où elle devrait retourner à la baronnie. Elle n'avait jamais imaginé devoir les utiliser pour aider son père. Elle ne savait pas combien pouvait valoir sa petite épargne. Langue Sale aurait besoin d'argent pour payer des informateurs. Ils convinrent d'un montant, que Margot trouva plutôt modeste, et décidèrent que Muriel pourrait leur servir d'entremetteuse.

Ils marchèrent longtemps sans parler. La nuit avait recouvert les rues de sa pénombre et de son silence. Leurs pas glissaient sur les pavés boueux et la jeune femme prit le bras de son compagnon pour ne pas tomber. Ici, chaque rue pouvait être un coupe-gorge, le pamphlétaire ne le savait que trop bien et évitait adroitement le quartier des argotiers et des tire-laine. Il n'était pas tout à fait l'un des leurs, mais le respect que ses discours attiraient lui permettait des allées et venues sécuritaires. Un cri de femme déchira la nuit et provoqua chez la jeune noble un long frémissement de crainte. Elle se rapprocha de Benjamin, qui étendit un bras protecteur sur ses épaules. Marguerite se surprit elle-même à accepter le contact de son torse, rapprochement qui lui aurait paru très inconvenant quelques semaines auparavant.

Il la garda contre lui jusqu'à ce qu'ils eussent atteint sa demeure. Aucune lumière ne l'attendait. Margot se demanda si son absence avait été remarquée chez les Bichon.

— C'est ici, merci, exprima-t-elle d'une petite voix.

— Hum… Bien, bonne nuit donc.

La porte s'ouvrit alors que Margot s'apprêtait à frapper. C'est le visage de la jeune Marie, la servante, qui apparut, avec son bonnet de nuit et un bougeoir. Margot resta surprise de la trouver là, seule à l'étage. Celle-ci mit un doigt sur ses lèvres minces en signe de silence. La jeune femme comprit que son absence n'avait pas été découverte.

— Madame dort, dit la jeune fille quand elles furent montées à la chambre, personne n'a su que vous étiez sortie, mademoiselle.

— Marie, tu es un ange, remercia Marguerite en embrassant la jeune fille, qui rougit jusqu'aux yeux.

Prendre conscience que la servante avait couvert son escapade remplit la jeune femme de reconnaissance et de joie. Elle avait besoin d'une amie sous ce toit austère. Afin de lui témoigner sa gratitude, Marguerite alla prendre sous son lit son coffret à bijoux. Elle remit une petite bague en argent ciselé à Marie.

Les yeux de la jeune fille s'écarquillèrent de surprise.

— Oh, mademoiselle, c'est trop beau pour moi !

— C'est trop peu au contraire, renchérit Marguerite, émue par la réaction de la petite. Va maintenant, il est tard.

Marguerite se coucha sur son lit et s'endormit tout habillée. Le lendemain, lorsqu'elle se présenta au comptoir de la boulangère, elle confia à celle-ci un bracelet en or gravé et une petite bourse pour Langue Sale.

— Benjamin va passer vous voir, vous lui remettrez cela.

— Tudieu ! Vous avez réussi à le convaincre ! poussa la mégère en considérant la bourse et la parure. Eh bien ! ce n'est pas de la pacotille.

Marguerite lui décocha un sourire en mordant dans une tresse aux œufs à pleines dents. Elle avait une faim de loup. Ce matin, Géraldine l'avait réveillée en frappant frénétiquement à sa porte. Étourdie, Margot avait ouvert sans prendre le temps de changer de tenue. Le coup d'œil que la bourgeoise avait jeté sur son corsage de drap était celui d'un renard qui guette sa proie.

— Tu as donné un de tes bijoux à Marie, avait-elle déclaré sur un ton accusateur.

— Oui, pourquoi ? demanda Marguerite, agacée.

— Tu n'as pas le droit d'acheter nos servantes avec tes joyaux maudits ! avait craché Géraldine.

Révoltée par son attitude, Marguerite avait répliqué sans réfléchir :

— Tu es méchante et jalouse ! Jalouse ! Tu ne vas pas m'empêcher de faire preuve de bonté avec ta servante !

La bouche ouverte sous l'affront, Géraldine l'avait fusillée du regard. Pour la première fois, Margot avait osé lui répondre et devait s'avouer que le jeu en valait la chandelle. Surtout pour l'expression de Géraldine. Même en cherchant bien, Marguerite ne trouvait pas la plus petite part de culpabilité en elle.

Muriel la tira de ses réminiscences en glissant vers elle un pot de confiture de cassis.

— C'est lui qui vous a fait retrouver votre appétit ? questionna-t-elle avec un sourire plein de sous-entendus.

— Écoutez Muriel, Langue Sale va venir ici vous porter des informations pour moi. Peut-être que nous devrons nous rencontrer quelquefois dans votre cuisine.

C'était une affirmation plutôt qu'une demande.

## 11

### *Retour au Marais*

Tous les jours de la semaine, Margot avait aidé la cuisinière à faire des conserves et des confitures. C'était le premier automne qu'elle vivait à la ville. L'air avait changé ; la tiédeur faisait place à une douce fraîcheur qui, le soir, s'accentuait. À plusieurs reprises cette semaine-là, Marie, aidée de Marguerite, avait dû enlever le linge et les draps de la cour en raison de la pluie qui menaçait à l'horizon. Prise par ses corvées, la jeune femme n'avait pas pu aller voir son amie boulangère aussi souvent qu'elle l'aurait voulu. De plus, elle n'avait pas eu de nouvelles de Langue Sale. Depuis leur dernière altercation, Géraldine s'était tenue à l'écart. Quand Marguerite la croisait, elle avait droit à la morgue habituelle de la jeune femme, sans plus.

Puis, un jour qu'elle était à sa chambre pour y changer la literie, Marguerite aperçut quelque chose qui attira son attention. Elle se pencha sous son lit et en ressortit son coffret à bijoux. La serrure avait été forcée. Plusieurs encoches dans le bois en témoignaient. Énervée, Marguerite ouvrit le boîtier et en examina l'intérieur. Ses doigts tremblaient de peur et de rage. À première vue, tout semblait à sa place habituelle. Elle souleva l'écrin dans lequel elle plaçait son collier de perles. Vide. Sa respiration s'accéléra. Son collier de perles ! Margot conclut qu'une seule personne pouvait sans équivoque être responsable du vol. Elle descendit les marches en courant. M^me Bichon leva la tête de son livre de psaumes en la voyant faire irruption dans la chambre de Géraldine. C'était la première fois que Marguerite entrait dans cette pièce. Il y avait suffisamment de recoins et de tiroirs pour y cacher mille bijoux. Marguerite se lança vers l'armoire et frénétiquement se mit à chercher. Elle ouvrit un coffre, regarda sous le lit. Rien.

— Qu'est-ce que vous faites là, Marguerite ? questionna M^me Bichon de sa petite voix rêche.

— Mon collier de perles, Géraldine l'a pris, je le sais ! accusa Marguerite en poursuivant ses recherches malgré les protestations de plus en plus vives de la bourgeoise.

— Arrêtez, mademoiselle, vous êtes hors de vous-même et vous délirez ! ordonna M^me Bichon en retenant la jeune femme par les épaules.

Marguerite se laissa choir sur le lit et éclata en sanglots.

— Voyons, voyons, ne pleurez pas, nous allons en parler avec ma fille lorsqu'elle rentrera. Pourquoi Géraldine aurait-elle pris votre collier ? Vous voyez bien que cette idée n'a aucun sens, conclut-elle.

— Elle me déteste, murmura Margot, puis devant l'air offensé de M^me Bichon, elle ajouta : Votre fille est ignoble, vous ne la connaissez pas !

La gifle atterrit sur la joue de Marguerite dans un claquement sonore. Marguerite poussa un cri d'humiliation et de stupeur, ses yeux vert sombre brillant de rage.

— Petite ingrate ! vociféra M^me Bichon, montez à votre chambre et ne redescendez pas !

Terrassée par la colère, Marguerite grimpa à l'étage aussi vite qu'elle était descendue. Quand elle entra dans la pièce, sa décision était prise : elle ne resterait pas un instant de plus dans cet horrible endroit. Elle entassa tous ses effets dans la grosse poche de linge qu'elle utilisait pour la lessive, puis, une fois cette dernière pleine, elle la balança sur son épaule. Elle sortit de sa chambre et descendit. Devant le regard médusé de M^me Bichon, Margot quitta la maison avec la ferme intention de ne plus y revenir.

Elle marcha sans arrêt, sans se demander où ses pas la mèneraient. Son cœur battait fort dans sa poitrine et, si elle avait séché ses larmes depuis longtemps, elle sentait encore les sanglots logés dans sa gorge. Au moment où elle aperçut les pavillons de pierres et de briques, singulier contour de la place Royale, elle ralentit, puis s'arrêta. Étrangement, cette vision la rasséréna. Cela faisait si longtemps, elle en était arrivée à croire que son quartier ne serait peut-être plus là. Des attelages aux couleurs rutilantes s'engageaient dans les rues qu'elle avait autrefois connues. Elle avança encore, intimidée par les hommes de guet qui flânaient aux portes du Marais.

— Holà, ma mignonne, on va où comme ça ? lui demanda un garde qui arborait une épaisse moustache.

— Chez ma maîtresse, M^{me} de Vimont-Clercy, répondit Marguerite d'une voix qu'elle voulait assurée.

— Ouais, tu es lavandière, constata-t-il en remarquant son sac à l'épaule.

— Tu es un fin observateur, le soldat, le complimenta Marguerite en lui lançant une œillade charmeuse.

Il rougit sous sa moustache et lui sourit d'un air satisfait. Marguerite continua son chemin, soulagée, se jurant que c'était la dernière fois qu'elle jouait le rôle d'une domestique. Décidée, Marguerite se dirigea là où elle espérait obtenir de l'aide.

Elle déposa son sac sur le portique avant de frapper à l'aide du heurtoir. Son épaule, endolorie par la courroie épaisse, la faisait souffrir. Elle avait soif et son ventre vide criait désespérément sa plainte. Après quelques instants seulement, la porte s'ouvrit. C'est une jeune femme qui lui répondit. Elle avait un col blanc immaculé et une robe grise qui tombait parfaitement.

C'est à ce moment seulement que Marguerite prit conscience de sa tenue négligée. La servante l'invita cordialement à entrer sans lui poser de questions et surtout sans s'arrêter à son aspect.

— M. Gourville n'est pas à la maison présentement, mais je vous prie d'entrer, il ne devrait pas tarder.

Elle la conduisit dans un petit salon. Les chaises confortables et les épais rideaux de velours meublaient chaleureusement la pièce. Sur la table, une carafe de vin et des verres lui permirent de s'abreuver. Diligente, la servante qui l'avait accueillie lui apporta de petites pâtisseries et se retira discrètement. Marguerite avala deux gâteaux aux épices et se retint pour ne pas tout finir. Malgré sa faim, elle ne voulait pas manquer aux règles de bienséance les plus élémentaires. L'attente ne fut pas très longue. Elle entendit des pas et bientôt quelqu'un entra dans la pièce.

— Mademoiselle de Collibret ! s'exclama Gourville en se précipitant vers elle.

— Monsieur de Gourville, fit Marguerite en esquissant un sourire.

— Mais que faites-vous à Paris ? Je vous pensais en province, avec votre famille.

— Je ne pouvais pas abandonner mon père, c'est pourquoi je suis demeurée à Paris, chez une amie de ma tante, expliqua-t-elle. Comble de malchance, son mari est très malade et ils doivent quitter la ville pour la campagne, inventa la jeune femme.

— Je vois, alors vous allez rentrer en Champagne ?

— En fait, si je me suis permis de venir vous voir, c'est que je voulais vous demander l'hospitalité, exposa-t-elle sans détour. Je sais que vous étiez très proche de mon père et que parmi les fidèles de Fouquet vous êtes un des seuls qui n'aient pas renié leurs anciens amis depuis le début de cette affaire.

— Mademoiselle, votre courage est estimable, mais votre place se trouve auprès de votre famille, pas ici, raisonna le sieur de Gourville, ébranlé à la vue de la jeune femme. En fait, je ne m'explique pas comment votre tante a pu permettre que vous restiez seule à la ville.

— Elle sait que je dois rester auprès de mon père. Ma place est ici, affirma Margot.

— Ma pauvre enfant, vous ne pouvez rien pour votre père, soupira Gourville, nous sommes tous démunis devant l'ampleur de ce drame. J'écrirai à votre oncle. Non, mieux encore, je pourrais organiser votre voyage.

— Je ne suis pas une enfant, s'emporta la jeune femme, exaspérée par la réaction de Gourville, qui imitait celle de sa tante. Je n'ai pas besoin qu'on me dise ce que je dois faire ou non.

Stupéfait par l'attitude de la fille de son ami, il s'avança vers elle et lui prit les mains, reconnaissant qu'il l'avait accueillie avec peu d'amabilité. En plongeant ses yeux dans les siens, il y lut la crainte et la détresse à l'idée de quitter la ville. La jeune femme était émouvante dans sa robe de drap froissé et avec ses cheveux dénoués.

— Je suis désolé, je ne voulais pas vous offusquer par mes paroles, confia-t-il à Marguerite, encore moins vous traiter comme une enfant. Cependant, je me vois mal agir comme votre hôte, je n'ai pas... de lien familial avec vous, confia-t-il avec embarras.

— Vous êtes un ami de mon père, coupa Marguerite. Je suis certaine que ma famille serait soulagée de me savoir en sécurité chez vous.

Jean de Hérault, le sieur de Gourville, fronça les sourcils devant la délicate situation qui s'imposait sous les traits d'une demoiselle de bonne naissance, avec laquelle aucune cohabitation ne pourrait être qualifiée d'honnête. Que dirait-on si on apprenait qu'il logeait chez lui une femme dans l'âge d'être mariée dont le père, certes un ami, était emprisonné ?

— Je ne peux pas vous assurer la sécurité, mademoiselle de Collibret. Ma propre position est des plus incertaines. Ceux qui tirent les ficelles de cette affaire pourraient me forcer à fuir à tout instant.

Marguerite prit conscience qu'il y avait plus qu'un entêtement mièvre derrière les résistances de Gourville. Même si lui-même n'avait pas été emprisonné, son hôtel avait été confisqué et on avait peut-être tenté de réunir des preuves contre lui.

— Nous n'avons pas à ébruiter mon séjour chez vous. Je resterai discrète, personne ne le saura. Si quelque chose vous arrivait, je partirais immédiatement pour la Champagne. Avez-vous confiance en vos domestiques ?

Le gentilhomme hocha la tête en signe d'assentiment. Il s'étonnait de la détermination de Marguerite et commençait à se laisser gagner par celle-ci.

— Vous m'obligeriez en écrivant à votre famille dès demain matin. Je veux m'assurer qu'ils approuvent votre séjour chez moi.

— Bien entendu, acquiesça Marguerite, fébrile.

— Soit. Je veux bien vous permettre de demeurer ici quelque temps.

— Merci, monsieur de Gourville, dit-elle, soudain apaisée.

Gourville fit escorter la demoiselle dans une chambre d'invité. Il avala une rasade de brandy afin d'apaiser le trouble qui venait de naître en lui à la pensée d'accueillir secrètement Marguerite de Collibret sous son toit.

Dans les jours qui suivirent, la jeune femme passa la majorité de son temps à dormir. La pièce était grande et décorée avec soin, et le lit fleurait bon la lavande. Comble du luxe, il y avait même une baignoire ! Chaque fois qu'elle se réveillait pour manger, elle percevait les petites marques d'attention qui avaient été ajoutées à sa chambre : un bouquet de fleurs, une bonbonnière de dragées à l'anis et à la menthe. Le premier matin, Gourville lui laissa un message lui recommandant de se reposer et renouvelant son offre d'hospitalité. Marguerite ne le vit pas pendant plusieurs jours. Il n'y avait que trois domestiques qui assuraient le maintien de la maison. Mais ils traitaient Margot avec une déférence et un soin qui lui firent rapidement oublier les derniers événements. Dès son arrivée, ses effets avaient été lavés et pliés avec soin près d'un grand miroir ovale. Elle eut le réflexe féminin de se mirer dans la glace à son premier réveil. Ce « conseiller des grâces » lui renvoya l'image d'une femme au teint frais, mais doré par le soleil ; ses cheveux retombaient en boucles folles sur son front et encadraient un visage aux pommettes saillantes. Sa nouvelle minceur avait atténué le rebondi de ses joues. Elle salua ce reflet qui lui redonnait l'envie de se coiffer et d'être coquette. Peut-être le repos qui avait égayé son humeur lui rendait-il ses anciennes habitudes ? Ou bien était-ce la maison et le soin qu'on prenait pour la recevoir qui faisaient renaître sa frivolité ?

Toutes les pièces du rez-de-chaussée ainsi que la cour étaient à sa disposition, et elle prit rapidement goût à cette nouvelle liberté. La bibliothèque de Jean de Hérault était emplie d'ouvrages, et la jeune femme sentit qu'elle renouait avec une partie d'elle longuement délaissée. L'après-midi, elle s'asseyait dans le jardin, un recueil de poésie ou un roman à la main, savourant la clémence de la température. C'est pendant l'un de ces moments que celui qu'elle avait baptisé son « sauveur » vint la trouver.

— Vous lisez Benserade, je ne l'ai jamais lu, lui avoua-t-il en s'avançant entre les rosiers dégarnis.

Marguerite sourit à son approche. Elle avait espéré pendant plusieurs jours le rencontrer afin de lui témoigner sa gratitude.

— Vous voilà enfin, se réjouit-elle avec une pointe de reproche dans la voix, on jurerait que vous m'évitez depuis que je suis arrivée.

Gourville leva un sourcil, heureux de constater que sa jeune pensionnaire prenait du mieux et qu'elle avait retrouvé tout l'aplomb que sa mémoire lui attribuait. Il retira son pourpoint et s'assit sur le banc de pierre où elle avait décidé de passer l'après-midi. Il pencha son profil d'aigle vers elle. Sa chemise dégageait une odeur de musc et de lys qui plut aussitôt à Marguerite.

— J'étais sortie de Paris, mais je n'étais pas loin, déclara-t-il. Vous avez l'air bien, mademoiselle.

— Je suis bien mieux, votre demeure est un havre de paix ! Je dois vous remercier pour vos prévenances, vous êtes mon sauveur.

— Je suis ravi que cette résidence vous plaise. Je ne m'y suis pas encore tout à fait habitué, confia-t-il en laissant errer son regard dans la cour. Je n'ai eu que la plus élémentaire des courtoisies en vous accueillant chez moi.

— J'ai écrit à ma tante, comme vous m'aviez encouragé à le faire, mentit Marguerite. J'espère que nous aurons des nouvelles sous peu.

— Cela ne saurait trop tarder. Mais pour l'heure, vous êtes mon invitée et je désire que vous vous sentiez complètement à l'aise chez moi. Êtes-vous sortie pendant mon absence ?

— Non, je n'en avais pas envie. Demain, j'escomptais me rendre au marché du faubourg Saint-Victor.

— Vous ne devriez pas sortir seule. Je vais envoyer Antoine avec vous. Vous avez besoin d'un protecteur, Marguerite, seule à la ville, vous êtes une cible facile.

— J'ai pris l'habitude d'aller et de venir sans escorte depuis que mon père est enfermé. Hélas, monsieur de Gourville, je ne suis plus une demoiselle en quête d'un époux, déplora-t-elle d'un ton amer.

— Tant que les amis de votre père sont ici, vous êtes et vous serez toujours sa fille. Rien n'a changé, maintenant que vous êtes chez moi, vous êtes ma protégée.

— Mais la disgrâce est une plaie sociale, monsieur de Gourville, ce n'est pas comme si je venais simplement d'une famille pauvre ! Mon père est enfermé comme un vulgaire voleur ! explosa-t-elle.

— Tut, tut, je ne veux pas vous entendre dire cela. Vous devez savoir, mademoiselle, que, dans la noblesse, la défaveur est un passage presque obligé. Votre père ne va pas croupir en prison pendant dix ans !

Dans son élan, le sieur de Gourville saisit les mains de Marguerite. La vulnérabilité de cette dernière faisait naître en lui un très fort désir de la protéger. Il se pencha vers elle imperceptiblement. Marguerite perçut dans son regard une flamme vive qui la fit chanceler. Le parfum de lys. Elle remarqua soudain l'intimité qui s'installait entre eux, elle prit conscience de ses propres gestes, de ses propres paroles, comme si elle se voyait agir, mais d'en haut. Les mains de Jean de Hérault dans les siennes… il lui semblait qu'elle les sentait pour la première fois.

— Je vais inviter des amis à souper demain soir, vous verrez que rien n'a changé, affirma le gentilhomme en se levant. Je vais vous laisser à vos lectures. Je dois aller écrire des lettres.

Jean de Hérault, sieur de Gourville, referma la porte de sa chambre avec l'étrange impression d'ériger un muret pour se protéger du désir que lui inspirait la jeune femme. Il défit les lacets de sa chemise et enfila une robe de chambre en soie. En s'installant à son secrétaire, il avait réussi à reporter ses pensées sur l'affaire Fouquet.

Après le départ de Gourville, Marguerite se rendit dans le marché du faubourg Saint-Victor. Sans savoir pourquoi, elle se sentait différente en traversant les rues de la ville. Son regard était fier, confiant, et elle respirait plus facilement. Elle avait enfilé les vêtements qu'elle portait lorsqu'elle était chez M^me Bichon. Margot ne voulait pas se présenter chez la boulangère avec ses anciens atours de grande dame. Même si Muriel savait qu'elle était noble, ce serait différent d'arriver là-bas dans ses riches vêtements. Elle n'avait pas mis les pieds au marché depuis plus d'une semaine. Partout, il y avait des étals de fruits et de légumes ; le jour déclinait et les commerçants criaient à qui mieux mieux les prix pour écouler leur marchandise. Elle dut contourner plusieurs sacs de grains et des tonnelets de vin avant d'arriver au comptoir de la boulangère Tartier. Lorsqu'elle l'aperçut, la commerçante leva les bras au ciel en se dandinant sur un pied et sur l'autre, ce qui fit danser sa grosse poitrine sur son ventre rebondi.

— Je le savais ! Je le savais que vous n'étiez pas partie ! Ah, ma petite !

Margot se mit à rire tant son amie était comique et se jeta dans ses bras. Muriel sentait la farine et le beurre.

— On était inquiets, nous, admit Muriel en riant, c'est Benjamin qui va être content de vous savoir vivante ! Ma foi, il était dans tous ses états ! Un peu plus et c'était la jacquerie !

— Où est-il ?

— Il doit traîner dans un de ses estaminets, il a besogné depuis que vous avez disparu, chuchota Muriel d'un air complice.

Marguerite lui sourit. Elle était tellement contente de voir son amie, elle en avait presque oublié le jeune homme. Tout lui revenait tout à coup.

— Je dois aller le voir ! conclut-elle.

— Écoutez, Marguerite, je vais lui dire que vous êtes passée. Revenez dans deux jours, il devrait avoir eu la nouvelle de votre retour. Où logez-vous maintenant ?

— Euh… dans le Marais, chez une amie de mon père. Je me suis enfuie de chez M^{me} Bichon.

— Oui, je sais, vous avez bien fait, ma belle, reconnut Muriel, que vous soyez bien logée, c'est le principal.

— Hum, oui, c'est mieux, et je ne vais pas m'ennuyer de Géraldine. Bon, si vous dites que je devrais revenir dans deux jours, c'est ce que je vais faire.

— Tenez, prenez donc ces deux brioches, pour votre nouvelle maîtresse, remerciez-la de ma part.

En la regardant s'éloigner, Muriel se dit que son amie était différente. Peut-être était-ce les perles qu'elle portait à ses oreilles ou l'odeur de rose qui se dégageait des boucles de ses cheveux. Quelque chose lui disait qu'elle ne lui racontait pas tout.

À son retour, un copieux repas attendait Marguerite dans la salle à manger. Elle s'informa auprès de la servante, le sieur de Gourville ne viendrait pas souper avec elle. Marguerite mangea en silence à la table dressée dans le salon. Elle se demandait ce qui pouvait retenir le gentilhomme dans ses appartements.

Il lui avait dit qu'il devait écrire des missives. Cela lui rappela sa tante. Qu'allait-elle bien pouvoir lui dire ? M^{me} Bichon allait s'empresser de lui raconter son départ. Marguerite n'avait d'autre choix que de lui écrire pour la rassurer, pour lui dire, à tout le moins, qu'elle demeurait toujours à Paris.

Comment son oncle et sa tante réagiraient-ils à l'annonce de son séjour chez le sieur de Gourville ? L'inconvenance de leur arrangement était flagrante, mais Marguerite se sentait prête à tout endurer pour ne plus vivre l'humiliation qu'elle avait connue chez M^{me} Bichon. Bien sûr, l'intimité inévitable qu'engendrait la proximité physique suscitait un émoi grandissant chez la jeune femme, qui aurait pourtant juré, quelques jours plus tôt, que le sieur de Gourville, bien que charmant, ne lui plaisait pas.

« C'est un homme honorable, il me soutient parce que c'est un ami de mon père. Quel mal peut-il y avoir à cela ? Aucun, puisque je me conduis avec pudeur et bienséance », songeait-elle en effleurant distraitement sa joue avec la plume.

Elle était encore penchée sur la feuille blanche lorsqu'on frappa à la porte de sa chambre.

— Entrez, fit Margot.

Le profil de son hôte se dessina dans le corridor. Il portait une robe d'intérieur en soie et avait dénoué ses cheveux.

— Monsieur, je ne vous ai pas vu au repas, reprocha-t-elle à Gourville d'un ton badin.

— Je suis désolé, vous avez toutes les raisons du monde de me blâmer, admit-il. Pour me racheter, je voulais vous proposer de vous joindre à moi pour une partie d'échecs au salon.

La demande fit son effet. Les yeux de la jeune femme s'illuminèrent soudain.

— J'en serais enchantée ! accepta Margot sans hésiter.

— Je ne suis pas aussi doué que vous, l'avertit-il en ouvrant la porte.

Ils descendirent. Au salon, une assiette rassemblait une myriade de gourmandises : des gâteaux, des dragées, des fruits confits et des sablés à la vanille. Un superbe jeu d'échecs en bois trônait sur la table de salon. Marguerite poussa un murmure admiratif.

— Je l'ai rapporté de Pologne, commenta le sieur de Gourville. Voulez-vous quelque chose à boire ?

— Hum… hésita Marguerite en considérant les carafes alignées sur la crédence. Que prenez-vous ?

— Je prends un brandy. Il n'est pas très fort, en voulez-vous ?

— Oui, accepta Marguerite en s'approchant du jeu. Ce n'est pas une tactique pour vous assurer la victoire, j'espère ?

Gourville s'éclaircit la voix. Il lui tendit un verre. Marguerite examinait chacune des pièces de bois avec une passion évidente. Elle saisit le roi blanc et le roi noir dans ses paumes et les cacha dans son dos avant de les présenter à Gourville.

— Vous commencez, dit-elle en ouvrant sa main.

Marguerite trouva adversaire à sa taille. Ils jouèrent jusqu'à ce que les lueurs de l'aube caressent l'horizon. Vers la fin, la fatigue et le brandy eurent raison de leur compétitivité. Gourville la reconduisit à sa chambre, à l'étage inférieur à la sienne.

— Faites de beaux rêves.

— Nous reprendrons demain ? demanda la jeune femme qui luttait contre le sommeil.

Ses paupières lourdes de fatigue lui donnaient un aspect d'abandon quasi sensuel.

— Nous verrons, dit le gentilhomme en déposant un baiser sur son front.

## 12

*Pansement des blessures*

Le soleil était déjà haut dans le ciel lorsque Margot ouvrit ses yeux dorés. Elle ne se souvenait pas comment elle était parvenue jusqu'à son lit. On avait pris le soin de ne pas venir ouvrir les rideaux de sa chambre, elle n'avait donc aucune idée de l'heure. Elle fit une première tentative pour sortir du lit et dut reconnaître que le brandy avait plus d'un désavantage. Enfin, elle glissa plus qu'elle ne sortit de son lit. Le bruit qu'elle fit en atterrissant sur le sol se prolongea dans son crâne et elle poussa une série de plaintes tout en se dirigeant vers la porte. En l'ouvrant, elle aperçut la chambrière qui traversait l'étage.

— Jacinthe ! appela-t-elle d'une voix éraillée.

— Mademoiselle, vous êtes réveillée ?

— Hum, je voudrais de l'eau, je vais prendre un bain, demanda Marguerite, qui n'était pas certaine d'être tout à fait réveillée. Quelle heure est-il ?

— Presque midi, mademoiselle, nous vous avons laissée dormir selon les ordres de monsieur.

— Bien, je vais attendre l'eau, fit Marguerite en refermant la porte.

Elle se recoucha sur le lit en repensant à ce que la servante avait dit.

« Je suis dans un état lamentable… Qu'est-ce que Jean de Hérault doit penser de mon comportement d'hier soir ? » se culpabilisa Marguerite.

Quelques instants plus tard, Jacinthe apporta les seaux. Marguerite, la voyant peiner sous l'effort, s'avança pour l'aider, malgré les protestations de la domestique.

— Mademoiselle, vous ne devriez pas !

— Ne vous en faites pas, voilà, la rassura Marguerite en souriant malgré elle.

La baignoire fumante fut un véritable réconfort pour la jeune femme. Elle ne pouvait pas s'empêcher de penser à son travail de domestique chez M^{me} Bichon et sourit en constatant combien le confort lui avait manqué. Elle resta longuement dans le bain, savourant l'eau chaude sur son corps et le parfum de rose qui se dégageait des vapeurs. Le brandy lui avait donné un énorme mal de tête, car, en fait, c'était la première fois qu'elle buvait autant.

Elle songea au sieur de Gourville et rougit en pensant à la soirée. Peut-être avait-il l'habitude des femmes au comportement libertin ? Après tout, c'était lui qui lui avait offert du brandy… S'il avait voulu la séduire, aurait-il procédé autrement ? Toutes les attentions qu'il lui prodiguait prouvaient qu'il connaissait les femmes et qu'il savait flatter leur orgueil. Marguerite prit soudain conscience des regards tour à tour admiratifs ou charmeurs qu'il lui avait lancés. Des coups frappés à la porte la tirèrent de ses pensées. Elle s'éclaircit la gorge.

— Oui, qu'y a-t-il ?

— Mademoiselle Marguerite, c'est moi, dit Jean de Hérault, sieur de Gourville.

— Je suis dans mon bain, lança la jeune femme, mal à l'aise.

— Je voulais vous dire que vos robes étaient arrivées.

— Mes robes ? s'étonna la jeune femme.

— Pour le repas de ce soir, vous n'avez pas oublié, j'espère.

— Euh… non, j'y serai, promit-elle en sortant de son bain.

L'eau ruissela sur son corps comme autant de pétales de roses qui l'auraient entourée de parfum. Elle se sentait mieux, sa migraine s'était envolée. Elle s'habilla rapidement et descendit voir de quoi il s'agissait. Dans la salle à manger, la cuisinière emplissait les carafes de cristal.

— Monsieur m'a parlé de robes qui seraient arrivées pour moi...

— Oui, elles sont dans le boudoir.

Deux volumineux paquets attendaient sur un fauteuil. En les ouvrant, Marguerite y trouva deux tenues de soirée, l'une en brocart de velours lilas, l'autre en satin jaune avec une broderie corail sur le corsage. Les deux robes étaient somptueuses. Marguerite les examina attentivement. Ces deux robes étaient confectionnées sur mesure, résultat de plusieurs jours de travail, même pour un tailleur habile. Elle découvrit dans un plus petit paquet des rubans, des gants, des bas de soie et des chemises qui complétaient les tenues. Excitée, elle porta les paquets à sa chambre pour se livrer à une séance d'essayage qui acheva de la convaincre que Gourville avait certainement commandé ces robes dès son arrivée.

Quelques heures plus tard, Marguerite terminait sa toilette, aidée de Jacinthe, qui montrait une adresse à la coiffer qui étonna la jeune femme.

— Jacinthe ? questionna spontanément Marguerite. Je ne suis pas la première femme qui séjourne ici, n'est-ce pas ?

— Euh... Je ne sais... que... balbutia cette dernière, prise au dépourvu par la question.

Marguerite gloussa en essayant toutefois de ne pas tirer sur les mèches ébène que la servante enroulait sur le fer à friser.

— Mademoiselle, ne bougez pas autant, supplia Jacinthe.

Enfin, Marguerite descendit, attirée par les arômes épicés qui provenaient de la cuisine. D'un œil averti, elle remarqua les petits détails qui agrémentaient la maison pour la réception.

— Vous vous êtes levée tard, mademoiselle de Collibret, il ne faudra plus abuser du brandy de cette façon, la sermonna son hôte lorsqu'elle pénétra dans le salon.

Margot sourit en tentant de ne pas paraître embarrassée. Elle avait choisi la robe de velours lilas, qui éclairait son teint et qui cintrait sa taille menue. Les rubans dans ses cheveux, adroitement placés, dégageaient son visage et rehaussaient encore la beauté de ses traits.

— Vous êtes radieuse, la complimenta-t-il.

— Vous, vous êtes un cachottier, gronda-t-elle, vous auriez pu me dire que vous aviez fait confectionner des robes à mon intention.

Il ignora la remontrance et lui fit signe de s'asseoir. Il portait un très bel habit pourpre qui mettait son corps robuste en valeur. La chemise blanche et le jabot de dentelles apportaient une touche de délicatesse et de finesse à l'ensemble.

Fidèle à son habitude, il avait laissé le pourpoint légèrement défait, la boutonnière ouverte au col. Elle se demanda s'il avait fait exprès de porter un habit qui reprenait les couleurs de sa robe.

— Qui attendez-vous pour le souper ? s'enquit-elle.

— Nous attendons plusieurs amis. La Fontaine, un poète, M. Monnerot, M. de La Tenaillière et l'abbé Guérinon. Tous des fidèles de Fouquet qui sont, comme moi, restés à Paris malgré la menace qui plane.

— Tous ces gens… murmura Marguerite en réprimant un frisson d'angoisse.

— Vous saviez, demanda Gourville soudain grave, que la marquise de Plessis-Bellière avait été arrêtée ?

— Vraiment ? C'est ignoble, qu'ont-ils fait d'elle ?

— Elle est tenue sous surveillance par les gardes du roi au château de Montbrison. J'ai bien peur que notre chère marquise n'ait été très compromise dans toute cette affaire.

Le sieur de Gourville se prit à songer à la délicatesse de sa propre situation. Combien de temps pourrait-il encore rester à Paris ? Il avait fait porter une généreuse somme d'argent à la femme de Fouquet la semaine précédente, afin qu'elle puisse continuer de vivre convenablement pendant son exil. La gêne dans laquelle se retrouvait la femme du surintendant l'avait fait réfléchir à la précarité de sa condition. Néanmoins, il ne souhaitait pas aborder le sujet de ses inquiétudes avec Marguerite, qui était venue chercher refuge sous son toit. Ce soir du moins serait un soir de fête.

Quelques heures plus tard, les cuvées de Bordeaux et d'Anjou arrosaient un copieux repas de veau et de faisan rôti. L'atmosphère était gaie et réconfortante. Marguerite, d'abord effarouchée par cette ambiance intimiste, se détendit rapidement. Gourville l'avait présentée aux invités avec un naturel désarmant : toutes questions sur sa présence dans sa demeure auraient paru indiscrètes. Bien sûr, les quatre hommes connaissaient son père et partageaient son indignation sur le sort qu'il avait subi.

— Je crois vous avoir aperçue chez M$^{lle}$ de Scudéry, lui glissa timidement La Fontaine, qui profitait de ce que les autres discutaient de finance pour s'adresser directement à elle.

— Mais bien sûr, répondit-elle avec enthousiasme, je me rappelle aussi. Vous aviez comblé l'assistance de vos vers si bien tournés. Vous avez écrit depuis ?

La Fontaine, qui n'attendait pas tant de compliments, sourit humblement.

— Je me consacre maintenant à une œuvre d'une tout autre nature. Ce n'est pas encore une œuvre, c'est l'ébauche d'un projet. L'emprisonnement de mon ami et mécène m'a, disons, conduit sur d'autres voies créatrices.

Marguerite haussa les sourcils, prise de curiosité.

— Si j'ose vous en parler, mademoiselle de Collibret, c'est que vous m'inspirez une confiance presque fraternelle, confia le poète en rougissant légèrement.

Margot se retint de rire devant cet homme qui, malgré son âge mûr – il devait avoir près de quarante ans –, montrait une candeur peu commune.

— Fraternelle ?

— Hum, c'est que je suis moi-même de Château-Thierry, expliqua Jean de La Fontaine avec fierté. Château-Thierry, c'est presque la Champagne !

— J'espère que ce grand sentimental ne vous ennuie pas, mademoiselle de Collibret, intervint le financier Monnerot.

— Bien au contraire, répondit Marguerite, soudain curieuse de se découvrir un voisin à la table. Vous êtes déjà venu à Mirmille, sur les terres de mon oncle ?

— Si fait, il s'en fallut de peu que je sois le précepteur de votre cousin, renchérit le poète avec enthousiasme. C'était il y a neuf ans, je crois. Votre oncle lui cherchait un professeur pour le latin et votre père m'avait recommandé à lui.

— Vraiment, quelle surprise !

Marguerite entrevit Gourville qui la couvait d'un regard admiratif. Elle était trop éloignée de lui pour participer à la discussion qu'il avait avec l'abbé Guérinon. En la plaçant à un bout de la table, Jean de Hérault lui avait attribué la place de la maîtresse de maison.

De son côté, La Fontaine exposait son projet littéraire, une œuvre poétique alliant la fête de Vaux-le-Vicomte et l'emprisonnement du surintendant.

— Voyons, mon ami, vous savez bien que le roi n'a cure d'une œuvre comme celle-là, disait M. Monnerot, décortiquant la volaille de ses grands doigts maigres.

— Je crois, moi, que notre monarque ne sera pas insensible à mes mots ! Fouquet avait l'estime du roi sinon pour ses qualités de surintendant, du moins pour ses qualités humaines. Du reste, je cherche avant tout l'appui du public, se défendit La Fontaine.

— Faites attention, mon ami, que cela ne parvienne pas aux oreilles de Louis et que vous ne soyez condamné à une disgrâce que vous auriez pu prévenir et qui nous affligerait tous, l'avertit M. de La Tenaillière, un gentilhomme dont l'imposante carrure ne laissait rien présager de ses manières avenantes et de son admirable élocution.

— Mes amis, allons plutôt au petit salon poursuivre notre discussion. Nous pourrons prendre une liqueur, suggéra Gourville en hôte attentif.

En voyant les hommes se lever pour passer au salon adjacent, Marguerite promena ses yeux furtifs sur les pourpoints et les hauts-de-chausses et en déduisit que le plus élégant était sans aucun doute son hôte.

— Vous venez aussi, j'espère, mademoiselle ? sollicita Jean de La Fontaine en lui prenant cordialement le bras.

Le poète s'empressa de livrer son idée à la demoiselle, qui l'appuya entièrement dans son projet.

« Quelle idée superbe, songea Margot. La beauté et l'enchantement de Vaux qui se portent à la défense de son créateur afin d'émouvoir le roi et d'apaiser son courroux. »

Le gentilhomme en tira une fierté évidente, ce qui relança le débat de plus belle. M. de La Tenaillière, qui participait activement à la discussion, fit plusieurs commentaires élogieux sur l'esprit délié de Marguerite.

— Vous devriez venir chez M$^{lle}$ de Lenclos, conseilla-t-il à la jeune femme alors qu'il se trouvait à ses côtés, vous avez un visage charmant et un esprit vif qui vous vaudraient de nombreux admirateurs. Ces deux qualités ne se retrouvent pas souvent chez la même personne.

— Vous voulez parler de la courtisane, M$^{lle}$ de Lenclos ?

— Qui d'autre ? répondit-il avec un air plein de sous-entendus qui importuna la jeune femme.

Après cet échange, Margot se contenta d'écouter et de noter les opinions diverses portant sur les entreprises du cercle de Fouquet. Les hommes invités par Gourville étaient tous d'habiles causeurs. Elle évita de participer au débat, refroidie par l'impression que ces hommes pourraient se faire d'elle. Elle avisa l'œil lascif de M. de La Tenaillière qui se posait sur elle avec une attention grandissante au fur et à mesure que la soirée avançait. Avant le départ des convives, elle choisit de regagner sa chambre.

Chacun la salua cordialement. Elle fit des révérences courtoises en évitant de laisser sa main s'attarder trop longuement dans celle des invités.

— Vous vous retirez pour la nuit, constata Gourville avec une pointe de déception.

— Excusez-moi, je suis lasse, répondit-elle.

Un peu plus tard, elle se libérait de son corset avec un soulagement certain. Son corps réagissait comme s'il ne se souvenait plus très bien de ce traitement, pourtant obligé, qui lui permettait de porter les tenues exigeantes de la haute société. Elle massa fermement ses seins, qui avaient été comprimés par les baleines afin de présenter un galbe gonflé. À travers le tissu délicat, les bouts se durcirent rapidement. Marguerite s'enduisit de crème parfumée achetée la veille chez un apothicaire et massa langoureusement chaque centimètre de sa peau.

« Comment les dames réussissent-elles à se parfumer sans se dévêtir ? s'interrogea-t-elle en songeant plus précisément aux dames que fréquentait Jean de Hérault, sieur de Gourville. Des courtisanes, sans doute. Les courtisanes enfreignent beaucoup d'interdits… »

Un picotement de bien-être, dû en partie à la gêne que lui procurait cet acte intime, naquit dans ses reins et la remplit d'une douce chaleur. Elle releva sa longue chemise de batiste. Ses cuisses luisaient à la lumière des chandelles et Marguerite fut charmée par la couleur ambrée que la crème donnait à son grain de peau. Elle ferma ses paupières et étendit le baume sur son ventre, sur ses hanches. Le plaisir qu'elle tirait de ces caresses était de plus en plus enivrant chaque fois que ses cuisses se frottaient l'une contre l'autre. Elle réprima une envie de rire nerveuse et se mordit l'intérieur des lèvres, sachant d'instinct que ce plaisir était condamnable.

Une petite voix lui criait qu'elle ne devait pas s'adonner à ces caresses, que c'étaient ces plaisirs impies que pratiquaient les courtisanes. Margot gardait les yeux clos pour éviter que la magie s'envole, car alors elle prendrait conscience de sa nudité coupable et la honte la submergerait.

À l'affût des moindres bruits, elle devina plus qu'elle ne perçut la voix de Gourville dans le couloir de sa chambre. Il était tout près… Allait-il venir ? Marguerite ressentit une chaleur intense se répandre entre ses jambes. Instinctivement, ses doigts glissèrent dans ce milieu humide et doux. Les battements de son cœur se précipitèrent. Elle poussa un cri libérateur lorsque son dos se cabra sous l'intensité des spasmes du plaisir. Ses jambes s'affaissèrent en tremblant sur la couette blanche. Ses seins, sa peau se contractèrent et devinrent sensibles, comme brûlants, au contact de ses mains. Margot vivait l'éclosion de son corps ; ses pétales délicats frémissaient et pouvaient se déchirer à la moindre pression d'un doigt. Elle attendit patiemment que son souffle redevienne régulier. Combien de temps s'était écoulé… Le cri qu'elle ne savait plus très bien avoir ou non émis avait-il alerté quelqu'un ? Elle rougit à cette idée. Incapable de dire ce qui venait de se produire, elle se couvrit avec gêne de sa chemise, incommodée à la vue de son pubis luisant et de sa poitrine gonflée.

Marguerite sortit de sa chambre pour aller quérir du vin chaud à la cuisine. Elle avait brossé ses cheveux en pensant à ce que lui avait dit M. de La Tenaillière. Cet homme, en apparence charmant, avait eu le toupet de la comparer à une courtisane ! Elle souhaitait en discuter avec son hôte, espérant qu'il pourrait l'éclairer sur les raisons qui avaient motivé cette allusion déplacée.

L'insulte était particulièrement cuisante, puisque, à quelques infortunes près, elle lui ressemblait, à cette Ninon de Lenclos.

Elle trouva le sieur de Gourville dans son boudoir personnel. Il s'était changé lui aussi et portait une ample chemise dont le col, retenu par un cordon lâche, laissait voir son torse.

Malgré toute sa bonne volonté, Marguerite se demanda s'il avait entendu les bruits qu'elle avait faits dans sa chambre, et rougit une fois de plus. Il était concentré sur la lecture d'un livre de comptes, comme son père en avait partout dans son cabinet de travail à l'époque. Il ne l'entendit pas venir.

— Vous travaillez ? commença-t-elle.

Il tressaillit en entendant sa voix et leva la tête. Ses yeux bleus fixèrent la jeune femme avec un mélange de surprise et une autre expression indéfinissable. Elle recula, se demandant soudain si elle le dérangeait.

— Vous ne me dérangez pas, la rassura-t-il en se levant. Vous avez aimé la soirée ?

— Oui… ce fut très agréable. Vos amis sont aimables, fit Margot, qui ne trouvait pas de meilleur mot.

— Beaucoup de nos amis ont quitté le pays depuis l'arrestation… Notre cercle est beaucoup plus étroit maintenant. Mais je crois que nous avons gagné une amie ce soir, dit-il en souriant. M. de La Fontaine m'a fait de nombreux compliments sur votre personne.

— Je voulais vous parler de la soirée, justement, dit-elle en avançant vers lui.

Une fois de plus, Margot eut l'impression que quelque chose n'allait pas. Gourville semblait rigide et ne venait pas vers elle comme à son habitude.

— Vous préférez que je revienne plus tard ? demanda-t-elle, indécise.

— Non, mais non, je vous écoute, qu'y a-t-il ? se força à dire le gentilhomme.

— C'est M. de La Tenaillière, commença-t-elle. Lorsque nous étions au petit salon, il m'a dit que je devrais participer aux soirées de M$^{lle}$ de Lenclos, vous savez, la… euh, courtisane ?

Gourville hocha la tête pour l'encourager à continuer.

— C'est que… Ces propos m'ont choquée. Vous croyez qu'il se figure que je suis comme elle, je veux dire, hésita Marguerite.

— Mademoiselle de Collibret, je suis sûr qu'il n'a pas voulu dire que vous étiez, disons, libertine, certifia le gentilhomme d'un air rassurant. Voyez-vous, certaines femmes d'esprit fréquentent le salon de Ninon de Lenclos, c'est une personne érudite, singulière, dont la compagnie est très recherchée. C'est une bonne amie à moi, vous saviez ? Je n'en suis pas peu fier, d'ailleurs. Certaines personnes lui ont fait une mauvaise réputation, sans doute à cause de sa jeunesse dissipée. Mais c'est un compliment d'être comparée à elle, soyez sans crainte.

Margot s'étonnait d'apprendre que cette femme était un exemple de bel esprit et d'érudition. Elle restait à demi convaincue.

— C'est que, voyez-vous, j'ai cru un moment que M. de La Tenaillière croyait que nous étions…

— Amants ? termina-t-il.

— Ou… oui… articula Margot.

— Je vois, dit-il en esquissant un sourire, je peux vous rassurer là-dessus, mademoiselle de Collibret. Mes amis ne feraient pas ce genre de conclusion. Ce serait très peu respectueux à votre endroit. Peut-être était-il un peu jaloux ? Vous étiez ce soir une hôtesse admirable et votre charme n'est pas sans émouvoir les hommes…

Margot se mit à rire nerveusement. Elle ne savait pas pourquoi cette idée la rendait fébrile. Elle s'imagina un moment que Gourville était entré dans sa chambre tout à l'heure. Lorsqu'elle croisa ses yeux, elle regarda ailleurs, gênée. L'ambiance dans le boudoir devint soudain intense.

— Je pense que vous devriez aller vous coucher, maintenant, conseilla-t-il.

La jeune femme retrouva soudain son calme. Elle leva les yeux une fois de plus. Comme une supplique, un appel sauvage et instinctif. Gourville s'avança vers elle et glissa ses doigts dans sa chevelure. Le souffle de Marguerite était court, elle se dit qu'elle allait s'évanouir ; elle ne sentait plus les battements de son cœur. Puis Gourville posa ses lèvres sur les siennes, un contact doux, mais ferme. Le baiser transporta la jeune femme, qui répondit aussitôt en se pressant contre lui, apeurée à l'idée que la caresse tant espérée la déserte brutalement. Leurs lèvres se cherchaient, s'apprivoisaient timidement, la langue de Gourville titillait le renflement de ses lèvres humides et tremblantes. Elle se moulait sur lui avec fougue, le parfum de musc et de fleur qui émanait de lui devint l'air qu'elle respirait. Il avait glissé sa main sous sa nuque et la tenait délicatement. Marguerite ferma les yeux et se laissa initier. Enfin. Lentement et délicatement, il s'éloigna d'elle. Les lèvres de la jeune femme étaient deux fruits rouges et pleins.

— Marguerite… euh, mademoiselle, je ne sais pas ce qui m'a pris. Vous devez pardonner mon égarement. Vos charmes mettent mon honnêteté à rude épreuve. Mais vous ne méritez pas que je vous traite de la sorte, protesta Gourville dans un murmure.

Les sens complètement désorientés, Marguerite restait muette. Elle sentait son corps palpiter sous l'étreinte trop courte, et les paroles de Gourville traçaient lentement leur chemin chez elle.

« Tes sens t'égarent, se dit Margot. Tu ne veux pas qu'il te déconsidère, mais tu fais tout pour que ce soit ce qui se passe », pensa-t-elle en sentant sa volonté l'abandonner.

Gourville lui prit les épaules et l'entraîna vers le secrétaire. Il balaya par terre les documents qui tombèrent dans un fracas sourd. Margot, fébrile, se sentit soulevée de terre. Il la déposa avec beaucoup de soin sur le bois tiède. Sa main caressa ses mèches de cheveux désordonnées et descendit sur son épaule. Ses lèvres chaudes revinrent se presser contre les siennes et, cette fois, ne les quittèrent plus. Marguerite se laissait goûter et caresser avec un appétit de plus en plus grand. Habilement, il défit les lacets de sa chemise et dégagea ses épaules. Le satin de sa peau se révéla sous ses mains comme une fibre vivante et sensible. Il appréciait la beauté de ses seins, leur rondeur, et la peau douce de ses épaules et de ses bras était d'une pureté indescriptible. Le désir qu'il ressentait était décuplé par l'impression fantastique de fouler une terre vierge, jamais accostée. Mais l'endroit n'était pas hostile. C'était une lande douce et chaude, accueillante. Ses mains hésitantes palpaient l'humidité sous la chemise.

Chacune de ses caresses tirait des plaintes et des soupirs de sa partenaire. Il prit son mamelon entre ses lèvres et promena sa langue sur le galbe de sa gorge. Jamais Jean de Hérault, sieur de Gourville, n'avait senti autant d'émoi à découvrir le corps d'une femme et à en distiller le plaisir. Il pressentait que sa partenaire attendait chacun de ses mouvements, y répondait et y obéissait. Plusieurs fois, il dut se maîtriser afin de ne pas céder à ses pulsions égoïstes et charnelles. Le bonheur de la jeune femme passait avant le désir qu'il avait de se dissiper en elle. Marguerite était une pucelle qu'il fallait amener à l'amour avec la patience d'un jardinier.

Longtemps, le gentilhomme s'appliqua avec la retenue d'un épicurien à satisfaire la faim de la demoiselle. Étendu dans le lit de la chambre de Gourville, qu'il avait gagné par souci de confort plus que de décence, il lui avait fait boire une liqueur de cerise sauvage qui, disait-on, éveillait les sens. Après les premiers étourdissements, elle se mit à participer avec une curiosité surprenante aux échanges amoureux. Gourville s'enhardit devant le talent de la jeune femme, dont il ne doutait pas qu'il fût inné. Il lui prodigua des caresses attentives et tendres. Le peu de lumière que dispensaient les chandeliers laissait entrevoir les contours des corps sans exposer la nudité qui gênait sa jeune élève. Pourtant, il y avait une confiance et une assurance chez elle qui témoignaient de la connaissance qu'elle avait de sa propre beauté. Sa pudeur et sa retenue étaient touchantes et excitantes à la fois.

Alors qu'il se préparait à regagner son cabinet de travail, elle lui lança, d'une voix qui se voulait joueuse :

— Allons-nous nous tutoyer, maintenant, cher Jean de Hérault ?

— Si tel est votre souhait, Marguerite… répondit-il, troublé malgré lui par ce que sa demande contenait de sous-entendus.

— Tu ne veux pas me posséder, Jean ? renchérit-elle.

— Non, pas cette nuit, ma belle Marguerite. Je ne veux pas te presser.

— Pourquoi ne restes-tu pas dormir avec moi, alors ? demanda-t-elle, mue par la coquetterie.

— Tu as besoin d'une bonne nuit de sommeil, Marguerite, et je crains que si je reste ici, tu ne puisses pas dormir.

— Ah bon, dit-elle, pourquoi donc ?

— Je ronfle, lança-t-il avec humour.

## 13

*Premières armes*

Dès l'aurore, Marguerite se réveilla avec le sentiment incongru de n'être plus tout à fait une fille, bien qu'elle ne fût pas encore une femme. L'acte charnel qu'elle avait goûté dans les bras de Jean de Hérault suscitait des émotions contradictoires de bien-être et de malaise, de honte et de plaisir. En quête d'une distraction qui lui ferait oublier l'homme qui avait provoqué cette confusion chez elle, Margot quitta la maison avant même que les domestiques ne fussent levés.

Elle marcha longuement et traversa la Seine jusqu'au faubourg Saint-Victor. Là, elle flâna entre les commerces encore fermés avant de gagner le comptoir de la boulangère.

— Doux Jésus, vous êtes matinale aujourd'hui ! s'exclama Muriel, qui portait encore son bonnet de nuit. Vous avez un creux ?

— J'ai très faim, admit Margot en se pourléchant les lèvres devant les pains chauds bien disposés sur les plateaux.

Muriel lui fit signe de se servir et continua à glacer les brioches avec du miel. Simon, le frère de la boulangère, était déjà couché et la rue était déserte.

— Muriel, je peux vous poser une question ? demanda la jeune femme. Vous avez des enfants ?

Surprise, Muriel Tartier leva les yeux et sourit.

— J'ai une fille, annonça la commerçante avec tendresse. C'est encore une gamine, elle a à peine six ans. Pourquoi vous me demandez cela, Marguerite ?

— Je me disais que j'ignorais si vous aviez été mariée, avant. Vous ne parlez jamais de votre mari, expliqua-t-elle.

Muriel fronça les sourcils et resta stupéfaite un moment, puis elle éclata de rire.

— Vous êtes mignonne, Marguerite, finit-elle par dire. Mais on ne peut pas dire que vous êtes très futée pour votre âge.

— Comment ? s'offusqua la jeune femme.

— Ne vous fâchez pas, c'est juste que… Je n'ai jamais été mariée, avoua la femme en s'accoudant au comptoir. J'ai eu quelques amis… puis, un jour, un de ces messieurs m'a mise grosse. La nature a sa façon de nous rappeler qu'on est femme…

Marguerite était plus curieuse que scandalisée. Malgré la naïveté que Muriel lui prêtait, elle se doutait que son histoire cachait quelque chose de ce genre.

— Alors, vous n'étiez plus fille, lorsque vous êtes devenue grosse ?

— Bien sûr que non, Marguerite.

Puis poussant un soupir, elle ajouta :

— On ne parle pas de ces choses-là aux filles de votre rang, non ?

« On n'en parle pas du tout, jugea Marguerite. Peut-être pour nous garder dans l'ignorance… mais on prétend que c'est mal de parler de cela aux filles, que cela conduit au péché. »

— On m'avait conté fleurette, à cinq ou six reprises. Mais j'avais toujours fait attention de bien m'agiter après et, surtout, de bien me laver en bas. Vous savez faire un lavement ?

Marguerite ouvrit des yeux ébahis devant les manœuvres qui servaient à éviter les naissances. Muriel était généreuse de conseils dans ce domaine, bien qu'elle-même avouât avoir été peu scrupuleuse lors de l'aventure qui avait mené à la naissance de sa fille.

— On m'a déjà dit que retenir son souffle au moment où l'homme coule est aussi un bon moyen, mais je n'ai jamais pu l'essayer, raconta la boulangère en faisant un signe de la main à une commère. Bon matin, Armande !

Margot se retourna, rouge d'embarras, pour découvrir une femme qui venait vers elles, son panier à la main.

— Je... je vais y aller, lança-t-elle en reprenant ses esprits.

✎

Jean de Hérault était un homme occupé et elle n'eut pas de mal à l'éviter pendant les jours qui suivirent. Souvent, il lui jetait un regard langoureux avant d'aller à la rencontre des autres qui, comme lui, tentaient en vain de soutenir la cause de Fouquet. Elle ne se mêlait pas de leurs affaires. D'abord, parce que Gourville, soucieux et protecteur, ne lui permettait pas de se compromettre et aussi parce qu'elle avait à mener ses propres intrigues.

Marguerite avait du mal à nommer et à comprendre les sentiments qu'elle avait pour Gourville. Elle s'était livrée sans arrière-pensée, se laissant porter par la vague d'érotisme qui l'habitait. Les rencontres avec Benjamin occupaient son esprit et la jeune femme ne se laissait pas le temps de penser aux conséquences de son geste.

Depuis qu'elle avait décidé d'écrire ce pamphlet, Marguerite flottait entre deux eaux. Elle ne se sentait pas tout à fait elle-même, un changement dont l'aboutissement n'était pas clair se produisait en elle. Lorsqu'elle songeait à son père et à sa famille, une émotion étrange l'étreignait, elle se sentait loin d'eux; séparée par un brouillard dense sorti tout droit d'un rêve. Pourtant, à peine trois mois s'étaient écoulés depuis la dernière fois qu'elle avait vu sa sœur. Mais la demoiselle d'aujourd'hui n'était plus celle d'autrefois. Quelque chose était perdu, une partie d'elle qui n'avait jamais imaginé qu'un jour elle suspendrait la literie ou ferait des confitures, une partie d'elle qui avait défendu l'honnêteté comme la plus grande et la plus importante des qualités qu'une demoiselle devait posséder...

Marguerite avait finalement envoyé une lettre à sa tante. Malgré ses peurs, elle avait décidé de lui dire la vérité, d'abord sur les raisons qui l'avaient poussée à quitter la demeure de M^me Bichon, puis sur le fait qu'elle habitait chez Jean de Hérault, sieur de Gourville.

Chaque jour, elle vérifiait les missives qui arrivaient chez Gourville ; sa tante ne lui avait toujours pas répondu. Évidemment, dans sa lettre, elle n'avait pas mentionné les pamphlets qui étaient en presse dans les sous-sols du faubourg Saint-Germain. Ces détails auraient inquiété inutilement la baronne de Mirmille et l'auraient probablement incitée à tirer sa nièce par les oreilles pour la ramener à la campagne. Or, la baronne ne sut jamais ce que sa nièce fit le matin du 8 novembre 1661.

La brume matinale accueillit la jeune femme dès qu'elle descendit du carrosse. Son protecteur insistait toujours pour qu'elle prît son attelage lorsqu'elle se déplaçait dans la cité. Marguerite était flattée par tant d'attentions ; celle qui avait parcouru la chaussée de la ville en usant ses semelles avait gardé un goût profond pour le velours des carrosses. Pourtant, ce jour-là, elle demanda au cocher de la déposer à quelques pas de la place Maubert. Ci et là, les volets encore clos témoignaient de l'heure matinale. Elle se dirigea instinctivement vers le commerce de la boulangère, elle connaissait toutes les intersections, toutes les allées, tous les étals qui l'entouraient. Une bonne odeur de pain embaumait l'air froid. Marguerite se disait souvent que les boulangers étaient là pour faire oublier aux citadins combien l'air ici était nauséabond. Benjamin Doucet, habillé d'une grande cape dont le col était relevé, faisait la distribution des feuillets aux jeunes canailles qui l'écoutaient d'une oreille attentive.

— Si par malheur vous êtes filés par un vilain, essayez de balancer les feuillets dans votre fuite, ça vous donnera le temps de vous terrer, conseillait le pamphlétaire à sa troupe.

Les enfants, qui ne devaient pas avoir plus de onze printemps, le regardaient en hochant la tête le plus sérieusement du monde. L'un d'entre eux, un rouquin dont le visage était crasseux, cracha par terre avant de clamer :

— Mon frangin a été pincé par un de ceux-là, s'il me court, je lui balance mon canif en pleine figure !

— Si vous êtes malins, les policiers ne devraient pas vous voir le nez, répondit Langue Sale pour calmer leurs ardeurs, puis, apercevant Margot, il lui fit un clin d'œil complice et ajouta : Bon, ça ira comme ça, au boulot !

Margot alla à sa rencontre en ramenant sur elle les pans de sa mante, de rigueur en ce frais matin d'automne.

— Ces gamins sont tous complices ?

— Pardi ! Ce sont les plus habiles ! Il faut les voir se faufiler entre les comptoirs et les gardes ! s'exclama-t-il, puis il lui demanda : Vous croyez toujours que vous pourrez entrer aux Tuileries ?

Marguerite hocha la tête pour toute réponse, occupée qu'elle était à fixer le tréteau où Langue Sale ferait son apparition dans quelques heures. Cet espace n'avait pas été loué comme l'exigeaient les décrets du marché, mais le temps que quelqu'un s'en rende compte, le mal serait fait depuis longtemps.

— On va fêter ce soir, dit Langue Sale en lui lançant une œillade fringante.

— Hum… je ne crois pas, répondit Marguerite, mal à l'aise par la soudaine camaraderie de son compagnon.

Depuis une semaine maintenant, elle rencontrait Langue Sale tous les jours. Le pamphlétaire avait enquêté et ce qu'il avait déniché valait bien les quelques nuits blanches qu'il avait passées dans les bordels et les quartiers chauds. Or, il voulait faire éclater la vérité dans toute son ampleur et, fidèle à sa renommée, se devait d'écrire un libelle qui serait distribué aux quatre coins de la capitale. Contrairement à son habitude, l'agitateur n'avait pas joui d'une grande liberté artistique en composant ses sonnets piquants. Les recommandations de Marguerite, souvent pointues et exigeantes, l'avaient amené à de vives querelles. La jeune femme ne manquait pas d'aisance avec une plume et, bien qu'elle manquât parfois de tact, elle avait son idée sur la rédaction du « plus gros scandale du siècle ». Or, Benjamin, libre de ses faits et gestes depuis toujours, ne l'entendait pas de cette oreille. Résultat : on avait mis quatre jours à écrire le pamphlet. Ce matin-là, Marguerite arriva au marché avec une envie pressante d'en finir et le désir de ne plus voir le jeune homme.

— Comment ? C'est une affaire de taille, il va falloir arroser cela ! s'anima le jeune homme. Je vais vous amener à la Bonne Tablée, c'est une hôtellerie où l'on sert un délicieux cochon de lait, vous verrez, le propriétaire est un de mes amis.

— Cela va vous changer des filles galantes ! laissa tomber la jeune femme avec un regard émeraude plein de reproches.

— Je vous rappelle que c'est vous qui vouliez me suivre ! se défendit-il avec vigueur. Si j'avais su que vous seriez à ce point effarouchée…

— Elles ne vous manquent pas ? Si vous le voulez, je vous donnerai la somme promise et vous pourrez aller vous étourdir sur la rue du Val-d'Amour, ce sera plus profitable.

— Pfff… Faites comme vous l'entendez !

Marguerite le regarda s'éloigner ; son pas était lourd et sa silhouette tendue, il envoya un vigoureux coup de pied dans un sac de grain, ce qui provoqua un concert de protestations chez un commerçant.

La veille, ils s'étaient rencontrés à la place Saint-Michel, qui était devenue le nouveau lieu de rendez-vous depuis que Muriel, fatiguée par leurs disputes constantes, les avait jetés hors de chez elle. L'agitateur avait trouvé la trace de l'homme masqué. Bouleversée en même temps qu'excitée par cette découverte, la jeune femme avait insisté, malgré les réticences de Benjamin, pour rencontrer la source possible des renseignements. C'est ainsi qu'elle avait rencontré Belline.

— Benjamin, mon cœur ! s'était époumonée la belle brunette aux yeux de velours.

Ils étaient dans une taverne généreusement chauffée par l'âtre et par le corps des demoiselles accueillantes, tant par leurs sourires que par leurs gorges largement offertes.

Les rires et le tintement des coupes étouffaient la majorité des tentatives de conversations. Cela permettait aux intéressés de parler en toute sécurité : personne ne pourrait les entendre. Marguerite avisa le décolleté plongeant de la demoiselle. Avec elle, ils étaient certains de passer pour des clients réguliers de l'endroit.

— Ma douce Belline ! s'exclama le jeune homme en l'embrassant familièrement.

— Alors, on te voit plus trop souvent dans les environs, lui reprocha-t-elle avec une moue boudeuse qui mit en valeur sa belle bouche rougie par le maquillage.

— Mouais... tu sais comme c'est...

— La Neveu me demandait des nouvelles de toi l'autre jour justement...

— Tu me présentes ton amie ? interrompit Margot, qui n'aimait pas trop être oubliée.

La jeune femme se tourna vers elle, et ses yeux s'animèrent, comme si elle s'apercevait tout juste de la présence de Margot.

— C'est qui la mignonne qui est avec toi ?

— Ça, c'est Françoise, répondit l'agitateur, avant même qu'elle ouvrît la bouche.

— Bonsoir, dit Marguerite.

— Qu'est-ce qu'elle a dit ? cria la brunette.

— J'ai dit bonsoir ! reprit-elle plus fort.

— Ah... c'est à cause d'elle que tu ne viens plus me voir ?

Contre toute attente, Benjamin éclata d'un grand rire presque indécent. Margot rougit jusqu'aux oreilles. Décidément, elle n'aimait pas la tournure de la soirée.

« Qu'ai-je donc de si drôle... s'il croit qu'il peut me traîner ici pour me montrer ses conquêtes... Je n'ai rien à faire de cette gourgandine à la gorge énorme », bouillait la jeune femme.

— Françoise est une amie... je ne t'ai pas oubliée, tu verras, lança Benjamin dont la voix atteignait des notes de plus en plus sensuelles.

— J'espère bien, répondit-elle en toisant ouvertement Margot, je ne suis pas venue ici pour rien, ajouta-t-elle avec hauteur.

— Je sais bien que tu es difficile à rencontrer…

— Tu ne m'as rien offert à cuver, j'ai le gosier qui s'est asséché pendant que vous vous faisiez attendre, commenta-t-elle d'un air dépité.

— Ça vient, Fineau ? hurla l'agitateur à l'adresse du tenancier, un lourdaud à l'air débonnaire.

Il fallut attendre que le tenancier apportât un carafon de rouge. Margot s'humecta les lèvres en souhaitant silencieusement que la Belline ne fût pas trop longue à se mettre à parler.

— Tu m'as fait entendre que tu connaissais un certain marquis… des routes, hésita Benjamin.

— Héhé, si je le connais… fit la courtisane, c'est un mystérieux celui-là. Un grand seigneur, assurément !

« Elle baratine, jugea Margot, on ne peut pas vraiment se fier à une sotte qui ferait n'importe quoi pour se remplir le ventre. »

La belle avait déjà terminé son troisième verre. Patient, Langue Sale l'écoutait toujours avec beaucoup de concentration.

— Il paye toujours en bijoux, la Neveu doit le connaître parce que d'habitude elle ne prend pas les bijoux. Trop malaisé à échanger. Beau, belle tournure, belle manière, mais y reste jamais longtemps… mystérieux que j'te dis.

— Tu l'as déjà entendu parler de ses coups ?

— Ses coups ?

Margot leva les yeux au ciel.

— Ses attaques… tu sais ?

— Ah, non, mais il est arrivé une fois avec une méchante entaille à la cuisse. Où tu t'es fait ça, mon mignon, que je lui ai demandé. Il m'a regardée en souriant et il a dit que c'est un gentilhomme qui lui avait fait cela. Je lui ai demandé s'il était noble, lui, car à ce moment-là toutes les filles on se demandait c'était qui le bellâtre aux yeux ombreux. Il m'a dit, comme ça, je suis un bandit. Alors moi, j'en suis restée toute pantoise. Il m'a demandé si je préférais les aristocrates aux bandits… Puis il a ajouté, je suis aussi un noble, je suis un marquis, racontait Belline en se versant un nouveau verre. Moi, je ne comprenais plus rien et je me disais qu'il me menait en bateau. Il souriait aussi, alors je ne disais rien, car je ne veux pas insulter les habitués. C'est là qu'il a murmuré à mon oreille… je suis le marquis des tributs.

Marguerite ne put réprimer un petit cri aigu. Belline se tourna vers elle, avec une expression de complet étonnement, pour la deuxième fois elle s'apercevait qu'elle n'était pas seule avec l'agitateur.

— C'est ce qu'il a dit, c'est étrange, non ? fit-elle remarquer, ignorant de nouveau la jeune femme.

— Tu connais son vrai nom ?

— Euh… Xavier, c'est ça.

— Tu es certaine ?

— Je n'oublie jamais un nom, ni un visage, ni le reste, gloussa-t-elle.

— On peut partir maintenant, demanda Margot en faisant un geste pour se lever.

— Qu'est-ce qu'elle a, cette pimbêche ! éclata Belline en fustigeant la jeune femme du regard.

— Elle est mal à l'aise, ce n'est pas dans son habitude de s'humecter la panse en si bonne compagnie, intervint Benjamin.

— Pardon, mam'selle si je vous dérange ! ironisa la ribaude.

Marguerite avait détesté la soirée et pour ajouter à sa frustration, Benjamin s'était fait un bonheur de lui reprocher son entêtement à vouloir toujours se mêler de ce qui ne la regardait pas. Il l'avait même accusée d'être jalouse de Belline. C'était à n'y rien comprendre, ni de Dieu, ni du Diable. Puis voilà qu'il lui demandait de souper en sa compagnie.

« S'il s'imagine que je vais tomber en pâmoison dans ses bras comme toutes les catins qui l'écoutent crier sur le tréteau, il se trompe ! Je suis d'une autre trempe, moi ! »

Maintenant, au moins, le pamphlet était terminé. Elle se sentait quitte du service qu'il lui avait rendu puisqu'elle avait participé à l'écriture et qu'elle devait aller aux Tuileries elle-même placer dans les bosquets et dans les allées l'aboutissement de leur travail. Il y aurait des feuillets partout dans la ville ; de la place de Grève au pont Neuf, en passant par le faubourg Saint-Denis et la foire Saint-Germain. Depuis qu'il faisait ce travail, Benjamin Doucet avait trouvé de nombreux sympathisants, commerçants ou marginaux qui acceptaient de faire la distribution de ses feuillets. Quant à la délicate mission d'en répandre dans les jardins, elle s'en occupait.

Ce jour-là, il y avait beaucoup de passants dans les jardins aux abords du Louvre. Cinq journées durant, le temps avait été clément, mais on craignait chaque jour que le vent tournât. Les riches bourgeois autant que les nobles profitaient de l'avant-midi pour se livrer à un passe-temps important de la vie oisive : la promenade. Chacun saluait, de l'éventail ou de la tête, et discourait, le plus souvent de rien plus que de tout. C'était un lieu pour se faire voir comme pour entretenir une réputation. En outre, c'était un lieu pour voir, car les hauts personnages du royaume côtoyaient les écrivains, les bourgeois, les artistes et les étudiants. Tous pouvaient lorgner les environs à satiété sans pour autant briser le cercle fragile des convenances sociales. En effet, il y avait un art dans la façon de regarder furtivement, attitude qui nécessitait un certain apprentissage.

Marguerite avait estimé que l'opération lui prendrait en tout une vingtaine de minutes ; la grande allée centrale et le parterre principal, ensuite quelques bosquets, le tout en tentant de garder une démarche charmante qui lui permettrait de circuler sans se faire détecter. Marguerite avait dissimulé les feuillets dans une grande écharpe de laine qu'elle tenait contre elle. D'abord, passer les grilles où s'arrêtaient attelages, cochers et communs qui n'entraient pas aux Tuileries. L'anxiété qui grondait à l'intérieur de la jeune femme décupla à la vue des grilles. Elle serra l'écharpe et avança. Sa présence interpella quelques laquais, qui se permirent plusieurs commentaires gaillards. En d'autres circonstances, la jeune femme les aurait fait taire, mais ce jour-là, elle ne s'aperçut même pas que les propos lui étaient adressés.

Comme une abeille butine de fleur en fleur, récoltant du pollen sur ses ailes diaphanes, Marguerite fit de même pour semer les pamphlets. Insecte pudique, elle attendait que les promeneurs se fussent éloignés pour commettre son méfait, tour à tour sous les talus, dans les massifs de fleurs, sous les bancs. Le vent était son premier et son seul complice puisque, grâce à lui, les feuillets se répandraient partout. Margot poussa un soupir de soulagement lorsque le dernier fut placé.

La jeune femme replaçait son écharpe vide sur ses épaules lorsqu'elle entendit son nom. Plus que de se faire prendre, elle avait craint de se faire reconnaître.

— Marguerite, Marguerite de Collibret ? répétait la voix qui se rapprochait.

Elle fit quelque pas pour s'éloigner du bosquet où elle avait placé les pamphlets compromettants.

— Marguerite ! salua Jeanne de Vimont-Clercy qui l'avait bel et bien reconnue.

— Mademoiselle de Vimont-Clercy.

— Marguerite, mon Dieu ! C'est bien vous ! s'exclama la jeune femme en examinant son amie avec attention.

Marguerite esquissa un sourire qui lui demandait toute sa réserve de sang-froid et de maintien. La rouquine balayait ses cheveux, sa robe et son visage de son œil perçant et attentif.

— Quelle surprise ! Je ne soupçonnais pas que vous puissiez être encore à Paris… Bien sûr, il y avait quelques rumeurs, mais je ne me résignais pas à y croire. Comment se fait-il que vous ne m'ayez pas écrit ?

— Mademoiselle, que voulez-vous que je vous dise, ignorez-vous que…

— Pardonnez-moi, ma chère, je ne voulais pas vous blesser, l'arrêta Jeanne avec un accent touchant dans la voix. Je suis désolée pour votre père. Si cela peut vous apporter un soulagement, sachez que vous avez toute notre sollicitude. Si vous avez besoin de quoi que ce soit…

— J'en suis fort aise, prononça la jeune femme, qui se livrait au supplice avec détachement. Je partais justement, je suis attendue. À bientôt.

La demoiselle de Vimont-Clercy lui prit la main.

— Mademoiselle de Collibret, attendez. C'est vrai, ce qu'on raconte partout ? Que vous êtes la maîtresse de ce financier Gourville ? prononça la demoiselle dans un trouble flagrant.

Marguerite retira vivement sa main et se détourna, blême de rage. Instinctivement, elle s'élança vers la sortie. Elle se demandait quelle méchanceté animait la rouquine pour qu'elle lui balançât un commentaire aussi insultant. Quelque part dans sa mémoire, l'affront que la jeune femme ressentait se grava dans du roc. Elle ne devait jamais oublier l'insulte que son amie d'antan lui fit ce jour-là.

Au moment même où la jeune femme quittait les Tuileries, un tapis de papiers blancs se déroulait aux pieds des promeneurs. Évidemment, les feuillets piquaient la curiosité de chacun. Ils constituaient, tout comme les gazettes mondaines, un divertissement piquant dont toute la société de Paris se délectait. Jusqu'à ce que son propre nom apparût dans une saillie cinglante, le courtisan était l'allié du pamphlétaire. Les cibles de ce dernier étaient les personnes de la cour, les dirigeants, les ministres ambitieux. Discrètement, sur l'ordre d'une maîtresse, la demoiselle ou le page avait la responsabilité de cueillir un de ces fruits empoisonnés, mais délicieux. Personne ne voulait être surpris à lire un de ces pamphlets dont les autorités condamnaient sévèrement l'impression. Dans la cité, la police faisait la chasse aux agitateurs comme les aristocrates chassaient le cerf en province.

## 14

### *Avec Benjamin et ce qui s'ensuivit*

Quand Benjamin vit entrer Marguerite dans la taverne, il se leva aussitôt, surpris et ravi.

Il avait absorbé la moitié d'un pichet de rouge et cela lui avait donné le temps de se convaincre que sa complice ne se présenterait pas au rendez-vous. Apparemment, il avait bu un peu rapidement tout de même. Elle s'avança vers lui. Ses cheveux étaient relevés sur sa nuque et retombaient de chaque côté de son visage ; cela lui donnait une allure de dame de haute naissance qui n'était pas sans le charmer ni l'impressionner.

— Bonsoir à vous, mademoiselle, je suis heureux de vous voir. J'étais convaincu que je serais seul à fêter notre victoire.

— Je ne vous aurais pas laissé tous les honneurs de cette journée.

Marguerite sourit spontanément. L'auberge était confortable et avait l'estimable qualité d'être discrète. L'impulsion qui l'avait conduite jusqu'ici ne l'avait pas trompée.

— Votre promenade dans les jardins a-t-elle été profitable ? Je vois que vous avez coiffé vos cheveux pour la circonstance, lança-t-il, ironique.

— Vous aimez ? On m'en a fait le compliment, rétorqua la jeune femme, qui se plaisait bien dans la répartie spirituelle.

— Héhé, bien. Les marauds d'argousins ont essayé de me prendre au collet ! On peut dire que ce fut tout un spectacle ! Digne de l'hôtel de Bourgogne. Dommage que vous n'ayez pu y être.

La jeune femme s'assit devant lui. Décidément, elle se sentait beaucoup plus légère. Ce soir, ils partageraient le cochon grillé et boiraient un coup de clairet ensemble. Demain, le destin déciderait de ce qu'il adviendrait d'eux. Elle ne pouvait plus rien y changer.

— Vous êtes toujours avec moi ? questionna Benjamin.

— Oui. Je pensais à ce qui arriverait maintenant.

— Je vais vous dire ce qui va arriver. Je vais aller me cacher, car la police va vouloir chauffer mon cul…

Il remplit deux nouveaux gobelets de vin. Marguerite réprima une grimace en avalant la boisson plutôt aigre.

— Mais pas avant d'avoir rencontré votre bandit masqué. Dans quelques jours, je devrais avoir d'autres nouvelles pour vous.

— Vous allez le voir ? s'inquiéta Margot.

— Dame ! J'y compte bien ! Sans qu'il sache qui je suis, bien sûr. Je sais être prudent, ne vous inquiétez pas.

— Je ne m'inquiète pas, rétorqua-t-elle du tac au tac.

— Ah, tant mieux, dit-il, un peu déçu malgré tout.

Les effluves de viandes grillées et de ragoût mijoté leur amenaient l'eau à la bouche. Depuis quelques minutes, la salle commune de l'hôtellerie s'était remplie de plusieurs convives qui s'attablaient en devisant gaiement. Le tenancier leur apporta un porcelet rôti, un pâté de perdrix et des cornichons. C'était un festin à apaiser les estomacs les plus voraces. Heureusement, les émotions de la journée avaient creusé celui de la jeune femme, et elle dîna avec un appétit qui étonna le jeune homme.

— Je ne vous savais pas aussi gourmande. Minerot, mon bon ami, vous allez devoir nous apporter d'autres cornichons. Et encore un pâté…

— Tout de suite, j'aime les femmes qui ont de l'appétit ! commenta le tenancier.

— C'était absolument délicieux. Mais je ne peux pas avaler un seul cornichon de plus.

— Je suis pourtant persuadé que si, plaisanta-t-il.

L'ivresse colorait le teint clair de Marguerite. C'était la première fois qu'elle se sentait aussi bien en présence de Benjamin. Quelque chose en lui, ce qu'il représentait, ce qu'elle représentait par le fait même, la dérangeait. Parfois, elle aurait voulu être une fille du peuple, pour avoir le droit de se plaindre, pour qu'on puisse comprendre les injustices qu'elle vivait. Étrangement, elle jalousait le travail de Benjamin. Contrairement à beaucoup, il n'aspirait pas à changer de couche sociale. Il avait trouvé sa place ici et les croquants l'acclamaient comme leur héros. C'était elle, l'opportuniste. Le goût âcre de l'ambition se mêlait à celui de la justice. Souvent, elle se demandait si sa place serait jamais précise. Comment redevenir Marguerite de Collibret après avoir écrit des pamphlets ou traité avec des ribaudes ? Une nouvelle identité commençait à poindre sous les soubresauts de son âme. Elle cherchait encore son sens et sa raison d'être.

— À quoi pensez-vous, belle donzelle ? lui lança le jeune homme d'une voix charmante.

— Je n'aurais jamais pensé qu'un simple pamphlétaire puisse être d'aussi bonne compagnie. Lorsque je me penchais à la fenêtre de notre château et que j'apercevais, du haut de mes tourelles, les manants avec leurs épaisses culottes de coton et leur chapeau mou, je me disais qu'ils étaient à peine plus que des bestiaux, avoua-t-elle avec malaise. Comme ma tante était découragée de moi, alors ! J'ai traité les paysans de la baronnie comme des serfs, comme si chacun ne vivait que pour me servir… parce que c'est ainsi qu'on nous élève. C'est vrai, Benjamin, ce que vous racontez sur les nobles est vrai, je vous le dis, moi !

— Vous n'avez rien à vous reprocher, Marguerite… répondit-il, ému par ses confidences. Pour la plupart des paysans et des roturiers, les aristocrates sont vus comme tels et… comment dire… c'est une pièce de théâtre où nous avons tous un rôle à jouer ! Les manants sont aussi bien dans leur rôle que les bourgeois et c'est ce qu'il y a de plus triste souvent… C'est pourquoi je suis un héros, bien souvent ridiculisé, mais tout de même !

— Benjamin, vous savez… Ce que je souhaite le plus au monde, c'est de redevenir noble.

— Mais vous êtes noble… Vous voulez dire que vous souhaitez regagner vos avoirs et votre rang, pointa-t-il. Je sais cela, Margot. Tant mieux, vous vous feriez lancer des pommes cuites si vous tentiez de jouer la gueuse ou la gazetière.

Margot éclata de rire. Elle se dit soudain que Benjamin ferait fureur dans les salons… Sur ce ton-là, la soirée fila comme les grains de sable entre les mains d'un enfançon, et c'est avec étonnement que la jeune femme s'aperçut qu'il était bien tard. Les ripailles étaient terminées depuis longtemps. Quelques clients buvaient encore un pot au comptoir.

— Je dois rentrer, il est tard.

— Je vais vous reconduire, ce n'est pas sûr pour vous, demoiselle. Quant à moi, même les rats ne me touchent pas dans ces rues.

Bien qu'elle ne voulût pas qu'il sût où elle demeurait, la jeune femme ne protesta pas. Margot jugeait s'être assez dévoilée pour que le jeune homme fît montre de discrétion lorsqu'il verrait sa demeure. Après tout, elle pouvait bien résider dans le Marais et ne pas soutenir les actions de la cour ; c'est ce que faisait Jean de Hérault, sieur de Gourville, et bien d'autres. Devant la blanche façade, le jeune homme ne fit pas de commentaires. En outre, il s'était tu durant tout le chemin. Or ses yeux suivaient les moindres mouvements de Marguerite.

S'il restait muet devant les attraits de l'hôtel, il n'était pas insensible aux appas de sa compagne. Ce qui avait toujours été là sous ses yeux lui paraissait tout d'un coup bien appétissant.

— L'obscurité de la nuit me fait voir plus clairement tes contours magnifiques, Margot… Tu es si belle ! Tes cheveux, tes yeux…

Il la contemplait entre la pénombre et l'obscurité. La jeune femme, d'abord flattée, se lassa rapidement. Il faisait froid et elle avait hâte de se glisser dans une robe confortable. Puis tout à coup, il se pencha vers elle. Margot fit un mouvement et le baiser furtif atterrit sur sa joue.

— Benjamin, je vous prie, cessez de minauder... murmura-t-elle sur un ton qu'elle voulait ferme.

La tentative était inoffensive. Margot le découvrait enthousiaste, mais non amoureux. Le vin et la soirée révélaient une facette de son compagnon qu'il devait habituellement réserver à ses cercles d'admiratrices.

— Bonne nuit, belle fleur, capitula le jeune homme en souriant.

Ses pas s'éloignèrent, discrets comme ceux d'un chat. La jeune femme se mordit les lèvres en se tournant vers l'hôtel noyé dans l'obscurité. Elle se demandait si son amant l'attendait, bien qu'elle connût déjà la réponse à cette interrogation. Son imagination lui faisait imaginer les pires scénarios : Gourville l'attendait, il s'inquiétait, il se demandait où elle était, il était fâché, il était hors de lui. C'était la première nuit, depuis qu'elle résidait chez Gourville, où elle ne rentrait pas souper avec lui. Qu'allait-il dire ? Elle trébucha sur une pierre inégale de la chaussée. Margot maudit l'alcool qui lui faisait perdre la maîtrise de ses sens. Qu'allait croire Jean de Hérault en la voyant dans cet état ?

Quelque chose en elle roula comme un tonnerre avant l'éclair.

« Je n'ai pas de comptes à lui rendre, il ne m'a jamais dit où il allait, lui... Je n'ai rien fait de mal. Il n'a pas le droit de m'en vouloir... » se fâcha-t-elle.

Elle prenait conscience du véritable sentiment qui l'envahissait. De sorte que lorsqu'elle mit les pieds dans le vestibule, son esprit tout entier était en position de défense.

— Monsieur est au salon, l'informa la servante lorsqu'elle entra.

Elle vit la lumière de la chandelle avant toute autre chose. Il était penché sur un ouvrage. C'était le livre qu'elle lisait, la poésie de Benserade. Il leva la tête lorsqu'elle s'approcha. Calmement, il posa le livre sur la table.

— Bonsoir, Marguerite. Je dois dire que c'est assez regrettable que je ne l'aie pas lu avant aujourd'hui. C'est une œuvre admirable.

— Euh… ou… oui, balbutia-t-elle.

Son amant avait décidé d'une approche défensive. Il avançait un pion blanc, deux cases devant son fou. Rusé. Margot ne se laissa pas démonter.

— Tu ne veux pas savoir où j'étais ce soir ?

Plutôt que d'attendre, elle choisissait de sortir le pion du roi. Marguerite s'étonnait de sentir l'agressivité monter en elle à l'idée que Gourville pût questionner sa moralité.

— Hum… Si tu veux me le dire, je veux bien l'entendre.

La jeune femme se demandait maintenant quoi penser. Était-ce une feinte pour mieux l'amadouer ou l'expression sincère de ce qu'il pensait ?

— J'étais avec un ami dans une hôtellerie. Nous avons honoré la bonne chère et le bon vin.

— Fort bien. Tu vas rester debout ou tu veux t'asseoir ?

— C'est tout ? Tu n'as rien à me dire ?

Marguerite commençait à s'impatienter. Son flegme était presque insupportable, en particulier parce que ce n'était pas ce à quoi elle s'attendait.

— Je dois dire que ta compagnie m'a manqué. Je… je me demandais où tu étais, avoua-t-il en la regardant dans les yeux, le plus posément du monde. J'étais inquiet. Très inquiet. Maintenant, je suis jaloux.

Elle en fut émue et baissa la tête. Échec.

— Je n'ai pas pensé que la soirée serait si longue. Je sais que tu as le droit d'être fâché. Quant à être jaloux, tu n'as pas à l'être ! Ce n'est qu'un ami, quelqu'un du marché…

— Quelqu'un du marché ? Je me demandais où tu étais, Margot et… eh bien, je me suis aperçu que je ne savais pas du tout où tu allais ni ce que tu faisais dans la journée. Je sais très bien que tu visites des gens, que tu as des fréquentations…

— Je rencontre des gens, oui. Comme toi. Je veux dire que je fais, ou plutôt, je faisais comme toi.

— Comme moi ? Qu'est-ce que tu insinues ?

Une ombre de doute traversa les pupilles de son amant. Elle hésita, se demanda si elle devait lui confier la vérité sur ses projets ; comment le lui expliquer ?

— J'ai rencontré une personne qui défend, qui dénonce, les affres du peuple. Il a écrit un pamphlet sur Fouquet. J'étais avec lui ce soir.

— Avec un agitateur ? As-tu perdu la raison, Marguerite ? Ces gens-là sont dangereux ! Sais-tu que le roi fait pendre les pamphlétaires haut et court ? C'est folie, surtout pour toi, de frayer avec ces gens.

— Oui. Je le sais fort bien.

Gourville lut de la détermination dans les yeux de Marguerite. La résignation, la conscience de ses gestes. Il en fut estomaqué. Depuis combien de temps lui cachait-elle ses frasques ?

— Marguerite, je… je ne veux pas que tu les revoies ! commanda-t-il avec force.

— Pardon ? Tu n'es pas en position de m'interdire quoi que ce soit !

— Justement, c'est à moi de le faire. C'est évident que tu ne mesures pas le risque que tu cours.

— Bien au contraire. J'ai pris cette décision en toute conscience. Et puis, toi, est-ce que tu ne risques pas la même chose ?

— Ne mêle pas les cartes, je t'en prie. Ce que je fais n'est pas dangereux. D'ailleurs, je suis assez vieux pour décider de mon sort. Quant à toi…

— Ah ! coupa-t-elle. Il te sied de me rappeler mon âge ! Je n'aurais pas cru entendre ces mots dans ta bouche. Tu oublies la cause pour laquelle je suis restée ici : aider mon père. Les moyens que je prends pour y parvenir, c'est à moi seule de juger s'ils sont bons ou non. Croyais-tu que je demeurais à Paris par caprice ?

Jean allait de surprise en surprise. Son orgueil et ses sentiments étaient chamboulés par les paroles et l'attitude de la jeune femme. Il prit quelques secondes pour se ressaisir. D'un côté, son sens rationnel lui soufflait que c'était pure folie de laisser Margot s'entêter dans ses projets; de l'autre, celui qui la voulait près de lui, aimante, avait peur de la contrarier. Et s'il n'était, comme les paroles de la jeune femme le laisaient supposer, qu'une bagatelle dans sa vie, sans poids dans ses raisons de rester ici?

— J'ai tout abandonné, tout sacrifié pour cela. Tu ne peux pas me forcer à renoncer maintenant à mes buts, déclara la jeune femme.

— Pourquoi ne m'en as-tu pas parlé?

— Je ne sais pas pourquoi, je ne voulais pas que tu t'inquiètes, je suppose. Je me disais aussi que tu avais tes propres intrigues, dont je ne faisais pas partie.

— Marguerite, mes intrigues, comme tu les appelles, ne sont pas du tout de cet ordre. Les pamphlétaires sont recherchés par le guet, tout comme les imprimeurs clandestins ou leurs complices.

— Fi. Je t'ai dit que je savais déjà tout cela. Que veux-tu faire? Moi, je ne vais pas renoncer maintenant. Pour le moment du moins, je n'ai pas l'intention d'écrire d'autres feuillets, mais il n'est pas impossible que je recommence. Si tu souhaites que je parte, dis-le-moi.

Le sang battait à ses tempes. Malgré toutes les craintes qui l'habitaient, il fallait qu'elle sût. D'un moment à l'autre, le sol pouvait se dérober sous ses pieds, mais une attraction presque morbide la poussait à tâter sa solidité. Jean de Hérault poussa un soupir.

— Marguerite, je ne veux pas que tu partes. Seulement, tu dois me promettre d'être prudente, implora-t-il, vaincu.

Il connaissait le prix de sa défaite. La prudence était une bonne intention, mais à elle seule, elle ne suffirait pas à protéger la jeune femme.

Elle sortit un morceau de papier de son aumônière. En vers, trois strophes criaient au complot, à la corruption, désignant du même fait le coupable. Signées Langue Sale. Gourville connaissait ce nom. Il savait que ce n'était pas un ami de la noblesse pour avoir lu deux ou trois de ces libelles incendiaires. Ses yeux n'avaient qu'effleuré la feuille. En la relisant, il constata que les phrases convergeaient vers un point en particulier, et qu'effectivement on y devinait le nom du coupable, si on connaissait un tant soit peu la politique de la ville. Le gentilhomme se mordit les lèvres.

— Margot, c'est dangereux.

— Je sais. Mais il le faut. Il y a un serpent derrière tout cela et il doit être débusqué.

— Marguerite… hésita-t-il. Personne ne te soutient plus que moi. Bien que je ne t'aie jamais donné mon opinion, je suis profondément persuadé de l'innocence de ton père. Tout financier d'expérience que je suis, je n'ai pas une once de naïveté ; je ne présume de rien pour les autres. Cependant, le roi veut perdre Fouquet, j'en suis de plus en plus convaincu. Ni toi, ni moi, ni personne ne pourra infléchir sa volonté, et je crains fort que sa hargne pour Fouquet se répercute sur ses traitants.

Marguerite comprenait ce qu'il voulait dire. Elle en avait discuté avec Langue Sale, elle y avait longuement réfléchi par la suite.

« Comment lui expliquer que je ne fais pas cela, que je ne fais plus cela pour que mon père soit libéré ? » pensa-t-elle.

— Je vais être prudente, je te le promets, annonça Marguerite en plongeant son regard dans le sien.

Les yeux de son hôte trahissaient l'émotion qui l'habitait. La jeune femme prit conscience qu'il se dominait avec force pour ne pas lui interdire d'agir ainsi. Inquiet et amoureux.

Gourville s'approcha d'elle et lui prit les mains. Elle sentit son odeur, le musc et le lys, qui lui était devenue familière. Cela la réconforta et la saisit à la fois. Cet homme faisait partie de sa vie, à présent.

— Je suis rompue, dit-elle en laissant retomber sa tête sur le torse de l'homme.

Gourville glissa ses mains dans ses boucles et effleura sa nuque. Marguerite tressaillit à son contact, moins par timidité que par excitation.

— Allons, l'invita Gourville en l'entraînant à l'étage.

Marguerite retint son souffle. L'envie qu'elle avait de lui l'impressionnait. Elle glissa sa main dans la sienne en souhaitant de tout son être qu'il ne la lâche pas. Elle cherchait la chaleur de son corps comme le réconfort de l'âtre pendant un long hiver.

Lorsqu'ils furent dans la chambre, Gourville s'approcha et la souleva dans ses bras, jusqu'au lit. Doucement, il la dévêtit. Elle respira longuement et fortement lorsqu'il se mit à lui pétrir les seins avec une fougue qu'elle n'avait jamais vue chez lui auparavant. Ses sens à elle étaient en éveil, son envie de lui était prête à éclater. Il lui mordillait les seins en tirant rageusement de sa main libre sur les boutons de sa chemise. Énervé, il renonça à se dévêtir complètement. Sa tête descendit sur le ventre de Margot, qui poussa un gémissement en le sentant descendre plus bas. Elle le tira de nouveau jusqu'à elle, jusqu'à son visage, pour prendre ses lèvres. En même temps, ses mains fines cherchaient avidement l'ouverture de son pantalon, maudissant intérieurement sa maladresse. Elle la trouva finalement et lui retira le vêtement qui gênait ses aspirations. Elle sentit son membre, tout proche et chaud, cambré et dur. Marguerite se glissa sur les draps et ouvrit ses cuisses en une manœuvre autoritaire qui surprit Jean. La hardiesse de sa maîtresse avait ce soir des vues bien définies. Les prunelles surprenantes se teintaient de jaune et d'ocre comme les feux de Saint-Elme et lui faisaient part de son désir brûlant. Il la regarda intensément, sans rien dire. Sans une parole, il lui offrait la plus belle des élégies jamais composées. Marguerite ferma les yeux et sentit son amant la pénétrer. Lentement d'abord, puis de plus en plus fermement. Elle sentait son corps épouser la forme du sien. L'étroitesse de sa fleur lui tirait des plaintes où la souffrance chevauchait le bonheur de la communion de leurs chairs. Cela lui procura un ravissement bien différent que les caresses intimes auxquelles son partenaire l'avait initiée, une jouissance encore indéfinissable. Gourville, avec toute sa vigueur masculine, la prit encore et encore, tirant tout le plaisir qu'il pouvait de ce corps si tendrement offert.

Margot se réveilla dans son lit, seule. Il était déjà tard. Elle glissa sa main à l'endroit où son amant avait passé la nuit, les draps étaient encore tièdes ; il avait probablement profité de sa fatigue pour la regarder dormir. Elle se leva avec difficulté, son corps était fourbu. Le miroir lui renvoya l'image d'une jeune femme au teint pâle et aux yeux creux. Rapidement, elle ramassa ses cheveux et se mit un peu de poudre aux joues. Dehors, le ciel était chargé de pluie et de grisaille. Elle s'habilla en hâte et descendit au salon où elle le trouva.

Marguerite lui rendit son sourire. La présence matinale de Jean insuffla à la jeune femme une joie profonde.

— Bon matin. Je t'ai laissée sommeiller ; Jacinthe m'a informé que tu dormais tard le matin. Il y a des gâteaux aux noix sur la table, si tu as faim.

Pendant qu'elle grignotait des fruits et une part de gâteau, Gourville se glissa à son côté.

— Je voulais t'entretenir de quelque chose, annonça-t-il avec douceur. Je suis parvenu à trouver un moyen pour faire passer une lettre à ton père. Un moyen sûr.

Marguerite leva les yeux vers lui et déposa le morceau de gâteau qu'elle s'apprêtait à avaler. L'étonnement et l'émotion se lisaient sur son visage.

— De quelle façon ?

— Un garde est bien disposé à mon égard et prêt à transmettre un message, affirma-t-il. Tu pourras aussi recevoir une réponse.

— Jean, c'est… Je ne sais pas quoi dire… balbutia-t-elle, abasourdie.

— Tu es contente ?

— Oui ! s'exclama-t-elle. C'est que… je ne sais pas quoi lui écrire.

Marguerite ne contenait pas les émotions qui lui venaient. Cette nouvelle la rendait joyeuse, inquiète, triste. Elle ne s'attendait pas à cela. Que pouvait-elle écrire à son père ?

— Je suis certain, Marguerite, que tu sauras quoi lui écrire. Je ne peux pas te conseiller, je pense que tu sais mieux que moi.

— Oui, je vais trouver, dit-elle, songeuse.

Ce jour-là, elle passa plusieurs heures dans sa chambre. Son lit s'était transformé en secrétaire. Après un certain moment d'hésitation, elle choisit de faire part à son père de la situation telle qu'elle était. Margot lui relata les événements qui avaient suivi son emprisonnement. Elle lui dit qu'Annette et Charles-Antoine étaient retournés dans leurs terres. Elle raconta brièvement qu'elle était restée à Paris et qu'elle vivait chez Gourville. Elle parla un peu de Gabriel et de Claudine. Plus que tout le reste, elle lui offrit des paroles d'encouragement, des paroles rassurantes. Elle voulait ses phrases sincères et sobres. C'était sans aucun doute les premiers liens avec le monde extérieur qu'il aurait depuis son incarcération. La jeune femme y mit tout son cœur.

Plus vite qu'elle n'aurait pensé, elle vit le jour quitter sa chambre pour faire place à la pénombre du soir. Ses doigts étaient tachés d'encre noire ; somme toute, la missive était achevée.

La jeune femme se leva et s'étira. La chambre ressemblait à un champ de bataille : il y avait des papiers partout. Margot se dit que ça ressemblait au cabinet de Jean et esquissa un sourire. Ils étaient comme deux assiégés, elle et lui. Constamment en train de travailler à une lettre, à un pamphlet ou à une revendication quelconque. Ses pensées se portèrent vers le poète La Fontaine, l'ami de Gourville qui écrivait une élégie destinée à défendre Fouquet. Elle se dit qu'elle devait se rappeler de demander de ses nouvelles. Marguerite ramassa les feuilles qui jonchaient le sol. C'est à ce moment qu'on frappa à la porte.

— Margot, dit Gourville sur un ton où se mêlaient la détresse et l'impatience. Je veux que tu restes à l'étage, il y a un policier qui désire me voir en bas.

— Un policier ! s'étouffa la jeune femme, blême.

Jean de Hérault hocha la tête et poursuivit :

— Reste ici, je ne serai pas long.

Marguerite n'eut pas le temps d'ajouter quoi que ce fût, Gourville disparaissait avec le maître d'hôtel. Son cœur battait à se rompre.

« C'est pour moi. C'est ma faute. Ils vont arrêter Gourville. »

— Oh, mademoiselle, s'inquiéta Jacinthe en se glissant dans sa chambre.

Marguerite, réconfortée par sa présence, lui prit les mains pour chercher à s'encourager.

— Vous croyez qu'ils vont emmener monsieur ? demanda la servante.

— Je ne sais pas, Jacinthe... Où est le policier... dans le boudoir ?

— Non, mademoiselle, dans le petit salon. Pourquoi ?

Si elle pouvait descendre dans la cuisine, elle entendrait leur conversation et saurait ce que ce policier était venu faire ici. Mais Gourville lui avait interdit de le faire.


— Vous êtes certain que vous ne prenez pas un brandy, monsieur Despire ?

— Exempt de police Despire, corrigea l'homme, un rictus dédaigneux aux lèvres.

— Bien sûr, fit, complaisant, le sieur de Gourville.

Il s'assit et croisa ses jambes devant le policier qui lui jetait des regards de mépris à peine dissimulés.

— Monsieur, une affaire d'importance m'amène.

— Je vous écoute, répondit Jean de Hérault, armé d'un flegme dont il se servait pour jouer aux cartes.

— Vous connaissez M$^{lle}$ Marguerite de Collibret ?

De toute évidence, Jeanne de Vimont-Clercy n'était pas la seule à savoir qu'elle habitait dans le Marais chez le sieur de Gourville.

— Pourquoi ? se refroidit le financier.

— On raconte dans le Marais que vous avez des liens avec cette jeune personne…

— Vous faites dans les intrigues d'alcôve, exempt Despire ? ricana Gourville. Si tel est le cas, ma liste de conquêtes est longue, j'espère pour vous que vous ne vous déplacerez pas chaque fois que vous me soupçonnerez d'avoir une maîtresse.

— Vous n'avez pas répondu, se renfrogna le policier. Je vous rappelle que vous bénéficiez d'une immunité *temporaire*, monsieur de Gourville. Seulement si vous avez une bonne conduite…

Gourville respirait bruyamment.

— Je ne vois pas en quoi mes fréquentations vous concernent et je sens ma patience se lasser !

— Cette Marguerite de Collibret aurait été vue en compagnie de pamphlétaires, voyez-vous, et si elle continue, elle pourrait fort bien finir comme eux, avertit l'exempt de police, formel.

Le coup atteint le sieur de Gourville, ce que l'argousin ne manqua pas de remarquer.

— Si vous vouliez reconsidérer vos amitiés, cela arrangerait fort le commissaire Ferrand, termina l'exempt Despire. Jusqu'à présent, le roi a été magnanime envers vous, n'abusez pas de sa confiance.

« Les cinq cent mille livres que je lui ai versées ont beaucoup fait pour le rendre magnanime, notre cher roi », songea Gourville, acerbe.

Lorsque l'argousin franchit la porte, Gourville attendit d'entendre les pas s'éloigner avant de se laisser retomber sur le divan. Son visage était décomposé par la crainte et l'inquiétude. Il entendit des pas feutrés et la silhouette de celle qu'il aimait apparut.

— Depuis quand es-tu là ?

— Depuis un moment, murmura Margot, tremblante. Je ne sais pas que te dire. J'ai peur. Crois-tu qu'il sait que c'est moi qui ai écrit ce libelle ?

Dehors, le ciel poussa un rugissement. La pluie qui menaçait de tomber depuis une semaine s'exprimait maintenant en une tempête qui inondait la nuit de ses éclairs.

— De toute évidence, ils ont des raisons de te soupçonner. Mes allées et venues ont été surveillées avant ton arrivée, peut-être ont-ils fait de même avec toi, supputa le financier. De plus, quelqu'un a dû leur dire que tu habitais ici.

— Les gens du quartier n'ignorent pas qu'une jeune femme dort sous ton toit… ils n'ont eu qu'à écouter les « lustucru ».

Gourville poussa un long soupir. Il avait eu peur. Ceux auxquels sa jeune amie faisait la guerre avaient la faveur et avec elle venait le pouvoir. S'ils la trouvaient sur leur chemin, ils s'arrangeraient pour la faire disparaître.

— Marguerite, écoute-moi bien. Tu n'auras pas d'autre avertissement.

## 15

*Une dernière besogne*

Pour la jeune femme, c'était le signe que sa flèche avait atteint sa cible. On réagissait. Le premier moment d'effroi passé, elle en conçut une grande fierté. L'essentiel était que ses écrits avaient fait peur, elle sentait qu'elle touchait à quelque chose et cela la grisait. Vengeance ! À l'intérieur, elle jubilait. Depuis le début, elle avait redouté que ses actes fussent sans conséquence. Aujourd'hui, elle savait qu'elle avait eu raison.

Si elle nourrissait l'envie de recommencer, elle savait que c'était trop dangereux pour le moment. D'ailleurs, Gourville le lui rappelait à chaque occasion. Quelques jours après le passage du policier, il décida que le moment était venu pour elle de partir pour la Champagne.

— Marguerite, ne fais pas l'enfant, insista Gourville d'une voix autoritaire qui irrita la jeune femme hors de toute mesure. Tu ne peux pas rester ici, je ne peux pas risquer qu'il t'arrive quelque chose.

— Laisse-moi agir comme je l'entends ! s'énerva-t-elle.

Tous ses regards étaient une confrontation pour la jeune femme, ils illustraient plus clairement que des paroles ce qu'elle pouvait perdre si elle se faisait prendre.

— Là, Margot, quelle mouche te pique ? Je te prie de mesurer tes propos et de réfléchir à ce que je te demande.

— Je te croyais d'une autre trempe, critiqua-t-elle. Au moindre accroc, tu es prêt à baisser les bras et à te débarrasser de moi !

« Gourville songe vraiment trop au pire », se disait-elle.

— Du reste, je n'ai nulle part où aller, Jean, se plaignit Marguerite en jouant le désespoir. Je ne te l'avais pas dit… mais ma tante n'a pas répondu à ma lettre. Je crains qu'elle soit furieuse contre moi.

C'était la vérité. Elle n'avait toujours pas reçu de lettre de sa famille.

— Je vois, conclut-il, affligé par ses dernières paroles.

Marguerite se mordit les lèvres : son protecteur avait une raison de plus de regretter de lui avoir permis de rester ici. Malgré sa reconnaissance pour l'aide et la protection qu'il lui apportait, quelque chose en elle se détacha de lui, inconsciemment. Afin de continuer ce qu'elle avait entrepris, elle devait faire taire sa peur de perdre son amant.

Cette pensée habitait la jeune femme lorsqu'elle se rendit chez Muriel Tartier, le lendemain de la visite du policier. Récemment, elle prenait moins de précaution et portait les robes que Gourville lui avait offertes ; elle arriva donc chez la boulangère vêtue d'une belle robe de drap gris et coiffée de rubans de satin de la même couleur. Sa pudeur devant l'étal de la commerçante et la gêne qu'elle éprouvait à se montrer telle qu'elle était s'amenuisaient au fur et à mesure que se développait son amitié pour la boulangère. De plus, Muriel ne passait jamais de commentaire sur sa tenue ou sa coiffure. Marguerite savait bien que quel que fût son statut, noble ou pas, elle serait toujours la bienvenue chez elle.

— Eh bien, y'est pas trop tôt !

— Bon matin, répondit Margot, qui ne pouvait s'empêcher de sourire à la boutade amicale.

— Vous êtes tous pareils ! Vous rebondissez comme ça, tout bonnement ! Ah, moi qui craignais le pire. Imaginez-vous donc que j'ai perdu deux fournées de pain à cause du mauvais sang que je me suis fait.

Marguerite se retint de rire. Derrière le comptoir, Simon, le frère de Muriel, hocha la tête, confirmant ainsi que c'était vrai.

— Je suis navrée, je n'ai pas pu venir vous voir avant, confia-t-elle à son amie. J'imagine que Benjamin vous a raconté…

— Je ne l'ai pas vu non plus, celui-là. Pas l'ombre d'un voleur de brioche à l'horizon, il doit être allé se terrer dans une de ses cachettes, vous pensez bien !

— Ah...

— Votre pamphlet est encore en demande, moi, j'ai épuisé tous les exemplaires qu'il m'avait donnés. J'ai su que son apparition a provoqué l'arrivée des vilains. Il devait être content... Dame ! Il devient comme fou lorsque les argousins essaient de l'empêcher de crier.

— Muriel, je vais essayer de repasser demain. Je dois absolument lui parler. Où croyez-vous qu'il puisse être ?

— Comment voulez-vous que je le sache ? Il peut être dans n'importe quelle taverne. Où bien chez la Neveu, vous savez, la courtisane ? Il va là quand il a le bas du corps qui le démange...

— Euh... merci, Muriel, répondit la jeune femme, gênée.

Margot était embêtée. Benjamin avait l'intention de rencontrer le bandit qui avait attaqué le carrosse. Où et comment, il n'avait pas cru bon de l'en mettre au courant. Le pamphlétaire avait coutume de se terrer après avoir commis un méfait. Mais pas cette fois, car il voulait mener la besogne à terme. Autant qu'elle-même, l'ambition de soumettre les ennemis, les nobliaux, obsédait le jeune homme. La crainte qu'il rencontrât de la résistance sur son chemin lui avait traversé l'esprit la veille, lorsque le policier était venu voir Gourville. Même si elle savait que Benjamin était plus endurci qu'elle, elle pria pour qu'il fût prudent.

～

« Bang, bang, bang ! » faisait le bruit à ses tempes.

Quel que fût le côté de la paillasse sur lequel il se tournait, le bruit recommençait de nouveau.

« Bang, bang, bang, bang ! »

C'est alors que, du plus profond de son engourdissement, il perçut une voix. Une voix qui l'injuriait... qui lui criait de se lever. Les coups de son crâne... n'étaient pas dans son rêve... Il se leva et couvrit son entrejambe d'un vêtement qui traînait. En trois bonds, il avait atteint la porte sans se prendre les pieds dans les couvertures. Au travers du carreau noirci de graisse et de saleté, il distingua un large feutre et un col de manteau. Sous le chapeau, un long nez se perdait dans des poils taillés très court. Il tira le verrou et arma son arquebuse dans un même geste adroit.

— Bien le bonjour, monsieur Ferrand, commença-t-il.

Il pleuvait dehors. Du grand feutre s'écoulait un fleuve d'eau de pluie. La plume qui avait dû être bien fière pendait mollement sur le bord du couvre-chef. L'homme à la porte fit un mouvement pour entrer à l'intérieur.

— Holà, on n'entre pas chez moi, dit-il en plaçant son pied dans l'embrasure de la porte.

Le commissaire de police grogna. Le grand dadais qui lui avait ouvert la porte était flambant nu, à l'exception d'une pièce du tissu qu'il retenait d'une main sur son sexe. De l'autre, il braquait une vieille arquebuse. De son pied, il tenait la porte et sa stature imposante et agile lui en barrait l'ouverture. Tout à coup, le commissaire Ferrand n'était pas certain de vouloir s'abriter au sec. La main qui pudiquement cachait le sexe de l'homme pouvait très bien se retrouver autour de son cou et il ne souhaitait sérieusement pas en arriver là.

— Monsieur, vous êtes requis pour une affaire de la plus haute importance, rétorqua le visiteur.

— Faites vite, je dois aller me soulager, j'ai la vessie qui va éclater, railla l'homme à l'arquebuse, conscient que ses paroles insolentes irritaient au plus haut point l'officier de police.

Celui-ci fit néanmoins un effort considérable pour ne pas réagir. Sa moustache frémit.

— Voilà le pli. Cela concerne un pamphlétaire, expliqua-t-il en tendant une lettre à l'homme.

— Un pamphlétaire… Diable ! s'exclama-t-il. Il a dû causer tout un émoi pour qu'on cogne à ma porte.

— Assurez-vous que sa disparition aura l'air d'un accident.

— Qu'est-ce qu'il a fait ?

— Vous n'avez pas besoin de le savoir ! s'emporta l'officier.

— Holà, ça va, il ne faut pas vous énerver comme ça.

Il saisit le cachet et en examinant le sceau. Identique aux autres.

— Et ma pécune ?

— Vous sera remise comme d'habitude, après votre service.

— Attendez. Votre maître m'avait fait comprendre que je serais… disons… libéré de mes fonctions.

— Vous serez récompensé généreusement, soyez sans crainte.

— Ouais, le vent tourne, on dirait… Ce cher Colbert va être nommé surintendant des finances…

— Vous avez vos ordres, au revoir, monsieur, termina le visiteur en tournant les talons.

— C'est ça, adieu.

Il referma la porte en poussant fort, car l'humidité de son gîte avait fait gonfler le bois. Il se tira une chaise et fit sauter le cachet de cire pour lire ce qu'il protégeait. Ses yeux saisirent en un éclair ce qu'on attendait de lui. Dans la pièce en désordre qui lui servait d'abri de fortune, il trouva un flacon d'eau-de-vie et en retira le bouchon entre ses dents. Il vida le flacon d'une seule rasade. Pardi ! Les agitateurs et autres crasses de la société constituaient l'ordinaire des policiers, pas le sien. Ce n'était pas par dédain, mais bien par considération qu'il ne faisait pas ce boulot-là. Si ce n'était que de lui, les pamphlétaires seraient libres d'écrire ce qu'ils voulaient.

Quelques heures plus tard, il avait revêtu une longue chemise noire et un baudrier de la même couleur. Ses pantalons ajustés moulaient parfaitement ses jambes arquées qui finissaient dans des bottes de cavalier où se dissimulait une dague effilée. Sous sa cape, il avait aussi une épée longue et un mousquet. Puisqu'il fallait chasser le trublion, il se devait d'être à arme égale. Quand il pouvait avoir le dessus, c'était encore mieux. Il chargea son pistolet. Au moins, ledit Langue Sale n'était pas un amateur. Et fin finaud en plus. Xavier avait eu vent qu'il s'était informé sur son compte… Il s'était dit qu'il le rencontrerait tôt ou tard. Malheureusement pour Langue Sale, c'était plus tôt que tard et il n'aurait pas l'honneur de choisir le lieu du rendez-vous. En empruntant les marches branlantes de son logis, Xavier essaya de ne pas penser à l'ordre donné. Récemment, il trouvait plus lourdes sa cape et son épée. Malgré lui, il se demanda quelles raisons un homme comme l'intendant Colbert avait de faire disparaître un pamphlétaire. À deux pas de la foire Saint-Germain, il s'arrêta à un coin de rue. Des étudiants changèrent de côté à son approche. Son accoutrement ne passait pas inaperçu. Il avait l'air d'un duelliste en mal de querelle ou d'un spadassin en quête de bagarre. Tant mieux, tout était dans l'intimidation. Ce qu'il déplorait, c'était que la chasse serait sans péril. Il savait exactement où trouver l'agitateur. Quelques intersections plus tard, il se trouvait devant l'enseigne du Dragon sourd.

℘

Dès qu'elle vit le frère de Muriel derrière le comptoir, Marguerite sentit que quelque chose n'allait pas. Elle enjamba les caissons de volailles qui caquetèrent de plus belle.

— Où est Muriel ? demanda Margot en reprenant son souffle.

— À la maison… répondit-il, incertain de ce qu'il devait lui dire.

— C'est Langue Sale ? Il…

— Chut ! Ne prononcez pas ce nom ! lui intima-t-il, apeuré.

« Oh non, oh non », se dit la jeune femme.

Elle se mit à courir comme une insensée. Ce n'était pas possible… Ses pensées se bousculaient dans sa tête.

Son dos lui faisait mal, contraint par le corset qui gênait ses mouvements. Heureusement qu'elle connaissait le chemin par cœur. Sans même frapper, elle entra dans l'atelier. Un bruit de pas et des éclats, suscités par l'étonnement, se firent entendre.

— C'est moi, annonça Margot.

Sa voix entraîna d'autres interjections. Muriel apparut dans le couloir qui menait à la cuisine. Elle avait le visage blême et les yeux rougis.

— Je savais que vous viendriez… dit-elle avant d'éclater en sanglots.

Margot balança la tête de droite à gauche. Elle se refusait à croire ce qui se passait. Ses pieds étaient cloués au sol. C'était impossible, elle s'opposait à cette vérité.

— Muriel, Muriel! Benjamin n'est pas mort! Cessez de pleurer.

La boulangère ouvrit les yeux et s'arrêta net. Une autre femme s'avançait derrière elle. Plus vieille que Muriel, mince et grande. Margot comprit qu'il s'agissait de la mère du pamphlétaire. La même lueur de détermination. Margot sentit le choc de ces prunelles brunes qui l'accusaient sans sourciller.

— Il a été trouvé… sur la grève… Les pillards qui chapardent les objets sur les noyés… Il avait son foulard et sa plume préférée, expliqua Muriel entre deux sanglots.

Marguerite tituba et se rattrapa en faisant quelques pas. Cette révélation était trop incroyable pour être vraie. Muriel l'attira vers elle et se remit à pleurer de plus belle. La jeune femme restait là, comme un pantin inanimé, absolument incapable de se laisser aller à la tristesse. Les sanglots de la boulangère mouillaient sa robe et elle se mit à avoir chaud. Enfin, la boulangère retourna dans la cuisine avec la mère du jeune homme. Margot quitta la maison sans proférer un seul mot.

Qu'aurait-elle pu dire? Les yeux bruns de la femme ne l'avaient pas quittée, même lorsqu'elle arriva au quartier du Marais. Une douloureuse empreinte, le poids de la mort de quelqu'un. Était-ce le prix de son orgueil, la mort de Benjamin?

Elle savait que le policier avait été envoyé par ses ennemis et que c'étaient eux qui avaient orchestré la mort de son ami. Pour faire cesser leurs manœuvres. Pour faire taire la voix du peuple qui criait à l'infamie. Benjamin, elle en était sûre, aurait redoublé de haine devant cette cruauté qui se cachait sous un masque de soie. Lui parti… que lui restait-il ? Lui seul aurait pu la convaincre de continuer… Sa flamme vive qui brûlait les oisifs et les indifférents aurait pu réchauffer ses convictions. La mort de l'agitateur lui fit regretter de ne pas être morte avec lui. Ils tuaient Langue Sale, mais, elle, ils la laissaient en vie, espérant sans doute que la peur la ferait reculer. Contrairement à ce qu'ils souhaitaient, elle n'avait pas peur. C'était autre chose qui l'habitait. Quelque chose de plus fort, que seule l'horreur suscitait.

La jeune femme sombra dans un désespoir profond. Un gouffre où se mêlaient toute sa peine, sa honte, sa colère. Cet abîme n'avait pas de fond ; que des corridors, des dédales où elle se livrait à l'exploration de son échec et de la désillusion. C'était apaisant de ne rien faire. De ne plus lutter. Manger, dormir, manger, dormir, dormir… C'était doux. L'apathie avait quelque chose de réconfortant et de libérateur. Elle ne voyait personne, ne parlait à personne. La moindre évocation des événements passés aurait pu la jeter dans un précipice sans retour possible.

Puis, un matin ou un après-midi, un espoir comme une lumière dans la pénombre pénétra jusqu'à son cocon.

Une réponse. La lettre se glissa comme par magie sur son secrétaire, pendant la nuit. C'était écrit hâtivement, d'une main fébrile sur une feuille humide et déchirée par endroits. Margot prit quelque temps pour déchiffrer l'écriture. Plus que les mots eux-mêmes, le bout de papier témoignait du courage qu'il avait fallu pour qu'il se rende jusqu'à elle. C'était peu, mais c'était tellement.

Il y était écrit :

« Il faut avoir confiance, notre famille sera bientôt réunie… tout mon amour… je vous l'envoie… C'est difficile ici, mais il faut continuer de croire en la justice. Vous êtes ma seule lumière. Priez pour moi. »

Il n'y avait pas de mots pour expliquer ce que Margot ressentit à la lecture du billet de son père. Enfin. Enfin, elle savait. Son père était encore vivant. Son message la tira de sa torpeur.

## 16

### *Première visite à l'hôtel de la rue des Tournelles*

Cet après-midi-là, elle n'attendait pas de visite rue des Tournelles. Heureusement, puisqu'elle avait de nombreuses missives à lire et encore plus à écrire. C'était un plaisir immense que d'entretenir des correspondances intimes avec ses amis de partout. En outre, le plaisir retenait une bonne partie de sa vie. Ninon de Lenclos était, pour les uns, l'essence même de la femme lettrée, spirituelle ; pour les autres, c'était une courtisane qui tenait salon où l'on enseignait le libertinage, comme s'il pouvait s'agir d'un courant philosophique. Veillant à ne pas démentir les rumeurs qui couraient sur elle, elle passait beaucoup de temps à la rédaction de longues lettres à ses amants, passés ou futurs.

— Mademoiselle, Jean de Hérault, sieur de Gourville, demande à vous voir, annonça une jeune chambrière en entrant dans son cabinet.

— Gourville, dis-tu, bien. Fais-le entrer au salon.

— Oui, mademoiselle. Il y a une jeune femme avec lui.

Ninon reposa sa plume d'oie dans l'encrier. Décidément, c'était une visite qui tombait à point nommé. Elle terminait justement la lecture d'une lettre qui lui venait d'un ami commun, Saint-Évremond. La petite bande des amis de Fouquet se dispersait, plusieurs avaient trouvé refuge en province ou à l'extérieur du pays. En traversant le rez-de-chaussée, elle continua à se demander ce qui retenait Jean de Hérault à Paris, lui qui avait voyagé et qui, elle le savait, pouvait aisément s'installer quelque part en Angleterre ou en Hollande. Cet éclaircissement ne tarda pas à venir.

Dans le salon, près de Gourville se tenait une jeune personne qui capta son attention. Mine de rien, Ninon se dirigea vers son visiteur.

— Bonjour, Gourville mon ami, salua la maîtresse de l'hôtel.

— Mademoiselle de Lenclos, dit le sieur de Gourville en se levant avec empressement.

Marguerite avait longuement protesté. En quelque sorte, elle ne voulait pas tranquilliser son amant à propos de son départ prochain.

« Tant pis s'il part sans savoir ce qu'il advient de moi », se répétait-elle.

Ce n'était pas tant qu'elle ne voulait pas rencontrer cette courtisane dont Gourville lui rebattait les oreilles à toute occasion depuis deux jours. Elle ne voulait pas qu'il partît. Cette perte lui faisait l'effet d'une déchirure, si près de la disparition de Benjamin qui avait entraîné l'anéantissement de ses espoirs. C'étaient deux chocs, coup sur coup.

« Bravo, se disait-elle en observant les lambris dorés, le clavecin, les meubles sobres, tu me cèdes à une courtisane. Tu te défais de moi, maintenant que tu m'as entretenue à ta guise. Tu te disais mon protecteur. Mais tu aurais dû te dire mon amant. »

— Laissez-moi vous présenter mon amie, M$^{lle}$ Marguerite de Collibret.

Au plus, elle devait avoir vingt ans, se disait Ninon. Son âge était difficile à déterminer, davantage à cause de son regard qu'à cause de ses traits. Ses yeux étaient d'une teinte dorée ; mais il y avait dans ses pupilles une expression étonnante, mélange de courage, de vulnérabilité et d'une tristesse immense. Ninon fut séduite par ce contraste.

— Je suis ravie de vous rencontrer, mademoiselle de Collibret. Est-ce la première fois que nous nous voyons ?

— Si vous me demandez si je vous connais, je vous dirais que, oui, je sais qui vous êtes, madame.

— Mademoiselle, pas madame, je ne suis pas mariée. Asseyez-vous, dit-elle en les invitant à prendre place. Aimeriez-vous boire un peu de ce vin de Bordeaux ? Il est un peu tôt pour le vin, peut-être ? J'ai reçu un thé savoureux, en voulez-vous ?

La jeune femme accepta un thé chaud, qu'elle sirotait avec un détachement qui n'était pas feint. Jean de Hérault et Ninon échangeaient des banalités. Cependant, Margot sentait qu'ils étaient proches et qu'ils avaient effectivement des liens communs : La Fontaine, Pellisson et, surtout, Saint-Évremond. Ce dernier avait la réputation d'être un écrivain, un penseur dont la verve faisait le clou des soirées.

— Je suis en deuil de notre bon ami Saint-Évremond. Il est, comme vous le savez sans doute, en Angleterre. J'ai reçu de lui une lettre qui raconte comment là-bas on fait des gorges chaudes de ce qui arrive à la cour de France. Ah ! Il est, ma foi, très bien là-bas, déplorait Ninon de Lenclos.

— Je veux bien croire que nos voisins du Nord nous raillent. Quant à savoir s'il est bien en Angleterre, c'est ce que je lui souhaite. J'ai moi-même formé le dessein de partir, chère Ninon.

Margot trouvait singulier qu'il l'appelle par son prénom. Cette marque d'intimité, il ne l'avait que rarement avec les personnes de son cercle social.

« Peut-être, imagina-t-elle, ont-ils été amants… »

La belle Ninon avait un teint uni, des yeux noirs et vifs et des cheveux châtains qui parlaient de l'amour. De plus, son allant faisait oublier qu'elle était une figure de proue du libertinage depuis près de trente années. Néanmoins, ce que la jeune femme ne savait pas, c'était que peu de gens à Paris appelaient encore la courtisane par son prénom. Du moins en sa présence. En fait, si on la surnommait autrefois familièrement Ninon, aujourd'hui on parlait d'elle comme de « mademoiselle de Lenclos ».

— Je vous appuie, bien que cette pensée à elle seule me désole, confia Ninon, qui paraissait sincère. Cette terrible situation va nous avoir fait perdre bien des amis précieux.

— J'en ai bien peur, répondit-il avec un sourire las. Ninon, je suis venu vous demander de m'accorder une faveur.

Marguerite sentit que son tour allait venir et son cœur se mit à battre plus vite. Le rôle de solliciteuse ne lui avait jamais plu. En outre, elle doutait du dénouement positif de cette entreprise.

— Je vous écoute, mon ami.

— J'ai sous ma protection la fille d'Alain de Collibret, expliqua-t-il en désignant sa compagne. Sa famille me l'a confiée lors de leur départ en Champagne, mais je ne veux pas qu'elle subisse les conséquences de ma fuite.

— Non, bien sûr que non, affirma Ninon de Lenclos.

— Je souhaite que vous lui ouvriez les portes de votre maison et que vous lui fassiez gage de votre amitié. Auprès de vous, elle serait à l'abri des infortunes. De plus, elle pourrait bénéficier de vos conseils et de votre sagesse. Je crains que sa situation soit des plus précaires maintenant que nos ennemis se sont taillé une place dans les salons et à la cour.

— Nul besoin d'en dire plus, je comprends, coupa Ninon.

Les yeux de la jeune femme étaient braqués sur l'hôtesse. Elle souffrait de se sentir comme une enfant qu'on essaie de faire adopter, mais elle se consola à l'idée que tout cela serait bientôt fini. Après tout, la courtisane ne paraissait pas très enthousiaste à l'idée de la garder chez elle.

«Dans quelques minutes, je vais pouvoir respirer à ma guise, souffrir à ma guise, dans quelques minutes», se répétait-elle en se forçant à ne pas se lever et partir.

C'est alors qu'elle entendit, contre toute attente :

— J'aimerais savoir ce que M^{lle} de Collibret pense de tout cela.

Gourville reconnaissait là l'habileté de son hôtesse, qui s'était tournée vers Margot. Ninon n'ouvrait pas les portes de sa demeure facilement et la perspective de se retrouver avec une pensionnaire farouche était sans doute loin de l'enchanter. Silencieusement, il priait pour que sa jeune protégée comprît la chance inouïe qui lui était offerte et qu'elle ne la gaspillât pas. Margot se tourna vers le gentilhomme, en quête d'une réponse ou d'une aide quelconque.

— Je ne veux pas être un fardeau pour vous ni pour quiconque, commença-t-elle. Je ne suis pas certaine que je puis être un agrément pour vous… Je ne suis pas d'humeur joyeuse et je serais un embêtement lors de vos salons… Je… je ne voudrais pas que vous vous mépreniez sur mes intentions, je ne m'ennuie pas de la société. En fait, je ne suis pas certaine d'être capable d'y retourner.

Ce qu'elle venait de dire là était le témoignage le plus fidèle de ce qu'elle ressentait profondément. La vie lui faisait peur. Rencontrer des hommes, devoir leur sourire et devoir faire comme si elle n'était pas profondément désespérée était pour elle une pensée insupportable.

— Je devine que vous avez dû être durement éprouvée par l'arrestation de votre père et ce qui a suivi. Vous n'avez rien à fêter, lui répondit Ninon.

— C'est vrai, murmura Marguerite.

— Vous étiez autrefois une jeune femme enjouée et, j'imagine, comme toutes les femmes de votre âge, profondément enchantée à l'idée d'une nouvelle robe ou d'une soirée de poésie. Soit, la vie a fait en sorte que vous avez souffert, mais vous êtes là aujourd'hui, forte de toutes ces épreuves. J'ai besoin de savoir si, dans les tréfonds de votre âme, vous êtes encore la même. Si oui, alors, vous n'avez qu'à saisir cette main que je vous tends.

Marguerite ne comprenait pas tout à fait ce que cette femme essayait de lui dire, cependant elle ressentit un grand soulagement. Il était évident que la courtisane consentirait à la prendre à son service, si Margot acceptait. La jeune femme vit s'ouvrir un gouffre sous ses pieds. Le vertige la prit à l'idée de chuter dans le vide, sans filet pour la retenir. Bientôt, Jean de Hérault, sieur de Gourville, ne serait plus là ; sa présence, même invisible, était un véritable rempart contre le désespoir.

— Marguerite… l'encouragea-t-il.

— Je ne sais pas si je pourrais être cette femme à nouveau.

— Je suis patiente et indulgente.

— Pourquoi feriez-vous cela ? À quelle fin ? questionna la jeune femme, qui était de plus en plus intriguée par la courtisane.

— Vous ne croyez pas à mon altruisme ? Vous n'avez pas tort… c'est une vertu si rare… Pour toute réponse, je vous dirai que je vois de nombreux avantages à ce commerce. Ma proposition est des plus honnêtes, mademoiselle de Collibret, je n'ai rien à cacher. Vous avez grand besoin d'un lieu pour réapprendre à aimer la vie et cela, je peux vous l'offrir. Pour le reste, c'est une question de temps, mais j'ai confiance en votre nature.

— Vous voulez que je fasse figure dans vos salons, c'est cela ? affirma la jeune femme.

— Peut-être, mais pas si vite. Vous ignorez peut-être qu'on me sollicite souvent pour instruire les jeunes gens sur le monde, sur l'amour, sur les lettres. Vous, mademoiselle, malgré votre jeune âge, avez déjà beaucoup vécu ; votre sagesse vous fera apprécier tous les attraits que ma maison a à offrir.

Si Gourville devinait la réticence de sa jeune maîtresse, il percevait aussi chez elle une certaine curiosité. Cette curiosité naissait du mystère entourant Ninon, le mystère et le charme aussi, qui agissait autant sur les femmes que sur les hommes. Cela entraînerait Margot dans cette voie. En un instant, Gourville prit conscience que ce qui se passait lui ferait regretter de quitter la France. Non pas qu'il fût inquiet pour Marguerite, au contraire, il était convaincu que Ninon était sa meilleure alliée. Elle donnerait des ailes à la jeune femme. Marguerite ne serait plus jamais dans le besoin. Marguerite ne serait plus jamais opprimée. Marguerite ne serait plus jamais sa Marguerite.

— C'est donc entendu… hésita la courtisane. Vous pouvez venir habiter chez moi dès qu'il vous plaira. J'aurai une chambre pour vous accueillir, conclut-elle.

— Mon départ n'est pas prévu avant quelques jours, mais je vous en aviserai par écrit. Puis-je vous entretenir un moment en particulier ? demanda Jean de Hérault.

La jeune femme n'osa pas s'enquérir des raisons qui justifiaient un tête-à-tête entre Gourville et Ninon. Celle-ci l'intimidait avec ses manières douces, mais fermes, et avec ses réponses voilées.

— Ninon, je savais que je pouvais compter sur votre appui dans cette situation délicate… Vous êtes une véritable amie, remercia Gourville, soulagé. Je vais quitter le pays jeudi au plus tard, je ne peux pas rester plus longtemps.

— Cette fuite me désole, quel gâchis ! J'ai bien peur que votre protégée ne soit pas la seule personne à pâtir de votre absence, mon ami… répliqua Ninon avec tendresse. N'ayez crainte, elle est au bon endroit. Les autres demoiselles qui résident chez moi, mes « rescapées » de la mauvaise fortune, sont toutes dans la fleur de l'âge, comme votre Marguerite.

— Je vais vous donner de l'argent pour elle, reprit Gourville sur un ton plus détaché. J'ai sur moi une somme de cent livres. Chaque mois, je vais vous en envoyer autant pour couvrir ses dépenses. Si jamais elle devait quitter votre maison, il faudra le lui dire… mais je souhaite qu'elle ne le sache pas pour le moment.

Comprenant que Gourville était pressé de terminer l'entretien, Ninon prit l'argent et réaffirma son appui à Marguerite. La courtisane avait compris que les sentiments de son ami à l'égard de la fille d'Alain de Collibret étaient loin d'être platoniques.

Lorsqu'elle quitta l'hôtel, Marguerite eut l'impression étrange d'être déjà liée à ce lieu. Comme un pressentiment de ce qu'elle allait bientôt y vivre : des événements qui marqueraient sa vie de femme, ses joies, ses peines, ses victoires.

Ce soir-là, elle fut incapable de raconter à son amant les intuitions qui la traversaient. Ni le soir suivant. Durant le jour, elle devinait qu'il s'occupait des préparatifs du voyage. Le matin où les domestiques quittèrent l'hôtel, elle sut que le départ de Gourville était imminent. Pour éviter d'y penser, Margot vivait dans sa chambre, et l'isolement lui donnait l'impression que le temps était suspendu. En revanche, elle venait le retrouver après le coucher du soleil pour jouir une fois de plus de sa chaleur et de ses caresses. C'était sans honte qu'elle se livrait, trouvant dans ces étreintes l'apaisement de son âme, que les paroles à elles seules ne pouvaient lui apporter.

Quant à Gourville, son esprit était occupé aux arrangements et cela lui permettait d'éviter de ressentir l'angoisse de sa séparation d'avec Marguerite. Dès son départ de Paris, il prendrait la route de l'est et, bientôt, il aurait quitté le pays. Il avait dû se résoudre à laisser une grande part de sa fortune en France, encore importante malgré les pertes essuyées les derniers mois. Le temps pressait. Il recevait chaque jour un message d'un allié lui recommandant la plus grande prudence. Il avait eu grâce d'un sursis, mais le roi et la cour de justice gagnaient en assurance et, tôt ou tard, il serait arrêté au même titre que les autres.

Ce jour-là, Margot travaillait sur un ouvrage de broderie, très simple, le genre d'ouvrage que peut exécuter les yeux fermés une fille de seigneur. Par deux fois, elle avait repris le contour de la feuille de laurier. L'oiseau avait les ailes bariolées de mauve et de jaune… Des couleurs plutôt insolites pour une mésange. La jeune femme poussa un soupir, elle en venait à penser qu'elle n'aurait pas fini avant la Sainte-Catherine. La porte de sa chambre s'ouvrit. Gourville s'approcha. Il avait des cernes profonds. Margot déposa le cerceau de broderie sur sa table et se leva.

— Le carrosse vient me chercher…

Sa voix se tut dans un souffle à peine audible.

Marguerite baissa la tête et ses boucles vinrent masquer les traits de son visage. Elle se mit à trembler ; l'abandon, comme un vent froid de décembre, pénétrait le tissu de sa chemise pour se glisser jusqu'à ses os. Elle sentit les bras de son amant entourer ses épaules et la forcer à se plaquer contre lui.

— Je vais t'écrire, dit-il pour la consoler.

— Pourquoi ne puis-je pas partir avec toi ? lança la jeune femme, contre toute attente.

Le gentilhomme resta sans voix un instant. L'espoir d'avoir un jour la confirmation de son amour était enfin exaucé. Combien cette supplique devait coûter à la fière jeune femme !

— Margot, Dieu sait que je t'emmènerais avec moi. Mais cela ne serait pas digne de toi. Tu dois rester ici, auprès de ta famille. Tu as trop fait pour ne pas mériter un peu de repos. Chaque fois que je penserai à la France, à nos champs, à notre air, à nos fleurs… c'est à toi que je penserai. Tu es et resteras toujours ma raison d'espérer.

Les cheveux de Margot caressaient le visage de Gourville où la barbe avait laissé une ombre grise. Leur odeur faisait naître l'envie et le désir qu'il avait d'elle. Lorsqu'il la porta jusqu'à son lit, il savait qu'il n'aurait pas, avant longtemps, d'autre plaisir que de se souvenir d'elle.

## *Présentations*

La chambre était jolie. Un lit à baldaquin en occupait le centre ; de larges frises de coton vert mousse en faisaient le tour et donnaient l'impression que le lit allait se perdre dans le vert du plafond. Une grande armoire, une chaise et un secrétaire de bois foncé meublaient la pièce avec goût. Marguerite s'approcha, intriguée par cette chambre que Ninon avait fait préparer pour elle. Elle posa les doigts sur le bois où était rassemblé un nécessaire d'écriture : un encrier et un porte-plume de nacre, ainsi qu'une panoplie d'accessoires pour écrire ; de la plume la plus fine au coupe-papier d'argent.

Des éclats de voix la tirèrent de son examen. Elle leva les yeux vers la fenêtre. Le rideau de crêpe ondulait sous la brise qui portait les conversations jusqu'à elle. Curieuse, la jeune femme s'avança.

Du lierre bordait les volets et descendait jusqu'à la mezzanine, où s'étaient rassemblées les occupantes de la maison. Une élégante coiffe rose retenue par un large ruban voisinait une ombrelle, de laquelle sortait une main qui trempait quelques fraises dans un bol de sucre.

— Geneviève, tu devrais prendre garde, tu vas rougir, dit une voix alarmée.

— Grand bien me fasse ! Je n'envie pas le teint pâle des Parisiennes. Elles ont l'air de pantins avec leurs fards et leurs poudres. Je ne vais pas me priver d'une belle journée pour m'éviter quelques rougeurs.

— Fais à ta tête, lorsque ton nez te fera souffrir, tu seras moins enthousiaste à me contredire, morigéna la même voix.

Celle qui profitait du soleil avait l'accent chantant du Sud, et Margot devina que l'autre venait de Paris.

La nouvelle arrivante était perplexe. Ces femmes, qui étaient-elles ? Ninon lui avait dit qu'elle hébergeait trois autres pensionnaires. Elle n'avait pas posé de questions, alors, trop préoccupée par le départ imminent de Gourville et par tout ce qu'elle quittait en allant vivre chez Ninon de Lenclos, la courtisane.

Marguerite s'assit sur sa couette et regarda ses bagages non encore défaits. La peine qu'elle taisait depuis des jours, le départ de son amant et l'échec de ses projets se firent soudain trop grands. Elle pleura. Sans arrêt. Les larmes inondaient son visage, y traçant des rigoles de tristesse et de renonciation.

Son monde avait cessé d'exister, ou elle avait cessé d'y croire, ou les deux, elle ne savait plus. Malgré les efforts de Ninon pour rendre son accueil le plus sobre et aimable possible, la jeune femme avait le sentiment désagréable d'atteindre le fond d'un puits. Elle se sentait déracinée. Elle pleurait de rage, tout en étouffant son envie de hurler. Elle aurait préféré mourir plutôt que d'être surprise dans cet état par les autres demoiselles.

Marguerite se coucha cette nuit-là en se laissant bercer par le bruit des feuilles qui tourbillonnaient dans le vent.

« Pourquoi suis-je si nerveuse ? » se demandait-elle en attendant la venue de Ninon.

Elle avait enfilé une robe de taffetas rose très simple ornée d'une petite collerette blanche comme unique parure. Un peu plus tôt, Marguerite avait entendu les autres pensionnaires traverser le couloir et descendre l'escalier, probablement pour aller prendre leur déjeuner.

— Marguerite, je peux entrer ? demanda la maîtresse de la maison.

La courtisane se glissa dans l'embrasure de la porte. Une fois de plus, Marguerite constata combien il était facile de se tromper sur son âge ; Ninon de Lenclos avait réellement le teint très frais.

— Tu n'as pas choisi la tenue la plus flatteuse, on te donnerait à peine quatorze ans habillée ainsi, observa Ninon. Serais-tu intimidée par tes futures compagnes ?

L'aplomb de la courtisane déstabilisa Marguerite, qui leva un sourcil outré en guise de réponse.

— Elles s'exercent dans mon cabinet. Je leur ai annoncé ton arrivée, tu es prête ?

— Je vous suis.

En arrivant dans le vestibule, Margot discerna le son d'un luth dont on jouait avec une grande dextérité. Une voix suave s'éleva. Margot crut reconnaître un air de Couperin, mais elle n'aurait pu le jurer.

Ninon poussa la porte et la mélodie mourut aussitôt. Marguerite pénétra à sa suite dans la pièce et s'efforça de ne pas dévisager les autres pensionnaires. Il y eut un silence au cours duquel chacune attendait que la maîtresse de maison prît la parole. La présence de l'invitée retenait l'attention de toutes et Marguerite ne put s'empêcher de penser que la courtisane avait le sens du cérémonial.

— Mesdemoiselles, laissez-moi vous présenter ma nouvelle protégée et votre nouvelle compagne, Marguerite de Collibret.

Le tableau ressemblait à ce qu'elle avait aperçu la veille par sa fenêtre. Deux jeunes femmes d'à peu près son âge prenant plaisir à jouer de la musique. Elles se levèrent. Le silence fut de courte durée, mais pendant ces quelques secondes, Margot entendait l'évaluation muette de celles qui la regardaient.

— Ne nous encombrons pas de formalités, mesdemoiselles. Voici Geneviève du Roux et Oksana, présenta Ninon en désignant chacune des femmes.

Geneviève était menue et ses cheveux qui rappelaient le plumage d'un corbeau étaient relevés en un chignon bien sage.

— Bienvenue, Marguerite, s'empressa-t-elle de dire. J'espère que vous vous plairez parmi nous.

— Je vous remercie, répondit Marguerite, aussitôt gagnée par cette franche candeur.

Celle qui tenait le luth s'avança en exécutant une courbette gracieuse. Elle était d'une beauté surprenante : ses yeux d'un bleu hivernal, son teint clair et sa chevelure blond argenté lui donnaient un air irréel. Margot sourit, intriguée et impressionnée à la fois par cette beauté froide.

Ninon reprit la parole, un agacement perceptible dans la voix :

— J'avais souhaité que vous soyez toutes ici ce matin, mais je constate que Sabine nous fait défaut, où est-elle ?

— Elle a quitté la maison à la première heure ce matin, elle a dit qu'elle allait faire ses dévotions à l'église, répondit aussitôt Geneviève.

Ninon roula des yeux en poussant un soupir bruyant.

— Tant pis, maintenant que les présentations sont faites, je compte sur vous pour aider Marguerite à se familiariser avec la maison. Ce soir, vous allez devoir souper sans moi, j'en ai peur. En revanche, nous nous reverrons demain matin au lever, les informa Ninon avant de sortir.

Dès qu'elles furent seules, Geneviève tourna vers Margot son visage dont la peau du nez rougissait légèrement.

— Allez savoir où se trouve Sabine en ce moment, elle est tout probablement avec l'un de ses amants…

— Geneviève, intervint Oksana avec tact, ce n'est pas très délicat pour Marguerite.

Marguerite tressaillit en entendant sa voix : elle parlait avec un accent qui n'était certainement pas français. Si Geneviève avait l'accent distinctif du Sud, Oksana, elle, devait venir de l'Europe orientale.

— Une chose est certaine cependant, elle n'est pas allée faire ses dévotions. La dernière fois que je l'ai invitée à la messe, elle m'a ri au visage et m'a affirmé qu'elle avait mieux à faire ! poursuivit Geneviève avec amertume.

Marguerite prit brusquement conscience de son éloignement de la société des femmes de son rang. Chez Gourville, elle n'avait eu de compagnie que d'hommes qui avaient bien d'autres préoccupations que leur vertu et la messe.

— Je suis navrée, Marguerite, Oksana a raison, je manque de délicatesse. Aimeriez-vous qu'on vous fasse visiter l'hôtel ?

Laissée aux soins de ses nouvelles compagnes, Marguerite put enfin apprivoiser l'environnement dans lequel elle avait été précipitée. L'hôtel de Ninon était un édifice élégant, avec une belle façade blanche légèrement inclinée. Les appartements de réception se composaient d'un grand salon et d'un cabinet plus intime qui servait de salon de musique. La chambre de la maîtresse était attenante au cabinet. Le vestibule, où se trouvait l'escalier, pouvait servir d'antichambre, malgré son étroitesse. Les fenêtres du salon s'ouvraient sur la cour, qui comprenait un petit jardin.

Au premier étage se trouvaient les quartiers des domestiques, tandis qu'au deuxième et au troisième étage se trouvaient les chambres des demoiselles. La plus petite des pièces avait été décorée avec soin. Cependant, l'ensemble était sobre et confortable. Chacune des chambres était unique et le décor s'inspirait de la personnalité de la jeune femme qui l'occupait.

Marguerite trouva en Geneviève une compagne volubile et affable, qui ne tarissait pas d'éloges au sujet de sa nouvelle maîtresse.

— Mlle de Lenclos converse fréquemment en italien… D'ailleurs, je sais qu'elle a reçu la semaine dernière la visite d'un grand peintre italien qui voulait faire son portrait. Il a quitté l'hôtel en maugréant. Je crois que Mme… euh, Mlle de Lenclos l'a renvoyé. Il lui aurait posé une question indiscrète, glissa la jeune femme sur le ton de la confidence.

— Mlle de Lenclos reçoit beaucoup ? demanda Marguerite, qui s'impatientait d'en savoir plus sur le quotidien de la maison.

— Oh oui, beaucoup, répondit Geneviève avec conviction. Presque tous les jeudis.

— Est-ce que les invités sont aussi libertins qu'on le raconte ? insinua malicieusement Marguerite.

— Je ne… bafouilla Geneviève, rougissante.

Elle se tourna vers Oksana, en quête d'une intervention qui viendrait sauver l'honneur de sa protectrice.

— Nous n'assistons jamais aux soirées données par M^{lle} de Lenclos, avoua la blonde. Je ne pourrais pas vous éclairer à ce sujet.

— C'est sans importance, il faut se garder d'accorder foi à ce qui se dit dans le Marais, n'est-ce pas? glissa Marguerite avec désinvolture.

Geneviève détourna les yeux en pinçant les lèvres. Son visage contrit découragea Marguerite de faire de nouveaux commentaires sur les soirées de Ninon.

« De toute évidence, Geneviève ne connaît pas la réputation de courtisane de M^{lle} de Lenclos », songea Marguerite, qui s'imaginait difficilement comment cela se pouvait.

Pourtant, c'était la vérité. La pudeur qui entourait leurs échanges, fruit de la gêne légitime pour les revers de fortune qu'elles avaient essuyés, restreignait les confidences. Malgré cela, les informations que lui livra Geneviève lui permirent de mieux comprendre son environnement.

Geneviève du Roux avait grandi dans le Périgord; sa famille, des hobereaux pauvres, n'avait pas de parenté à Paris. La jeune femme résidait chez Ninon depuis quelques semaines et c'était, avec la rue des Tournelles et la paroisse la plus proche, tout ce qu'elle avait vu de la capitale. Très discrète sur les raisons qui l'avaient amenée à frapper à la porte de Ninon, elle préférait discourir sur les anecdotes mondaines de la vie de Sabine. Marguerite écoutait avec une pointe de curiosité le bavardage de Geneviève, qu'elle devinait réellement choquée.

— Avec moi, elle ne se cache pas de ses liaisons condamnables! Je soupçonne même que l'homme en question est marié. Oh, si M^{lle} de Lenclos savait la vérité sur Sabine, elle serait atterrée! Je n'ose pas lui causer tous ces soucis.

— Voyons, je suis certaine que M^{lle} de Lenclos se doute de tout cela, la rassura Margot en se disant que si c'était le cas,

Ninon avait des principes d'éducation susceptibles de provoquer beaucoup d'émoi dans la société parisienne.

Geneviève du Roux ne répondit qu'en haussant les épaules, arborant un air tout à la fois contrarié et impuissant, ce qui rehaussait encore, si c'était possible, la douceur de ses traits.

— J'espère que je ne vous ai pas offusquée, s'excusa-t-elle, mais vous êtes de Paris, tout comme Sabine, vous devez être habituée à des mœurs plus légères.

Marguerite voulut répondre par une pointe sur le manque de retenue des provinciaux dans les fêtes campagnardes, mais elle se retint. Décidément, les associations que faisait Geneviève n'étaient pas le fruit de réflexions très approfondies.

— Les chatons d'une même portée ne sont pas tous noirs, intercéda Oksana avec à-propos.

— Hum, fit Geneviève.

— Vous parlez fort bien français, la complimenta Margot avec un sourire, soulagée par cette diversion qui lui évitait d'être en froid avec Geneviève.

Oksana lui expliqua qu'elle était originaire de Russie, ce pays lointain et oriental dont Margot avait ouï quelques rumeurs.

— Nous avons fait le voyage afin de me trouver un mari dans le royaume de France ; par malheur, nous avons épuisé nos ressources dans de coûteux déplacements. Je réside chez M<sup>lle</sup> Ninon depuis quelques mois maintenant, confia la belle blonde dans une attitude impérieuse qui ne laissait pas place à d'autres questions.

« À mon tour maintenant : mon père est à la Bastille pour avoir volé les coffres du roi... Voulez-vous une de ces exquises pâtisseries ? » ironisa-t-elle pour elle-même.

Évidemment, Margot n'était pas crédule. Tout comme elle, les demoiselles avaient connu des écueils qu'elles préféraient oublier. Lorsqu'elle leva les yeux, elle croisa les prunelles azurées de la Russe. Le voile de tristesse qui les couvrait lui donna un frisson de malaise.

— Je vais aller me rafraîchir avant le souper, annonça Marguerite en se levant.

Elles s'étaient régalées de langoustes fraîches et de poisson, tout en dégustant un muscadet léger. Durant le repas, Geneviève et Oksana lui avaient vanté les exercices de musique, de lecture et de danse que Ninon leur recommandait quotidiennement. Par la suite, chacune était retournée à ses occupations. En explorant les pièces du rez-de-chaussée, Margot trouva la belle Russe dans le cabinet de musique, jouant distraitement du clavecin.

— Vous avez beaucoup de talents, le luth, le clavecin… la complimenta-t-elle.

— Mon père insistait pour que je maîtrise ces instruments, il a toujours beaucoup aimé la musique de votre pays. Il disait que personne ne savait jouer du luth comme les Français.

— Vous avez eu une éducation rigoureuse, remarqua la nouvelle venue, j'ai eu cette chance aussi, mais je n'ai pas votre talent naturel.

— Il m'en coûte aujourd'hui d'avoir eu la vanité de vouloir parfaire mon apprentissage dans votre pays, murmura Oksana en baissant la tête.

La cascade de ses boucles platine glissa sur sa joue et son front.

— Je suis navrée, infiniment, compatit Margot, prise d'un élan de sympathie pour la belle étrangère.

La réaction d'Oksana lui rappela sa propre détresse de la veille et elle eut soudain la conviction que cet hôtel était l'endroit propice pour panser ses blessures.

Elle prit la main pâle de sa camarade dans la sienne et le contact de la peau froide la fit tressaillir. Oksana retira aussitôt sa main, décontenancée et gênée, et Marguerite remarqua qu'elle tremblait.

— Je vais me retirer dans ma chambre, dit-elle alors que dans sa voix les accents étrangers étaient tout à coup plus apparents.

Marguerite la regarda s'éloigner, incapable d'ajouter un mot de plus. Cette silhouette diaphane… comme une lune rouge, profanée. Elle se leva pour se laisser choir de nouveau sur la banquette. Ses propres mains tremblaient, comme atteintes par le passé contagieux d'Oksana.

« Tu ne peux pas le lui dire ! cria une voix dans la tête de Margot. Si elle est ici… alors c'est que la marquise n'a pas… »

Marguerite venait de reconnaître en Oksana la jeune femme à qui elle avait porté secours dans la galerie de Charenton.

⤫

L'heure était avancée, les domestiques étaient rentrés dans leurs quartiers. La jeune femme avait choisi cette pièce, d'une part à cause de l'échiquier, et d'autre part parce qu'elle souhaitait parler à Ninon. Or, la fenêtre donnait sur l'avant de la demeure. C'est ainsi qu'elle entendit un carrosse avancer sur le parvis. Le cocher ouvrit la portière et deux silhouettes descendirent. Margot, qui épiait par le carreau, s'aperçut avec surprise que Ninon n'était pas l'une d'elles ; il s'agissait plutôt d'une femme de plus grande taille. L'homme qui l'aidait à descendre était assez costaud, voire corpulent. Dans la cour, la lumière de l'astre lunaire et des lanternes suffisait à Margot pour qu'elle discerne les silhouettes et leurs mouvements. Elle vit que la jeune femme balayait d'un revers de son éventail une main hardie qui cherchait à entrer sous sa houppelande. Le rire coquin qui flotta jusqu'à elle l'informa que c'était pur jeu galant et badinage. Margot resta perplexe. L'homme paraissait assez âgé, il portait une perruque et sa démarche n'était pas celle d'un jeune amant. Elle approcha son visage de la vitre. À n'en pas douter, la jeune personne à la houppelande était Sabine. Quelques instants après, l'attelage s'éloigna. Toujours dans la salle à manger, devant les pièces noires et blanches, Marguerite se demandait si elle devait aller à la rencontre de sa future compagne ou bien si elle devait attendre au lendemain. C'est sa curiosité qui l'emporta. En vitesse, elle remit le jeu en place.

La porte se referma. Elle entendit quelques murmures. Sans doute le portier. Un « bonne nuit » discret. Marguerite déboucha dans le vestibule à ce moment-là, comme si elle se dirigeait vers sa chambre. La jeune femme à la houppelande sursauta et poussa un petit cri de surprise.

199

— Vous m'avez fait peur ! lui reprocha-t-elle en mettant une main sur son cœur.

— Je suis désolée, répondit Margot, qui sentit que la fautive était soulagée, croyant probablement avoir à faire face à la maîtresse de la maison.

— Ah ! vous n'étiez pas couchée non plus, suggéra-t-elle, complice.

— Vous devez être Sabine, rétorqua Margot en ignorant l'allusion.

— On ne peut rien vous cacher. Pour ma part, je n'ai pas le bonheur de connaître votre nom…

— Je me nomme Marguerite. Je suis la nouvelle protégée de M$^{lle}$ de Lenclos.

— Ah, fort bien, quel heureux hasard que vous montiez justement au moment où j'arrivais !

— Vous n'êtes pas arrivée seule, fit remarquer Marguerite, qui cherchait à secouer l'apparente nonchalance de Sabine.

— Vous m'espionniez ? nargua la demoiselle en regardant Margot de haut en bas. Pourtant, Marguerite, j'ai l'impression que vous ne devez pas avoir de difficulté à occuper vos soirées, ironisa-t-elle.

— Je ne vous espionnais pas, se défendit la jeune femme, préférant ignorer le dernier commentaire.

Sabine bâilla.

— Je suis désolée, je suis rompue, complètement épuisée. Je vous souhaite la bonne nuit.

Marguerite la regarda grimper les marches. Elle aurait pu jurer que la belle houppelande de fourrure brossée était un cadeau du gros monsieur à la perruque. En plus d'avoir des lèvres pulpeuses et des dents parfaites, la belle jouvencelle n'était pas dépourvue d'esprit et de ruse.

## *Courtisane*

Convaincue que Sabine avait un amant, Marguerite considérait la demeure où elle avait échoué d'un tout autre œil. Malgré l'apparente honnêteté de l'hôtel, la réputation de Ninon et les activités libertines de Sabine lui inspiraient quelque méfiance. Pourtant, il régnait une ambiance détendue entre les pensionnaires tandis qu'elles se consacraient à des occupations caractéristiques des demoiselles de leur âge. Marguerite ne pouvait s'empêcher de ressentir de la pitié pour Geneviève et Oksana, qui semblaient si peu soucieuses des répercussions qu'entraînerait leur séjour chez la courtisane du Marais.

« Comment leur dévoiler la véritable nature de Ninon sans faire montre d'ingratitude ? » se demandait la jeune femme qui balançait entre l'envie de se taire et celle de parler.

Son hésitation provenait de l'influence que le charme légendaire de Ninon semblait avoir sur chacune ; celle-ci savait reconnaître et mettre en valeur les talents particuliers de ses protégées.

— M$^{lle}$ de Lenclos a fait aménager une partie de la cour pour me permettre de cultiver quelques plants de simples, affirma avec fierté Geneviève du Roux en désignant les feuilles odorantes.

— À quoi servent ces fleurs-là ? questionna Margot en désignant une longue herbe terminée par une petite fleur jaune. Serait-ce pour accroître le désir ?

Un air de surprise se peignit sur le visage de Geneviève.

— C'est de la valériane. Ces propriétés sont multiples, mais elle est surtout utilisée pour favoriser le sommeil, expliqua-t-elle avec une passion évidente. Je n'ai jamais entendu parler d'une plante qui stimulait le désir… réfléchit Geneviève. Où as-tu ouï une chose pareille ?

— Je ne… n'ai jamais entendu cela, répondit Marguerite, mal à l'aise.

Selon Geneviève du Roux, développer ses talents et son esprit était l'adage de la maison. Lorsqu'elle sut que Marguerite parlait couramment italien, elle s'empressa de lui dire :

— M$^{lle}$ de Lenclos sera ravie de l'apprendre ! Elle m'encourageait justement à l'apprendre l'autre jour. Je ne m'y suis pas encore risquée, mais à ton exemple, peut-être aurais-je envie d'essayer.

Marguerite n'ajouta rien mais pria pour ne pas avoir à fréquenter la courtisane plus que nécessaire. Déjà, elle devait composer avec l'intérêt de Sabine, qui, dès le lendemain de leur rencontre dans le vestibule, vint à elle.

— Au moins, tu n'as pas, comme Geneviève, des goûts à l'ancienneté… J'ai banni ses coiffes austères de son armoire, affirma la belle demoiselle. Elle t'a raconté, pour le jardinage ? C'est du dernier bourgeois, mais qui me demande mon opinion ?

Citadine et fière de l'être, elle se targuait d'avoir les meilleures relations avec les tailleurs de la ville et avait décidé de garder le peloton des demoiselles de Ninon de Lenclos au faîte de la mode parisienne. Elle ne ratait pas une occasion de taquiner Geneviève sur ses goûts rustiques.

Marguerite constata que, malgré les boutades de Sabine, Ninon encourageait tous les apprentissages.

Aux antipodes des enseignements traditionnels du couvent, la courtisane proposait un nouveau modèle de femme. Marguerite reconnaissait certaines pensées en vogue dans les salons ; les idées précieuses sur l'amour et sur la liberté pouvaient s'apparenter à ce que Ninon préconisait.

Seulement, Ninon de Lenclos ne prétendait pas à l'amour chaste ; au contraire, l'art de l'amour se parait de mystères envoûtants lorsqu'elle en parlait. À ses discours, Geneviève tendait l'oreille en rougissant, Oksana faisait mine d'être indifférente et

Sabine souriait de l'air de l'habituée qui saisit les subtilités de la chose. Médusée, Marguerite restait la plus offusquée des quatre.

N'eût été la bibliothèque de Ninon, la jeune femme aurait probablement continué à considérer sa « protectrice » comme une pécheresse corruptrice.

Lorsqu'elle découvrit les rayons de noms illustres, en latin, en italien, en espagnol, la jeune femme crut qu'il s'agissait de présents que Ninon avait reçus. Mais elle dut admettre qu'aucun galant qui se respecte n'offrirait de tels livres à une inculte.

— Bon matin, mademoiselle de Lenclos, salua Marguerite lorsque Ninon sortit de sa chambre, élégamment habillée d'une jupe de satin jaune. Vous sortez ?

— Je me rends chez une amie, mais que puis-je pour toi ?

— Je voulais savoir si je pouvais emprunter cet ouvrage d'Hérodote. Je crois que c'est une des premières traductions en latin, je me trompe ? demanda Margot.

Ninon leva un sourcil, intriguée, et sourit.

— Tu lis le latin, Marguerite ? Je suis impressionnée ! s'étonna-t-elle. Ce n'est pas une première édition, celles-là sont trop rares, mais c'est une copie assez ancienne. Sois délicate, je t'en prie, j'y tiens énormément.

— Je ne le comprends pas parfaitement, avoua la jeune femme. Mais j'ai eu le bonheur d'avoir une préceptrice, chez les ursulines, qui m'a enseigné les notions de base.

— Tu as eu bien de la chance, l'enseignement dans la plupart des couvents est épouvantable ! Pour ce livre, tu auras besoin de délabyrinther ton latin. Si tu le souhaites, je pourrais t'aider.

« Qu'ai-je à perdre, après tout, ce n'est pas comme si elle m'enseignait quelque chose de licencieux », se dit Marguerite.

Quelques jours plus tard, le cours de latin, qui s'allongeait d'une fois à l'autre, se prolongea jusqu'aux petites heures du matin. Entre les deux femmes, il n'était plus question que de Rabelais, Montaigne, Urfé, Voiture. Ce n'était pas sans piquer la curiosité des autres pensionnaires.

— Si elles s'adonnaient davantage à la lecture… proposa Marguerite, qui jugeait durement l'inculture littéraire de ses compagnes.

— Pourquoi n'organiserais-tu pas des soirées de littérature ? suggéra Ninon. Ce serait le lieu idéal pour discourir des œuvres de prose et de poésie. Oksana ne connaît pas beaucoup nos auteurs. Quant à Geneviève et à Sabine, elles gagneraient à se délier la langue.

Devant l'hésitation de Margot, elle ajouta :

— Pas de fausse modestie entre nous. J'ai l'oreille encore très aiguisée pour mon âge. Je crois que tu serais la mieux placée pour animer ces soirées.

La suggestion n'était pas innocente : la courtisane avait estimé que l'influence naturelle de la jeune femme serait le meilleur outil pour parvenir à intéresser ses protégées à la littérature.

— Vous me flattez. Je pourrais organiser des soirées où chacune commenterait les ouvrages. Ce serait comme un salon, mais pour nous exclusivement, s'emballa Margot.

Il n'en fallait pas plus pour stimuler l'éclat de ses yeux changeants. Les autres accueillirent la nouvelle avec entrain.

— C'est une excellente idée, Marguerite ! Tu sais que mon précepteur de français m'avait fait lire de la poésie ancienne ? Il croyait que les troubadours français étaient les plus habiles à transmettre les sentiments amoureux.

De toutes les demoiselles qui séjournaient à l'hôtel, c'était Oksana qui avait été, sans conteste, la plus fortunée. Née dans une famille d'aristocrates, elle avait côtoyé de très près la cour du tsar. À lui seul son regard azuré inspirait le respect aux chambrières qui les assistaient dans leur toilette. Après quelques semaines, les autres pensionnaires se tournaient naturellement vers elle pour toutes les questions domestiques.

L'emploi du temps de chacune se combla avant même que la première neige fasse briller le sol de pierres de la cour. Margot suivait des cours de latin avec Ninon deux fois par semaine. La lecture et la musique occupaient la plupart de ses temps libres.

La musique rassemblait les quatre pensionnaires. Les récitals, parfois justes, parfois cacophoniques, donnaient lieu à d'énergiques débats.

Souvent, Geneviève se trouvait dans le camp adverse de celui de Sabine. Ce n'était pas un hasard : les deux jeunes femmes avaient des personnalités diamétralement opposées. Dès qu'une occasion se présentait, il fallait qu'elles fussent au cœur d'une argumentation. L'enjeu pouvait être aussi anodin que la couleur d'une robe ou la façon d'interpréter une pièce de Lully au luth.

— Qu'en dis-tu, Margot ? demanda Sabine qui venait chercher son appui lorsque la discussion s'engageait dans une impasse.

Trois visages se tournèrent vers elle.

— Je n'ai jamais joué ce morceau moi-même, répondit-elle en pesant soigneusement ses mots. Toutefois, au luth, la position du corps et de l'instrument reste d'abord et avant tout une affaire personnelle.

Sans être passive, Oksana attendait souvent la toute fin pour exprimer son opinion.

Marguerite découvrait chez la blonde des qualités qu'elle-même aurait voulu posséder. Cependant, même avec les meilleures intentions, elle ne pouvait se contenir longtemps avec tact. Son naturel fonceur et volubile reprenait le dessus.

Toutes prenaient très à cœur les rôles qui leur incombaient et cherchaient à se dépasser. Marguerite n'échappait pas à la règle. Chaque mercredi, elle organisait ce qu'elle avait baptisé son « salon d'esprits brillants ». Le quatuor féminin s'improvisait critique littéraire avec un savoir-faire qui aurait fait l'envie de plusieurs ruelles. Généralement, Ninon montait les rejoindre vers la fin de la soirée, avec un empressement non feint.

— Vous avez encore délaissé votre soirée libertine ? ironisait Sabine, un sourire aux lèvres.

— Mademoiselle du Rossoy, ce n'est pas un salon de libertinage, tel que vous le suggérez. Libertinage pourrait sous-entendre absence de moralité et ce n'est point le cas, je vous rassure. On peut parler d'amour et même le faire, n'en déplaise aux précieuses, sans pour autant être libertine.

— Et pourtant, dans la Carte de Tendre, M^lle de Scudéry soutient qu'il n'y a qu'un seul chemin pour arriver à l'amour, insinua Marguerite.

— Tu leur as fait lire *Clélie*? s'ébahit la courtisane.

— Oui-da, quel mal y a-t-il? Vous auriez dû m'avertir, mademoiselle de Lenclos, que vous aviez proscrit certaines œuvres dans votre demeure, ironisa Marguerite.

Toutes les demoiselles se mirent à rire. Le rire expressif de Sabine éclipsait celui, discret, d'Oksana. Quant à Geneviève, s'il s'agissait de taquiner Ninon, elle riait toujours avec une certaine gêne. Pour cette jeune femme élevée dans l'humilité et l'obéissance, Ninon était encore la « bienfaitrice ». Elle n'était pas entièrement à l'aise avec la familiarité qui se tissait entre sa maîtresse et les autres demoiselles.

— Est-ce que M^lle de Scudéry, ou plutôt Sapho, est une rivale? questionna Sabine, un éclat brillant dans les yeux.

Marguerite reconnaissait là l'audace de la demoiselle du Rossoy. Elle attendit la réponse de Ninon, intriguée de connaître les sentiments qu'elle entretenait à l'endroit de cette femme qui tenait un salon si populaire.

— Il ne saurait y avoir de rivalité entre nos deux personnes. J'estime M^lle de Scudéry plus que vous ne pourriez l'imaginer, bien que nous ayons des divergences d'opinion à bien des égards.

Le souvenir de ce salon se rappela à la mémoire de Marguerite. Pour le moment, elle ne ressentait pas le désir de participer aux cinq à neuf de Ninon. Les simulations entre demoiselles lui convenaient nettement mieux. Le monde extérieur était un sujet qui revenait régulièrement. Dès que Sabine en avait l'occasion, elle faisait l'éloge de son séjour chez la comtesse de Besançon, sous laquelle elle avait servi comme demoiselle de parage.

— Au cours de mon dernier bal, j'ai dû danser sans arrêt trois heures durant ! Il y avait tant de cavaliers, tant de beaux jeunes hommes. Ah ! Quelle misère que je sois ici !

— Personne ne te retient ici contre ton gré ! lança Geneviève du ton piquant qu'elle prenait chaque fois que la jeune noble s'emportait.

— Marguerite, tu viendrais avec moi au bal de la comtesse si Ninon acceptait que je m'y rende ?

— Je… je ne crois pas, Sabine, pas si vite.

— Il me semble que je suis destinée à flétrir ici, soupira la belle jouvencelle.

— C'est bien ta faute, relança Geneviève. Ninon t'avait interdit de revoir cet homme et tu lui as désobéi ! Moi, je suis bien contente, je n'ai pas envie que ta réputation vienne salir notre maison et je…

— Quelle réputation ? Chère Geneviève, vous vous égarez en futilités et je crains que vous oubliiez que nous sommes dans une maison de courtisane. À ce titre, votre réputation est déjà faite.

Geneviève lui lança un regard désapprobateur. Si leur maîtresse jugeait que ce n'était pas encore le temps d'être vues, il fallait se rendre à son avis, soutenait-elle. Or, Margot soupçonnait que ce n'était pas ce que la jeune femme ressentait profondément. Dans l'intimité de leurs chambres, Geneviève se livrait à des confidences éloquentes sur son envie de connaître la vie effervescente de la ville. Longtemps tenue à l'écart des joies de sa jeunesse par un père ivrogne mort en laissant une montagne de dettes à ses filles, Geneviève avait rêvé d'une nouvelle vie en débarquant chez Ninon. Sans forcer les confidences, Margot s'était retrouvée devant une Geneviève en quête d'une oreille réceptive.

Comme Ninon l'avait pressenti, Margot faisait le lien entre les trois pensionnaires d'autant plus facilement qu'elle avait tout de suite réussi à créer une réelle complicité avec Oksana, sans contredit la plus secrète des quatre.

Dès son premier soir à l'hôtel, Margot avait reconnu pour ce qu'il était le halo invisible qui entourait la jeune Russe : les conséquences d'un acte ignoble et destructeur. Depuis, cette pensée douloureuse revenait la hanter à la moindre occasion. À l'aube de son deuxième mois rue des Tournelles, Margot résolut d'aller s'en ouvrir à Ninon.

La courtisane était dans sa chambre, une très belle pièce avec un lit immense. Un lieu accueillant qui donnait envie de s'y attarder.

— Entre, Marguerite, l'invita-t-elle en déposant une liasse de papiers devant elle. Nous avons toujours notre leçon de latin demain ?

— Oui.

— Fort bien. Tu veux t'asseoir, Margot ? demanda la courtisane, devinant que quelque chose tracassait la jeune femme.

— Je voulais vous dire que… enfin… Je ne sais pas comment, ni si je dois ou non aborder ce sujet, avoua la jeune femme en s'asseyant sur le lit.

— Je t'écoute. Sois sans crainte, ce que tu me diras restera entre ces quatre murs.

— C'est au sujet d'Oksana. Je l'ai déjà rencontrée… enfin, je sais ce qu'il lui est arrivé avant son arrivée ici.

Ninon fronça les sourcils. Elle savait qu'un jour viendrait où ses protégées voudraient partager entre elles leurs expériences passées, lorsqu'elles se sentiraient assez en confiance et que la graine de l'amitié aurait suffisamment gagné en vigueur pour voir naître une petite feuille.

— Elle t'a parlé ? demanda Ninon, perplexe.

— Non. C'est que… je l'ai vue chez la marquise de Plessis-Bellière pendant une soirée.

Ninon ne chercha pas à démentir les propos de Marguerite. Par l'expression qui se peignit sur le visage de la courtisane, la jeune fille sentit que ce n'était pas un sujet qui laissait Ninon indifférente. Hier soir, il lui avait semblé très juste de venir en parler avec elle, alors que maintenant elle ne savait plus si c'était ou non une bonne idée.

— Je comprends ton malaise, répondit finalement la maîtresse de la maison. Je dois te demander d'être discrète. Je pense que tu comprends, Marguerite, que rien n'est plus…

— Je ne vais pas en parler aux autres. Oksana… elle ignore que je sais, elle ne m'a pas vue, alors. Si je suis venue vous en parler, c'est que je voulais m'assurer que vous le saviez aussi. Ces hommes, ceux qui ont fait cela, pourraient bien cogner à votre porte un jour. Ils étaient nobles, affirma Marguerite, comme si cela venait justifier ses craintes.

— Je sais et je ne serais pas fâchée s'ils venaient à le faire, glissa Ninon de Lenclos avec un demi-sourire.

Marguerite tiqua et dévisagea la femme assise près d'elle.

— Mais voyons, Marguerite, tu crois que je laisserais passer une telle occasion ? Il y a quelques armes qui sont notre apanage à nous, les femmes qui tiennent salon, et celle-ci n'est pas la moindre. Crois-moi, je leur réserve un accueil qu'ils n'oublieront pas, certifia Ninon avec une assurance impressionnante. Tu es devenue très proche d'Oksana. J'en suis enchantée ; elle a besoin d'une amie en ces murs.

Margot sentit des larmes de soulagement monter à ses yeux. La courtisane sourit et lui prit affectueusement la main. C'était la première fois que Margot se confiait à Ninon depuis son arrivée.

Même si elle entretenait encore beaucoup de rancune à l'égard de Gourville, elle comprenait de mieux en mieux ce qu'il avait souhaité en la conduisant chez la belle courtisane du Marais.

— Ninon, puis-je vous poser une question ? tenta Margot, encouragée par l'intimité de la situation.

— Mais bien sûr... Tu peux poser toutes les questions que tu veux.

— J'oserais interroger la nature de votre relation avec Jean de Hérault, sieur de Gourville.

La courtisane leva un sourcil et un coin de ses lèvres s'étira en un faible sourire.

— Chère Marguerite, tu aurais dû m'aborder plus tôt, répondit Ninon, sereine. C'est une vieille histoire, ma relation avec Jean. Nous avons été amants... un petit moment. Mais cela est terminé depuis bien longtemps.

— Je... merci. Je n'espérais pas tant de franchise, dit Margot, soulagée de connaître enfin la vérité.

— Penses-tu souvent à lui ?

Marguerite considéra la courtisane avant de répondre.

— Parfois, oui. J'espérais de ses nouvelles, je l'admets. Vous a-t-il écrit depuis son départ ? osa demander la jeune femme.

— J'ai le regret de te dire que non, affirma Ninon avec une pointe de lassitude. Mais si je reçois une lettre, je t'en ferai part, Marguerite.

Elle remercia la courtisane et se leva.

— Les autres demoiselles semblent croire que nous ne serons pas invitées à vos soirées, reprit Marguerite après un bref moment d'hésitation. Je sais que le prince de Condé est de vos amis… Je voulais que vous sachiez qu'il est possible qu'il me reconnaisse si je le rencontre.

Ninon hocha la tête et lui dit :

— Je sais que ton arrivée ici n'a pas été des plus faciles. Je souhaite que tu profites de ma demeure pour te faire oublier. C'est un refuge pour toi plus que pour toutes les autres. Pour ce qui est d'assister à mes salons, nous verrons plus tard. Si tu choisis de retourner dans ta famille, tu seras libre de le faire. La seule chose que je peux vous offrir, outre le gîte, c'est une autre façon de vivre votre vie de femme.

Bien que la situation fût passablement nébuleuse, Margot avait appris à tolérer l'ambiguïté depuis que sa vie avait été bouleversée par l'emprisonnement de son père.

Elle se rapprocha de Ninon de Lenclos et comprit que cette dernière voulait qu'elle peaufinât son éducation et qu'elle profitât du calme de l'hôtel. Soit, elle ne demandait pas mieux. La jeune femme pensa qu'elle en avait beaucoup à apprendre sur la vie de courtisane ; jusqu'à présent, elle allait de surprise en surprise.

## 19

*Confidences et partages*

Dorénavant débarrassée des soucis du quotidien, coupée complètement du monde extérieur, la jeune femme se remit tranquillement à profiter de ses journées. Une à la fois. La première semaine passa, puis la deuxième. Enfin, Noël arriva. Déjà, les jeunes femmes avaient rencontré tous les tailleurs de la ville et les accessoires à la dernière mode garnissaient leurs armoires. Les salons de Margot étaient devenus une tradition et les plants de Geneviève allaient bientôt être mis en terre. Le froid qui soufflait sur Paris retenait les jeunes femmes à l'hôtel, elles en profitaient donc pour tisser des liens qui devenaient lentement de l'amitié.

À part les quelques lettres qu'elles recevaient de leurs familles ou de leurs amis, elles étaient les seules personnes dans la vie de chacune d'entre elles. Même Sabine, qui avait conservé quelques amitiés dans la maison de la comtesse de Besançon, avait fini par limiter ses interactions à de rares lettres. À l'instar d'Oksana et de Marguerite, Sabine avait connu un revers de fortune qui avait tout intérêt à être oublié de la chronique mondaine si elle espérait, un jour, participer aux salons de M$^{\text{lle}}$ de Lenclos.

De l'opinion de Margot, la vie à l'hôtel était beaucoup plus agréable depuis que Sabine avait cessé de côtoyer son ancien cercle. Effectivement, la jouvencelle montrait des facettes d'elle-même qui avaient autrefois égayé les réceptions de la comtesse de Besançon ; maintenant, les protégées de Ninon en profitaient à leur tour. Sa joie de vivre, sa répartie et son audace un peu libertine avaient fini par surgir de sous son exubérance et sa vanité.

Les conversations de chambre à coucher n'étaient plus rares : les quatre amies choisissaient tour à tour le lit de Geneviève ou de Sabine pour finir leurs soirées. C'était leur moment d'intimité et ce qui se disait sur l'édredon n'était jamais répété ailleurs.

Un beau matin, Margot fut surprise d'entendre que Sabine avait accepté d'accompagner Geneviève à la messe. D'abord soulagée de voir que la belle citadine prenait le relais de cette activité, à laquelle elle avait consenti au prix d'arguments sans fin, elle avait dû admettre qu'elle avait des sentiments contradictoires envers l'Église. D'abord elle s'y rendit plutôt à contrecœur, puis elle fit enfin la paix avec ses vieilles rancunes.

— Je crois que je vais vous accompagner néanmoins, déclara Margot à sa pieuse amie.

— Vraiment ? Moi qui croyais que tu serais soulagée de ne plus avoir le lourd fardeau des visites à l'église…

— Je le croyais bien aussi…

— Je sens que j'ai un grand mérite dans ce renouveau de piété ! s'attribua Geneviève d'un air satisfait.

— Sainte Geneviève, je suis là ! s'exclama Sabine en dévalant les marches.

— Tu ne peux pas entrer dans la chapelle ainsi, l'arrêta Geneviève en considérant son chapeau enrubanné et sa robe brodée.

— Pourquoi pas ? questionna Sabine.

— C'est trop ostentatoire. Oh, tu as mis du fard !

— Tu exagères, Geneviève du Roux ! plaida Margot. La semaine dernière, les demoiselles derrière nous montraient assez de gorges pour éblouir un contingent de mousquetaires de la place Royale. Je pense que tu ne devrais rien changer à ta tenue, ma chère demoiselle du Rossoy.

— Je n'en avais pas la plus petite intention.

Geneviève roula ses petits yeux noirs.

— N'oubliez pas, mesdemoiselles, que nous sommes de la suite de M^lle de Lenclos. À ce titre, nous devons paraître. Nous devons être les plus beaux minois sur le parvis aujourd'hui, affirma Marguerite avec une grande fierté dont elle s'étonna elle-même.

— Si je comprends bien, vous n'êtes pas du tout animées par la foi, grommela la dévote.

Sabine se mit à rire en voyant l'expression de déception qui se lisait sur le visage de sa compagne. Margot lui lança un regard de connivence pendant que Geneviève poussait des soupirs à fendre l'âme. Attendrie par son amie, Margot lui saisit le bras et lui déposa un baiser sur la joue. Enfin, Geneviève esquissa un sourire.

— Moi aussi, je suis affligée d'un gros chagrin, Margot, se plaignit la jeune femme au chapeau en lui tendant sa joue à baiser.

— Oh toi !

Bien que la visite à la paroisse de Saint-Paul ne représentât pas vraiment le summum de l'excitation, c'était, pour Margot comme pour ses compagnes, l'occasion d'aller se mêler à la foule parisienne. De fait, de grands seigneurs et de grandes dames se rendaient à cette église du Marais. La jeune femme noble avait l'impression étrange d'assister à une pièce de théâtre, comme si elle-même ne faisait pas vraiment partie des acteurs qui se pressaient sur les bancs bien cirés. Cette impression était due en partie à l'anonymat qui entourait sa personne et celle de Geneviève. Personne ne les connaissait. Ou plutôt, personne ne la reconnaissait, elle. Quant à Geneviève, qui avait toujours vécu à la campagne, il n'y avait aucune chance pour qu'elle rencontrât là un visage familier. Or, la seule fois qu'elles se rendirent à l'office avec Sabine du Rossoy, la magie du spectacle s'évanouit définitivement.

La belle jeune femme aux cheveux châtain clair et aux yeux noisette faisait tourner les têtes et les chapeaux sur son passage. Ce n'était pas dû à sa beauté flamboyante. Des murmures montèrent le long des allées pendant qu'elles avançaient. Lorsqu'elles furent assises à l'endroit qui leur était réservé, Geneviève foudroya Sabine du regard. Elle était trop bien élevée pour faire des reproches à sa compagne en pleine chapelle. Seules ses joues rougies par la honte montraient son malaise. Margot aurait voulu questionner sa voisine, or celle-ci se cachait sous des sourires splendides, comme si elle était insensible aux bavardages des nobles. La jeune femme ne pouvait qu'avoir du respect pour son amie ; la rumeur s'était transformée en un chant religieux impossible à ignorer, et pourtant, Sabine réussissait à paraître calme.

De l'autre côté, Geneviève triturait sa robe avec rage. Déjà qu'elle trouvait que la tenue de sa camarade était trop voyante… Marguerite sentit que le retour en carrosse serait long. En effet, dès que l'office fut terminé, Geneviève se leva et déguerpit vers la sortie. Margot resta seule avec Sabine. Lentement, les autres paroissiens commencèrent à se lever et à s'éloigner. Habituellement, la demoiselle appréciait ce moment qui lui permettait d'observer la parade des costumes et des œillades. Aujourd'hui, c'étaient elles qui étaient au centre de l'esclandre.

« Vous avez vu la petite du Rossoy ? »

« Il ne faut pas avoir de décence ! »

« Ma chère, vous vous imaginez ! »

« Ses parents l'ont reniée… vous le saviez ? »

« Elle est moins belle qu'on me l'avait assuré… »

Margot serra la main de son amie pour s'encourager. Elle la trouva moite et glacée. Lorsqu'elles purent enfin s'échapper de la voûte de pierre devenue étouffante, Sabine se mit à marcher d'un pas rapide. Elle était énervée, et Margot réussit tant bien que mal à lui prendre la main pour l'arrêter dans sa course.

— Arrête, Sabine, c'est fini maintenant.

— Oh, Marguerite… si tu savais…

Ses yeux noisette se noyèrent d'eau. Malgré les efforts évidents qu'elle déployait pour se retenir, le chagrin eut raison de sa maîtrise. Son beau visage se décomposa lentement, il ne resta qu'une peine immense. Margot fut émue de voir tant de vulnérabilité chez sa fière amie. Elle la prit dans ses bras et la berça. Tendrement, patiemment. Au bout d'un moment, les sanglots s'estompèrent.

— Je ne savais pas que ce serait si difficile, admit-elle.

— Les gens peuvent être tellement méchants !

— J'ai entendu M<sup>lle</sup> de Noailles dire que j'étais une catin. Elle n'a rien à m'apprendre, celle-là ! Ah, si tu savais, Margot, combien aucune d'entre elles n'a la conscience claire ! ragea la jeune femme avec mépris.

— Tut tut tut, ne pense pas à cela.

— C'est tellement injuste ! Toutes les demoiselles de la comtesse auraient fait la même chose que moi. Elles étaient tellement jalouses du fait que j'aie la faveur du baron de Monceau !

Sabine gardait plus de rancune de son passé récent que de bons souvenirs. Soit par orgueil, soit par gêne, elle n'en parlait jamais.

Toutes les fois où elle racontait, par bribes, son séjour chez la comtesse de Besançon, les yeux de Geneviève brillaient d'envie. Assurément, Sabine savait se mettre en valeur dans ses récits.

— Je suis navrée, Margot.

— Ce n'est pas ta faute, les nobles ont de ces bassesses, je le sais aussi bien que toi.

— Je ne veux pas parler de cela. Je voulais que tu saches que je n'ai pas eu que de belles histoires…

— Je comprends, la coupa-t-elle, émue par les propos qui confirmaient ses propres soupçons.

— J'ai été rejetée par le baron de Monceau après avoir été sa maîtresse. J'aurais fait n'importe quoi pour lui. J'ai été tellement sotte ! Je pensais qu'il m'aimait ; il m'emmenait partout, il m'offrait des présents incroyables. Je n'avais jamais vu de parures comme celles-là. Je savais que mon père ne pouvait pas me trouver un époux comme j'en rêvais…

— Vous n'êtes pas riches ? s'étonna Marguerite, qui se souvenait d'avoir entendu le contraire.

— Non… ma famille est couverte de dettes. J'étais plus que chanceuse d'avoir cette charge de demoiselle chez la comtesse. C'est son frère qui me l'avait obtenue.

— Tu as été sa maîtresse ? devina Marguerite.

Sabine poussa un ricanement amer. Un rire de désillusion plutôt disgracieux entre ses lèvres sensuelles. Margot sentit un frisson lui traverser le dos. Il faisait froid soudainement. Autour d'elles, les quêteurs harcelaient les passants qui traînaient près des marches de l'église. Les dernières chaises à porteurs disparaissaient aux intersections des rues.

— Viens, rentrons, nous prendrons un chocolat au coin du feu et nous médirons sur nos amants, si tu veux… l'entraîna Marguerite.

— Tu es merveilleuse, Margot.

— Toi aussi, tu es merveilleuse.

Marguerite déposa un baiser léger sur la joue de son amie. Le visage de Sabine s'illumina enfin. À côté du carrosse grelottait Geneviève. Elle avait l'air encore plus menue dans sa cape de lainage épais. Quand elle aperçut les deux femmes, ses traits se tendirent.

— Où étiez-vous ?

— Nous parlions, dit Sabine avec lassitude.

— Parler ? Parler de quoi ? De tes scandales ?

— Tais-toi, Geneviève, ordonna Marguerite froidement.

Interloquée, la pieuse demoiselle ouvrit la bouche pour répondre, mais rien n'en sortit. Elle tira sa cape sur ses épaules et monta dans la voiture dans un mouvement sec. Sabine eut un regard surpris vers Margot et prit place à son tour. Pendant de longues minutes, les trois demoiselles ne dirent mot. Finalement, Sabine prit la parole et fit ce que Marguerite ne s'attendait jamais à la voir faire. Elle expliqua à Geneviève pourquoi elle avait décidé d'aller à l'église, malgré l'humiliation à laquelle elle s'était préparée. Peu à peu, Geneviève compatit.

— C'est monstrueux ! s'indigna-t-elle, comment ces gens-là peuvent-ils se regarder en face après ce qu'ils ont fait ! En plein lieu saint de surcroît !

Il ne restait plus l'ombre de la gêne qu'elle avait éprouvée dans la chapelle ; ce qui importait maintenant, c'était l'indignation que les aveux de Sabine faisaient naître en elle. Même dévote, même naïve, la jeune femme avait le cœur à la bonne place. Heureusement, Sabine ne lui tenait pas rigueur de sa fuite. Une fois que le carrosse eut franchi les grilles de la cour, chacune se pressa à l'intérieur avec hâte. Sans s'être consultées, les trois amies mirent la quatrième au courant.

Le teint clair d'Oksana s'empourpra ; le contraste faisait penser à une rose rouge sur la neige. Jamais Margot n'avait vu la Russe aussi ébranlée.

— Tu es si courageuse, moi je n'aurais pas pu.

— C'est moins difficile lorsqu'on n'est pas seule, confia Sabine.

Comme deux ciels d'hiver, les grands yeux la fixaient ; on pouvait y lire du respect et de l'étonnement.

— Je ne sais pas si je pourrai jamais faire face à mon passé… murmura Oksana.

— Oh… tu sais, on est toujours une proie facile pour la critique et pour l'opinion quand on est une femme libre, répondit Geneviève.

— On croirait entendre Ninon quand tu parles ainsi, commenta Sabine en dégustant sa tasse de chocolat fumant.

— Bon. Je n'ai plus le droit de m'exprimer comme je veux maintenant, se renfrogna la jeune femme aux cheveux noirs. C'est une vérité, nous aurons toujours à supporter les regards et les jugements.

— En parlant de regards, insinua Margot dans le but d'alléger l'atmosphère.

— Quoi ? répliqua Geneviève avec maladresse.

Sabine remarqua sa réaction. Ce fut au tour de Geneviève de rougir.

— Oh, oh… qu'est-ce que vous taisez toutes les deux ? demanda Sabine en regardant tour à tour Geneviève et Margot.

— C'est toi qui lui as dit ? lança la bourgeoise, cramoisie, à l'adresse d'Oksana.

— Comment ? Oksana est dans les confidences ! s'indigna Marguerite mi-amusée, mi-sérieuse.

Oksana sourit d'un air mystérieux.

— Je demande des éclaircissements céans ! s'exclama Sabine en gesticulant comme un avocat dans une chambre de justice.

Pressée de toutes parts, Geneviève finit par avouer ce dont Marguerite se doutait depuis quelque temps ; elle avait un admirateur parmi les paroissiens. Le quiproquo était amusant et si Sabine en profita pour lancer quelques boutades à son amie quant à son zèle religieux, elles eurent finalement droit aux détails. Le jeune homme était toujours au rendez-vous. Fidèle, beau en plus, aux dires de Margot, il se plaçait de façon à apercevoir en tout temps le sujet de son admiration. Une seule fois ils avaient échangé quelques mots, le cœur de la jeune femme avait chaviré. Apparemment, si l'histoire était courte, elle n'en était pas moins troublante pour Geneviève, qui hésitait, répétait et soupirait en la racontant.

— Quelle chance tu as, murmura Sabine.

— Tu crois que Ninon serait en faveur d'une rencontre ? glissa Margot.

— Je n'y avais pas songé, admit Geneviève, candide. Pour dire vrai, je ne sais pas ce que je ferais si je me retrouvais en sa présence, seule avec lui, je veux dire.

— Je vous rappelle que Ninon m'a interdit les fréquentations galantes, à moi, lança Sabine avec dépit.

— C'est différent, précisa Margot. Cet homme était ton amant et cela aurait pu se savoir.

— Si tu continues de ne le voir qu'à l'église, je ne crois pas que quiconque pourra te reprocher d'entretenir un doux sentiment à son égard, affirma Oksana.

— Et s'il voulait se forger une idée des charmes de Geneviève, il pourrait demander la bénédiction de l'abbé... insinua Sabine.

— Arrêtez ! Je ne veux plus en parler !

Geneviève s'allongea sur son lit en regardant fixement le plafond. Oksana s'étira et laissa échapper un petit bâillement subtil. Discrètement, Margot et Oksana se levèrent.

— Je suis lasse, dit celle-ci.

Margot se dit qu'elle aurait enfin le temps de répondre à la dernière missive de sa tante, puisqu'elle n'avait pas sommeil.

— Bonne nuit, Geneviève, firent les demoiselles en chœur.

— Vous allez vous coucher ?

— Oui.

— Bonne nuit, donc.

Sabine suivit les autres. Lorsque Margot se dirigea vers sa chambre, elle lui prit la main avec douceur.

— Margot, je peux partager ton lit ce soir ? demanda la beauté dont les yeux avaient la couleur du bois tendre.

Marguerite lui sourit. C'était chose fréquente pour les dames de qualité de partager le moment du sommeil avec une amie.

— Oui, Sabine, viens, répondit la jeune femme spontanément.

À peine étaient-elles entrées dans la chambre que Sabine se dévêtit avec beaucoup de grâce, mais bien peu de pudeur. Margot se détourna, troublée par la nudité ronde et dorée. À quoi s'attendait-elle ? Sabine était impossible… Elle se mordit les lèvres, conquise par la beauté et le charme de son amie.

— Ça va, je suis sous les couvertures maintenant, tu peux te retourner, la rassura cette dernière avec une pointe de désappointement dans la voix.

Margot poussa un petit gloussement à peine audible. Elle ne voulait pas s'avouer vaincue aussi facilement… Laisser la victoire sans se battre n'avait jamais été dans ses habitudes. Sans se tourner, elle enleva sa robe avec une sensualité calculée. Sa nudité demeurait voilée par la chemise qu'elle portait sous sa robe, mais la lumière des chandelles la rendait transparente. Ses contours paraissaient foncés et mystérieux comme une nuit d'Arabie. Lorsqu'elle regarda vers le lit, la bouche de Sabine était humide et légèrement entrouverte ; la splendeur du corps à peine voilé était un fruit appétissant. Margot se demandait où cette intimité allait les mener… Une onde d'inquiétude traversa son esprit. Ce qu'elle sentait vibrer dans les fibres de son corps était une émotion qu'elle avait peine à laisser s'exprimer tant il y avait de récifs qui l'entouraient.

Elle se glissa entre les draps tièdes et accueillants. À ses côtés, Sabine lui fit face. Elle avait repris son air complice.

— Tu sais ce que je me dis ?

— Que te dis-tu ?

— Je me dis que toi et moi sommes les deux plus belles femmes de Paris.

— Oh… Sabine.

— Attends, je n'ai pas fini. Je pense que nous allons être les plus grandes courtisanes de notre siècle, ajouta-t-elle en pliant la bordure ourlée du drap. Voilà.

— Je crois qu'Oksana et Geneviève ont autant d'esprit et de grâce…

— Peut-être, toutefois pour être courtisane à Paris, il faut plus que des beaux yeux.

— Et que faut-il, selon toi ? la taquina Margot.

Les lèvres de son amie gardèrent leur secret. Mais soudain, Margot sentit un effleurement discret sur sa cuisse, sous les couvertures. Un frisson la parcourut ; elle sentit la pointe de ses seins se dresser. La main audacieuse avait touché un point sensible, juste avant le rebondi du ventre, là où la chair faisait un creux.

— Tu vois ? fit Sabine, un sourcil levé.

— Que veux-tu que je voie, que tu me chatouilles sous les couvertures ?

Sabine éclata de rire. Margot sentit la chaleur de sa compagne. Sa nudité n'était plus qu'à un doigt indiscret de son corps.

— Margot. Ta peau, ton corps, tu appelles l'amour, les caresses… tu sais les recevoir. Ce n'est pas ainsi pour Geneviève et Oksana… Elles ont peur du désir, révéla Sabine.

L'effet combiné des chuchotements, du rapprochement et des propos de Sabine faisait naître une vibration troublante dans le corps de la jeune femme. Ses cordes étaient à l'écoute de la mélodie, même si elle ne voulait pas jouer de l'instrument. Margot se mit à penser à la première fois qu'elle avait rencontré son amie, dans le vestibule de la maison.

« Sabine est une séductrice et une manipulatrice, elle veut me mettre mal à l'aise », se dit-elle en se ressaisissant.

— Je ne connais pas assez mes autres compagnes pour trancher la question. Tu leur as déjà dit ce que tu en pensais ? répondit-elle, à court de stratégies, consciente que c'était une diversion facile.

— Voyons, ce n'est pas une allusion que l'on fait. Je l'ai remarqué... Cela se voit, ces choses-là.

— C'est une question d'expérience.

— Que nenni ! J'ai toujours été ouverte à l'amour. C'est la féminité, la confiance, la sensualité. Geneviève ne sait pas qu'elle est jolie. Quant à Oksana, elle est rigide, elle se retient à outrance... Il faut blâmer son éducation, j'imagine, je n'en sais rien, moi.

— Tu es dure avec elles, remarqua Margot.

— Sans doute. Un peu. Je ne crois pas qu'elles seront courtisanes. Ce n'est certes pas l'apanage de toutes les femmes. Je ne suis même pas sûre qu'elles veuillent l'être.

— À cause des hommes... ?

— Tu imagines Geneviève prendre un amant, un noble qu'elle connaît à peine ? poussa Sabine avec dérision.

— Moi, je ne pense pas que je pourrais être la maîtresse d'un homme que je n'aime pas, avoua la jeune femme.

Sabine la contempla un instant, elle sembla étonnée, mais se reprit. Elle poussa un soupir résigné.

— Bon, je l'admets, moi non plus. Mais tu comprends ce que je veux dire, non ?

Bien sûr, qu'elle comprenait. Ce n'était pas la première fois qu'elle se demandait ce qui arriverait lorsqu'elles participeraient aux fameux cinq à neuf. Marguerite se retint de faire remarquer à son amie qu'elle n'aimait pas le frère de la comtesse, de qui elle avait été la maîtresse dans le but d'obtenir une charge de demoiselle. Sabine appuya sa joue sur l'oreiller et se mit à tourner une boucle de cheveux entre ses doigts.

— Pour apprécier pleinement l'intimité, il faut ressentir du désir pour l'autre. Il doit y avoir une ambiance propice. Prendre le temps de rendre l'autre à l'aise… Le corps, c'est un fruit : il doit être mûr si on veut goûter sa pleine saveur. Sinon, c'est raté, murmura-t-elle. L'exploration peut-être longue… le parfum… la douceur de la peau, la sensibilité surtout.

Les prunelles de Sabine se fixèrent dans les siennes à ce moment-là. Margot se figea sous le regard intrusif et séducteur de la jouvencelle.

— Te languis-tu de l'amour, Margot ? susurra-t-elle à son oreille.

— Oui, articula la jeune femme d'une toute petite voix.

— Moi aussi…

Entre les plis du tissu, une paume se posa sur sa hanche. Sa peau réagit au contact indirect. Ses poils fins se dressèrent. Les lèvres de Margot retenaient l'air qui voulait en sortir rapidement. Le visage de Sabine, tout près, surveillait chacune de ses réactions. La pression descendit sur sa cuisse. Margot sourit, gênée et excitée à la fois. La conviction que tout n'était que manipulation de Sabine la quitta. Elle ne percevait pas ce qui animait sa belle compagne, mais sa curiosité l'incitait à ne pas repousser l'expérience. Les jambes se mêlèrent aux couvertures dans un tourbillon de gestes de plus en plus aventureux. Petits rires nerveux, petites cajoleries tentatrices. Le tissu de la chemise empêchait la rencontre des chairs tièdes. Seules les mèches claires et foncées s'unissaient sur l'oreiller. Pour Margot, c'était amusant de partager un instant d'affection. Elle se souvint des soirées au couvent où toutes les jeunes filles s'amusaient à se vêtir ou à se baigner dans le secret du dortoir. Elle s'approcha de la bouche rose et charnue. Ce geste, qui avait si souvent scellé leur amitié candide, encouragea Sabine. L'huile sur le feu. Brasier. Marguerite se sentit aspirée par une ardeur fulgurante.

— Huummm… Margot…

Les mains de la jeune femme cherchaient les siennes. Les paupières de Sabine se fermèrent. Elle se laissa guider par son instinct, celui qui voulait connaître Margot depuis qu'elle partageait son quotidien. Happée par le désir, surprise par sa propre réponse et son envie, Marguerite se laissa deviner par les mains délicates qui parcouraient ses rondeurs. Sabine exprimait ses découvertes avec un émerveillement éloquent.

— Tu sens bon… Tu as le goût du miel…

Toucher, humer, goûter, Sabine paraissait vouloir satisfaire tous ses sens en même temps. C'était si intense… Marguerite ne savait plus quelle partie de son corps était sollicitée. Elle haletait, et même le bruit de son souffle se perdait dans celui de son amie. Les seins de Sabine se pressaient sur sa bouche, sur ses seins… Les mains de Sabine sur ses fesses, sur son ventre. La fièvre de l'excitation la fit presque défaillir. Il n'y avait pas de maître pour la guider, pour lui dire que faire, pour l'emmener au bout du plaisir. Et cela, sa compagne ne semblait pas s'en soucier. Au contraire, avide de plaisir, Sabine relançait sa quête sans s'arrêter. Les ébats avec Gourville n'avaient jamais été si éperdus. Margot se laissa aller totalement dans la danse endiablée. Au bout de la nuit, au bout du désir, l'épiderme de Marguerite se calma enfin. Comme s'il avait été trop vénéré, chaque parcelle en était sèche et brûlante. Elle s'endormit sur l'épaule de son amie.

*20*

## *Premier salon*

Évidemment, Sabine n'était pas la seule à avoir une opinion sur ce qui faisait une vraie courtisane. Marguerite s'était posé la question à maintes reprises, sans toutefois trouver de réponse satisfaisante. Pendant les mois qui avaient suivi son arrivée chez la courtisane du Marais, la jeune noble avait baigné dans une ambiguïté confortable qui entourait son état de convalescence. Après plusieurs mois de lecture, d'exercices de musique et de conversations éclairées, elle commençait à être intriguée par les plans cachés de sa maîtresse.

Ninon passait de plus en plus souvent ses après-midi rue des Tournelles. Sa présence entraînait des discussions sur les femmes dans la société, discussions qui se transformaient souvent en débats animés. Margot en était venue à espérer que Ninon serait toujours présente. Malgré les relations agréables qu'elle entretenait avec ses trois compagnes, le besoin de rencontrer d'autres personnes naissait en elle. Avec le mois d'avril, les demoiselles voyaient le soleil messager annoncer les promenades, les éventails, les jardins en fleurs.

Le temps était particulièrement doux. Oksana se tenait à la fenêtre, mains dans le dos. Elle écoutait Margot. Depuis Noël, la blonde lui enseignait le clavecin. Elles se retrouvaient donc dans le cabinet de Ninon pour des leçons rigoureuses et quotidiennes.

— Si tu continues de répéter, tu vas pouvoir jouer aux cinq à neuf de Ninon, affirma Oksana.

— J'aimerais bien jouer devant un auditoire un jour, confia l'élève, mais j'ai encore le temps… Ninon ne semble pas avoir le désir de nous ouvrir ses portes prochainement.

— Je pense au contraire que c'est pour bientôt. C'est ce que Geneviève m'a dit l'autre jour.

Margot s'arrêta, intéressée.

— C'est vrai ? demanda-t-elle.

— Tu serais contente, n'est-ce pas ?

— Je pense que oui… hésita-t-elle.

La blonde lui sourit, dans ses yeux brillait une lueur espiègle. Marguerite se leva dans un mouvement d'allégresse sincère. Oksana se mit à rire. Avec Margot, la jeune femme riait de plus en plus souvent. Au centre de la pièce, Marguerite exécutait des pas de danse tout en soulevant le bas de sa robe.

— Ne t'emporte pas, Marguerite, la modéra Oksana, du ton qu'elle empruntait pour calmer Sabine, je ne suis pas certaine que Geneviève a bien compris le sens de la conversation.

— Quelle conversation ?

Oksana se rappela soudain que Geneviève lui avait demandé de ne pas parler de son secret. Elle fit signe à Margot d'approcher en regardant vers la porte afin de s'assurer que personne ne pouvait entendre.

— Geneviève a entendu Ninon parler à une dame au cours d'une soirée. Elle était dans le grand salon, dissimulée par une tenture, chuchota-t-elle.

— Comment ! s'exclama Margot.

— Chut… elle m'a fait promettre de ne pas en parler…

Geneviève derrière une draperie. L'image avait de quoi donner le fou rire à Marguerite et Oksana la suppliait de se taire.

— Depuis combien de temps espionne-t-elle ? questionna la jeune femme quand elle se fut enfin calmée.

— Euh… depuis Noël, je crois, répondit Oksana, résolue à faire confiance à son amie.

— Je ne comprends pas… Cela ne lui ressemble pas du tout, pourquoi ?

— C'est à cause de M. de Coulombes.

Bien sûr ! C'était au début de février que l'admirateur de Geneviève avait commencé à lui faire parvenir des lettres. Cette chaste idylle s'était transformée en véritable passion chez la jeune femme, qui avait finalement exprimé à Ninon son souhait de rencontrer son amoureux. Contrairement à ce à quoi les demoiselles s'attendaient, la courtisane avait refusé. Elle ne laissait pas une de ses protégées au bras d'un inconnu. Ce verdict, Geneviève l'avait accueilli durement. Ninon avait tenté de la rassurer en lui disant qu'elle l'inviterait chez elle, dans le but évident de lui accorder le droit de la voir. Or, cette résolution n'avait fait qu'inquiéter Geneviève. Voilà pourquoi elle avait décidé d'épier les soirées.

— Elle voulait savoir ce qui se passait dans les salons… et comme tu l'as deviné, ce que Raymond de Coulombes y faisait.

— Pauvre Geneviève… elle l'aime vraiment.

— Je le crois, répondit Oksana. Cependant, je ne pense pas qu'il ait répondu à l'invitation de Ninon.

— Alors, Geneviève pense que nous serons bientôt reçues dans le salon…

Le cœur de Margot se mit à cogner dans sa poitrine. Elle se sentait anxieuse à l'idée de fréquenter de nouveau le monde. En même temps, elle ne pouvait nier sa première réaction en apprenant la nouvelle.

« Si c'était vrai, je pense que je serais prête… Oui, je serais prête », pensa-t-elle.

Elle s'arrêta un moment pour contempler son amie. Oksana avait bien profité des derniers mois ; si c'était possible, elle avait encore embelli. Son accent était toujours délicatement teinté des notes de son pays hivernal, mais, comme toute sa personne, c'était charmant. Aujourd'hui, ses cheveux étaient coiffés en spirales comme chez les nobles françaises.

— Tu me regardes drôlement, qu'y a-t-il ? demanda la jeune femme en plongeant sa main dans sa cascade de boucles neigeuses.

— Serais-tu contente si Ninon t'invitait demain dans un salon ?

— J'aimerais bien te répondre… mais je ne le puis. Je ne sais pas si je serais assez…

— Oksana ! Tu es la plus talentueuse de nous, déclara Marguerite. Tu es intelligente, digne, éloquente. Ton esprit est l'égal de celui de tous les hommes, Ninon te l'a assuré l'autre jour, non ?

— Certes, admit-elle non sans fierté. Si j'en crois Ninon, il n'y a pas de meilleur lot que celui qui m'attend… J'ai bien tenté de m'en convaincre, mais en vain. Si j'use de mes charmes dans le but de séduire, qu'importe que je prenne un amant ou vingt, je serai une…

— Courtisane.

— Tu ne dois pas mal me comprendre. J'ai été élevée pour être la femme d'un dignitaire. Peut-être d'un comte ou d'un militaire. Je ne peux pas me résigner à… cela.

Le menton droit et défini de la blonde tout comme ses pommettes hautes s'apparentaient à ceux d'une reine. Elle en avait le port, mais le sort avait décidé qu'elle serait une femme libre, une courtisane.

— Aucune n'est faite pour cela, soutint Marguerite avec amertume.

— Mais pour vous, c'est différent. Ninon est une figure illustre pour les femmes françaises, argua-t-elle.

— Non. Ce n'est pas vrai. Si elle est un exemple pour certaines, elle est cependant critiquée par la plupart. On raconte tellement de choses à son sujet. Je ne sais même pas si la moitié est vraie. Mais en dépit de ce que tu penses, pour rien au monde je n'ai souhaité être une courtisane ! trancha Marguerite, froissée.

Oksana fit un geste vers elle pour se faire pardonner.

— Je suis confuse, Marguerite… Je ne voulais pas te blesser. J'ai honte de ce que je suis maintenant, c'est tout. La fierté est un luxe que je ne peux pas me permettre.

Marguerite comprenait tellement ! Elle sentit sa gorge se nouer. Non. Pleurer était inutile maintenant. Ninon lui avait appris que le destin pouvait être un ami, si l'on acceptait de le suivre. Tant de tristesse, tant de pertes. La jeune femme avait décidé pour elle-même. Elle voulait cette voie. Quant à Oksana, elle serait appelée à décider, elle aussi, un jour.

— Je comprends. Ne t'en fais pas.

La jeune noble avait une certitude : leur maîtresse avait un plan pour chacune d'entre elles. L'admiration qu'elle avait pour Ninon de Lenclos grandissait chaque jour. Elle pouvait mesurer la force de Ninon parce qu'elle connaissait le prix de l'indépendance ; le prix à payer en raison de l'emprisonnement de son père. En outre, elle avait enfin écrit à sa tante pour lui avouer la vérité. Cela n'avait pas été aisé. Attendre la réponse de la baronne de Mirmille nécessitait une patience à toute épreuve. Heureusement, Ninon soutenait son initiative et l'avait encouragée. Chaque pas qu'elle faisait, la courtisane l'avait fait avant elle. La voie n'était pas dégagée pour autant, tant s'en faut.

Toutes les pensionnaires vivaient la même situation ; au marché, à l'église, avec les proches ou la famille. Marguerite saisissait graduellement ce qui se cachait sous la légende de Ninon et elle comprenait ce que signifiait être une femme indépendante. Au-delà des habiletés sociales, il y avait aussi la distinction. La différence. Ne pas être la femme de, la sœur de, la fille de. Être seule.

Enfin, la jeune femme soupesa la réponse de sa tante. Jamais elle n'avait compris avant ce jour à quel point sa tante avait de l'importance à ses yeux. C'était son ancre. Le lien avec le passé et le pont avec l'avenir. De plus, c'était la seule personne à qui elle avait écrit depuis son installation rue des Tournelles. Ni son père, ni sa sœur, ni son frère, ni Muriel Tartier, ni même Jean de Hérault n'avaient eu la faveur d'une lettre.

Par Annette, elle avait pu avoir des nouvelles de son frère et de sa sœur. Cette dernière était encore au couvent, par la grâce de son oncle qui avait réussi à payer, Margot ignorait comment, la pension pourtant élevée. Son frère, quant à lui, était toujours au service du prince, d'après ce que la baronne avait pu apprendre. Margot se demandait parfois si le hasard ne provoquerait pas une rencontre entre eux un de ces jours. En outre, le prince de Condé avait été l'amant de Ninon de Lenclos et était toujours un familier de ses salons.

Pas un jour ne s'écoulait dans la vie de la jeune femme sans qu'elle ne pense à Gourville. Presque tous les soirs elle rêvait de lui. Elle avait l'impression de l'avoir quitté des siècles auparavant. Que faisait-il, où était-il ? Les réponses, elle les avait dans ses rêveries, car il ne lui avait pas envoyé de lettre. Margot ne nourrissait pas de rancune à son égard. Elle s'était sentie abandonnée depuis le jour où il était parti. Rien ne changerait plus.

Depuis sa leçon de musique avec Oksana, Margot n'avait cessé de penser au secret de Geneviève. Maintes fois elle avait renoncé à espionner les invités de Ninon, convaincue de la folie de l'entreprise. Maintenant qu'elle savait la chose possible, tout en elle la poussait à satisfaire sa curiosité. Cependant, elle ne parvenait pas à trouver un moyen d'éviter le maître d'hôtel. Comment Geneviève y était-elle parvenue ? Gontran était toujours au pied de l'escalier, plus fidèle et vigilant qu'un rapace dressé pour la chasse. Impossible de passer inaperçue lorsqu'il veillait. Après avoir tourné dans son lit une nuit durant, elle résolut d'aller questionner Oksana. Le jour pointait. En robe de nuit, la jeune femme se glissa jusqu'à sa chambre. Il n'y avait personne à l'étage, aucun bruit. Margot frappa un petit coup, la voix endormie de Oksana l'invita à entrer.

— Mon amie, je suis désolée de venir chez toi de si bon matin, s'excusa-t-elle.

— Marguerite, tu es déjà levée ?

Oksana portait une chemise de linon blanche avec des manches bouffantes et un col délicat. Elle cligna des paupières en se redressant dans son lit.

— Oksana, j'ai une demande à te faire. Euh… je suis intriguée… Comment Geneviève a-t-elle réussi à descendre à l'étage sans être vue par Gontran ? demanda Margot, consciente de l'absurdité de sa démarche matinale.

— Pourquoi, Marguerite, veux-tu savoir cela ?

Marguerite soupira et s'assit sur le bord du lit. Elle avait souhaité en vain que la Russe fût assez endormie pour tromper sa vigilance.

— Je… je suis curieuse, c'est tout.

— Hum, je ne sais pas du tout. Par hasard, voudrais-tu toi aussi aller en bas ?

Le ton d'Oksana était intéressé. Après tout, peut-être connaissait-elle le moyen de Geneviève ?

— Oui. Je l'avoue. Juste une fois, pour voir.

— Si Ninon te voyait, ou quelque invité ?

— Je ne me ferai pas voir. J'ai l'habitude, tu sais, mon frère et moi nous amusions à épier mon père sans qu'il nous voie. Je t'en prie, dis-moi, pria Margot.

— D'accord, d'accord, je vais t'aider.

Quelle surprise de découvrir qu'Oksana avait réussi à acheter le silence du maître d'hôtel ! Malgré ses efforts, elle ne parvint pas à savoir ce qu'il lui en coûtait pour s'assurer de la discrétion du domestique. Mais Oksana lui garantit le silence du serviteur. Apparemment, la jeune femme avait profité amplement de sa position auprès des domestiques ; Margot était impressionnée. Elle remercia Oksana, qui lui fit promettre de ne pas en parler, ni à Sabine, ni à Geneviève et encore moins à Ninon.

En quittant la chambre de la blonde ce matin-là, Margot rencontra Sabine. Une ombre passa sur le visage de cette dernière ; Margot en robe de nuit et aux matines sortant de chez Oksana ? Sabine, qui d'ordinaire était enjouée le matin, lui fit un signe de tête à peine avenant. Margot n'eut pas le temps de lui demander ce qui n'allait pas ; Sabine disparaissait déjà au tournant du couloir. Une fois devant son miroir, Margot comprit que son amie avait dû penser qu'elle avait passé la nuit avec l'autre demoiselle. C'était tout à fait impensable, cela en était même cocasse, mais Sabine ne manquait pas d'imagination… Tout de même, son attitude la laissa perplexe une seconde. Le salon… Ses idées défilaient. Elle n'avait pas le temps de se préoccuper des humeurs de Sabine.

La soirée de Ninon devait rassembler ce soir-là plusieurs convives. Généralement, il y avait un souper, après lequel les invités se rendaient dans le salon contigu au cabinet de musique. Après le repas, Margot pourrait descendre. Elle aurait une dizaine de minutes pour tenter le coup. Elle appréhendait la réaction de Gontran et faillit changer d'idée une douzaine de fois. Et si le maître d'hôtel racontait tout à sa maîtresse, malgré l'assurance que lui avait donnée Oksana ?

La jeune femme était prise d'une émotion puérile, la même que lorsqu'elle jouait, enfant, à se glisser dans le boudoir de son père afin de relever le défi que son frère lui avait lancé. Le risque n'était grisant que s'il y avait quelque conséquence à se faire prendre. Elle ne doutait pas que la courtisane serait fâchée si elle la découvrait.

« Après tout, si Geneviève l'a fait, je ne vois pas pourquoi j'échouerais », se dit-elle pour s'encourager.

Elle avait choisi une autre pièce que celle où sa compagne se cachait. Juste au cas où son amie déciderait d'aller guetter l'arrivée de son amoureux : elle ne souhaitait pas la rencontrer derrière les draperies.

Pour son premier soir de guet, Margot avait revêtu une robe de brocart marron et vert feuille, dont la coupe assez ajustée lui permettait de se dissimuler facilement. Elle prit le temps, par coquetterie, de se coiffer et de se maquiller ; après tout, ce n'était pas un soir comme les autres.

Le repas tirait à sa fin lorsque la jeune femme sortit de sa chambre. Au bas de l'escalier, elle aperçut la livrée de Gontran. En se tenant à la rampe pour faire le moins de bruit possible, elle descendit. Il fit mine de ne pas la voir. En quelques enjambées, elle était dans le cabinet. C'était l'une de ses pièces préférées. Il y avait une table basse, des fauteuils et plusieurs tableaux aux murs, dont un portrait de Ninon exécuté par Mignard.

Elle attendit un long moment, se forçant au calme. Chaque bruit la faisait tressaillir. Combien singulière était la manière dont l'angoisse et l'excitation décuplaient les sons, même ceux qu'on ne remarquait habituellement pas. Enfin, elle perçut des éclats de voix. Un frisson d'excitation traversa la jeune femme. Des gens venaient. Plusieurs personnes. Elle se plaqua le plus possible contre le mur.

— Que diriez-vous d'un verre de fenouillette, monsieur de Ludres ?

— Sans façon, merci.

— Vous saviez, mon cher, que Molière travaillait à une nouvelle œuvre et, cette fois, il pourra garder les jours ordinaires du Palais-Royal.

— Ce qui est certain, c'est que cela ne pourra pas faire jaser autant que ses *Précieuses*.

Un éventail de timbres. Les voix masculines étaient sans visage. Mais selon l'intonation ou les propos, Margot leur inventait une apparence. Elle arrivait à suivre une ou deux conversations en même temps. De temps en temps, une voix plus douce ou plus aiguë s'échappait du lot. Très peu de femmes étaient du nombre. Maintes fois, elle entendit prononcer le nom de la courtisane et elle l'écouta aussi discuter avec une des voix masculines, qui avait attiré son attention. La voix était jeune et vigoureuse. Elle se dit que ce devait être un cadet de famille noble, comme il y en venait tant, qui était ici pour gagner ses éperons dans le domaine de la galanterie. Il y avait peu de circulation dans le cabinet et beaucoup d'invités ne s'arrêtaient que le temps d'une salutation.

— Quel bon vent, monsieur de La Fare ?

— Vous portez-vous bien ?

— On ne saurait mieux se porter, monsieur de Méré. Vous êtes de retour du Poitou depuis longtemps ?

Marguerite sentait ses jambes s'engourdir à mesure que son ouïe s'aiguisait. La soirée filait. Les invités étaient passés dans le grand salon et elle ne pouvait plus bien les entendre. La jeune femme soupira. Elle avait à peine entamé le potage et ne pourrait pas goûter le plat de résistance. Elle aurait mieux fait de demander l'opinion d'Oksana avant de se terrer dans ce coin où rien ne se passait. Le temps s'écoula. Une heure peut-être… Elle avait l'impression que les voix s'étaient encore éloignées. La fatigue eut raison de sa volonté.

Dépitée, elle prit la décision audacieuse de sortir et de monter à sa chambre. Une opération qui requérait de la discrétion, puisqu'elle devait traverser la chambre de Ninon et le vestibule avant d'y parvenir. Certainement un risque de trop, mais elle ne pouvait plus rester là où elle était.

Les murs de la chambre de Ninon étaient décorés de fresques représentant Psyché, les muses et diverses histoires d'amour de l'Antiquité. Le décor avait inspiré les convives, car il y avait ici des coupes et des chapeaux abandonnés par leurs propriétaires ; le luth de Ninon traînait négligemment sur le lit. Marguerite souleva sa robe. Sur la pointe des pieds, la jeune femme contourna le divan.

— Auaahh… fit une voix rauque.

Marguerite sursauta de peur et se retourna. Sur le divan était étendu un homme. Il occupait tout l'espace de son grand corps. Ses yeux étaient clos. Sa chemise était ouverte et Margot discerna une tache de sang séché sur son flanc. Il était blessé, et c'est pourquoi il avait gémi. Margot supplia tous les saints du paradis pour qu'il ne s'éveillât pas. Elle progressa vers la porte, lentement, silencieusement, à reculons. Ses yeux ne quittaient pas les paupières closes de l'homme. Il était d'une rare beauté ; ses cheveux bouclés cuivrés formaient une couronne autour de son visage taillé à la pointe du couteau. Margot était à la porte lorsque les yeux de l'homme s'ouvrirent. Il sourit béatement à sa vue. Aucune surprise ne parut sur ses traits angéliques.

— Où suis-je ? Je me suis endormi… bredouilla-t-il.

Jurant entre ses dents contre cette malchance envoyée par Mars et Morphée qui avaient combiné leurs forces mythiques, elle décida qu'il valait encore mieux ne rien répondre et s'éclipser.

— Attendez, non, ne partez pas ! lança-t-il de sa voix rauque qui reprit soudain de la force.

Marguerite s'arrêta net. Si elle sortait maintenant, il la suivrait, elle en était certaine.

— Chut, vous dormiez. Je ne voulais pas vous réveiller. Quant à moi, je passais… Bonne nuit, murmura-t-elle avec patience.

— Attendez, où pourrais-je vous revoir ?

— N'insistez pas. Bonne nuit… Adieu, monsieur.

— Vous êtes une muse de l'Olympe, c'est ça…

« Il délire… tant mieux, il ne se souviendra pas de m'avoir vue. »

La jeune femme ne s'arrêta pas avant d'avoir atteint le palier du premier étage. Maudite curiosité. Ses pieds étaient douloureux. En entrant dans sa chambre, elle passa une chemise de nuit. Elle dénoua ses cheveux. Quelques secondes après, on cogna à sa porte. Margot se raidit. Ninon…

— C'est moi, Margot, je peux entrer ? demanda Sabine d'une toute petite voix.

— Oh ! Sabine… s'écria-t-elle, soulagée, en ouvrant la porte.

— Qui croyais-tu que ce serait à une heure aussi tardive ? questionna son amie, une flamme dansante dans ses prunelles. Je vois. Tu ne veux pas me le dire.

— De quoi parles-tu ? demanda Marguerite, agacée.

— De rien. Tu m'invites à entrer ?

— J'allais me coucher pour la nuit.

Sabine découvrit ses belles dents blanches.

— Je peux rester avec toi ?

— Oh… je… je voudrais, non… Un autre soir. Demain ?

— Bien, dans ce cas, je te souhaite une bonne nuit, répondit Sabine froidement.

Marguerite la regarda s'éloigner, consciente de la contrariété de la jeune femme. Dans un jour prochain, il faudrait qu'elle lui parle. L'affection qu'elle éprouvait pour Sabine était sincère et, si elle n'était pas exclusive, Margot ne voyait rien qui puisse justifier un sentiment de jalousie.

En se glissant sous les couvertures, la jeune femme se convainquit que Ninon ne savait rien de son incartade. Dans son sommeil, un sourire de victoire étira les lèvres de Marguerite. Elle n'allait pas tarder à être démentie.

⁒

— Pourras-tu m'aider à cueillir les nouveaux plants de sauge demain ?

— Bien sûr, Geneviève, répondit Marguerite sans lever les yeux du manuscrit en italien que lui avait prêté sa protectrice.

Les tentatives musicales de Sabine accompagnaient sa lecture. Oksana brodait sur le rebord de la fenêtre. Chaque fois que Sabine ratait un accord, Oksana poussait un petit soupir agacé. L'oreille de cette dernière était excellente, elle arrivait à reconnaître la moindre fausse note dans une symphonie. L'irritation qu'elle exprimait lorsque ses compagnes jouaient était telle que seule Sabine osait le faire en sa présence.

Une fois, elle avait expliqué à Marguerite que le bruit de la pluie formait une superbe mélodie et que le son en était plus juste que toutes les performances de Sabine au luth.

— Tu arrives à tout comprendre ? demanda Geneviève à Margot qui, concentrée sur son texte, ne comprit pas immédiatement que la question lui était adressée. Marguerite ?

— Oui ?

— Tu arrives à tout comprendre ?

— Cela ressemble assez au français, tu sais.

Elle fit glisser les pages entre ses doigts.

— La prose est plus aisée à saisir que la poésie.

— Tu as l'intention de jouer ainsi longtemps ? interrogea Oksana d'un ton morne.

Marguerite et Geneviève se tournèrent vers Sabine, à qui la question était évidemment lancée.

— Oui, je voudrais arriver à maîtriser ce morceau pour la fin de la semaine, répondit Sabine gaiement.

Oksana déposa son ouvrage en soupirant. Margot attendait, en se mordillant la lèvre inférieure, curieuse de voir ce qui arriverait. Geneviève continuait à broder, le regard baissé ; l'opposition des deux filles lui causait un malaise tangible. C'est à ce moment-là que Ninon pénétra dans le cabinet. Comme chaque fois, sa présence faisait l'effet d'un rayon de lumière dans un jardin ; en outre, elle portait une robe jaune aux manchettes doublées de velours crème. Le visage de Geneviève s'illumina.

— Mesdemoiselles, bonjour, annonça la courtisane en souriant. Je vous apporte une nouvelle d'importance.

Toutes l'écoutaient dans la même attente respectueuse. Sabine avait posé son instrument. Ninon s'avança et prit place sur une chaise. Avec soin elle plaça sa jupe autour d'elle.

— Vous nous faites languir, réagit Oksana.

Ninon lui jeta un sourire mystérieux.

— Je dois vous dire d'abord que je suis moi-même étonnée de la tournure des événements. Je vous ai vues arriver ici, plumages froissés, chétives, inquiètes, des oisillons qui tombaient du nid. J'attendais le moment où vous oseriez prendre votre envol… Cela se passe généralement en été. Or, nous sommes au printemps et, déjà, la jeune couvée s'aventure en dehors des broussailles.

Les quatre demoiselles s'entre-regardaient, curieuses de connaître le dénouement de cette métaphore. La femme à la robe jaune se versa une coupe de vin liquoreux.

Le bruit délicat que le liquide fit en coulant sur les parois du verre était le seul qui troublait l'attente des jeunes femmes.

— Je suis étonnée, mais comblée. L'hiver a redonné à chacune les plumes qu'elle avait perdues. Vous êtes prêtes à paraître dans mes soirées ! annonça Ninon.

Marguerite resta bouche bée. Comme ça, si simplement.

— Mais, mais, comment cela se peut, mademoiselle ? s'inquiéta Geneviève.

— Eh bien, voilà. Il semblerait que des muses se promènent dans les salons sans avoir été invitées.

La foudre n'aurait pas pu faire plus d'effet. Sabine émit un cri de surprise amusé. Oksana était pâle, mais gardait contenance. Geneviève se mit à trembler et éclata en sanglots.

— Geneviève, voyons, qu'y a-t-il ? susurra Ninon.

Marguerite était sidérée. Elle avait peur, oui. En intrigue, le talent de Ninon surpassait le sien, ceux de Sabine et d'Oksana combinés.

— C'est… c'est ma faute, mademoiselle, sanglotait la jeune femme. Je n'aurais pas dû. J'étais… si inquiète. Ah ! L'idée que Raymond, je veux dire, que M. de Coulombes se présente à moi.

— Mademoiselle de Lenclos, je suis coupable d'avoir été sa complice, admit Oksana avec beaucoup de calme.

Marguerite n'avait jamais vu quelqu'un admettre sa culpabilité avec autant de dignité. L'eau chaude commençait à bouillonner sous elle, elle percevait la chaleur de la braise…

— Que veux-tu dire, Oksana ?

— J'ai aidé Geneviève à passer à l'étage. Je suis désolée.

— Ah. Très bien. Et ? Tu y es allée aussi ? fit Ninon nonchalamment à Oksana.

— Une seule fois, mademoiselle.

Margot réprima une envie de rire. C'était le comble ! Il ne manquait plus que Sabine se dévoilât elle aussi. Geneviève essuyait ses larmes.

— Je ne mérite pas votre confiance, mademoiselle, j'ai tellement honte !

— Tut, tut, c'est à moi de décider si je peux ou non avoir confiance en toi, Geneviève du Roux. Ta culpabilité t'honore.

— Mes amies ne sont pas les seules à avoir désobéi, coupa Marguerite.

Ninon sourit largement. Elle attendait la confession de celle-là. Sabine riait aux éclats maintenant. Pour une fois, ce n'était pas elle qui avait commis quelque acte répréhensible.

— C'est toi, n'est-ce pas ? insinua la courtisane.

— La muse, oui, c'est moi.

— J'espère que tu seras prête, Margot, car tu n'es pas passée inaperçue, laissa tomber Ninon.

Cette révélation cloua Marguerite à son siège. Les trois autres la dévisagèrent. Admiration, envie, colère. Elle pouvait presque palper les émotions de ses amies. Elle déglutit avec peine. La courtisane évaluait sa réaction : allait-elle tenir bon ?

— Je suis prête, parvint-elle à formuler.

— Bien.

— Et nous ? fit Sabine.

— Les portes de mon salon vous sont ouvertes, telles les muses vous y verrez votre esprit et vos charmes célébrés ! Si vous acceptez mon invitation.

Geneviève avait séché ses larmes. C'est Margot, pas elle, qui s'était fait prendre. Elle se redressa, se sentant soudain moins fautive.

— Mademoiselle, je ne veux pas y aller, je n'ai pas été vue, moi.

— Geneviève, tu es descendue plus de fois que je ne pourrais même me rappeler. Combien de soirées souhaites-tu vivre ainsi derrière un rideau ?

— Vous saviez, n'est-ce pas ? interrogea Oksana.

L'expression de Ninon voulait tout dire. Oksana ne fut pas déçue ; si elle avait cru pouvoir soudoyer le maître d'hôtel sans être découverte, elle applaudissait maintenant la supériorité de sa maîtresse.

## 21

*Le lever du voile*

Afin de donner l'envie à ces demoiselles de devenir des courtisanes, Ninon avait compris qu'il fallait susciter leur intérêt. Elle récoltait à présent les fruits de sa patience. Intrigante, maîtresse des cœurs, la courtisane savait que, pour apprécier l'acte d'amour, il fallait préparer les corps et les esprits. Elle appliquait cette même règle avec les demoiselles. Aussi Oksana, Margot, Sabine et Geneviève avaient-elles pris part aux préparatifs ; le choix des invités, de la musique, du repas qui serait servi, des vins qui l'arroseraient.

La tension était palpable dans la maison. Aux étages, les jeunes femmes couraient dans tous les sens. L'efficacité des chambrières était mise à rude épreuve. L'une voulait ses cheveux comme cela, l'autre changeait de corset, et où se trouvait le coffre de rubans ? On montait les seaux d'eau deux par deux. Ninon avait choisi avec soin chaque tenue de soirée et chacune mettait en valeur le caractère unique des demoiselles. Pour Margot, elle avait commandé une robe de satin qui se riait de la pudeur ; ses épaules étaient pleinement dégagées. La couleur rose mauve révélait sa féminité. C'était sans conteste la tenue la plus provocante que la jeune femme eût jamais portée. Devant la glace, Margot admirait le détail de la large boucle sur sa traîne ample et plissée.

— Le chevalier de Réchignac. Il apprécie les compagnes qui savent flatter son orgueil. Un peu de coquetterie, de coquinerie même, ne le rebute pas. N'aie pas peur de faire la mystérieuse, lui recommanda Ninon tout en suçant une dragée au citron.

— Qu'est-ce que je fais s'il désire…

— Margot ! s'exclama la courtisane non sans un reproche. Les hommes que j'invite chez moi savent qu'ils doivent s'armer de patience et de grâce s'ils veulent obtenir mon attention. Il n'en saurait être autrement pour mes demoiselles. C'est un homme honnête, ne t'inquiète pas.

Margot était superbe et tout à fait séduisante avec la mouche que Ninon avait placée près de sa lèvre… Elle avait un air coquet qui lui seyait mieux que n'importe quelle parure.

— Je vais aller voir où en sont les autres, annonça-t-elle.

⁓

Tout se déroulait comme prévu. Ninon avait été ferme : une demoiselle par invité. Elle voulait que son escadron se montrât prévenant. Les invités étaient tous aussi importants les uns que les autres, vieux, jeunes, hommes, femmes, bourgeois, nobles ou artistes. Les demoiselles de la rue des Tournelles étaient là pour discourir avec eux, les amuser et leur plaire, bien sûr. On s'étonna ce soir-là de tant de beaux minois réunis sous un même toit. L'hôtesse avait gardé le mystère sur l'origine de ses protégées et la bienséance commandait de ne pas pousser la hardiesse jusqu'à le demander. Pour ce soir, le mystère serait préservé.

Sabine, qui gardait la nostalgie des soirées de son ancienne maîtresse, avait le vertige. Tant de gens, tant d'hommes ! Tous plus charmants les uns que les autres. Tel un papillon multicolore qui émerge de son cocon, elle ne laissait passer aucune occasion de s'exhiber dans ses jupes couleur de soleil couchant. Ce moment, elle avait l'impression de l'avoir attendu, comme la chenille, sa vie durant. Pourtant, le souper avait été pénible. Entourée par deux quadragénaires, elle lorgnait avec envie les élégants jeunes hommes qui bavardaient avec Oksana et Geneviève à l'autre bout de la table. Margot, quant à elle, avait déjà son soupirant attitré en la personne du chevalier de Réchignac. Il lui fallait rattraper le temps perdu. La soirée était courte. Oksana s'installait au clavecin. Margot s'éloignait au bras du beau chevalier. La voie était libre.

❧

Elle était encore plus belle que dans son souvenir. Sans relâche, il avait pressé Ninon de répondre à sa demande, dans les limites de la décence, bien évidemment. Il avait beau être capitaine des chevau-légers, il ne pouvait pas commander à M^{lle} de Lenclos. Néanmoins, un morceau de choix comme celui-là ne s'abandonnait pas facilement. Aujourd'hui encore, il se félicitait d'avoir été aussi persévérant. La belle avait sa main blanche posée sur son avant-bras comme une arme à son blason. Patience. Si M^{lle} de Lenclos avait cédé à sa demande, elle lui avait bien fait comprendre que sa protégée ne céderait pas aisément à son charme. Tant mieux, il aimait bien les défis. Il se tourna vers celle qu'on lui avait présentée comme Margot.

— Pourquoi tant de mystère ? glissa-t-il à son oreille.

Un parfum délicat monta jusqu'à lui. Épice. Précipice.

— Monsieur de Réchignac, vous me dites que je suis mystérieuse… C'est plutôt vous qui êtes une énigme.

— Ah ça, mais comment ?

— Que faisiez-vous ici le soir où je vous vis pour la première fois ?

— Haha, je vois ! s'exclama-t-il, surpris et ravi de la question. Figurez-vous que j'étais venu m'abriter ici. Aussi honteux que cela puisse paraître.

— Vous ! Vous cacher ? demanda la jeune femme, inquiète.

— Comme un vulgaire malfaiteur, répondit-il avec dépit. Chassez la détresse de votre visage, mademoiselle, je ne saurais vous causer la moindre contrariété. J'étais coupable d'avoir défendu mon honneur, si c'est vraiment un crime.

— Vous êtes duelliste ?

— C'est un bien grand mot, se défendit-il avec un sourire ; décidément, elle était touchante. Le roi n'aime pas que ses sujets tirent l'épée. Le duel est interdit, vous ne l'ignorez pas ?

— Non, bien sûr.

— Je suis venu chercher l'asile chez mon amie Ninon, afin d'éviter de me faire prendre par les gardes du roi.

— Que vous auraient-ils fait ?

— Ils m'auraient mis à la Bastille, pardi !

Le mot fit frémir la jeune femme. Ce lieu si cruel. Rapidement, la figure du jeune homme chassa son tourment. Elle aimait bien ce petit jeu de naïveté et de flatterie. La conversation allait au gré de son humeur séductrice.

— Vous êtes resté cette nuit-là ? questionna-t-elle d'une voix profonde.

— Euh… hum hum.

Il se racla la gorge. Le chevalier de Réchignac ne s'attendait pas à cette question.

— J'étais blessé. J'avais perdu beaucoup de sang, mais mon adversaire était dans un pire état, je peux vous le garantir.

— Si j'avais su…

— Si vous aviez su, répéta-t-il avec curiosité.

— Si j'avais su que vous étiez dans la maison, si près… murmura la jeune femme.

Le chevalier sentit un courant lui parcourir le corps. Elle lui semblait déjà sienne dans ce vestibule où personne ne passait. Sensible à son charme, sans aucun doute. Il ne s'était pas trompé lorsqu'il avait dit à Ninon qu'elle voudrait le revoir. Il s'avança vers elle…

— Vous entendez ? Le clavecin. C'est M\ :sup:`lle` Oksana qui joue, venez, dit-elle en le prenant par le bras.

Henri de Hesse, chevalier de Réchignac, perçut la feinte. La jeune femme s'éloignait déjà lorsqu'il reprit ses esprits.

— Vous venez, chevalier ?

Quel secret se cachait dans ses prunelles dorées ?

Lorsqu'elle pénétra dans le grand salon, Marguerite repéra tout de suite Sabine. Autour d'elle se pressait un petit groupe de gentilshommes. Elle riait et sa joliesse explosait dans toute la pièce. Marguerite remarqua ensuite que la jeune femme avait monopolisé tous les jeunes hommes. Elle fronça les sourcils. Au clavecin, Oksana exécutait un morceau d'opéra italien. Elle jouait à la perfection, comme toujours. Ce soir pourtant, il y avait autre chose, quelque chose de plus ; la virtuose se surpassait. Margot écouta, émue, la performance majestueuse. La grâce de son amie était habilement mise en évidence, tout comme la beauté du son du clavecin.

— Vous aimez la musique ? prononça le chevalier qui venait de trouver un moyen de regagner l'intérêt de la jouvencelle.

— Passionnément, et vous-même ?

— Beaucoup. Mais je n'ai pas de don. J'aime à l'entendre.

Plusieurs invités s'étaient regroupés autour de la musicienne. Le cercle de soupirants qui se pâmaient sur Sabine était tout aussi intéressé. La jeune femme éblouissait. Son rire, cascadant et captivant, emplissait la salle. Margot s'approcha de l'impressionnant instrument de bois, toujours accompagnée du chevalier. Quelques minutes après, la belle blonde terminait son concert. Une ondée d'applaudissements se déversa dans la salle. Margot, qui connaissait assez bien la musicienne, perçut les signes de sa fierté ; pour les autres spectateurs, la jeune femme faisait preuve de beaucoup de modestie et de réserve.

Le chevalier de Réchignac parvint à regagner l'attention de sa compagne avec un plaisir évident. Il lui tendit un verre de vin d'Anjou. Margot le vida d'un seul trait. Il leva un sourcil, étonné par la fraîcheur et la singularité de la demoiselle.

— Vous allez nous jouer quelque chose vous aussi ?

— Je ne pense pas, pas ce soir.

— Un autre soir alors. Vous devez avoir une très belle voix, la complimenta-t-il.

Elle rit et ses joues rosirent.

— Je serais ravie de pouvoir chanter pour vous, monsieur de Réchignac.

La jeune femme était étonnée de la facilité qu'elle éprouvait à séduire cet homme, cet inconnu. C'était presque trop facile.

Comme un tissu qu'elle explorerait sous ses doigts habiles, elle devinait les mailles, les résistances, les faiblesses. Elle savait où il était sensible.

— Vous ne m'avez pas encore dit votre nom de famille... fit-il remarquer.

— Je... c'est vrai. Je ne vous le révélerai pas ce soir.

— Voyons, moi, c'est différent. Je suis un intime de Ninon.

« Tout le monde est un ami de Ninon », pensa la jeune femme.

— Monsieur, trancha-t-elle, c'est impossible. Je ne puis vous le dire.

— Vous êtes intraitable, mademoiselle Margot.

Margot se mit à rire. Le vin aidant, elle oubliait presque véritablement qui elle était, d'où elle venait, ce qu'elle avait vécu. Son passé semblait s'être dissipé à la faveur des louanges. Un nombre impressionnant d'admirateurs se pressaient autour d'Oksana, attirés par son talent et conquis par sa grâce. Sabine jonglait entre les cavaliers à la jambe leste et à la moustache fine. Quant à Geneviève, elle avait conversé toute la soirée avec une femme, une comtesse qui osait, contre tous les préjugés, fréquenter le salon de la courtisane.

Ninon se faisait discrète. La chambre était boudée par les amateurs de musique ; elle y avait élu domicile avec son ami le poète Chapelle. En outre, elle recevait les commentaires de ses invités dans cette pièce intime. Les désirs, les demandes de chacun. De fait, il y en avait largement ce soir-là. La belle Ninon ne laissait rien deviner de ses intentions ; en ce qui concerne l'offre et la demande, les marchands de sel n'avaient rien à lui envier.

— Mademoiselle de Lenclos, je suis enchanté par la demoiselle Oksana, lui confiait un homme en rougissant. Je ne saurais comment vous démontrer mon empressement à son égard...

— Monsieur de La Tivette, c'est à elle que vous devez exprimer la grandeur de votre sentiment, répondait-elle.

— Mais c'est que la demoiselle est entourée d'indésirables, soutenait-il.

— Alors, il vous faut gagner son attention, tranchait Ninon, inflexible.

Rien ne lui répugnait plus que de tenir une maison de plaisir comme tant d'autres, comme la Neveu ou la Marotte. Ninon abhorrait l'idée d'un bordel caché sous des dehors de courtoisie.

— Vous êtes belle comme la nuit… Mais comme vous êtes terrible lorsque vous me regardez de cette façon… Vous êtes plus terrible qu'un mousquetaire, frémit le chevalier de Hesse.

Margot sentait le souffle délicieusement fort de l'homme sur son visage. Les vents de la nuit frissonnante parvenaient jusqu'à elle. À travers le satin, le froid fit dresser ses seins contre l'étoffe soyeuse. Elle ferma les yeux.

— C'est mieux ?

— Je voudrais vous couvrir de belles paroles comme le font les soupirants de M^{lle} de Lenclos. J'aimerais vous promettre que pour vous je renoncerais à mon rang, à ma noblesse, à ma raison.

La jeune femme souriait sous la caresse de la voix. Elle imagina que cet homme musclé, beau et viril cédait à son envie d'elle. Jamais elle ne ferait en sorte de provoquer un tel épanchement, mais… ce serait si doux. Dans ses bras, elle se sentirait protégée… désirée.

— Marguerite, tu es là ? fit la voix de Geneviève.

— Oui, s'éveilla la jeune femme.

Geneviève aperçut le jeune homme qui se tenait tout près de son amie. Les deux étaient seuls dans la cour. Le temps était si froid… Tout gentilhomme qu'il était, voulait-il seulement la réchauffer ?

— Je vais prendre congé, dit le chevalier de Réchignac à l'adresse de la jeune femme, dont les yeux jaune-vert se rouvraient lentement.

Margot était déçue, elle se tourna vers la fenêtre. Peut-être le remarqua-t-il ?

— J'irai faire connaître mes intentions à votre égard à M^{lle} de Lenclos, soupira-t-il à son oreille.

Pendant que Ninon récoltait les bénéfices de la soirée qui se comptaient surtout en compliments, les jeunes femmes se retrouvaient sur le lit de Geneviève.

— Tu étais merveilleuse ! s'exclamaient Margot et Sabine à l'adresse d'Oksana.

— Je suis navrée de n'avoir pu t'entendre en entier, admit Geneviève avec déception.

— Elle a été magnifique, continuait Sabine. Je n'ai pas su retenir M. de Ludres, il était complètement enivré par ta musique…

— Quelle différence ? Tu avais déjà quatre hommes à tes côtés, protesta Geneviève. Comment arrives-tu à retenir tous leurs noms ?

— La pratique, s'esclaffa Sabine.

Margot se mit à rire à son tour, suivie par Oksana. Geneviève fit une moue boudeuse et se cala dans ses oreillers.

— Tu es peinée parce que ton Raymond ne s'est pas montré, fit remarquer Sabine.

— Pfff…

— Avoue que c'est ça.

— Vous avez toutes un amoureux… Margot, le chevalier de Réchignac te suivait comme une ombre. Oksana et Sabine, vous avez une horde d'admirateurs.

— Non, ce n'est pas vrai, je n'ai pas d'amoureux, se défendit Oksana, les hommes qui m'ont approchée étaient courtois, mais rien ne se compare à ton idylle avec Raymond.

— Chasse cette mélancolie, renchérit Margot en prenant son amie dans ses bras.

— Je vous ai trouvées si belles et si sûres de vous, se plaignit Geneviève.

Elles parlèrent ce soir-là comme elles ne l'avaient pas fait depuis longtemps. Évidemment, les hommes étaient au cœur de leurs confidences. Margot regagna sa chambre au bras de Sabine. Rêveuses, elles s'endormirent, blotties l'une contre l'autre.

Dès le lendemain, les demoiselles eurent la confirmation qu'elles seraient de nouveau invitées dans les soirées. Pour sa part, Marguerite était ravie à l'idée de revoir Henri de Hesse, chevalier de Réchignac. Elle s'en ouvrit à Ninon.

— Il a été très galant, comme vous me l'aviez dit. Ninon, il me plaît, avoua-t-elle avec timidité. Il est fier, noble, il n'est pas très éloquent, mais cela ne me fâche pas.

— Je suis ravie qu'il te plaise.

— Il m'a dit qu'il vous ferait connaître ses intentions à mon égard. Est-il venu vous voir ?

Ninon se mit à rire. Le propos n'avait rien de cocasse. Margot se renfrogna.

— Que veux-tu savoir ? parvint à dire Ninon lorsqu'elle eut retrouvé son sérieux.

Margot hésita. La crainte que Ninon ne voulût pas lui rapporter les paroles du chevalier la tenaillait. Elle se dit que ce serait facile d'être jalouse de la courtisane.

— Enfin, je veux dire… J'entends, comment dire, devenir sa maîtresse. Je sais qu'il aurait voulu m'embrasser hier soir, affirma Margot en laissant échapper un petit rire nerveux. Cela ne m'aurait pas déplu, mais j'attendais d'avoir votre accord.

— Tu attendais mon accord… répéta Ninon avec lenteur. Écoute, Margot, sais-tu combien de mes convives peuvent se vanter d'avoir goûté l'amour dans mes bras ?

Marguerite, surprise, ne put répondre.

— Très peu. Je pensais que tu comprendrais pourquoi je ne vous encourage pas à céder aux avances des gentilshommes, mais je vois que je vais devoir te l'expliquer.

Malgré l'expression vexée de la jeune femme, elle reprit :

— D'abord, il y a l'idéal de mon salon. En toute chose de l'amour, il doit y avoir un apprentissage. Pour devenir maître mercier, un homme mettra cinq ans. Davantage selon le métier. Heureusement que cette période est si longue, car, vois-tu, chaque homme aspire à ce titre de maître. Plus il y a d'apprentis, plus la demande est grande, plus notre réputation grandit. Si tous les hommes qui passent ma porte pouvaient prétendre aller au lit avec moi dès la première nuit, crois-tu que je serais différente de ces autres femmes galantes ?

La jeune femme était abasourdie. Margot prit conscience qu'elle n'avait jamais considéré le salon de Ninon sous cet angle.

— Je n'aime pas les termes que tu emploies pour me parler de lui. Crois-tu que son intérêt ou même son amour pour toi me feront me décider de te donner à lui ? Par la grâce de Dieu, tu n'es pas en quête d'un mari, Marguerite.

Cette révélation éclata dans toute sa force dans l'esprit de la jeune femme. Le chevalier avait paru si sûr de lui et elle avait été... si encline à se soumettre à sa volonté. Comme s'il venait de lui annoncer qu'il allait la demander en mariage.

— Mais il y a bien des fois où vous prenez un amant spontanément... un nouveau venu, osa la jeune femme.

— Inévitablement, il faut cultiver l'intérêt. Ce n'est pas toujours par calcul... Parfois un homme va se distinguer. Ce sont mes « caprices » de femme libre. Je sais, Margot, que tu as connu l'amour avec Gourville. Il a été un amant attentionné et... eh bien, si tu as cet appétit pour la volupté, c'est en partie grâce à lui, parce qu'il a su t'entourer de prévenances. Mais tu vas devoir te réserver, chaque conquête doit venir en son temps.

— Je comprends, Ninon, assura Marguerite. Je veux bien me garder de céder à l'entrain de la passion... Seulement, je ne voulais pas vous décevoir en paraissant effarouchée.

— Margot, dit la courtisane, je t'ai observée quand tu étais auprès du chevalier ; comment tu l'effleurais au passage, tes regards voilés, tes gestes invitants mais discrets. Si tu avais autant d'habileté au clavecin, c'est toi qui en aurais joué.

Elle prit la main de la jeune femme rougissante.

— Ce qu'il y a de plus troublant pour les hommes, c'est que votre relation dépend de *ton* bon plaisir, révéla Ninon. Tu ne dépends pas de ses biens ni de son nom. Mieux, les présents qu'il va t'offrir ne l'assurent de rien. Tu peux changer d'amant si tu te lasses. Souviens-toi que tu peux être *amie* avec lui et que c'est parfois sage de l'être.

D'un côté, les idées de Ninon faisaient écho dans son cœur. De l'autre, elles se fracassaient contre les préjugés de son monde.

— Dans l'art de l'agrément, j'ai bien peu de choses à t'apprendre, Margot. Mais de mon passé, j'ai gardé deux enseignements importants : la seule façon de gagner le respect et de le garder, c'est de ne pas se donner pour des raisons évidentes. Il n'y a pas de loi qui régisse notre plaisir et notre affection, affirma la courtisane.

Elle reprit avec un sourire.

— Bientôt, tu ne sauras plus où donner de la tête, ma chère… Les hommes se jetteront à tes pieds en tel nombre que tu devras y prêter attention à chacun de tes pas.

Ninon ne s'était pas trompée. À la mi-mai, la jeune femme, qui venait de fêter ses dix-huit ans, avait déjà trois galants.

## 22

### *Quatre demoiselles*

Sabine, devenue du Roseau, s'était jetée à corps perdu dans le tourbillon des salons. Elle ne comptait pas ses soupirants, et Ninon avait dû la réprimander à quelques reprises pour ses caprices irréfléchis. Sa vivacité attirait les hommes, et si la justesse de sa voix laissait parfois à désirer, ses yeux, eux, jouaient avec brio de toute une gamme d'émotions… Si elle disait qu'elle enviait à ses amies leurs idylles amoureuses, elle escamotait pourtant souvent les prémices et ne trouvait de satisfaction que dans la finalité.

Déjà, son manque de retenue lui avait forgé une mauvaise réputation chez les femmes du Marais plus austères, malgré la vigilance de Ninon.

Geneviève, à l'instar d'Oksana, prisait l'élégance et la retenue. En outre, elle côtoyait les cercles de M^me de La Suze et de Françoise Scarron, où son esprit candide lui avait gagné l'amitié de plusieurs femmes. Sa piété faisait sourire, les plus acerbes en riaient. Après plusieurs mois, un soupirant sérieux émergea de la masse des gentilshommes courtois qui louangeaient la demoiselle. Geneviève ne l'attendait plus. Le chevalier de Coulonges était comme un canard au milieu des cygnes tant il tranchait dans ce décor. Il avait renié toutes ses convictions pour revoir sa douce paroissienne. Celle-ci ne fut pas longue à le prendre sous son aile, lui pardonnant ses longs mois de silence sans la plus petite rancune.

Oksana restait mystérieuse. Les hommes qui osaient l'approcher n'en revenaient que plus enchantés. Son sens de la répartie, comme sa beauté et son talent, étonnait. À l'instar de Margot, elle n'utilisait que son prénom. Cependant, un soir, un poète hardi la rebaptisa Gyerda, en souvenir d'une déesse nordique de la neige. Cela resta. Si ce n'était qu'elle n'entretenait pas de soupirant, elle aurait été une vraie courtisane. Son regard glacial était capable de faire fuir les hommes et elle en usait sans hésitation pour éloigner ceux qui se croyaient dignes de son attention.

Un soir, au début de juin, Ninon adressa un ultimatum à la Russe : elle devait choisir un homme et le séduire. Oksana ne se montra plus dans les soirées. La blessure de la jeune femme était si bien enfouie qu'on ne la devinait pas. Margot seule savait ce qu'elle endurait. Jamais elle n'aurait pu imaginer que Ninon exigerait cela d'Oksana. Malgré l'estime qu'elle portait à sa protectrice, Margot avait été choquée par sa décision.

Marguerite savait ce que son amie cachait sous ses dehors assurés. Sa première nuit, à elle, avec le chevalier de Réchignac avait réveillé un tas de craintes, de doutes, de peurs. Chaque nuit d'amour avec un homme était une lampée de vin. Si le premier verre de vin lui avait brûlé la gorge, chacune des gorgées subséquentes en ramènerait le souvenir. Elle avait eu la chance de faire l'amour avec un homme aimant avant de venir s'installer chez Ninon, ce qui n'était pas le cas de son amie.

— Je suis venue voir comment tu te portais, dit Margot doucement en entrant dans la chambre bleu pâle.

— Je n'y suis pour rien si les hommes me fuient, commença Oksana en posant le livre qu'elle se fatiguait à lire. Je n'ai pas l'étoffe d'une courtisane. Je ne peux pas faire ce que Sabine…

— Oksana, personne ne te demande d'être comme elle.

— Si, Ninon. Elle me demande de coucher avec n'importe quel homme ! cracha la jeune femme avec fureur.

Margot ne l'avait jamais vue dans une rage pareille. Elle lui toucha doucement le genou, comme si elle craignait d'empirer son mal en pressant plus fort.

— Je sais que c'est difficile pour toi, murmura la jeune femme.

— Non, Margot, tu ne le sais pas. Je t'ai vue avec le chevalier. Tu n'es pas dégoûtée par le désir qu'il a de toi.

— C'est vrai. Cependant, je sais combien t'est pénible la demande de Ninon.

Oksana tourna vers elle son pâle visage aristocratique. Elle ne comprenait pas ce que Margot tentait de lui dire...

— Les hommes, Margot, ils peuvent être si... horribles !

Elle hésitait, cherchait les mots justes et, comme chaque fois qu'elle se troublait, son accent se faisait entendre.

— Je ne suis pas certaine que quiconque soit à l'abri de leurs envies... destructrices. Pas même toi ou Ninon.

— Tu dois te trouver un homme qui t'aimera doucement ; ça peut être si simple entre un homme et une femme. La tendresse, la complicité, le plaisir. Il n'y a pas que la violence dans l'acte charnel...

Le discours de Marguerite relevait, aux yeux de la Russe, d'un procédé alchimique obscur et suspect. Comment trouver de l'or dans la pierre brute ? L'or est trop pur pour jaillir des entrailles noircies de la terre. Oksana ne chercha pas à savoir si son amie connaissait la vérité à son sujet. Margot se doutait de quelque chose, c'était déjà beaucoup. Or, Oksana ne voulait pas parler de cela, jamais. Sa force résidait dans sa carapace et dans la fierté qu'elle entendait garder en toutes circonstances.

— Je peux t'aider si tu acceptes, offrit Margot en guettant la réaction de la Russe. Je sais qui pourrait être un bon amant pour toi. Quelqu'un de tendre et de patient. Tu pourras en juger par toi-même...

Marguerite avait un plan. Si tout se passait comme prévu, alors peut-être la blonde pourrait-elle connaître une autre facette de l'amour. Lorsqu'elle fit part à la jeune Russe de son idée, celle-ci ne put se retenir de rougir.

∽

Le lit fleurait la lavande et le thym. Les chandelles éclairaient parcimonieusement la chambre verte, lui donnant un éclat feutré. Margot entendit un bruit hésitant à la porte. Elle prit une grande inspiration et alla ouvrir.

— Bonsoir, monsieur de Pons, dit-elle en essayant de paraître le plus détendue possible.

— Bonsoir, Margot.

Sa voix trahissait la surprise. Dans ses yeux dansait une lueur de curiosité.

— Vous êtes très belle.

— Chut, fit Margot en posant un doigt sur ses lèvres en guise de réponse.

Ce soir, elle avait dédaigné les baisemains les plus intenses. Ses « martyrs », c'est ainsi que Ninon et les filles surnommaient les hommes auxquels elles n'accordaient aucune faveur, avaient été outrés de la voir se consacrer à ce petit abbé de rang modeste. Or, l'abbé de Pons s'était amouraché d'Oksana. Il était fou d'elle. C'était un homme particulièrement attrayant, son visage était étroit et s'encadrait de boucles châtaines. Malgré son statut d'ecclésiastique, il avait la réputation d'aimer les femmes. Il n'était pas trop imposant, ni trop exigeant, ni trop mou. Un candidat parfait. Margot avait déployé un impressionnant arsenal de sourires et de flatteries afin de l'intéresser ; sans quoi, cette soudaine attirance aurait éveillé sa suspicion.

Elle lui prit la main pour l'attirer à elle. Chaude, un peu rugueuse. Le contact des doigts de l'homme réveilla les sens de la courtisane. Il était calme, mais l'appréhension le gagnait. Lentement, presque poliment, il s'approcha d'elle. Margot devinait sous la caresse les réflexes d'un amant habile et plus expérimenté qu'il ne le laissait paraître. Elle se laissa guider par lui, elle voulait voir s'il pouvait être un maître en plus d'un amant.

Après une longue étreinte, il s'arrêta et commença à se dévêtir. Posément. La jeune femme sut qu'elle ne s'était pas trompée. Il serait parfait avec Oksana. Nu, il était plus viril que dans ses vêtements noirs. Ses épaules étaient étonnamment musclées.

Profitant du fait qu'il se dirigeait vers le lit, elle souffla les bougies, plongeant la pièce dans une obscurité totale. Elle perçut l'hésitation de l'homme, puis le bruit d'un corps sur le matelas. Le cœur battant, elle se glissa vers l'armoire. En silence. La porte fit un déclic à peine audible. Marguerite discernait la silhouette gracile de son amie. La main d'Oksana frôla la sienne. Le plus discrètement possible, Margot se lova entre les couvertures et les traversins rangés dans l'armoire et attendit. Ce ne fut pas long.

Les bruits de deux corps qui se cherchent dans l'obscurité emplirent la pièce, portant à ses oreilles les soupirs et les râles. Oksana ne disait rien. Ainsi, l'abbé de Pons pouvait feindre d'ignorer la ruse dont il était, malgré tout, l'heureuse victime. En échange, il jouissait des fesses étroites et des seins menus d'Oksana.

Margot avait tout prévu, sauf ce qu'elle pourrait ressentir. Les chuchotements, les frottements, deviner, imaginer. Elle se sentit rapidement happée par les ébats de son amie. La fente entre les deux battants lui permettait à peine de distinguer les formes floues des corps. Elle ferma les yeux et se laissa aller à ses fantasmes. Parfois, une petite plainte… Elle croyait deviner la voix de sa complice. Le désir la réchauffait. Elle caressait son corps dans une ardeur brûlante.

Puis, un instant entre la nuit et le matin, elle entendit la voix du nouvel amant d'Oksana :

— Je vous aime, Oksana chérie !

## 23

*Vacillations du cœur*

Sur le lit, les présents s'empilaient. Manchons de vison, aumônières brodées, écharpes. L'armoire était déjà pleine. La jeune femme soupira. Elle voulait sortir, le vent chaud et les bruits de la ville l'appelaient. Elle tira une superbe boîte à musique de son boîtier. Les figurines peintes représentaient les personnages de la *commedia dell'arte* mimant une scène cocasse. Margot fit la moue. C'était la troisième boîte à musique qu'elle recevait. Elle hésita avant de la poser sur son secrétaire, près des autres. À côté de celle que René du Bec, marquis de Vardes, lui avait offerte. Celle-là par contre était originale… c'était le moins qu'on pût dire. Sa dizaine de personnages formait une ribambelle colorée qui évoquait une fête campagnarde. En y regardant bien, on distinguait les sexes des hommes, les derrières des femmes; les jupes soulevées découvraient les rondeurs et suggéraient un chaleureux ballet. Nul doute que le marquis de Vardes, prévenant, avait placé cette commande en ayant à cœur de lui rappeler leur première rencontre.

Pourtant, le souvenir de René était aussi net dans l'esprit de Margot que dans sa chair.

Premier regard, première nuit. Tout avait été si rapide… Ce soir-là le chevalier de Réchignac lui avait envoyé un billet expliquant qu'il s'absenterait de la ville durant trois jours. Loin d'être attristée par cette annonce, elle avait été profondément excitée: lequel de ses soupirants allait en profiter pour essayer de briller? Le duc de Vivonne, celui-là même qui lui avait fait perdre la face au cours de la partie de cartes à Charenton, avait une longueur d'avance sur les autres. Il était charmant... et riche. Bien sûr, il avait autant de maîtresses que le lui permettait son rang. En revanche, Margot s'amusait bien de ce petit retour de fortune qui lui ramenait le coriace joueur de cartes en galant prévenant et sensuel. Finalement, le dilemme n'en était pas un. Ce serait le duc.

Elle avait bavardé toute la soirée avec lui. Il la couvrait d'un œil louangeur et suave. Prometteur. Puis, à la table des rafraîchissements, Oksana s'était approchée d'elle. Silencieuse comme un ange.

— Margot, tu as remarqué cet homme, là, qui t'épie comme un loup depuis le souper ? demanda la blonde en faisant mine de commenter la rondeur du vin.

C'est à ce moment-là qu'elle le vit. Il était appuyé au chambranle de la porte. Immobile, une statue de pierre n'aurait pas été plus fixe, sauf son regard qui suivait chacun de ses mouvements. Son regard de feu. Il n'était pas aussi jeune que le duc, ni aussi costaud que son chevalier. Mais une fois qu'elle l'eut aperçu, la jeune femme ne put se ressaisir. Il la déshabillait. Les yeux de braise traversaient le satin de sa robe, touchaient sa peau, les fibres même de son corps. Margot se plongea dans une nouvelle conversation. Quand elle croyait l'avoir enfin oublié, sa nuque, brûlante, lui révélait sa présence. Elle se retourna, il la regardait encore.

« Je ne l'ai jamais vu avant... Il m'observe avec une telle audace ! » pensa-t-elle, choquée.

Énervée et tout de même un peu curieuse, la courtisane décida de le provoquer.

— Monsieur, est-ce que nous nous connaissons ?

— Non, je ne crois pas, répondit-il simplement, je vous importune peut-être...

— Non. En fait... Oui. Vous n'êtes pas un habitué de M$^{lle}$ de Lenclos, cela se voit, mais laissez-moi vous dire que vos manières sont, disons, discutables. Dévisager les gens ainsi, c'est loin d'être…

— Je ne dévisage pas les «gens», je vous contemple, mademoiselle. Désolé si je vous ai importunée, je vais essayer de me retenir, répliqua-t-il, une pointe de dérision dans la voix.

Marguerite se dit qu'elle exagérait peut-être. Elle avait rejoint le groupe du duc et, malgré ses remontrances à l'homme, elle percevait la force de son regard sur elle. Elle décida de changer de pièce et fit une invite discrète au duc de Vivonne.

Margot alla donc dans l'antichambre. Les invités ne venaient pas ici après le souper. Elle entendit des pas derrière elle. Son manège avait été bien reçu : le duc avait compris son appel. Afin de préserver les apparences, elle se dirigea d'un pas nonchalant vers la tapisserie, le dos tourné à la porte.

Comme une brise qui passe, elle sentit un tressaillement dans ses jupons. Elle rougit sous l'audace et tenta un mouvement pour se retourner. Mais le duc la maintint. Il tenait sa nuque d'une seule main. Sa respiration était régulière et posée, et la jeune femme se força à ne pas s'émouvoir outre mesure de ce débordement de désir.

— Voyons, monsieur… ne devrions-nous pas gagner un lieu où nous serions plus à l'aise ?

Soudain, elle sentit une main sur son genou. Elle remontait. Fermement, vers sa cuisse. Le cœur de la jeune femme se mit à battre plus vite. Ils étaient seuls… La caresse devint plus pressante et hautement troublante. Le duc de Vivonne voulait-il faire honneur à sa réputation ? Elle se mordit la lèvre inférieure pour ne laisser échapper aucun son.

— Monsieur, je ne sais pas si nous sommes tranquilles, murmura Margot, de plus en plus excitée.

Tout à coup, l'air s'engouffra entre ses jambes. Il venait de relever sa robe et son jupon, exposant sa culotte, ses bas et son derrière. Margot poussa un petit cri et, indignée, se retourna brusquement.

Le gentilhomme inconnu se tenait derrière elle, admirant de plus près ses attributs intimes.

— Vous êtes encore plus adorable…

La main de la jeune femme partit toute seule. Elle bouillait de colère maintenant. D'un bras vif, il arrêta la gifle. De son autre bras, il lui enserra la taille, l'empêchant de bouger.

— Mademoiselle, maîtrisez-vous, je vous prie. Je vous sentais réceptive à mes caresses et je me trompe rarement en cette matière.

— Vous êtes un goujat ! lui envoya Margot, outrée qu'il pût pousser si loin l'effronterie.

Il la lâcha. Son visage trahissait une gamme d'émotions : colère… dépit… résignation.

— Ce n'est pas moi que vous attendiez, mademoiselle, je sais. Sachez que votre galant n'a pas porté le moindre intérêt à votre départ. Quant à moi, je donnerais le ciel pour vénérer votre corps, comme personne ne l'a fait avant moi. Cependant, si vous préférez une froide complaisance, railla-t-il avec amertume.

Margot était déboussolée par l'attitude de cet inconnu. Il se sentait rejeté… mais il avait usé de sa force pour la caresser. C'était fou. Les sens de la courtisane étaient aussi bouleversés que sa raison. Ses cuisses brûlaient comme lorsqu'on verse du sel sur une plaie vive. Il tourna les talons. Elle n'allait sans doute jamais le revoir.

— Monsieur ! Ne partez pas, ordonna-t-elle.

Elle fit la plus grosse bêtise de sa vie de courtisane ce soir-là. Non seulement elle avait éconduit le duc de Vivonne, mais elle s'était abreuvée à un poison des plus exquis. Ce poison portait un nom : René du Bec, marquis de Vardes. Les effets du poison l'empêchaient de raisonner, mêlaient raison et passion. Elle avait ainsi connu le plaisir comme jamais auparavant ; guidée par-delà sa pudeur, reniant ses interdits, découvrant chez elle une audace qui lui permit d'assouvir ses rêves les plus secrets.

Une bouffée de chaleur colora les joues de Margot. Il lui semblait que le meneur de la danse lui souriait d'un air coquin.

La jeune femme se dit que l'air frais ferait le plus grand bien à ses sens.

Les rues de Paris arboraient leur plus belle tenue. Des guirlandes multicolores battaient aux volets. Les joues roses des bambins se barbouillaient de sucre tandis qu'ils regardaient les bateleurs jongler. Nostalgique, la jeune femme avait reprisé une robe simple qu'elle avait portée autrefois pour marauder avec Benjamin. Ainsi, elle pouvait aisément se mêler aux porteurs de crécelles et de cymbales improvisées. Ce qu'elle fit sans hésitation quand une sarabande de jeunes gens passa à sa portée. Depuis qu'elle paraissait dans les salons, Margot ne connaissait plus la crainte de sortir seule.

La jeunesse de la cité était en émoi. Les festivités transfiguraient les femmes ; Margot admirait la beauté de ces roturières, mères ou pucelles, leur fougue, leur franc sourire, leurs gestes amples lorsqu'elles dansaient dans les farandoles. Elles saisissaient l'occasion festive pour s'exulter, loin de leur quotidien austère. Tous les jours n'étaient pas carême ! Essoufflée, la jeune femme s'assit un moment sur un muret. Elle discernait les lambeaux colorés de la foire Saint-Laurent, là où les gitans montaient leurs chapiteaux. Un groupe de fêtards passa. Parmi eux, une jeune fille blonde et potelée. Quelque chose en elle lui rappela Claudine. Si ce n'était pas ces cheveux couleur d'épi, peut-être était-ce son rire désarmant ? Bientôt, sa sœur achèverait son séjour chez les ursulines. Marguerite espérait que sa tante et Claudine viendraient lui rendre visite à Paris.

C'est à ce moment-là que la jeune femme aperçut le manteau écarlate. La silhouette disparaissait sous le col monté et le vent s'engouffrait dans les larges pans. Autour, les passants réagissaient à l'accoutrement burlesque de l'homme.

Marguerite promena son regard à la ronde. Impossible de se tromper… Elle s'avança. À trois pas du manteau coloré, la jeune citadine ne sut comment aborder l'étranger sans se faire remarquer. Heureusement, il ne manquait pas d'astuces.

— Oh héhéhé ! Vous !

Marguerite le regarda sans savoir que lui répondre. Le nez un peu long, les sourcils en V, il avait un visage de comédien qui correspondait à son vêtement. Elle tira sur les cordons de sa bourse. Avant même qu'elle eût terminé, il avait prestement attrapé le pécule. Un tour de main.

— Je le savais ! Vous savez où y z'ont mis mon soulier !

Interdite, la jeune femme se demanda s'il déraisonnait un peu (certainement), beaucoup (sans doute) ou énormément (probable). Quoiqu'il lui manquât bel et bien un sabot dans le pied droit. Il s'approcha d'elle d'un air complice et, soudain, la saisit par la manche de sa chemise pour la tirer à lui. Margot se débattit pour se défaire de cette accolade déplaisante.

— Que faites-vous ? Vous deviez me donner… protesta-t-elle.

— Ah ! Vous ne l'avez pas chipé alors ? Bah ! C'pas de vot'faute, argua-t-il en se détournant d'elle pour aller vers un autre promeneur.

Celui-là, moins gentil, lui administra un coup de pied dans le derrière.

Le personnage coloré s'éloigna encore. La jeune femme ruminait sa colère. Non seulement elle n'aimait pas perdre son temps ; en plus, elle avait payé pour ce texte. Elle voulut poursuivre le quidam, mais se ravisa en repérant un garde qui avançait dans sa direction. Margot maudit sa malchance et décida de rentrer.

Il y avait un salon ce soir-là et le comte de Caban-Rocheau avait promis de lui réciter un sonnet de sa composition. Ce serait sans doute amusant… La jeune femme n'avait pas remarqué ce que le mystérieux homme au manteau rouge avait glissé dans son escarcelle. Elle ne devait s'en apercevoir que deux jours plus tard.

En rentrant dans sa chambre, Margot tira les volets. Le soleil était bas et le temps s'était rafraîchi. En se penchant, elle remarqua une silhouette masculine qui se livrait à d'étranges pirouettes près de la mezzanine.

Rarement un homme, un inconnu de surcroît, se trouvait-il seul dans la cour. Celui-là était habillé sobrement. Il portait un pourpoint marron et un chapeau noir, sans plume. La jeune femme essayait de comprendre ce qu'il faisait. Un instant, il sautillait, l'instant d'après, il ramassait quelque chose au sol et le lançait. Elle sortit dans le couloir et s'élança jusqu'à la sortie.

— Qu'est-ce que vous faites là ? poussa-t-elle en surgissant sur le balcon de pierres.

Son arrivée ne manqua pas d'effrayer le jeune homme. Il voulut fuir, mais se reprit aussitôt.

— Je cherche quelqu'un, dit-il dans un accent russe très audible.

Son sourire montrait qu'il n'avait pas de mauvaises intentions. Il avait un visage mince et bien dessiné. Il portait une tenue plus proche de la mode du grand-père de Margot que de la mode actuelle.

— Bonjour, Aleksei.

Oksana venait d'apparaître à sa fenêtre. Son arrivée eut pour effet de détourner toute l'attention du jeune homme, qui fit une révérence à la belle blonde. Le regard de Marguerite allait de l'un à l'autre. Aleksei ? Oksana ? Puis, les deux Russes parlèrent et Marguerite comprit qu'ils se connaissaient bien. Aleksei Ivanovitch, le cousin d'Oksana, était de retour à Paris depuis quelques jours et venait tout juste de la retrouver après quelques recherches. Marguerite nota leurs chaleureuses retrouvailles. Le visage lumineux d'Oksana contrastait avec l'image qu'elle renvoyait généralement.

« Comme je m'ennuie des miens », se rappela la jeune femme avec un pincement au cœur.

Margot regagna sa chambre pour permettre aux Russes de renouer leurs liens librement.

Ce soir-là, la belle Gyerda fut plus attirante que jamais. Le seigneur de Bonrepaus, commissaire de la marine, aussi empressé qu'à son habitude, ne quittait pas sa compagne des yeux. Il avait rapidement été élu comme le soupirant officiel de la jeune étrangère, supplantant le gentil abbé de Pons, qui ne faisait pas le poids devant ce compétiteur. Marguerite avait appris qu'Oksana accompagnerait la semaine suivante le commissaire lors de l'inauguration des nouveaux pavillons de la flotte royale. Cette relation convenait à Oksana, malgré le physique peu amène du gentilhomme. Le seigneur avait d'autres attraits ; c'était en outre un homme respecté dont personne ne se serait permis de critiquer les fréquentations. Cette caractéristique n'était pas sans plaire à la fière jeune femme, qui veillait farouchement à sa réputation. De plus, le commissaire était courtois et érudit. Mais qui pouvait se vanter de connaître les méandres du cœur de la blonde ? Oksana était plus muette qu'une huître. Néanmoins le seigneur, tout disposé qu'il était aux charmes de la jeune femme, n'était pas homme à s'épuiser éternellement en compliments et en présents. Marguerite soupçonnait fort qu'il avait entraperçu la perle qui se cachait au fond du coquillage. Dans le petit salon dont chaque tabouret, chaque divan et chaque accoudoir étaient occupés, les « martyrs » écoutaient, oreilles tendues. Ninon avait pris place sur le banc du clavecin, non pas pour en jouer, mais parce que c'était un lieu privilégié pour observer les spectateurs et l'orateur. Geneviève lançait de petits regards amusés à Margot, qui affichait une expression détendue. La voix du poète trahissait la plus vive émotion.

*Ô chère fleur blanche et coquine,*
*Pour toi je soupire sans cesse.*
*Je tire tes ramures fines,*
*Priant pour que l'amour en naisse.*

Une rumeur remplit le salon. Le comte de Caban-Rocheau restait debout, non sans une certaine fierté malgré son appréhension. Les invités avaient le loisir de commenter l'œuvre entre eux, attendant la réaction de leur hôtesse, qui se réservait ainsi le premier droit de parole. Tous furent donc surpris lorsque Marguerite se leva, dérogeant ainsi à la coutume.

— Merci pour ce beau quatrain, confia-t-elle à son soupirant.

Les traits de Roger de Husson, comte de Caban-Rocheau, se détendirent. Il esquissa un sourire timide et on entendit quelques murmures fuser parmi les convives. Ninon se leva à son tour.

— Bravo pour ce joli poème, monsieur de Caban-Rocheau. La promptitude de ma protégée ne fait qu'appuyer l'agrément que j'ai eu moi-même à votre lecture.

Il y eut quelques applaudissements. Geneviève attendit que le silence se fît et se leva pour réciter quelques vers de Voiture.

— Je n'aurais pas cru que ce serait si… intense, plaisanta Sabine à l'adresse de Margot lorsqu'elle fut retournée s'asseoir.

La jouvencelle aux prunelles couleur café avait un air coquin. Margot eut un geste d'impatience dans sa direction. Sabine prenait un malin plaisir à lui rappeler les affres et les tourments de la popularité.

— Bonsoir, Margot.

Comme d'habitude lorsqu'elle entendait sa voix, son cœur se mit à battre plus vite, ses jambes s'amollirent.

— Bonsoir, monsieur de Vardes, sourit-elle tout en prenant son temps pour se lever.

— Vous êtes la muse de la soirée à ce que je peux voir, se moqua-t-il.

La jeune femme se mordit les lèvres. Comment pouvait-il être aussi railleur lorsque son corps à elle brûlait de sentir son étreinte ? Les yeux de Margot passèrent du vert au jaune.

— Monsieur de Vardes, avez-vous aimé le poème ? demanda Sabine en entrant délibérément dans la conversation.

Il se tourna vers la jeune femme et son regard avisa les formes généreuses qu'on devinait aisément sous le tissu. Sabine rosit de plaisir. Depuis que Margot lui avait relaté les détails croustillants de ses ébats avec René du Bec, la jouvencelle avait l'envie de prononcer un sermon sur le partage. Pourtant, elle avait été la première à dédaigner cet homme lorsqu'il avait été invité par Ninon trois semaines plus tôt.

Même si Vardes approchait la quarantaine, la rumeur de ses excès décadents s'accrochait à chacun de ses galons. Il était à la fois détesté par les maris cocus et admiré par les damoiseaux efféminés qui s'émoustillaient à son passage. Sa réussite auprès des princes lui ouvrait les portes les plus illustres.

Or, Sabine s'entourait des cadets des riches familles qui lui vouaient une admiration sans bornes.

— J'ai beaucoup apprécié le poète, comme la poésie. Quelle comparaison recherchée, ironisa-t-il en jetant un regard vers Sabine, non sans avoir auparavant observé la réaction de Marguerite.

— J'ai rarement vu quelque chose d'aussi... succinct. J'espère pour toi, Margot, qu'il saura montrer davantage de longueur dans d'autres domaines, ricana Sabine.

Elle était toute disposée à secourir le vaincu de la soirée. Un coup de fouet. Margot la dévisagea. C'était un jeu de la part de René. Ses yeux gris, ses cheveux blonds en vague, sa moustache fine ; comment ne pas se méfier de ce bellâtre dont le roi lui-même appréciait la verve piquante ?

— Vous voulez vous joindre à moi pour une partie de trictrac ? Margot m'a dit que vous étiez grand joueur, le flatta la jeune femme.

— Vraiment, elle a dit cela ?

René se tourna vers Marguerite et il lui offrit son plus beau sourire. La courtisane retint son souffle... Elle était sur le point de laisser éclater sa rage.

— Je crains que son jugement à mon endroit ne soit quelque peu flatteur, se défendit-il en entraînant la jeune femme qui ronronnait déjà.

Ce n'était pas vrai ! Elle n'était pas devenue une courtisane pour souffrir sous le joug d'un amant cruel et manipulateur. Pourquoi Sabine ne voyait-elle rien de cette manipulation ? Assurément, elle n'intéressait pas vraiment René, songea Margot avec une inquiétude grandissante. Sabine du Roseau n'était même pas un défi pour le plus piètre des séducteurs. Margot sortit de la pièce et inspira un grand coup.

« Pourquoi ce mufle me fait-il tanguer comme une barque sur une mer tempétueuse ? » se demanda-t-elle en vidant un verre de vin.

Là, tout près, le comte de Caban-Rocheau attendait la permission de baiser ses pieds. Décidément, amabilité et courtoisie ne se conjuguaient pas toujours avec le verbe aimer. Tandis qu'elle réfléchissait, la jeune femme aperçut la silhouette athlétique du chevalier de Réchignac.

— Mademoiselle Margot, puis-je vous convier à une promenade au Cours-la-Reine demain après-midi ?

Visage parfait. Douloureusement amoureux.

— Vous ne craignez pas que votre fiancée se lasse de nos promenades ? jeta la jeune femme sans délicatesse.

— Euh, je… balbutia-t-il. Elle est en province, se ressaisit le capitaine en essayant de paraître le plus nonchalant possible.

Depuis qu'elle avait appris les détails de l'avenir conjugal du chevalier de Réchignac, la jeune femme avait perdu un amant et gagné un soupirant. La réputation de courtisane étant fragile, il valait mieux faire le deuil des hommes mariés ou fiancés. Marguerite ne tenait pas à être cloîtrée contre son gré pour avoir offensé le clergé.

— Je crains que mes mercredis ne soient réservés pour les œuvres charitables. Nous pourrions remettre cela à la semaine prochaine ?

Elle n'avait pas envie de faire de compromis, de mentir, avec tact, sur la nature de ses empêchements. À ce moment précis, Marguerite aurait voulu faire fi des qualités et des manières de courtisane. Résigné, le chevalier s'éloigna, il avait compris que ce n'était pas la peine d'insister. Ninon se glissa à ses côtés.

— Qu'est-ce qui se passe, Margot ? Tu as éconduit le chevalier de Réchignac *et* le comte de Caban-Rocheau. Je ne peux pas te blâmer, son petit poème ne méritait pas tant de louanges…

Margot haussa les épaules, agacée par René, parti au bras de Sabine.

— Tu as peur de me le dire… Je ne vais pas te le reprocher, tu le sais, insista, compatissante, la courtisane.

— Ô Ninon ! Que faire ? C'est terrible ! Je suis amoureuse, avoua-t-elle.

La courtisane se mit à rire. On aurait cru entendre un ruisseau, clair et chantant.

— Eh bien ! Cela pourrait être pire. Qui est l'heureux élu ?

— Comment ! Tu ne l'as pas deviné ? s'étonna la jeune femme, de la voix qu'ont les amoureuses lorsqu'elles sont persuadées que le monde entier est transformé par leur sentiment. C'est le marquis de Vardes.

Devant l'air stupéfait de Ninon, Margot devina que la célèbre courtisane n'avait rien vu venir. Pis, elle comprit que Ninon de Lenclos n'approuvait pas un tel sentiment. Elle aurait aimé pouvoir prétexter un mal de tête et se terrer dans sa chambre. Mais on n'éconduisait pas si facilement Ninon.

— C'est un homme fascinant, assurément. C'est aussi un courtisan des plus habiles.

— Pfff… Ninon, il me rend folle. Je ne peux pas te raconter les plaisirs que j'ai goûtés dans ses bras la nuit dernière, la pudeur m'en empêche. Je ne croyais pas que cela puisse être possible.

— Marguerite, si je peux te donner mon avis, l'interrompit la courtisane, il y a tant d'hommes qui rêvent de t'avoir pour maîtresse. Celui-là ne te causera que des déceptions. Crois-moi.

Margot cligna des yeux, comme si elle venait d'être aveuglée par une lumière trop intense. Elle ne comprenait pas la réaction de Ninon de Lenclos. Comment pouvait-elle affirmer cela ?

— Tu as besoin d'un payeur, un vrai. À la hauteur de ton esprit, de ta beauté, qui te fera briller. Tu es connue maintenant, l'amant que tu choisiras devrait te verser une rente stable. Il pourrait t'établir dans une maison…

« Je suis la plus populaire de toutes les filles de la maison, pourquoi ne puis-je pas choisir mes amants moi-même ? » s'emporta-t-elle en pensée.

Décidément Ninon ne pensait jamais qu'à l'argent. Pour chasser ces idées de rente ou de maison, Marguerite secoua la tête.

— Je vais monter à ma chambre, je ne me sens pas bien.

— Penses-y, Margot. Tu as trop d'atouts pour t'avilir avec un courtisan débauché.

Marguerite gagna l'étage. En haut de l'escalier, elle tomba sur Geneviève et Raymond de Coulonges. Étrangement, la vue de ces deux amoureux l'apaisa. La demoiselle aux cheveux de jais filait le parfait amour avec le jeune homme. Ils ne se quittaient jamais. Peut-être que Margot aurait dû ressentir de la rancœur à l'égard de Ninon, qui tolérait que Geneviève entretînt cette relation exclusive, mais cela ne lui traversa même pas l'esprit. Elle aimait trop Geneviève. La force tranquille de son amie avait quelque chose de rassurant ; peu importe ce que la vie lui réservait, elle savait que Geneviève en ferait toujours partie.

## 24

### *Lettres à la couronne*

Par souci de moralité plus que par pudeur, Marguerite suivait l'usage qui voulait que les femmes gardent un morceau de vêtement sur elles pendant les ébats amoureux. D'ailleurs, Ninon avait insisté là-dessus. Comme si un col de dentelles ou des bas de soie pouvaient à eux seuls les protéger des rigueurs du couvent et des calomnies de l'Église. Marguerite jugeait que si c'était là le prix de sa liberté, elle pouvait s'en accommoder.

Ce soir-là, cependant, il avait insisté pour la débarrasser de tous ses vêtements. Jupon et fichu boudaient sur le dossier d'une chaise.

— Je n'ai pas envie de savoir laquelle des nièces de Mazarin prend plaisir à se balader toute nue devant ses valets, je t'assure.

— Tu es jalouse ? questionna le gentilhomme, perspicace.

— Bien sûr que non !

C'était bien loin de la vérité. Marguerite aurait souhaité que Vardes ne soit à aucune autre qu'à elle, d'autant plus qu'il avait à cœur de lui raconter avec moult détails les manies de ses multiples conquêtes.

— Tant mieux. Ce serait sans doute très malheureux pour toi. Il semble que ce soit une tare de ton sexe. Olympe est très jalouse, affreusement, à en perdre la raison.

— De moi ? interrogea Margot en essayant de paraître détachée.

— Non, certainement pas. Tu es une courtisane, Margot, ce serait ridicule. De toute façon, ce n'est pas de moi qu'il est question. Elle est jalouse de la petite La Vallière.

Ce nom, La Vallière, ne lui était pas inconnu. Marguerite l'avait entendu pour la première fois au moment de l'arrestation de Fouquet. C'était la demoiselle que le roi avait prise pour sa favorite.

— Olympe de Soissons est amoureuse du roi ? s'étonna-t-elle, incrédule.

— Comme une couventine qui sent l'avoine !

La courtisane s'esclaffa. Elle savait précisément bien qu'Olympe de Soissons était la maîtresse de Vardes, et, de toutes les nièces de Mazarin, la seule qui était assez dissipée pour se montrer en tenue d'Ève devant ses serviteurs. Margot riait de bon cœur.

— Avec bien peu de résultats, je dois l'avouer, elle s'est mise en tête de remplacer la demoiselle de La Vallière.

— Elle veut devenir maîtresse du roi, je présume.

— Tu supposes justement.

— Crois-tu que le roi se lasserait de sa jeune maîtresse pour une ancienne flamme dont la moitié du royaume de France a pu apprécier la vigueur au lit ?

— Hum… Margot, tu serais redoutable à la cour, approuva le gentilhomme en déposant un baiser sur son épaule ronde.

— Merci, dit-elle, choisissant d'accepter ce compliment comme un gage d'amour.

— Je dois dire que l'assurance qu'elle a de sa propre grâce lui tient lieu de volonté. Elle est décidée, coûte que coûte, à éconduire la pauvre brebis, qui ne se doute pas le moins du monde des complots qui se fomentent contre elle.

— Tu ne serais pas du nombre des comploteurs, à tout hasard ?

Le bel homme lui fit un sourire où la cruauté réussissait à enlever un peu de mérite à sa beauté.

— Tu ne devrais pas, c'est très méchant, argumenta Marguerite.

— Voyons, ma mie, ne fais pas ce visage de vierge effarouchée ou je vais devoir te retirer le compliment que je te fis l'instant d'avant.

Margot poussa un soupir résigné. Que lui importaient, après tout, les rivalités amoureuses de la noblesse ? Tant que cela ne lui enlevait rien à elle... Encore que, si Olympe de Soissons devenait maîtresse royale, cela voudrait dire que Vardes serait entièrement à elle. Le roi n'accepterait jamais de partager sa maîtresse avec un de ses sujets.

— C'est une idée qui a du génie, et j'ai immédiatement accepté de l'aider. La reine est tellement fragile... Presque autant que les relations avec l'Espagne, d'ailleurs, railla-t-il.

— Euh... pardon, je n'écoutais plus.

René plissa les yeux, agacé.

— Olympe va envoyer une lettre à la reine pour l'informer des infidélités de son époux avec la demoiselle de La Vallière. Cette lettre, en espagnol, passera pour avoir été écrite des mains de la famille même de la reine.

— Elle espère gagner le roi à l'aide de ce stratagème ? lança Margot, incrédule.

— Si fait.

— Cela manque franchement de finesse. Le roi aime cette femme ; il n'en sera que plus contrarié. Vraiment, je ne vois là rien d'impressionnant.

— Parce que toi, Margot, tu saurais comment t'y prendre pour séduire notre roi ? Je t'assure que je ne manquerais pas ce spectacle, je serais aux premières loges, nargua le gentilhomme avec hauteur.

La courtisane se détourna et s'assit sur le lit en tirant le drap vers elle. Quand son amant voulait la blesser, il savait exactement où frapper.

— Tu te couvres déjà ? s'étonna le marquis de Vardes, sardonique.

— Je suis lasse, j'aimerais être seule.

Le gentilhomme eut un petit grognement qui découvrit sa dentition de carnassier. Il aimait qu'on lui tînt tête et plus encore quand c'était une femme. Margot fit un geste pour échapper à sa poigne. Trop tard. Il était sur elle.

— Aïe ! Arrête !

— Je veux que tu me fasses les honneurs que tu ferais à sa majesté le roi, ordonna Vardes à son oreille.

Sa nuque, tendue et découverte, s'offrait, tendre. Margot ressentit un serrement, puis une morsure. Elle gémit. Il recommença, plus bas. La douleur aiguë s'immisçait dans sa chair. Inutile de se débattre, Margot se laissa meurtrir. Elle l'avait un peu provoqué…

Ses soupirs exprimaient-ils la plainte ou l'extase ? C'était tour à tour l'un et l'autre. Enfin, elle avait l'impression d'être non pas une vierge, une noble ou une courtisane, mais une femme. Dans les bras de cet homme parfois cruel, Margot goûtait à l'abandon de toutes les chaînes qui entravaient les femmes de son siècle. Cela la comblait d'aise, et elle ne s'attardait pas à se demander s'il pourrait faire durer ce trouble qui l'habitait chaque fois qu'elle était seule avec lui.

Ce soir-là, elle connut le plaisir d'être à la merci d'un homme. Un conquérant. La puissante attraction que René exerçait sur elle, si elle lui faisait parfois peur, la délivrait du torrent de conventions qui l'avait longtemps ballottée entre l'érotisme et la bienséance. Alors que le jouisseur aux yeux de feu usait de son pouvoir pour asservir ses proies, l'inverse se produisit avec la fille du traitant Collibret. Il ne parvint qu'à émanciper davantage Marguerite. Sans qu'il le sache, elle l'avait choisi en raison de sa goujaterie, de plus en plus rare en ce siècle où les femmes dressaient les règles de la bienséance.

Sentant le regard gris de son amant posé sur elle, Marguerite décida de ne pas se couvrir. Elle se dirigea vers le bassin rempli d'eau à l'orange pour se laver le bas du corps.

— Tu devrais te vêtir, conseilla Vardes tout en guettant ses gestes intimes.

— Mon ami, je ne veux pas provoquer ton courroux une nouvelle fois…

— Ai-je été si cruel avec toi ? fit-il avec un éclat de fierté dans ses prunelles grises.

— Oh ! Oui ! mentit-elle avec une fausse sincérité qui ne manqua pas d'inquiéter l'homme.

Elle était loin d'imaginer que le marquis, qui avait pris ombrage de la forte personnalité de sa maîtresse, allait la soumettre à d'autres tourments. Le marquis de Vardes avait décidé de la remplacer.

❧

— Dépêche-toi, Marguerite, pressa Geneviève depuis le vestibule. Le récital de Lully ne va pas nous attendre.

Elle venait de trouver le document dans ses vêtements pêlemêle. Les mots sur le papier venaient rompre les digues qu'elle avait bâties pour endiguer le flot de son passé. Le texte de La Fontaine. Les nymphes de Vaux-le-Vicomte existaient, chantaient, pleuraient Fouquet, leur inspiration.

— Je n'irai pas. Allez-y sans moi, répondit la jeune femme qui n'avait plus qu'un but : revoir Jean de La Fontaine.

Peu d'amis étaient encore à Paris pour témoigner de l'attachement pour le surintendant Fouquet. Margot avait subi, comme tant d'autres, l'acharnement du roi et de son ministre qui voulaient étouffer cette affaire. Quel courage il avait fallu à cet homme sans protecteur pour écrire une ode en hommage à celui qui avait offensé le monarque ! La jeune femme obtint aisément l'adresse de l'auteur de l'*Élégie aux nymphes de Vaux*, œuvre distribuée illicitement dans les rues de Paris par un homme au manteau écarlate.

« Quelle tristesse qu'une aussi belle plume ne puisse être lue au grand jour », se disait la jeune femme en s'engageant dans la rue de Grenelle.

La demeure témoignait de la maigre pitance dont se sustentait l'écrivain. Elle frappa à la porte. Une, deux, trois fois. Un visage spirituel se glissa dans l'ouverture.

— Mademoiselle… ? Vous ici ?

Il l'avait reconnue. Marguerite sourit. Son ample chemise tombait jusqu'à ses genoux. Il avait les cheveux ébouriffés.

— Bonjour, monsieur de La Fontaine, je suis navrée de vous importuner, je peux revenir, si vous préférez.

— Non, non. Entrez, je vous en prie.

Il s'était ressaisi, malgré sa surprise de voir chez lui cette jeune beauté dont tout le Marais vantait le mystère et le charme. Depuis que Gourville avait quitté la France, La Fontaine avait eu deux missives de lui. Il était encore en Angleterre selon les dernières nouvelles.

— Vous devriez lui écrire, Marguerite, je suis certain qu'il aimerait recevoir de vos nouvelles.

— À quoi bon, lui ne m'a pas écrit depuis son départ, déplora Margot. Je suppose que quelqu'un s'est chargé de lui dire ce qu'il advenait de moi.

— Je ne devrais peut-être pas insister, mais j'ai le sentiment qu'il serait comblé par une lettre de vous. Vous savez, lorsqu'on est en exil, recevoir des témoignages d'amitié est un présent des plus précieux, lui dit Jean d'un air chagrin. Voilà son adresse, au cas où vous changiez d'avis.

Jean de La Fontaine avait travaillé d'arrache-pied sur l'*Ode au Roi* et sur son *Élégie aux nymphes de Vaux*. Deux œuvres majestueuses qui priaient le roi d'accorder la clémence à son ancien conseiller. En parlant avec le poète, la jeune femme se remémorait l'utopique bercement de l'espoir qui l'environnait à une époque pas si lointaine. La douce nostalgie des épicuriens avait été remplacée par sa vie de libertinage.

— J'ai ouï de vos succès chez M^{lle} de Lenclos depuis mon retour du Limousin. On parle beaucoup de vous, Margot.

— Et que dit-on de moi ?

Le poète rougit et cela accentua son apparence d'étudiant. Elle gloussa en couvrant sa bouche de sa belle main gantée.

— Vous n'êtes plus la même. Les épreuves nous transforment, murmura-t-il, mélancolique.

— Je suis heureuse de vous revoir, monsieur de La Fontaine. Vous devriez venir demain soir chez Ninon, je suis persuadée qu'elle serait enchantée de vous compter parmi ses invités.

— Appelez-moi Jean, je vous en prie.

Marguerite sourit et hocha la tête.

— Elle donne toujours ses inimitables cinq à neuf?

— Ah! Je savais bien que vous étiez déjà venu!

Margot passa un agréable après-midi dans le petit logis de la rue de Grenelle. En revanche, elle déclina habilement l'invitation à souper de l'écrivain. Elle ne voulait pas donner matière à jaser davantage sur son nouveau statut de courtisane. Car c'est bien ce qu'elle était maintenant.

## 25

### *Margot la belle*

Par défi, Margot s'était donné pour but de devenir la plus populaire de toutes les courtisanes de la ville. Ce qui revenait à dire qu'elle voulait être la femme la plus célébrée de la rue des Tournelles, celle dont tout Paris parlerait et qui, pour se conformer aux normes de Ninon, prendrait le moins d'amants. C'était paradoxal, mais la jeune femme s'en tirait assez bien. Dorénavant, il se trouvait toujours un salon, ou même le *Mercure Galant*[1], qui causait de ses plus récentes fréquentations. Margot avait décidé de gagner son autonomie. C'était l'unique moyen pour elle de choisir ses amants, sa vie, sans que Ninon puisse trouver à y redire. Aucune autre pensionnaire n'approchait le succès de Marguerite. Pour cause : les trois autres avaient un ou deux amants. Quand Margot allait au théâtre au bras d'un homme, elle seule pouvait dire s'il s'agissait d'un ami, d'un amant ou d'un soupirant.

Ninon n'avait jamais cherché à lui prouver qu'elle avait eu raison au sujet de Vardes et Margot lui en était reconnaissante. Le triomphe de la jeune femme était une sorte d'échappatoire. Au début de septembre, elle ne pouvait pas encore regarder René dans les yeux sans aussitôt ressentir de la rancœur et un certain trouble. Marguerite devait composer avec lui et avec sa nouvelle conquête, Sabine du Roseau. Sabine qui jubilait. Sabine qui ne se cachait pas pour faire l'éloge de son amant toutes les fois où l'occasion se présentait. Margot aurait pu jurer que ce

---

1. Mensuel distribué dans Paris et qui traitait de l'actualité mondaine.

n'était rien de moins que de la vantardise ; par conséquent, elle se tenait loin de la plantureuse demoiselle et de son nouvel amant.

Avant le cinq à neuf, elle s'informait des gens qu'elles attendaient pour la soirée, et s'il était parmi les invités, Marguerite prétextait une invitation ailleurs ou un malaise fictif.

Ce soir-là, Marguerite alla s'enquérir des invités auprès de Gontran, qui était en train d'installer la pièce de bois qui allait servir de table pour le repas.

— Qui attendons-nous ce soir ? interrogea-t-elle avec une grande curiosité.

— Plusieurs personnes, répondit le maître d'hôtel. M$^{lle}$ de Lenclos a rempli la cave de bonnes bouteilles, le prince de Condé sera du nombre.

— Le prince de Condé, répéta Margot pour elle-même.

— Si fait. Nous attendons aussi M$^{me}$ de Galins, le seigneur de Bonrepaus…

La suite des convives se perdit. Le prince de Condé allait venir… Marguerite grimpa jusqu'à sa chambre, excitée à la possibilité, même mince, de revoir son frère. Lorsque Ninon vint la trouver, Margot était toujours affairée à sa toilette.

— Comment, tu n'es pas prête ?

La jeune femme lui fit un sourire nerveux et se pencha sur son coffre rempli de parures diverses.

— Monseigneur le prince sera présent ce soir, lâcha Marguerite, la voix tendue par l'émotion.

— C'est pour cela que tu tardes ? demanda Ninon, surprise. Tu devrais porter le collier que le chevalier de Réchignac t'a offert. Il met tes yeux en valeur.

— Mon frère est de la maison du prince de Condé, lui dit Marguerite en mettant le bijou à son cou. Je… il sera peut-être de l'escorte du prince.

— Si tu te dépêches, tu le sauras plus vite, rétorqua Ninon pour toute réponse.

Elles descendirent au salon où un groupe de personnes se pressait déjà. Le prince de Condé, élégamment vêtu, se démarquait par sa présence magistrale. Après un bref regard, Marguerite se rendit dans la cour, où, plus vraisemblablement, devaient être les pages. Deux jeunes garçons se tenaient près de la diligence rutilante, mais pas de trace de Gabriel de Collibret. La mine basse, la courtisane regagna le salon et les invités.

Cette fois, le prince remarqua sa présence et elle s'empressa d'aller le saluer.

— M<sup>lle</sup> de Lenclos m'a assuré que nous aurions le plaisir de vous entendre réciter quelques vers, mademoiselle Margot, annonça le prince de sa voix de ténor.

— Monseigneur, fit Marguerite en se courbant avec grâce, ce sera un honneur de vous déclamer mon humble poésie.

Le prince parut agréablement surpris et Marguerite ne put s'empêcher d'admirer son talent de diplomate : tout fils de Bourbon qu'il était, le prince affectait de ne pas reconnaître la jeune femme qui avait par le passé sollicité son appui.

— Ne vous avais-je pas dit que Marguerite avait des talents de poète ? s'enquit Ninon.

Marguerite salua les visages familiers qui gravitaient autour du prince. Ninon lui fit un signe discret afin qu'elle allât s'enquérir des entremets auprès de la cuisinière.

Marguerite poussa la porte de la cuisine.

— Mon maître, le prince de Condé, tient à ce que je m'assure de la fraîcheur de tous les plats qu'on lui sert, précisa avec hauteur une voix familière.

— Gabriel ! s'exclama Margot en reconnaissant son frère.

Celui-ci se retourna sur-le-champ, pâtisserie à la main, désarçonné de rencontrer sa sœur dans cette cuisine.

— Marguerite ! s'étonna le page. Que... ici, bafouilla-t-il en déposant le macaron de crème.

La jeune femme s'approcha de lui avec chaleur. En un an, il avait encore poussé, il la dépassait presque d'une tête maintenant.

— Comment se fait-il que tu sois ici ? interrogea-t-il en évaluant la tenue de Marguerite, alors que la réponse lui apparaissait de plus en plus clairement.

— Je réside ici, répondit Marguerite, habitée malgré tout d'un léger malaise. Laisse les cuisinières à leur travail et viens avec moi.

Gabriel de Collibert suivit docilement sa sœur jusqu'à sa chambre.

— Tu veux dire que tu es demoiselle de compagnie pour M^lle de Lenclos ? C'est donc toi qui te fais appeler Margot la belle ? Pourquoi ne m'as-tu pas écrit pour me dire que tu étais à Paris ?

— Je pensais que ma tante t'avait informé de ma situation, expliqua Marguerite, perplexe. Nous avons échangé quelques lettres, dans lesquelles elle m'a appris que tu faisais toujours partie de la suite du prince.

— Si j'avais su que tu étais ici, chère sœur, crois-tu que j'aurais tardé un seul instant à venir te visiter ? questionna le page, incrédule.

— Tu n'as pas de prévention contre ma situation ?

Gabriel leva un sourcil étonné. Le ton qu'employait Marguerite suggérait qu'elle avait voulu éviter de lui causer de l'embarras, et que la honte qu'elle éprouvait de sa position auprès de Ninon de Lenclos était loin d'être feinte.

— Je ne pourrais pas même imaginer d'autre sentiment que la félicité, lui répéta Gabriel en enlaçant sa sœur aînée.

⁓

Depuis le matin, l'eau tambourinait contre les carreaux de sa chambre. Une journée idéale pour entreprendre la lecture des nouveaux écrits de La Fontaine. Elle entendit des pas, puis la silhouette de Geneviève se profila à la porte.

— Marguerite, une lettre pour toi, annonça son amie, qui persistait encore à l'appeler par son vrai prénom.

Marguerite se leva, intéressée. La lettre venait de sa tante. Hâtivement, elle fit sauter le cachet. Geneviève sourit devant l'empressement de son amie dont le regard s'illumina.

— Elles vont venir ! s'emballa Marguerite en se jetant dans les bras de Geneviève.

Elle tourna autour de sa camarade, qui se mit à rire elle aussi, entraînée par la joie.

— Ta sœur ?

— Claudine et ma tante. Je suis si heureuse, Geneviève ! Si tu savais comme elles me manquent ! Ah ! Je vais de ce pas le dire à Oksana.

Geneviève la regarda qui se précipitait hors de la pièce. L'avait-elle déjà vue dans un tel état ?

Dans moins de deux semaines, la sœur et la tante de Margot seraient là. C'était comme un rêve. Tant de mois sans voir personne. Puis, coup sur coup, elle avait revu son frère et allait recevoir sa tante et sa sœur. C'était presque trop beau.

Oksana partageait sa joie, bien qu'elle lui sourît avec une pointe de nostalgie. Elle n'évoquait jamais sa propre famille, qui l'avait abandonnée après le drame. Seul son cousin gardait des liens avec elle. Par deux fois il avait pris part aux salons. Observatrice, Margot avait perçu ses regards, ses sourires. Aleksei était transporté par la beauté blanche et argentée de sa cousine… Il fallait être aveugle pour ne pas le voir. Soit Oksana le savait mais n'éprouvait pas la même chose pour lui, soit elle l'ignorait intentionnellement.

Après avoir annoncé à Ninon la bonne nouvelle, elle écrivit à son frère pour lui confirmer la venue de leurs parents. Depuis qu'ils s'étaient rencontrés, Gabriel et Margot se fréquentaient beaucoup. Il accourait à l'hôtel de la rue des Tournelles dès qu'il avait un moment libre et il en devint un visiteur apprécié. Les mois de séparation avaient assagi le page ; même s'il demeurait un damoiseau bouclé, le drame qui s'était abattu sur sa famille l'avait fait mûrir.

— Tu seras à Paris pour leur arrivée ? s'enquit-elle dès qu'ils furent dans sa chambre.

— Je vais essayer, mais je ne peux rien te promettre.

Margot leva les yeux au ciel. Les empêchements de son frère l'impatientaient de plus en plus.

— On dirait que tu es le seul page qui puisse accompagner la suite du prince dans ses déplacements ! Tu n'en es pas parfois exaspéré ?

Le jeune homme avait trouvé sa sœur plus intransigeante que jamais. Autant la disgrâce de leur père l'avait rendu, lui, plus humble, autant elle semblait avoir eu l'effet contraire sur Marguerite.

— Je ne peux pas me permettre d'encourir son déplaisir, Marguerite. Tu sembles oublier que c'est monseigneur le prince qui m'a protégé lorsque…

— Je sais, pardonne-moi, je suis ingrate, coupa la jeune femme.

Jamais sa sœur ne parlait de ce qui était arrivé à leur père. Lorsque Gabriel abordait ce sujet, les yeux de la jeune femme se teintaient de jaune, la couleur des mauvais jours. Gabriel de Collibret savait qu'il devait alors se mettre à parler de la dernière pièce de théâtre qu'il avait vue. À l'heure actuelle, Alain de Collibret était toujours à la Bastille, en compagnie d'une vingtaine d'autres traitants, commis, domestiques et amis de Fouquet. Étant de la maison du cousin du roi, le frère de Margot recevait sans peine les nouvelles du procès de Fouquet. Depuis son transfert à Vincennes en décembre, l'ouverture du procès était le centre des discussions sur l'ancien surintendant. Le silence à ce sujet déchirait le frère de Margot, longtemps isolé du reste de sa famille ; son souhait était de pouvoir en parler avec sa sœur sans craindre de la blesser. Obligeante, sa tante lui avait écrit pour éclairer le comportement de sa sœur, ce qui l'avait aidé à accepter son mutisme.

*Mon cher Gabriel,*

*Je sais combien c'est difficile pour vous. Mais je vous prie de tout mon cœur, ne soyez pas trop dur avec votre sœur. Croyez-moi quand je vous dis que Marguerite connaît très bien l'attente, la solitude, la peine et l'horreur qui entourent l'arrestation de votre père. Je sais qu'elle n'a pas renoncé à lui ni à ses espoirs de lui rendre justice. Mais je crains que trop de souffrances la rendent imprudente à nouveau, c'est pourquoi je vous demande de respecter son silence.*

*Votre tante qui vous chérit,*
*Annette*

— Je t'assure que je vais tout faire pour être avec toi lorsqu'elles arriveront. Tu sais bien que je ne veux pas manquer le retour de Claudine, moi qui nourris tant d'espoir de la voir un jour devenir enfin une demoiselle accomplie.

— Oh! Cesse donc, ne me dis pas que tu n'as pas envie de revoir Claudine! réagit Marguerite. J'ai tant hâte de la prendre dans mes bras.

La seule ombre au tableau, c'était l'idée de devoir expliquer à sa jeune sœur, si naïve et si pieuse, ce qu'elle faisait chez une courtisane. La crainte de déplaire à Claudine la taraudait. Tout juste sortie de son couvent, elle ne pourrait pas comprendre… Pardonner et accepter ce que cela voulait dire. Marguerite sentait son rôle d'aînée lui peser comme jamais; elle avait toujours été un modèle pour sa cadette. Or elle était loin du mariage, et son mode de vie ne changerait pas de sitôt.

— Tu crois que tante Annette va essayer de te ramener avec elles à la campagne? questionna Gabriel, tout à coup sérieux.

— Non… Je ne pense pas. Elle a mis du temps à accepter ce que j'étais devenue, avoua Marguerite en fronçant les sourcils. Je crois que maintenant elle s'est fait une raison quant à la vie que je mène.

Gabriel pinça les lèvres, songeur. Il concevait mal comment la baronne de Mirmille pouvait renoncer à soustraire sa sœur à son état de courtisane.

— Tu crois qu'elle aura raconté la vérité à Claudine?

— Je ne sais pas, Gabriel, mais je te prie de rester discret avec notre sœur. Moins Claudine en saura, mieux ce sera pour elle.

Son frère n'avait ressenti nulle gêne quant à la nouvelle vie de Marguerite, qui le concevait difficilement. Un mois après leurs retrouvailles, la courtisane s'étonnait de la facilité avec laquelle le jeune homme évoluait dans le milieu de l'hôtel des Tournelles. Elle comprit, avec un certain émoi, que son frère avait dû en voir de toutes les couleurs dans les couloirs du Palais-Royal ; sa beauté et son charme avaient dû lui être salutaires à plus d'une reprise.

— En passant, monseigneur le prince m'a encore demandé des nouvelles de toi, glissa-t-il en feuilletant négligemment un traité sur l'art de plaire.

— Ah bon. Qu'as-tu répondu, cette fois ? lui répondit la jeune femme, agacée.

— Je lui ai dit que tu allais le mieux du monde, que tu apprenais le latin et…

— Tu lui as dit quoi ? Gabriel, je t'ai demandé de ne pas parler de moi à monseigneur le prince. Ne fais pas cette tête-là, je sais très bien ce qui trotte dans ta petite cervelle ! Si tu penses que tu vas profiter de mon statut pour briller aux yeux du prince de Condé… C'est trop fort !

— Tu n'es pas très belle quand tu t'empourpres…

Elle lui jeta un coussin à la tête. Malgré les yeux de Marguerite qui lançaient des éclairs, le jeune homme se tordait de rire.

— Marguerite, je peux te parler un moment ? les interrompit Geneviève.

Elle était blême et des mèches de cheveux rebelles sortaient de son chignon. À sa vue, Margot comprit que quelque chose n'allait pas.

— Mais oui, qu'y a-t-il, Geneviève ?

— J'aimerais que tu m'accompagnes à l'église, si tu le veux bien, demanda-t-elle d'une petite voix en jetant un regard embarrassé en direction de Gabriel.

— Bien sûr, Geneviève, répondit Marguerite sans poser de question quant au soudain besoin de son amie. Je prends mon écharpe.

Elles prirent le chemin de la paroisse sans proférer une parole. Plusieurs idées sombres défilaient dans la tête de Marguerite, elle marchait le plus vite qu'elle pouvait ; Geneviève, elle, semblait au ralenti et trottait derrière.

Lorsqu'elles atteignirent le parvis de la chapelle, Geneviève s'arrêta et Marguerite vit qu'elle tremblait. Après quelques instants, elle franchit le seuil et Marguerite la suivit discrètement à l'intérieur.

L'église était presque déserte. Geneviève s'agenouilla et pria sans dire mot. Margot prit place à ses côtés. La tête penchée sur ses mains jointes, la jeune femme pria longuement. Lorsqu'elle leva son visage vers Marguerite, ses yeux étaient rougis par les pleurs.

— Je suis grosse, Margot.

Les paroles se dispersèrent sous la voûte comme une plume au vent. À peine avait-elle prononcé les mots qu'ils s'étaient échappés d'elle ; des mots lourds de conséquence.

— Oh mon Dieu ! Je suis grosse ! éclata Geneviève en se cachant le visage de ses paumes.

— Là, là, je suis là, répondit Marguerite en la serrant dans ses bras.

Les délicates épaules de son amie se soulevaient à chaque sanglot. Marguerite avisa son corps encore svelte : pour le moment aucune rondeur ne trahissait son état. Geneviève pleurait en poussant des « oh non » entre deux hoquets. Marguerite était sans voix, sans mot pour la consoler. Combien de fois avait-elle craint de se retrouver à la place de Geneviève ? La grossesse était une menace perpétuelle, malgré les multiples précautions qu'elles prenaient.

Elle se décida à parler même si elle craignait d'aggraver la détresse de sa camarade.

— Geneviève, est-ce que Raymond le sait ?

— N… non, je ne l'ai dit à personne.

Cela répondait à la deuxième question de la jeune femme : Ninon ne le savait donc pas. La courtisane leur avait indiqué les astringents à utiliser et les mouvements à exécuter afin d'éviter les contrecoups de l'amour. Si ces méthodes avaient éclairé Marguerite sur plusieurs des mystères du corps féminin, Geneviève, quant à elle, savait déjà qu'un lavement avec du miel et de l'eau d'oranger pouvait empêcher la conception.

— Que dois-je faire, Margot ? implora-t-elle.

Marguerite se força à sourire.

— Il n'y a qu'une chose à faire : il faut parler à Ninon.

— Comment ! Non, je ne peux pas…

La vive réaction de la jeune femme surprit Marguerite. Certainement, Ninon ne serait pas enchantée, mais tôt ou tard elle saurait.

— Geneviève, que veux-tu faire de l'enfant ?

C'était presque un murmure. Margot ne voulait pas faire éclater la jeune femme encore une fois.

— Je… je ne sais pas. J'ai peur que Ninon m'oblige à… à voir une faiseuse d'anges, laissa-t-elle tomber. C'est monnaie courante à Paris.

Marguerite comprit soudain ce qui effrayait son amie ; elle n'avait pas envisagé que leur maîtresse lui imposât une telle chose.

— Ne t'inquiète pas, Geneviève, je suis certaine qu'elle ne te fera jamais une demande aussi effroyable. Au contraire, je suis d'avis que Ninon est la meilleure personne pour t'aider.

— Tu crois que je pourrais l'élever ici ? laissa échapper la demoiselle, pleine d'espoir.

L'idée fit sourire Marguerite. Un poupon à l'hôtel de la rue des Tournelles… Il serait certainement choyé. Le mieux serait sans doute de le placer en nourrice. Le visage du beau chevalier de Coulombes s'imposa à Margot.

— Geneviève… Tu ne veux pas le dire au père ?

— Ah ! Margot ! Je l'aime tellement. Je suis effrayée à l'idée de le lui avouer. Je ne pourrais pas supporter qu'il me délaisse.

Marguerite eut un élan d'affection pour elle ; elle la tint dans ses bras et la berça longuement. Après avoir fait promettre à Geneviève de parler à leur protectrice, elles regagnèrent l'hôtel. La visite à l'église avait distrait Marguerite, qui en avait oublié son frère. En apercevant son feutre dans le salon, elle conclut qu'il n'avait pas encore quitté les lieux. Préoccupée par la situation de son amie, elle se rendit au cabinet. Gabriel n'y était pas,

pas plus que dans les autres pièces du rez-de-chaussée. Gontran lui confirma que son frère n'avait pas mis le pied dehors. Margot s'impatienta; elle n'était pas d'humeur à remuer toute la maison pour le trouver. Elle monta à l'étage et finit par rencontrer une chambrière qui avait vu son frère.

— Euh… il est entré chez M$^{lle}$ du Roseau, hésita Francine en rougissant.

Devant la chambre, elle perçut des rires et des éclats de voix. Marguerite fronça les sourcils. Gabriel lui avait déjà confié qu'il trouvait Sabine «charmante et divinement attirante, même si elle n'était pas très intelligente». La jeune femme avait rétorqué que la demoiselle était, malheureusement pour lui, trop illustre courtisane pour se commettre avec un page, tout page du prince qu'il était.

Un clapotis agaça l'oreille de Margot: *flouch, flouch*. Sabine riait et sa voix résonnait, amplifiée. Agacée par ce qu'elle entendait, elle colla son oreille à la porte de la chambre.

— Les demoiselles de la maison du prince sont-elles aussi belles que moi? minaudait la courtisane. Est-ce qu'elles ont la gorge aussi ronde et pleine que la mienne?

— Hum hum… non.

— Tu peux approcher si tu veux, je ne vais pas te faire mal… Tu as peur que Margot te gronde, c'est ça? Mais tu n'es plus un jeunot, Gabriel. Ta sœur n'a pas à te dire quoi faire. Tu me donnes mon huile parfumée?

Marguerite avait les joues et les oreilles en feu. Sabine était dans son bain. Sans réfléchir, elle tourna la poignée. La porte était fermée à clé. Elle perçut du bruit; l'eau heurtait les parois de la baignoire.

— Ouvre, Gabriel, c'est moi, somma-t-elle.

Il y eut un petit ricanement.

— Tu peux ouvrir, ta sœur m'a déjà vue nue…

Gabriel ouvrit la porte, déjà sur la défensive, prêt à se défendre contre les remontrances de son aînée. Derrière lui, Sabine, ruisselante, s'enroulait dans une serviette. Sa nudité était exposée aux regards les plus indiscrets ; le paravent fleuri, qui d'ordinaire servait à abriter les baigneurs, avait été légèrement déplacé.

— Va m'attendre en bas, veux-tu ? dit Margot sur un ton hypocrite.

Ce n'était pas une question, Gabriel le savait.

Langoureusement, la demoiselle à moitié couverte attacha ses boucles humides sur le haut de sa tête. Lorsqu'elle se tourna, Marguerite lui faisait face, une expression de dédain transformant ses traits. Sabine se força à demeurer impassible, bien que le regard doré sur elle lui fît l'effet d'une gifle.

— Veux-tu me dire à quoi tu joues ? interrogea Margot d'une voix autant que possible mesurée.

— Mais à rien. À rien du tout. Ton frère n'est plus un enfant, tu sais…

— Tu n'as pas assez de tous les hommes de la ville, Sabine ?

— Pardon ? Venant de toi… C'est de l'audace, toi qu'on surnomme « les jambes qui font courir tout le Marais ».

— Ce n'est pas ma faute si personne ne veut de toi ! lança Marguerite.

— Comment ? Ce n'est pas moi que Vardes a rejetée !

— Il fallait bien que tu me prennes mon amant. De toute manière, tu sais très bien qu'il ne fait cela que pour attiser ma jalousie.

Sabine ne rétorqua pas. Elle essayait de respirer normalement. Elle n'allait pas donner la satisfaction à « Margot la belle » de la faire pleurer.

— Sors de ma chambre, tout de suite.

— Parfait.

Marguerite retenait ses larmes. Elle regrettait ce qu'elle avait dit, mais elle ne pouvait plus revenir en arrière. Elle aurait dû aller voir Sabine bien avant, avant qu'elle s'amourache de ce démon de Vardes. Là, il était trop tard.

« Soyez fidèles en amitié, mesdemoiselles, car *l'Amitié* est ce que nous avons de plus sûr, nous, les femmes ! Vous aurez un amant un mois, six mois, mais une vraie amitié se célèbre jusqu'à la mort. »

Telles étaient les paroles, maintes fois répétées, de Ninon de Lenclos. Marguerite se sentait coupable de sa querelle avec Sabine. À titre de médiatrice, Oksana avait essayé de dialoguer avec Sabine, qui avait découragé ses tentatives de réconciliation. Aux yeux de la jouvencelle dont la chevelure imitait les teintes du cognac, Margot n'était qu'une pauvre gourgandine emplie d'orgueil.

— Ne te fais pas de soucis, Margot. Je sais comment est Sabine, elle déteste une journée et le lendemain, tout est oublié.

— Si seulement tu pouvais avoir raison, or je crois que Sabine a changé depuis qu'elle s'est éprise de René.

Oksana se demanda si Marguerite n'était pas tout simplement jalouse, non qu'elle eût de bonnes raisons d'envier Sabine, mais parfois, les épanchements du cœur provoquent de drôles de réactions.

— Si tu es vraiment inquiète, tu devrais en parler à Ninon. Je suis certaine qu'elle écouterait tes inquiétudes. Moi, je n'ai jamais aimé cet homme, il me fait froid dans le dos.

Marguerite enviait l'esprit méthodique de son amie. Oksana n'avait jamais l'air hors d'elle, n'était jamais irrationnelle. Pour cette raison, Margot cherchait souvent conseil auprès de la blonde. Oksana n'avait pas à lui envier sa popularité. Elle avait fréquenté des militaires, des hauts fonctionnaires, des hommes réputés. En outre, Margot le remarquait de plus en plus, sa compagne choisissait ses payeurs selon leur rang ; tout était calculé. Le respect que Marguerite portait à son amie l'empêchait d'admettre ce qui, pourtant, lui avait traversé l'esprit à maintes reprises. On était au début d'août. L'ambassade russe devait venir rencontrer le roi de France au mois de septembre. Les émissaires étrangers allaient entendre parler de la mystérieuse Gyerda, cette Russe qui séduisait les plus grands militaires français.

Était-ce l'orgueil qui poussait Oksana ou avait-elle des intérêts cachés ?

La grossesse de Geneviève et l'arrivée imminente de sa famille chassèrent des pensées de Margot ses doutes sur Oksana. Il avait fallu bien du courage à Geneviève pour finalement dire la vérité sur sa condition à sa protectrice. Contrairement à ce qu'elle avait craint, la courtisane avait reçu la nouvelle avec beaucoup d'empathie et de compassion. Ninon ne voyait aucun problème à ce que sa protégée demeurât à l'hôtel, mais en toute discrétion. Là où Ninon avait des réserves, c'était sur les intentions de la future mère quant au fait de ne rien révéler au chevalier de Coulonges.

— Geneviève, je comprends tes craintes. Or, cet enfant est le sien, personne n'oserait affirmer le contraire. S'il ne veut pas le reconnaître, tu n'y pourras rien. Cependant, tu dois le lui dire, surtout si tu l'aimes.

Depuis cette discussion, Geneviève avait beaucoup de difficulté à trouver le sommeil.

— Je ne peux pas croire qu'il viendra ce soir, je ne peux pas, répétait Geneviève en examinant le velours ventre-de-biche.

— Je sais, tu le répètes depuis que nous avons quitté la rue des Tournelles, indiqua Marguerite tout en promenant son doigt sur une broderie.

L'automne était précoce. Les étoffes plus lourdes avaient détrôné les voilages de l'été.

— Comment vais-je le lui dire ? Vous êtes déjà tellement plus habiles que moi, Oksana et toi…

— Geneviève, fais-moi plaisir, cesse un peu de te croire moins adroite que nous.

Le chevalier de Coulonges était de retour en ville après une absence de quatre semaines. La première chose qu'il avait faite en mettant le pied en l'Île-de-France avait été d'écrire un billet tendre à la demoiselle du Roux. En tant qu'officier d'un corps militaire auvergnat, Raymond s'absentait occasionnellement des salons de Ninon. Son retour signifiait une seule chose : Geneviève allait devoir lui apprendre la nouvelle.

— Si je peux me permettre : tu as reçu beaucoup d'éloges de la part du comte de Saint-Lys et de M. de Hainault. Au début, si tu avais voulu… insinua Margot.

— Je sais. D'ailleurs, Raymond a toujours un peu peur que je prenne un autre amant dans mon lit lorsqu'il part, confia Geneviève, émue. Je t'avoue que cela m'a déjà traversé l'esprit…

— Tu n'as pas à rougir, Geneviève, intervint Marguerite avec conviction. Vous n'êtes pas mariés à ce que je sache. Quand bien même vous le seriez, lui ne serait pas nécessairement fidèle.

Geneviève lui décocha un regard morose. Les boutiquières s'affairaient autour d'elles comme des oiseaux autour de leurs petits. Les protégées de la courtisane bénéficiaient du même accueil que leur maîtresse. Venues chercher le réconfort dans l'achat de nouvelles tenues, elles acceptaient toutes les faveurs dont elles faisaient l'objet, ce qui faisait jaser les clientes.

Geneviève soupira.

— Vous n'aimez pas cette étoffe, mademoiselle du Roux ? demanda une jeune fille, prévenante.

— Non, c'est très bien, merci, répondit-elle nonchalamment. Cependant, je ne suis pas certaine que ce soit une couleur pour moi, qu'en dis-tu, Marguerite ? Marguerite ?

Son amie n'était nulle part en vue. Elle se retourna vers la boutiquière, perplexe. Celle-ci se mit à chercher aussi : un regard avait suffi pour qu'elle comprît qu'elle devait trouver la demoiselle si elle espérait vendre le tissu. Quelque chose avait attiré l'oreille de Marguerite. Quelqu'un plutôt. Margot s'approcha, lentement, comme un chat qui se cambre avant de saisir sa proie.

— C'est une belle étoffe, vous avez toujours eu l'œil, commenta-t-elle.

— Marguerite ! s'exclama Jeanne de Vimont-Clercy, dont la voix trahissait un malaise et un étonnement évidents.

— Comment allez-vous ? questionna la jeune femme en jaugeant rapidement les détails de la robe et de la coiffure de son amie ; col de dentelle austère, coiffure minimaliste, aucun bijou.

— Ma chère, on ne peut mieux se porter. Quant à vous, *Margot*, dit-elle en insistant sur son prénom, le moins que l'on puisse dire, c'est que vous faites jaser.

Margot lui sourit sans réelle sincérité. Elle n'avait pas oublié la rencontre avec la jeune femme dans les jardins… Soudain, il lui semblait que la roue de la fortune avait inversé les rôles.

« J'avais eu si honte alors… de moi, de ma relation avec Gourville. Elle avait fait exprès de me jeter mon malheur au visage », se remémora-t-elle.

— Vous devriez venir chez Ninon un soir. Si je me rappelle, vous aviez fait les beaux temps du salon de M$^{lle}$ de Scudéry, lui rappela la courtisane. J'ai ouï dire qu'on vous surnommait « Sorianne ».

Un éclair de fierté illumina le visage de la rouquine.

— Oui, c'est mon surnom de ruelle, affirma-t-elle. Ah ! Il est vrai que c'étaient de beaux salons. Cela paraît si loin maintenant, Fouquet venait d'être arrêté.

Puis elle ajouta, sérieuse :

— Je suis mariée maintenant, Marguerite.

— Mariée ! Depuis quand ?

— Nous nous sommes mariés au mois de juin. Je suis madame de La Fenaille.

— Félicitations, ma chère Jeanne.

— Merci, articula la jeune femme, qui paraissait stupéfaite devant tant de cordialité.

Margot aperçut, venant vers eux, un homme portant une perruque grise. Il était vêtu d'un lourd manteau aux bords élimés.

— Madame, vous voilà, je vous cherchais.

Jeanne tressaillit légèrement en entendant la voix. Elle se retourna vers son mari et lui lança un sourire sans joie.

— Vous avez vu quelque chose qui vous fasse envie, ma mie ?

Le ton était obséquieux. Un mariage de convention. Margot eut une montée de pitié pour son ancienne amie de couvent.

— Non, rien, répondit la jeune femme en jetant un dernier regard vers la belle étoffe brodée. Au revoir, Margot.

— Au revoir.

En voyant s'éloigner Jeanne, dont la beauté d'antan semblait masquée par la sévérité de son habillement, Margot héla la boutiquière qui l'attendait à l'écart depuis qu'elle l'avait retrouvée.

— Faites envoyer huit toises de ce brocart à M<sup>me</sup> de La Fenaille, de ma part.

## 26

### *Retrouvailles et trouvailles*

L'excitation et l'allégresse firent bientôt place à la consternation. Marguerite rapprocha la lettre de ses yeux et relut la phrase avec une attention croissante.

Jean de Hérault, sieur de Gourville, lui écrivait qu'il lui avait fait parvenir une lettre, à laquelle elle n'avait jamais donné réponse. Qu'est-ce que cela voulait dire ? La jeune femme était atterrée. Après sa rencontre avec La Fontaine, elle s'était décidée à composer une missive pour Jean de Hérault, dans laquelle elle ne s'était pas cachée de sa déception et de l'attente stérile qui avait suivi son départ de la France. Et voilà que son ancien amant lui apprenait qu'elle n'avait pas été abandonnée tel qu'elle le croyait.

La jeune femme inspira un grand coup et se rendit à la chambre de Ninon.

— Ninon, je dois te voir séance tenante, annonça Marguerite sans prêter attention au fait que la courtisane lisait une lettre.

Ninon, embêtée par cette irruption, leva les yeux de sa lecture.

« C'est peut-être une lettre de Gourville qui m'était destinée », s'assombrit la jeune femme, méfiante.

— Tu m'as menti au sujet de Jean, le sieur de Gourville, dénonça-t-elle. Je viens de recevoir une lettre de sa part. Comment as-tu pu me faire cela ? ragea Marguerite en fusillant la courtisane de ses yeux jaunes.

— Calme-toi, Marguerite, finit par lui dire Ninon de Lenclos après avoir laissé la jeune femme déverser sa colère.

— J'attends des explications, exigea Margot.

Le visage de Ninon exprimait le regret, et ses yeux noirs semblaient chercher une explication.

— Cette lettre date de plusieurs mois. Quelques jours avant ta première soirée... Je ne voulais pas que Jean, que son souvenir, t'empêchât de profiter de la vie. Qu'il réfrène...

— Ce n'était pas à toi de le décider, jugea la jeune femme. Cette décision me concernait seule.

— Tu as raison. Je ne sais que dire pour me racheter. C'était mal et je comprends que tu m'en veuilles.

— Était-ce par jalousie ? M'as-tu caché cette lettre par jalousie ?

— Non, Marguerite, assura Ninon, sincère. J'ai moi-même sacrifié vainement ma liberté à un homme et je ne voulais pas que tu fisses de même.

— Qui est-ce ? Lequel de tes amants ? persifla la jeune femme. Condé ? Le marquis de Sévigné ?

La courtisane redoubla de patience envers sa protégée, qui frôlait l'insolence.

— Villarceaux, lâcha-t-elle. C'était un caprice, mais il est devenu le père de mon fils.

La vision de sa maîtresse, si mélancolique, contraignit Marguerite au calme. Malgré sa rancune immense, la jeune femme choisit de croire la courtisane.

⁓

Dès qu'elle aperçut le petit escarpin sur le marchepied, Margot comprit que ce serait extrêmement douloureux de voir repartir Claudine.

— Margot ! lança la demoiselle aux boucles blondes en s'élançant vers sa sœur.

Geneviève, qui assistait à l'arrivée des visiteurs, sentit des larmes mouiller ses cils. Claudine était tout ce que Marguerite n'était pas : elle était blonde et rose, petite et potelée. Pourtant, elles étaient sœurs, impossible d'affirmer le contraire. L'amie de Marguerite posa une main sereine sur son ventre qui, déjà, commençait à s'arrondir.

— Comme tu es belle ! Ah, je n'en pouvais plus d'attendre ! s'emportait Margot en embrassant profusément sa sœur.

— Moi non plus, je croyais que nous n'arriverions jamais !

Annette se tenait à l'écart avec son fils, qui faisait partie de l'escorte. Charles-Antoine, trop occupé avec la saison des récoltes, avait dû rester à la baronnie.

— Bonjour, salua la femme aux cheveux noirs, je suis Geneviève du Roux, une amie de Marguerite.

— Enchantée, je suis Annette de Collibret, baronne de Mirmille, répondit celle-ci en l'observant avec intérêt, comme si sa tenue sobre et son ventre apparent l'avaient désarmée.

La baronne fit un signe à son fils et le jeune homme esquissa un demi-sourire en saluant Geneviève. Il paraissait visiblement intimidé.

— Ma tante, je suis si contente de vous voir, exprima la courtisane en s'approchant de celle qui avait été, de plusieurs façons, une mère pour elle.

— Ma chère nièce, l'accueillit la baronne avec émoi.

Les deux femmes se retrouvaient avec un peu de gratitude, de soulagement, et beaucoup d'émotions. Si Marguerite regrettait que son oncle n'eût pu faire le voyage, elle était reconnaissante de la chance qu'elle avait aujourd'hui de serrer sa sœur dans ses bras. Un jour à marquer d'une pierre blanche.

— Gabriel devrait être avec nous demain, annonça Marguerite, qui venait d'apercevoir son cousin qui se tenait à l'écart. Approchez, mon cousin, les jésuites ont-ils fait de vous un timide ? Ou serait-ce que vous ne vous souvenez plus de moi ?

— Vous n'avez pas changé du tout, ma cousine, rétorqua Grégoire de Collibret. Vous êtes toujours aussi belle, la complimenta-t-il en se remémorant la fillette qui l'obligeait à jouer au preux chevalier et à la demoiselle en péril.

Geneviève ne put réprimer un petit sourire. Le jouvenceau avait de quoi émouvoir les dames ; il avait les prunelles bleues comme le raisin sur la vigne, un menton volontaire et des fossettes mignonnes qui se creusaient lorsqu'il souriait. Peut-être seize ou dix-sept ans ?

— Venez, invita Margot en prenant le bras de sa tante, vous devez être éreintés après cette longue route. Je vais vous conduire à votre logis.

Les deux sœurs parlaient comme si elles ne s'étaient pas quittées alors qu'il y avait eu une année de silence, d'éloignement. Pour le moment, rien n'apparaissait de la longue séparation de leurs cœurs. C'était un moment magique.

— Je savais que tu finirais par maîtriser le pas du menuet. D'ailleurs, cela te servira si tu deviens demoiselle de parage chez la comtesse de Langres.

— Ma tante, vous le lui avez dit ? lui reprocha Claudine en hochant la tête, ce qui fit rebondir ses boudins. La comtesse a déjà deux demoiselles qui sont de la région, mais sa fille aînée va se marier et elle en aura bientôt besoin d'une troisième.

En y regardant de plus près, Margot dut avouer que sa sœur avait forci : ses seins et ses hanches avaient pris une belle ampleur. Elle s'était allongée, sa silhouette était moins ronde.

Le carrosse s'immobilisa. Marguerite ne fit aucun commentaire lorsqu'elle reconnut la demeure de M^{me} Bichon. Sa tante la baronne lui avait clairement fait comprendre que si elle la voyait volontiers, elle ne pouvait cependant pas loger chez la courtisane Ninon de Lenclos.

— Demain, je vous rejoindrai dans le faubourg, indiqua Marguerite. Nous irons nous faire coiffer et je vous emmènerai chez le meilleur parfumeur de Paris.

— Tu ne restes pas avec nous ce soir ? s'enquit Claudine, visiblement déçue.

Marguerite lança un regard à la baronne, qui ne sut que répondre.

— J'ai fort à faire ce soir et vous devez être épuisées après ce long voyage, expliqua-t-elle, raisonnable. Du reste, ajouta-t-elle en regardant la demeure austère, nous serions à l'étroit.

Peu importe ce que sa tante pouvait penser ou s'imaginer de sa vie, Marguerite ne changerait pas d'opinion sur M^me Bichon. Si Annette de Collibret désirait séjourner chez la bourgeoise, Margot ne pouvait que la plaindre.

❧

— Ce soir, je suis invitée dans un salon de poésie et si tu le souhaites, tu peux y venir aussi, annonça Marguerite à sa sœur.

Le visage de Claudine, spontané comme toujours, exprima son excitation et sa joie. Son réflexe fut néanmoins de chercher l'approbation de sa tante.

— J'ai déjà dit oui à ta sœur, assura la baronne d'un ton maternel. Pourvu que vous soyez de retour avant la nuit.

— Je vais devoir porter cette robe, c'est ma seule tenue assez récente, déplora la demoiselle.

Marguerite avisa d'un œil de connaisseur la tenue que sa cadette portait. Certaines choses ne changeraient jamais, comme la mode de Champagne.

— Je vais voir si je peux trouver quelque chose pour toi parmi les robes de Sabine. Elle est, à peu de choses près, de la même taille que toi.

Sabine possédait assez de robes pour en porter une différente par jour durant tout un mois. Néanmoins, Margot était embêtée. Les liens avec la demoiselle du Roseau étaient tendus ; elles se parlaient courtoisement, sans plus. Marguerite frappa doucement à sa porte.

— Puis-je entrer, Sabine ?

Aucune réponse. Marguerite était pourtant convaincue que son amie était chez elle. Elle poussa la poignée. La jeune femme aperçut Sabine étendue sur le lit, par-dessus les couvertures éparses. Son dos se soulevait régulièrement ; elle dormait. Sa nudité, à peine cachée par un voile, rappela à Margot les ébats avec son ancien amant. Margot sentit un malaise la gagner et elle décida de fermer la porte. Mais son regard tomba sur quelque chose. Un serrement d'angoisse lui étreignit les entrailles. Elle hésita un instant, considéra Sabine endormie et décida d'en avoir le cœur net. En silence, elle s'approcha du lit, elle ne voulait surtout pas réveiller la dormeuse. Lorsqu'elle fut assez près, Margot comprit que c'était bien ce qu'elle avait craint et se rendit à sa chambre en réprimant un haut-le-cœur.

❦

— Quelle pièce donne-t-on à la salle du Palais-Royal en ce moment ? demanda Ninon.

— La nouvelle pièce de Molière, *L'École des femmes*. On l'a jouée pour la première fois hier, répondit Oksana.

— J'ai su que Boileau avait vanté le jeu de la Béjart, relança Margot. C'est une comédie de mœurs, ajouta-t-elle à l'adresse de Claudine, qui passait l'après-midi à l'hôtel de la rue des Tournelles.

Pendant ce temps, Annette en profitait pour revoir ses vieilles amies de la capitale. Chaque jour qui passait, Marguerite s'étonnait de trouver en sa sœur une compagne lucide et sensible, qui s'intéressait à tout. En sa compagnie, Margot redécouvrait l'euphorie de visiter Paris. Leur cousin n'était jamais venu dans la capitale, une raison supplémentaire pour faire le tour des boutiques, des jardins, de la foire, du pont Neuf. Grégoire de Collibret suivait ses cousines avec une patience de moine.

La baronne comprenait l'engouement naïf de Claudine devant le quotidien de sa sœur, bien qu'elle s'assurât d'en dissimuler à la jeune fille les aspects les plus blâmables. Cependant, les belles tenues, les invitations et l'admiration qu'on vouait à Margot ne faisaient qu'accroître le désir de Claudine de rester dans la capitale. Ainsi, un après-midi, elles allèrent se promener au Cours-la-Reine. Claudine s'émerveillait d'un rien ; les carrosses aux armes colorées, les étalons blancs, les casaques des mousquetaires.

— On pourrait me trouver une charge de demoiselle ici, suggéra la jeune femme en guettant la réaction de sa tante du coin de son œil noisette.

— Pour le moment du moins, c'est un peu difficile, ma chérie. Vous savez comment le nom de votre père est encore très associé au scandale de Fouquet. Il faudra attendre que la poussière retombe avant de penser vous trouver une place auprès d'une dame de la ville.

— Mais Marguerite a beaucoup d'amitiés parmi les dames de la société, insista Claudine, persévérante.

Annette poussa un petit soupir et jeta un regard implorant à Marguerite. Depuis la fin de son séjour au couvent, Claudine était moins facile à amadouer.

— Annette a raison. Premièrement, toutes les demoiselles qui entrent dans la société cherchent une charge de demoiselle à Paris, exposa Margot. Seules celles qui ont des appuis réussissent à se placer. Du reste, on devra expliquer qui tu es, qui est ton père…

— Je n'ai pas honte de ma famille, moi ! cria la jeune femme en s'élançant entre les carrosses.

Marguerite accusa le coup. Si ce n'avait été sa sœur cadette… Elle sentit ses joues prendre feu et une vive colère gronder à l'intérieur d'elle. Annette posa une main apaisante sur son bras. La courtisane sentit une soudaine envie de pleurer.

— Essayez de la comprendre, elle était si seule lorsqu'elle a su la nouvelle.

— Je sais, ma tante, s'apaisa Marguerite. J'aurais sincèrement voulu être auprès d'elle.

— Je n'en doute pas.

— J'espère que Claudine comprend que, pour nous tous, il est préférable que je ne porte pas le nom de Collibret.

— Je suis certaine qu'elle conçoit très bien pourquoi vous ne portez pas notre nom, la rassura Annette avec gravité. Elle espère que vous lui direz qu'elle peut rester avec vous à Paris. Vous savez, elle vous ressemble plus que vous ne le pensez.

— Claudine ne doit pas s'illusionner sur la vie que je mène. Ce n'est pas aussi merveilleux qu'il n'y paraît. Je vais aller la chercher, conclut Margot, qui venait de repérer sa sœur.

Claudine avait le front appuyé contre un mur de pierres. La moue boudeuse, elle croisait ses bras sur sa poitrine.

« Elle ressemble à une fillette qu'on a grondée trop fort », songea Margot avec attendrissement.

— Claudine, commença la courtisane.

— Depuis quand te ranges-tu dans le camp de notre tante ? lança-t-elle sans se retourner.

Marguerite réprima une envie de rire.

— Claudine, cesse de faire l'enfant. Je comprends que tu veuilles demeurer ici. Sincèrement, j'aimerais que tu puisses rester, crois-moi.

La demoiselle eut un mouvement d'épaule qui voulait dire « et alors ».

— Qui sait, peut-être que l'an prochain…

— Pfff… Ce sera la même chose l'an prochain. On ne reverra jamais père !

Marguerite était ébranlée. Claudine se tourna vers elle, son visage couvert de larmes.

— Je ne veux pas attendre pour vivre ma vie. Tu n'y peux rien, Marguerite, mais notre père ne reviendra pas, jugea-t-elle d'un ton qui ne souffrait aucun doute.

— Cesse de dire cela ! ordonna la jeune femme.

Claudine leva un sourcil. En cet instant, elle paraissait indifférente aux émotions de sa sœur.

— Ne me dis pas, Margot, que tu espères faire sortir notre père de la Bastille grâce à ta nouvelle influence de courtisane ? railla-t-elle.

Margot se retint de gifler sa sœur. Elle aurait voulu pouvoir lui sourire pour montrer qu'elle n'était pas blessée par son propos.

— Ne crains rien, Claudine. Les courtisanes, comme tu dis, n'ont ni pouvoir ni privilège de cette sorte. Cependant, je vais te fournir une dot si imposante qu'à Pâques tu seras mariée à un mari riche et puissant, affirma Margot.

Le visage de Claudine se décomposa comme une statue de glace en été.

— Tu... veux me marier... Margot ? bredouilla Claudine, déstabilisée par les propos de son aînée.

— Je crois que ton caractère s'en portera très bien, exposa Margot, résolue.

Annette ne put deviner ce qui s'était dit au Cours-la-Reine. Mais le soir venu, Marguerite se rendit avec elle dans une hôtellerie cossue pour discuter de l'avenir de Claudine. La baronne admira sa nièce qui avait si bien mûri. Margot prenait son rôle d'aînée très à cœur ; il n'était pas question que Gabriel ni Claudine subissent les conséquences de la disgrâce qui avait frappé leur père. Sans en être entièrement certaine, Annette soupçonnait que la jeune courtisane avait quelque chose à voir dans la nouvelle charge de son frère, récemment devenu le chef des pages de la suite du prince. Peut-être était-ce la façon dont Gabriel parlait de sa sœur qui lui laissait croire qu'il y avait Marguerite derrière tout cela. La baronne avait renoncé à tout connaître de la vie de Margot, et les deux femmes ne s'en portaient que mieux. Annette avait enfin réussi à se pardonner d'avoir laissé sa nièce seule à Paris, à la merci du sieur de Gourville, mais seulement au prix de longues pénitences. Aujourd'hui, elle souscrivait à la pudeur de Marguerite, qui évitait soigneusement les sujets délicats, tout en se disant que sa nièce avait une âme bonne et charitable et que cela rachetait son mode de vie.

— Julien devrait se marier en juin prochain. Avec une demoiselle de la région, annonça Annette tout en savourant une limonade.

— Et Grégoire ? demanda Marguerite.

— Charles-Antoine aurait voulu qu'il entre dans les ordres. Je lui ai dit qu'il n'en avait pas le tempérament, ni l'inclination. Mais il est tellement dévot depuis ce qui est arrivé à son frère.

— Dévot, mon oncle ? Vous pensez vraiment qu'il songe sérieusement…

— Il a le temps de changer d'idée, Grégoire est encore jeune, affirma Annette.

— Ma tante, commença Margot, je voulais justement vous parler de mon cousin. Saviez-vous qu'il avait beaucoup de disposition pour le dessin ?

Annette fronçait les sourcils.

— Les pères jésuites nous ont dit, c'est vrai, qu'il passait plus de temps à griffonner qu'à lire les Saintes Écritures. Humm… cette limonade est d'un agrément !

— Il devrait aller dans une école, ma tante… L'académie de peinture prend beaucoup de cadets de bonne famille, vanta Margot. Il a du talent.

— Margot… tu n'as pas assez de soucis avec ta sœur et ton frère ? Je te rappelle que Grégoire voulait devenir mousquetaire il y a quelques années ; cette fantaisie va lui passer. Du reste, Charles-Antoine n'acceptera jamais.

— Mais ma tante, ce n'est pas de Charles-Antoine qu'il s'agit. Et puis, s'il s'inquiète pour le salut de son âme, il n'a qu'à visiter Vaux-le-Vicomte. L'art, c'est l'œuvre de Dieu, souffla la jeune femme.

— Ou celle du malin.

— Annette, je vous en prie, mon oncle a toujours su vous écouter, la flatta la courtisane. Grégoire tient à votre approbation, mais sa place est à Paris, chez un maître.

— Ou auprès de sa cousine, grommela Annette.

Marguerite lui décocha un sourire radieux.

༄

Avant leur départ, Annette et Claudine voulurent à tout prix voir la pièce de Molière, qui recevait moult louanges, dont certaines venaient de gens illustres. Quant à Margot, qui ne connaissait du dramaturge que ce que les dévots calomniaient, elle souhaitait se faire une meilleure idée de ce personnage si singulier. Ce serait une soirée des plus remarquables ; de fait, son ami La Fontaine, qui était le nouveau protégé de certaines dames de la cour, l'avait invitée à y aller dans une des meilleures loges du Palais-Royal. Margot examina son reflet dans la glace. Ce soir, elle accordait une attention soutenue à sa toilette. Dans le miroir, elle aperçut le visage de sa sœur.

— Margot, je peux te déranger ? Je voulais te montrer ma robe, dit-elle en tournant sur elle-même, puis elle ajouta : Je vais t'écrire...

Elle portait une tenue brodée de fleurs pêche et rose. Avec ses trois jupes en dégradé de vert, elle incarnait le printemps dans toute sa douceur.

— Claudine, vous ne partez que demain.

— Je sais bien, répondit-elle en haussant les épaules.

À la façon qu'elle avait de se balancer d'avant en arrière, Margot savait que sa sœur avait quelque chose à lui dire. Elle choisit de feindre d'ignorer Claudine et se consacra à l'examen de son coffre à bijoux. Après quelques secondes, Claudine s'assit sur le lit.

— Tu es encore là ? fit Margot, faussement surprise.

— Euh... Oui. Je voulais t'entretenir un moment.

— Bien, je t'écoute.

— C'est que... je voulais te dire que j'étais navrée pour l'autre jour.

« Il était temps, je n'en pouvais plus », se dit Margot, enfin soulagée.

— Je suis contente que tu sois venue à Paris, murmura Margot en retrouvant sa sœur sur la couette. Je veux que tu saches combien je t'aime, Claudine. Je n'ai que Gabriel et toi, il n'y a personne qui compte plus que vous deux pour moi.

— Oh ! Margot, je ne veux pas que tu m'oublies.

— Quelle sotte idée, gronda-t-elle en serrant sa sœur dans ses bras. Comment voudrais-tu que je t'oublie ?

Claudine se colla contre sa sœur. Des parfums de muguet et d'épices se mêlaient pendant que les cœurs se retrouvaient. La cadette retenait ses larmes.

— Regarde-moi, Claudine, demanda Marguerite en s'éloignant doucement. Je veux que tu me promettes de ne jamais perdre espoir.

— Ou… oui, balbutia la jeune femme.

— C'est bien. Allez, nous allons faire attendre Annette, dit Margot en se levant.

Au même moment, Annette entra. Elle portait une belle tenue qui lui seyait fort bien.

— Ma tante ? Je croyais que vous nous attendiez dans le carrosse, s'ébahit Marguerite alors que sa parente examinait la pièce avec curiosité.

— Le maître d'hôtel a été fort courtois, il m'a conduite jusqu'à votre chambre, commenta la baronne. Je voulais te voir un moment, Marguerite. Voudrais-tu nous attendre en bas, Claudine ?

Celle-ci s'esquiva en lançant des regards intrigués à sa sœur aînée.

— Je suis venue te rendre ceci, montra la baronne en tendant une petite boîte oblongue à Marguerite.

Margot remarqua que la main de sa tante était agitée de légers tremblements.

— Oh… murmura la jeune femme devant l'éclat nacré des perles.

Son collier. Aussitôt, elle sentit une bouffée d'émotion monter en elle.

— M<sup>me</sup> Bichon l'a retrouvé, ironisa Annette, que les explications de son amie n'avaient pas abusée.

Les yeux embués, Marguerite demanda :

— Voulez-vous me l'attacher, ma tante ?

La salle du théâtre était illuminée par plus de trente lustres, soixante chandeliers et plus de mille cinq cents chandelles. Les rampes de bois foncé, les velours et la hauteur de la voûte contribuaient à en faire un lieu féerique. Pourtant, Grégoire de Collibret ne captait que la merveille du jeu de lumière sur la coiffure d'ébène de Marguerite. Il savait qu'il n'était pas son seul admirateur, mais le regard attentif du sieur de La Fontaine, loin de l'intimider, l'avait amusé. Il ne parvenait pas à comprendre comment cet homme, vieux et assez ordinaire selon lui, pouvait prétendre sérieusement à l'affection de sa charmante cousine.

— Vous regardez la pièce, Grégoire ? chuchota sa mère à son oreille.

Jean de La Fontaine, malgré ses trente ans de plus que Grégoire, était tout aussi fasciné par cette femme si belle et dépourvue de l'orgueil pompeux qui enlaidit tant de beautés.

Margot, quant à elle, ne remarquait pas l'admiration dont elle faisait l'objet. Avant le début de la pièce, les silhouettes de Sabine et de René, qui prenaient place dans une loge voisine, l'avaient jetée dans un trouble immense.

Depuis un moment, ses yeux scrutaient intensément l'obscurité ; elle devinait leurs attouchements sans parvenir à y croire.

La main déterminée soulevait patiemment le tissu moiré. Chacun des doigts étaient animés d'un élan de collaboration ; ils œuvraient dans un même but, un but immoral.

Petits rires, petits râles. Sur la scène, Arnolphe se consumait d'amour pour Agnès. De bévue en bévue, Arnolphe désespérait et la main agile de René caressait sa compagne.

René du Bec était moins fasciné par le théâtre que par la pénombre qu'offrait l'alcôve. Soir après soir, la même protestation piteuse. Le même combat inégal, gagné avant même d'être amorcé. La gêne, la honte, la nervosité avaient d'abord embarrassé Sabine. Elle pouvait se débattre pendant deux scènes, sinon trois. Elle finissait toujours par se rendre. Maintenant, ce qu'il savourait par-dessus tout, c'était le moment où il jouait l'amant irrité et offusqué. Il se détournait, fâché par tant de réticences, afin de voir Sabine se soumettre avec peur et renonciation. La peur de ne plus ressentir le plaisir de leurs ébats vicieux, de le perdre, de lui déplaire.

Une plainte langoureuse s'échappa des lèvres gonflées de Sabine. Des têtes se tournèrent vers eux. Les yeux scrutaient les contours en clairs-obscurs. Le marquis de Vardes fourra ses doigts entre les cuisses humides de son amante, y provoquant un long frémissement. Elle était totalement à sa merci. Il offrit aux curieux un visage impassible, ce qui provoqua rougeurs et embarras. Pendant ce temps, il massait, perçait les entrailles de sa féminité. Malgré les tentatives de Sabine pour rabattre ses jupes, il n'acceptait jamais qu'elle se couvrît. Parfois, il la pinçait, ou la forçait. Ce soir-là, il était particulièrement intraitable avec elle.

Tout près, dans la loge voisine, il sentait la présence de Margot. Il voulait lui faire sentir sa défaite. Qu'elle vît le plaisir qu'il offrait à une autre. Le rideau tombait sur la fin de l'acte. Sa proie se cambra sur le siège et son front se couvrit de sueur. Un bruit de gorge se fit entendre dans l'obscurité.

— Ah… Margot !

Marguerite tressaillit. Mue par une impulsion, elle se leva sans même penser aux gens autour d'elle. Elle sentit les regards de sa sœur et de sa tante sur elle. Avait-elle bien entendu ?

Comme hypnotisée par les ombres qui se mouvaient dans la loge adjacente, Marguerite secoua la tête pour se ressaisir. Elle devait avoir rêvé. Faisant mine de replacer ses jupes, elle se rassit et tenta de diriger ses pensées sur la scène.

— Chaud… coule… Margot !

Cette fois, elle savait qu'elle avait bien entendu. Sous les regards à la dérobée qui se tournaient vers elle, Marguerite sentit ses joues s'empourprer. Elle se redressa avec toute la dignité dont elle était capable et quitta la loge.

Pourquoi avait-il fallu qu'il soit ici ce soir ? Savait-il qu'elle y serait ? Elle avait le souffle court, la tête lui tournait. Depuis une semaine, elle essayait d'oublier ce qu'elle avait vu dans la chambre de Sabine. Malgré ses efforts, elle n'y parvenait pas.

« Je dois faire quelque chose, je dois parler à Ninon, à quelqu'un. Cet homme est maléfique. »

## 27

### *Joies et peines*

— Quels obscurs desseins animent cet homme ? murmura Oksana en frissonnant. Au risque de me répéter, je soutiens que tu dois en informer Ninon.

Marguerite opina du chef, consciente que la Russe parlait une fois de plus avec la voix de la raison. Ce qu'elle avait cru déceler dans la chambre de Sabine avait continué de la hanter, malgré les mois qui s'étaient écoulés.

— Sabine est tellement sensible, je ne veux pas la blesser, encore moins la trahir. Je sais qu'il est plus sage de m'en remettre à Ninon de Lenclos, mais j'entendais d'abord parler à Sabine, confia-t-elle.

Chaque fois que Marguerite ramassait suffisamment de courage pour aller parler à Ninon, il survenait un contretemps. D'abord, elle avait attendu le départ de sa sœur, de sa tante et de son cousin. Puis, il y avait eu l'annonce du mariage de Geneviève et de Raymond. Cet heureux événement avait accaparé toute la maisonnée durant trois semaines. L'espace d'un moment, Margot avait cru que tout était rentré dans l'ordre : le bonheur de Geneviève leur avait permis, à Sabine et à elle, de mettre derrière elles leurs querelles et leurs silences douloureux. Cette réconciliation comblait la future mère. Or, peu de temps après, René du Bec était revenu, plus suave et plus ensorceleur que jamais.

Margot aurait dû aller prévenir Ninon à ce moment-là. Elle s'en voulait d'avoir manqué de volonté. Pis, elle se détestait d'éprouver de la peur à l'idée de détruire l'illusion dans laquelle baignait Sabine. Plus que tout, elle redoutait de se faire haïr par Sabine et de se faire reprocher d'être jalouse.

— Tu sais que Ninon devra être mise au courant tôt ou tard, lui fit remarquer Oksana. C'est la seule qui puisse décider de lui interdire les lieux.

Marguerite ne voulait pas provoquer une tempête dont les conséquences dépasseraient ses objectifs. Sabine était son amie avant tout et, bien qu'elle s'inquiétât terriblement, elle pensait pouvoir lui faire entendre raison sans l'intervention de Ninon de Lenclos. Une part d'elle-même savait que c'était s'avancer sur un terrain qui ne lui appartenait pas vraiment, Margot étant une protégée de Ninon au même titre que Sabine. Mais ses succès dans la haute société renforçaient sa confiance. Marguerite de Collibret en était venue à penser qu'elle était l'héritière de Ninon de Lenclos.

꒰ꇤ

La fourrure était comme une deuxième peau. Sabine n'avait jamais reçu un aussi beau cadeau. Lorsque ses mains caressèrent les poils gris, elle en oublia la méchanceté de son amant. En fait, plus elle découvrait la douceur et la perfection de la pèlerine, plus elle se convainquait que René n'avait pas voulu lui causer de chagrin. C'était un si beau cadeau, du même gris que les yeux de René.

— Je savais que tu l'aimerais, assura Vardes.

— C'est une pure merveille !

— Il n'y a que toi qui puisses lui rendre justice, souligna-t-il en prenant la main de la jeune femme dans la sienne.

— Ça fait longtemps que tu n'es pas venu dans un cinq à neuf… Ce soir, tu devrais venir, il y aura plusieurs invités, Margot y sera aussi.

— Je pensais plutôt t'inviter chez moi… Nous serions plus tranquilles, murmura-t-il en caressant sa nuque, feignant d'ignorer l'allusion à Margot.

Les doigts étaient brûlants sur son cou gracile. La jeune femme devinait son désir. Aucun homme ne désirait comme René. Un feu ardent qui dévastait tout sur son passage. Sabine réprima un mouvement de nervosité.

— Qu'est-ce que tu as ? Si tu préfères, nous pourrons nous voir un autre soir. Le marquis de Biran et le chevalier d'Ange-court m'ont invité à une soirée.

— Ah… et moi, je ne pourrais pas y aller ?

— Mais non, trancha-t-il, inflexible. Tu les rendrais tous jaloux, je te l'ai répété maintes et maintes fois.

Sabine fronça les sourcils. Elle ne supportait pas les « autres ». Ces hommes qui se livraient à l'amour inverti et qui formaient le cercle privé et secret de son amoureux.

— Ils envient tes courbes, ta gorge, susurra son amant en agrippant vigoureusement les appas en question.

Sabine sursauta sans plaisir. Elle n'aurait pas l'occasion de passer la soirée ici. Son vœu le plus cher était de détourner son amoureux de tous ses compagnons de vice ; elle était convaincue qu'elle y arriverait, peu importe ce qu'il lui en coûtait.

— Je vais aller prendre une liqueur en bas pendant que tu te prépares à partir, dit Vardes en s'éloignant de sa maîtresse à contrecœur.

Sabine poussa un soupir lorsqu'il quitta sa chambre. Elle se dirigeait vers sa garde-robe lorsqu'on frappa à la porte.

— C'est moi, annonça Marguerite.

Sabine fut éblouie malgré elle par la beauté de son amie. Sa chevelure ébène tombait en boucles sur ses épaules dégagées par la robe moirée. Elle portait à peine une touche de fard aux joues.

— Tu veux que je t'assiste pour t'habiller ? proposa Margue-rite, serviable. Les chambrières sont toutes en bas.

— Si rien ne te presse, accepta Sabine, se forçant à ne pas chercher de motif caché derrière cette visite.

— J'ai croisé René en bas, vous avez une soirée ?

— Hum hum, je vais porter cette robe-ci, indiqua la demoiselle du Roseau en désignant une tenue bleu pervenche dont le corsage était orné de fines dentelles.

Marguerite étendit la robe sur le lit. Quand Sabine se pencha pour prendre ses bas de soie, Margot put apercevoir, dépassant de la culotte de dentelle, la marque boursouflée qui l'avait perturbée. Elle faillit perdre courage et tourner les talons. Mais le parfum de René qui flottait encore dans la pièce lui rappela l'importance de sa démarche.

— Sabine, dit-elle calmement, tu as quelque chose, là.

Sabine se redressa vivement et se tourna vers celle qui avait déjà partagé son intimité. Ce faisant, elle masqua le bas de ses reins à la vue de Margot.

— Qu'es-tu venue faire ici ? se méfia Sabine.

— Sabine, ne te cache pas de moi, je veux ton bien. Est-ce lui qui t'a blessée ?

Dès qu'elle ouvrit la bouche, Sabine comprit qu'il n'y avait rien à faire. Marguerite était d'une éloquence redoutable. Elle ne sut ni défendre, ni expliquer la brûlure sur sa chute de reins.

— Sabine, plus tu me parles de lui, plus je constate l'ampleur de son emprise sur toi. Il a flétri ton corps en y laissant sa marque... Je ne peux pas croire que tu l'aies laissé faire !

— Tu ne peux pas comprendre, Margot, soupira Sabine avec une résignation presque religieuse. René et moi, nous sommes amoureux, cet état merveilleux qui demeure exilé de cette maison.

Atterrée par ce que lui disait Sabine, Margot hocha la tête. Son visage exprimait l'incrédulité la plus complète.

— Il m'attend, alors, à moins que tu veuilles m'aider, je vais finir de me vêtir, affirma Sabine en saisissant sa robe.

Marguerite se laissa tomber sur le lit, incapable de trouver autre chose à dire. La porte de la chambre s'ouvrit à ce moment précis et le marquis de Vardes, élégant dans un justaucorps seyant, apparut. Il arborait un sourire désarmant et s'il remarqua la présence de Margot, il ne s'en formalisa pas. Sabine, quant à elle, se précipita aussitôt vers lui, comme si elle cherchait à obtenir du réconfort.

— Vous n'êtes pas prête, ma mie ? la gronda-t-il d'une voix faussement alarmée.

Sabine se pencha à son oreille et chuchota quelque chose que Marguerite n'entendit pas. La jeune femme ne trouvait pas la force de se lever et de sortir, paralysée par l'échec et étourdie par la scène qui se jouait devant elle.

— Vraiment, Margot a dit cela ? Elle t'a donc beaucoup peinée…

Marguerite leva les yeux vers son ancien amant, qui s'approcha d'elle de sa démarche féline. Elle sentit des larmes monter à ses yeux et se redressa pour partir. Il lui barra le chemin, elle se retrouva tout près de lui et pouvait humer le parfum de son corps.

— Viens ici, Sabine, viens te réconcilier avec Margot.

Marguerite agita la tête en signe de dénégation et tenta de s'échapper. Il lui saisit le bras fermement et la chaleur de son étreinte ébranla la jeune femme, qui s'immobilisa. Sabine s'avança et, aussitôt, enlaça son amie entre ses bras.

— Sabine, se troubla Marguerite. Sabine, arrête, je t'en prie.

La bouche de Sabine cherchait confusément à l'embrasser, alors que le bras de Vardes caressait sa nuque.

« Je dois partir, se commanda Marguerite, envahie par une langueur décuplée par la passion soudaine de Sabine. Il veut me soumettre, comme il a soumis Sabine. »

Elle sentit la poigne de René dégrafer son corsage et en forcer l'ouverture. La poitrine de Marguerite jaillit du tissu. Les mains de l'homme retenaient vigoureusement ses épaules alors que Sabine, enflammée et presque frénétique, caressait les seins blancs de son amie.

Marguerite émit un gémissement. Elle tenta de se défaire de l'emprise de Vardes, mais la torpeur qui l'habitait lui retirait toutes ses forces. Le visage exalté de Sabine se leva vers elle, sans croiser son regard. Les deux amants s'embrassèrent fougueusement, par-dessus l'épaule de Margot. La tension était palpable ; la chaleur des corps, les souffles courts, les frontières fragiles entre l'abandon et la lutte. Lorsque le corps nu de la courtisane se plaqua contre le sien, Marguerite sut qu'elle devait fuir. L'incroyable force de René du Bec résidait dans sa capacité à jongler avec les sentiments troubles de la culpabilité.

Margot fit semblant de consentir aux étreintes, afin de parvenir à sortir de l'étau formé par leurs chairs réunies.

— Margot, Margot, murmura Vardes en agrippant sa chevelure. Je veux te chevaucher…

Il se courba pour retirer ses chausses ; devant l'air béat de Sabine qui s'étendait sur le lit, Margot se précipita vers la sortie. Le couloir était heureusement désert et elle ne rencontra personne. Une fois à sa chambre elle appuya son dos à la porte et se mit à pleurer.

L'échec était cuisant, parce qu'elle avait vraiment cru à son pouvoir de persuasion. Marguerite croyait que l'intimité qu'elle avait partagée avec Sabine lui aurait assuré le succès. Une vague immense venait de la terrasser ; dans l'écume, elle distinguait des millions de prunelles grises qui la fixaient en grimaçant. Elle vacilla. Ce n'était pas elle qui était trop faible, c'était lui qui était trop puissant. Comme David devant le géant Goliath. Marguerite se résolut à avertir Ninon.

Cette démarche lui coûtait. Elle aurait voulu n'avoir jamais vu la boursouflure rouge, à même la chair de son amie. Elle aurait pu continuer d'ignorer ce qui se tramait.

— Voilà, tu sais tout maintenant, conclut Margot en évitant de croiser les yeux de la courtisane.

— Mais je rêve ! Qu'attendais-tu pour me dire la vérité, Marguerite ? Que Sabine nous quitte ?

Malgré la culpabilité qui la tenaillait, Margot voulut protester et se défendre.

— Non, je ne veux rien entendre. Tu aurais dû venir me voir.

— J'ose te rappeler que tu m'as menti aussi, sur Gourville, rétorqua Margot.

— C'était différent. Ne mélange pas tout.

Un silence s'installa.

— J'avais peur de la perdre, j'avais peur que tu demandes à Sabine de partir. Je suis navrée, admit la jeune femme en baissant la tête.

— Quoi qu'il en soit, je suis très déçue. Je pensais que je pouvais avoir confiance en ton jugement et je me suis trompée. C'est moi la maîtresse ici, pas toi, Margot. Bon. Je vais réfléchir à tout cela maintenant, laisse-moi.

Ce soir-là, Marguerite monta très tôt à sa chambre. Inquiète de la voir pâle et sans entrain, Geneviève tenta de savoir ce qui tracassait son amie. Grâce au thé à la menthe et aux chocolats, elle réussit à lui faire ouvrir la bouche, mais aucun mot ne sortit. Penaude, elle regagna le grand salon et, malgré l'absence remarquée de Margot, Oksana et elle réussirent à rendre la soirée agréable.

Quelques jours plus tard, Margot eut la confirmation que Ninon avait ordonné à Sabine du Roseau de ne plus voir ni fréquenter René. Il était officiellement banni de leur demeure. Le lourd fardeau du secret ne pesait plus sur ses épaules. Son sommeil, pourtant, restait agité. Elle ne parvenait pas à supporter l'idée d'avoir trahi sa compagne. Généralement, l'esprit de Margot lui dictait ses sentiments, mais, cette fois, elle n'arrivait pas à trouver de justification apaisante à son acte. Encore plus qu'un face à face avec sa compagne, elle redoutait tout ce que Sabine pourrait faire par désespoir.

༺৵༻

Au milieu du grand salon, les hommes formaient un cercle autour de la robe rouge. Comme un phare qui guide les marins à bon port. Une heure plus tôt, Marguerite était allée se promener dans la cour avec le poète La Fontaine. Ils s'étaient un peu attardés, savourant la beauté de cette nuit d'hiver. Les deux promeneurs s'étonnaient de retrouver un regroupement d'invités aussi empressés autour de Sabine.

— Excusez-moi, mon ami, je reviens de suite, annonça la jeune femme en posant une main bienveillante sur l'avant-bras de son compagnon.

Avant même d'arriver à l'essaim, elle avait deviné ce dont il s'agissait.

— Bonsoir, Sabine. Messieurs, salua Marguerite.

— Ma chère Margot, lui répondit la jeune femme à la robe écarlate.

Les hommes s'écartèrent pour la laisser passer. C'est ce qu'escomptait Marguerite. Elle prit Sabine par le bras. Un œil distrait pouvait facilement apercevoir l'étendue des charmes de la jeune femme par l'échancrure de son corsage. Si près, Margot était aux premières loges. De toute évidence, Sabine était ivre.

— Messieurs, je dois vous l'emprunter un petit moment, annonça la jeune femme en prenant sa voix la plus mielleuse.

Sabine lança un regard noir à Margot. Néanmoins, elle sourit à ses admirateurs.

— Je reviens dans un moment, promit la jouvencelle aux lèvres rouges comme le drapé de sa robe.

Lorsqu'elle fut hors de portée de leur attention, elle se pencha à l'oreille de Marguerite :

— Qu'est-ce qui te prend ? Tu ne supportes pas que ce soit moi, la reine de la soirée ?

Son haleine empestait l'alcool. Margot fut estomaquée par la morgue de sa compagne.

— Idiote, je viens te sauver du ridicule. Tu te conduis comme une vulgaire gourgandine.

— Et toi, tu te crois mieux que moi ? la dénigra la jeune femme en essayant de se libérer de l'étreinte.

Margot la tenait fermement.

— Laisse-moi. Je te pensais mon amie, mais tu m'as trahie par jalousie, accusa la jeune femme.

Margot lui lâcha le bras. La peine de Sabine était tangible. Marguerite ne se sentait pas la force de se défendre. Elle aurait voulu se fâcher, mais elle était surtout blessée.

— Écoute, je ne supporte pas de te voir te conduire ainsi. Tu n'es pas la moitié de ce que tu pourrais être si seulement tu voulais…

— Je ne suis pas comme toi, érudite, spirituelle et ayant de la répartie. Je n'ai pas le talent d'Oksana, ni la modestie de Geneviève. Je ne suis que belle. C'est tout. Je ne suis que cela… belle. Les hommes me désirent, ils veulent mon corps, dit la jeune femme, le visage défait par les larmes. Moi, je le leur laisse. Je n'ai rien d'autre, Margot. Rien.

De son côté, Geneviève avait fini par trouver Ninon. Son état ne lui permettait plus de se mouvoir facilement. Elle avait réussi à éluder les conversations et à éviter les invités qui cherchaient à l'accoster. Le cabinet regroupait quelques amis de Ninon qui venaient l'entendre jouer du luth. Ninon était en grande discussion avec un écrivain. La future mère l'avait rencontré plus tôt, mais elle ne se souvenait plus de son nom. En avançant vers sa maîtresse, Geneviève maudissait sa mauvaise mémoire, elle maudissait sa malchance, elle maudissait aussi Sabine. Elle se mordit les lèvres et se dit qu'à ce rythme-là, elle aurait juré plus de fois en une nuit que durant toute sa vie.

— Mademoiselle de Lenclos, est-ce que je peux vous importuner un moment ?

Les propos n'en disaient pas autant que les deux prunelles foncées. La courtisane sourit et acquiesça d'un signe de tête. Geneviève, soulagée, lui expliqua la situation : Sabine s'était enivrée et avait perdu toute maîtrise de soi. Ninon la rassura.

— Si tu veux bien, Geneviève, j'aimerais que tu retournes auprès de mes invités dans le cabinet. Ne t'inquiète pas pour Sabine, j'y vais de ce pas.

Ninon aperçut les deux jeunes femmes. Sabine était dans un état lamentable, Geneviève n'avait pas menti. Sabine avait pleuré, elle pleurait encore. Son balbutiement était à peine intelligible. Heureusement, Marguerite la tenait à l'abri des regards.

— Ça va, Margot, me voici, intervint la courtisane. Sabine, viens, montons à ta chambre.

— Je peux vous accompagner ?

L'affection de Marguerite enveloppait Sabine, pas uniquement par ses bras, mais par toute son attitude protectrice. Ninon lui sourit, incapable de ne pas accéder à sa requête.

À deux, elles firent monter la jeune femme et la mirent au lit. Sabine n'eut pas la force de résister aux soins combinés de Ninon et de Margot. Un moment après, elle dormait d'un sommeil pesant. Marguerite caressait sa chevelure en désordre ; sa fureur était tombée, il ne restait plus que la beauté touchante de la demoiselle.

— Pour ce soir, elle va dormir. Demain, j'aviserai, dit Ninon à voix basse, comme pour elle-même.

— Cet homme aura-t-il eu raison de notre chère Sabine ? soupira Marguerite.

— Cela s'est déjà vu. Sabine est enfiévrée... Les passions perdent beaucoup de jeunes femmes. Jeune ou plus âgée, il faut s'en garder. À tout le moins éviter d'être le jouet des hommes qui profitent de cette passion dans leur propre intérêt. Plusieurs femmes se sont perdues, et je ne parle pas de leur réputation uniquement.

— Comme Marion De Lorme ?

— Oui. Elle ressemblait beaucoup à Sabine. Le plus beau des visages. On disait que Dieu s'était épuisé en créant son visage et son corps, se remémora Ninon avec nostalgie.

Margot ne pouvait détourner ses yeux de Ninon. Elle prit conscience que sa maîtresse lui manquait. Elle était si jeune, et pourtant, elle chérissait déjà tant de précieux souvenirs, dont celui qui lui venait de l'époque où elle n'avait pas d'amant et où la seule personne à laquelle elle désirait plaire était cette femme aux prunelles noires pleines de vivacité.

— Ninon, cette passion t'a-t-elle déjà atteinte ?

— Au moins une fois, murmura la femme, énigmatique. Malgré ma souffrance, cela a fait de moi une plus grande amoureuse. Je sais que tu voudrais choisir tes amants, au gré de tes inclinations, Margot. Tu as un bon nombre de soupirants et quelques payeurs dont tu ignores toi-même le nom, dit la courtisane en souriant devant l'expression ébahie de sa protégée. Il te manque une seule chose, cependant.

— Laquelle ?

— Un défi, une conquête, annonça M<sup>lle</sup> de Lenclos.

Les fibres du corps de la jeune femme résonnèrent à cet appel. Il n'en fallait pas plus pour qu'elle aspire à cette gloire.

— Dis-moi qui je dois séduire. Je suis prête.

Un demi-sourire se dessina au coin des lèvres de Ninon. Trouver le bon candidat pour sa protégée ne serait pas facile.

౿

Avec la pluie glacée et la fin de l'hiver, la maison de la rue des Tournelles devenait le refuge nocturne de beaucoup d'oiseaux voyageurs. Le ramage ne valait pas toujours le plumage, aussi Ninon se donnait-elle le droit de refuser les gentilshommes indésirables. Toutefois, elle réservait un traitement particulièrement funeste aux hommes qui avaient acquis une réputation de brute auprès des dames et qui persistaient à traiter les femmes comme des créatures insignifiantes et dépourvues de sentiments.

— Difficile de croire qu'il a accepté l'invitation, chuchota Margot à l'oreille de Sabine. Je me demande qui sera de la soirée.

— Ninon m'a dit qu'il s'est empressé de lui répondre, confirma celle-ci en jetant un regard en direction du salon où leur maîtresse était occupée à donner des recommandations aux domestiques. Je me demande qui de nous est la plus impatiente à l'idée de cette soirée.

Elles s'entre-regardèrent, leurs yeux brillaient d'une envie malicieuse. Marguerite songea à Oksana, qui devait aussi être remuée à cette perspective.

— Margot, Sabine, cessez de bavarder et venez me voir, commanda Ninon, qui tentait de maîtriser une excitation naissante.

Lorsqu'elles furent assises sur les tabourets, la courtisane s'adressa à elles :

— Je vais avoir besoin de votre concours afin que tout se déroule comme prévu ce soir. Margot, ton rôle sera d'entretenir la conversation et d'amener subtilement M^{me} de Galins à nous parler des lettres qu'a reçues sa nièce. Je vais donner le ton en abordant mes propres échanges de lettres.

— N'est-ce pas risqué ? lança Sabine, sceptique. Ne risque-t-il pas de flairer la ruse ?

— Il ne sait pas que M^{me} de Galins est la tante de la demoiselle en question. De plus, nous allons d'abord nous assurer de gagner sa confiance.

— Comment ? questionna Marguerite, captivée.

— C'est toi, Sabine, qui accueilleras Bernard d'Angecourt, annonça Ninon de Lenclos. Tu dois t'assurer de faire preuve d'humilité et d'affabilité à son endroit ; comme si tu te pliais à mes exigences. Crois-tu en être capable ?

Sabine fit un sourire qui découvrit ses petites dents nacrées.

— Parfait, je vais aider Oksana à se préparer.

Quelques heures plus tard, la pendule d'ébène marquait près de six heures, les invités devisaient, alliant traits spirituels et galanterie. Les flambeaux d'argent illuminaient les visages, dont celui de Bernard d'Angecourt, qui affichait un air arrogant sous le fard qui le pâlissait. Marguerite l'aurait reconnu entre mille. Elle devait s'obliger à ne pas le toiser avec mépris dès qu'il ouvrait la bouche.

C'est la présence d'Oksana, transformée par la perruque brune qu'elle portait, et légèrement en retrait du salon, qui encourageait la jeune femme à patienter jusqu'au moment où sonnerait le tocsin. Son amie paraissait aussi détendue qu'à l'accoutumée, mais un œil attentif comme celui de Margot décelait de petits détails qui témoignaient de son agitation.

— Je ne conçois pas la chose, mademoiselle de Lenclos, admit un martyr de Ninon. Vous êtes la meilleure des conseillères pour amener un jeune homme à s'instruire sur l'art de l'amour. Y a-t-il quelqu'un qui vous résiste ?

— Je n'ai jamais dit que cet homme était jeune, spécifia la courtisane, espiègle.

L'assemblée pouffa de rire.

— D'ailleurs, la plume n'est pas sans aisance, mais elle est lourde et farcie de bagatelles, jugea Ninon. Certaines personnes s'évertuent à complimenter sans prétexte.

— En somme, il y a sécheresse d'idée et de finesse, résuma Marguerite. Certains hommes peuvent étourdir avec des compliments qui n'ont rien de vrai. Qu'en pensez-vous, madame de Galins ?

— Je pense qu'il aurait intérêt à dire le vrai de la chose plutôt qu'à chercher à flatter. Les hommes s'imaginent-ils que nous n'avons pas une opinion juste de nous-mêmes ? Ce gentilhomme qui vous écrit, mademoiselle de Lenclos, me rappelle l'admirateur de ma nièce.

— Mais combien de mes semblables n'ont pas encore appris la manière jolie de plaire ? ironisa le poète Chapelle.

— Au moins deux, répliqua M$^{me}$ de Galins en riant, car le correspondant de ma nièce est jeune et noble. Lui est plus que flatteur. C'est un coureur de dot.

— Pouvons-nous connaître le nom de ce personnage ? questionna le chevalier de Réchignac.

Sa demande fut accompagnée d'exhortations bruyantes de la part des hommes.

— Messieurs, messieurs, je regrette de vous causer du déplaisir, interrompit M$^{me}$ de Galins, cet homme signe sous un pseudonyme, ce qui se comprend lorsqu'on lit ce qu'il couche sur le papier.

— Expliquez-vous, invita Margot.

— Ma nièce, assurément, n'a point une grande beauté, mais elle compense heureusement cela avec beaucoup d'esprit. Depuis qu'ils échangent des lettres, qui sont davantage des billets doux, ce gentilhomme n'a de cesse de lui vanter ses attraits, ses mérites et son charme. Bref, ma nièce, qui me considère comme assez bon juge de caractère, m'a montré les lettres en me demandant ce que j'en pensais.

— Et puis ? lança un gentilhomme.

— Je lui ai demandé si c'était bien à elle que s'adressaient ces missives, plaisanta M^{me} de Galins, et je lui ai dit qu'elle avait affaire à un gentilhomme fort peu honnête.

— Quel jugement sévère ! Il ne peut être aussi terrible ! s'exclama Sabine, exubérante.

— Je vous assure que si, d'ailleurs, je crois avoir un de ces billets avec moi, annonça-t-elle.

Alors qu'elle sortait le pli de sa jupe, de son côté, Margot épiait la réaction de Bernard d'Angecourt, assis un peu plus loin. Rien ne laissait présumer qu'il avait compris qu'on se moquait de lui. La lecture commença.

*Souffrez, mademoiselle, que je vous fasse l'éloge de vos grâces.*

*Vous avez un visage qui défie les lois divines ; à n'en pas douter, vous êtes la plus belle demoiselle qui existe sous l'astre du jour. Vos cheveux me rendent amoureux et je voudrais devenir peigne pour mieux les chérir. Les marques d'estime que je voudrais vous porter me font prendre la plume afin de vous témoigner de l'ensorcellement dont je suis victime. De tous vos attributs, vos yeux sont encore ceux que je préfère, et ils me font soupirer nuit et jour. Je rêve de pouvoir m'endormir devant eux, ainsi je connaîtrais le bonheur de m'abriter à votre côté. Vos mains blanches et fines me font souhaiter être un gant de soie…*

L'hilarité s'était propagée dans l'assistance, gagnant en ampleur à chaque nouvelle tournure grandiloquente.

— Et cela continue encore sur une page, dit la lectrice.

Les hypothèses sur l'identité de l'auteur ne manquèrent pas de fuser. Margot et ses complices notaient le malaise qui s'emparait graduellement d'Angecourt; son rictus s'était évanoui et il se raidissait sur son siège.

— Vous dites qu'il est jeune ?

— Ce n'est pas encore un homme mûr, mais il n'est plus un débutant dans le monde, précisa M<sup>me</sup> de Galins.

— Je suis certain qu'à nous tous, nous pourrons le trouver, certifia le poète Chapelle.

— Peut-être que son pseudonyme nous éclairera sur une caractéristique de sa personne, avança Oksana avec prudence.

— Si fait ! Je n'y avais pas songé, s'enthousiasma le chevalier de Réchignac.

À ce moment, Bernard d'Angecourt fronça les sourcils et dévisagea Ninon avec méfiance. Habilement, celle-ci porta une coupe à ses lèvres pour se donner une contenance.

— Voilà, fit M<sup>me</sup> de Galins en considérant le billet, il signe *l'Ange de la cour.*

— Non moindre, ricana le seigneur de Bonrepaus avec dédain. Voilà quelqu'un qui doit avoir belle figure et qui doit être familier du Palais.

— Vous-même, monsieur d'Angecourt, n'êtes-vous pas de la suite du comte de Guiche, peut-être savez-vous de qui il s'agit ? questionna Ninon avec une désinvolture qui provoqua l'admiration de Margot.

Les joues du jeune homme s'empourprèrent d'un seul coup. Il bredouilla quelques mots inintelligibles et se leva. M<sup>me</sup> de Galins chuchota quelques mots à son voisin. Elle fut suivie de deux ou trois autres convives. Bernard d'Angecourt darda sur Ninon un regard de haine. Marguerite eut la vive impression qu'il allait la vilipender, lorsque tout à coup le chevalier de Réchignac s'écria:

— Sacredieu ! Moi qui avais toujours cru qu'il était sodomite !

☙

Margot languissait impatiemment que sa maîtresse se décidât à la mettre à l'épreuve. En attendant, elle lisait les textes d'Épicure et d'Hérodote et passait beaucoup de temps auprès de Geneviève, qui allait accoucher d'un jour à l'autre. Depuis la fin de février, l'épouse de M. de Coulonges était déménagée rue des Oiseaux. Ce départ avait attristé ses trois compagnes. Même attendue, même inévitable, la séparation n'est vraiment douloureuse que lorsqu'elle se présente. Le 20 mars, l'enfant naquit, en plein cœur d'un orage comme on n'en avait pas connu depuis longtemps. Quelques jours plus tard, le modeste logis reçut les amis du couple, venus saluer la maman et la petite Isabelle.

Oksana et Aleksei étaient déjà présents lorsque Marguerite se présenta avec son frère. Malgré ses traits tirés, Geneviève illuminait la pièce. Près d'elle, la nouveau-née dormait profondément, emmaillotée dans ses langes. Les mèches de ses cheveux noirs faisaient penser aux épines d'un hérisson.

— Bonsoir, Geneviève, salua la jeune femme, émue par le spectacle de son amie et de son enfant. Je t'apporte du sucre d'orge et des dragées.

— Permettez-moi de vous offrir des macarons aux amandes et les meilleurs vœux de la part du prince de Condé, annonça Gabriel de Collibret qui arrivait, poudré et parfumé, du Louvre.

— Je n'aurai jamais mangé autant de friandises, fit remarquer Geneviève. Marguerite, viens plus près que je t'embrasse, n'aie pas peur, elle dort comme un loir depuis qu'elle s'est gavée.

— Elle est vraiment mignonne.

— La sœur de Raymond est venue plus tôt, elle n'a même pas daigné saluer Oksana, s'indigna Geneviève.

— Heureusement qu'elle n'a pas croisé notre belle Margot, ajouta la Russe avec un sourire complice. Nous aurions eu droit à un torrent de prières.

— Comment ? s'enquit la jeune femme.

— Elle s'est signée en nous voyant, expliqua Aleksei, mal à l'aise.

Gabriel éclata d'un rire tonitruant, suivi de Margot. La petite gigota et bâilla. Geneviève, que rien ne semblait émouvoir outre mesure, fit un petit signe qui leur demandait de faire moins de bruit. Le chevalier de Coulonges arriva peu après. Ses joues étaient rougies par l'alcool et il bombait le torse avec fierté. Comme si elle avait reconnu la voix de son père, la petite se réveilla.

— Bonjour, mon chérubin, l'accueillit Geneviève en la soulevant délicatement.

— Félicitations, chuchota Margot à l'adresse du père.

— Elles sont belles, n'est-ce pas ? fit, avec un sourire béat, le gentilhomme.

Marguerite ressentait une vague mélancolie devant ce spectacle si simple et si beau. Geneviève avait porté le titre de courtisane, mais au fond elle n'en avait jamais été une. La jeune femme du Périgord qui était arrivée chez Ninon pauvre et orpheline avait réussi à faire son propre chemin. Margot ne doutait pas que Geneviève fût heureuse. C'était aussi évident que l'amour qui l'unissait à Raymond. Au tréfonds de l'âme de la jeune femme, une petite voix lui soufflait qu'elle n'avait pas encore trouvé sa voie.

Sur la table, les cadeaux s'accumulaient ; les marques d'estime et d'amitié étaient nombreuses. Lorsque Ninon et Sabine se présentèrent, Oksana et Aleksei partirent, suivis de Marguerite et de son frère. Le logement modeste était rapidement encombré. Bien plus tard, les deux amies se retrouvèrent dans la chambre de Margot.

— Margot, tu songes à te marier parfois ? s'enquit Oksana, pensive.

— Je crois que la situation de Geneviève est particulière, pas seulement parce que Raymond est un gentilhomme et qu'ils s'aiment, jugea Marguerite. Courtisanerie et mariage ne font pas bon ménage.

— Je suis de ton avis, approuva la blonde. Mais il n'est pas impossible qu'un galant…

— Je ne veux pas me marier, l'interrompit Margot. Du reste, je n'y vois dans le moment aucun avantage.

— Je me doutais bien que tu me répondrais cela, lui confessa Oksana, soulagée. J'admets y avoir déjà songé, mais aujourd'hui, un mariage me contrarierait.

Marguerite sourit d'un air de connivence. Quelque chose unissait les deux femmes à qui la nature avait accordé beauté, intelligence, finesse : le désir d'être indépendante. L'ambition.

## 28

## *Le défi*

L'année s'annonçait fructueuse. Parmi les hommes qui fréquentaient le salon de Ninon, deux étaient des payeurs de Marguerite. Ce qui voulait dire qu'elle avait maintenant une rente stable. L'un était le chevalier de Réchignac, l'autre le comte de Caban-Rocheau. Elle n'était la maîtresse ni de l'un, ni de l'autre.

Cette situation lui apportait un revenu annuel de neuf mille livres. En échange, Marguerite paraissait au bras des gentilshommes, qui pouvaient se flatter d'entretenir un des plus beaux esprits de la capitale. Non seulement cet échange était respecté, mais il était aussi un sujet d'admiration entre les gentilshommes de haute naissance. La cause en était simple : le roi Louis XIV, en faisant emprisonner le surintendant Fouquet, en avait démontré la portée. Celui qui paraissait riche était considéré comme puissant, redoutable. Voilà pourquoi la jeune femme ne faisait pas commerce de luxure avec ses payeurs, car si tel avait été le cas, la relation aurait été réduite à un paiement de faveurs, au détriment de la réputation de la courtisane et du payeur.

En outre, Margot trouvait une gratification dans ce marché. Son renom grandissait et elle s'épargnait la jalousie d'amants exigeants. Enfin presque. Les deux payeurs auraient souhaité être les seuls à pourvoir aux caprices de la belle. Or, Marguerite leur avait expliqué le dilemme dans lequel elle se trouvait :

— Comme vous ne pouvez pas élever ma rente de plus de quatre mille livres, je ne peux pas me permettre de refuser l'apport considérable d'un autre gentilhomme. Bien entendu, c'est vous qui comptez le plus à mes yeux. Si d'avenir vous pouviez augmenter la somme, je serais heureuse de vous garder comme unique payeur.

Les rapports qui unissaient Margot à chacun des rivaux étaient régis par son tact et sa délicatesse. Cette stratégie, elle l'avait apprise auprès de Ninon de Lenclos. Le succès de la courtisane du Marais avait été si extraordinaire qu'elle n'avait aujourd'hui besoin d'aucun payeur pour subvenir à ses besoins. La jeune femme n'en espérait pas moins, bien qu'actuellement elle ne ressentît pas l'urgence de s'établir dans sa propre demeure.

Mais un jour, la vie de Margot bascula. Le repas copieux était déjà bien entamé. Il y avait huit convives à la table que Ninon de Lenclos présidait. Ce soir-là, Charleval et le comte de Miossens discouraient des jours passés, à l'époque de la rue Richelieu. Personne ne s'offusquait d'entendre raconter les tribulations du groupe de libertins.

— Et le pauvre Navailles s'endormit alors que notre Ninon se préparait minutieusement à l'amour…

— Qu'avez-vous fait lorsque vous l'avez aperçu entre les bras de Morphée?

Chacun attendait la suite de l'histoire.

— D'abord, je l'ai entendu avant de le voir, car le malheureux ronflait comme un ours, se moqua la courtisane. Je lui ai fait une petite plaisanterie de mon cru. Revêtant des vêtements masculins, je me fis passer pour un soupirant jaloux et le réveillai céans. Il est tombé du lit.

Margot éclata de rire. Ce soir-là, elle était la seule demoiselle à la table. Oksana était reçue dans un autre salon et Sabine n'était pas descendue. La convoitise l'environnait, parfums capiteux qui lui montaient à la tête et la rendaient légère. Elle n'avait pas goûté à l'amour depuis la célébration de la nouvelle année. Lorsque son tour vint de raconter une histoire, elle choisit une anecdote que Sabine lui avait rapportée. On s'amusait toujours beaucoup des histoires de faux dévots; ils étaient l'exact opposé des libres penseurs et des artistes.

— Voilà, c'est une histoire qui se passe dans un couvent que, par décence, je ne nommerai pas ici…

Fusèrent des protestations et Margot incita chacun à se calmer. C'est à ce moment que Gontran apporta un billet à Ninon. Marguerite fut probablement la seule à remarquer cette intrusion singulière.

— Continuez sans moi, je ne serai pas longue.

Ninon se leva et se dirigea dans l'antichambre. Là, l'homme qui avait écrit le billet attendait. Un charisme indéfinissable se dégageait de sa personne ; les ombres de la pièce paraissaient se mouvoir au gré de sa fantaisie. La courtisane ferma la porte derrière elle.

— Monsieur de Razès ! s'enthousiasma-t-elle. Quelle bonne surprise !

— Mademoiselle de Lenclos, j'espère que je n'interromps rien.

— Votre compagnie est trop rare pour que vous m'ennuyiez. Je reçois quelques amis… Voulez-vous vous joindre à nous ? demanda Ninon, affable.

Les yeux ténébreux s'assombrirent encore.

— Vous savez que je ne le puis…

— Je vous en prie, abandonnez cette gêne avec moi.

— Ce n'est pas vous que je crains d'importuner, mais vos invités. Votre réputation aussi. Vous êtes une femme respectable maintenant…

— En apparence peut-être. En apparence. Pour la plupart, je suis encore Ninon la débauchée, répliqua-t-elle avec sarcasme. Mais mes invités le sont encore plus que moi.

Il eut un petit rire amusé. Décidément, seule Ninon était capable de lui changer les idées et de le sortir de sa mauvaise humeur.

— J'espérais vous trouver seule. J'avais une requête à vous faire.

— Dès que mes invités seront partis, le peu de sagesse que je peux prêter sera à vous. En attendant, j'ai un projet qui pourrait vous permettre de patienter, lui confia-t-elle en se penchant à son oreille.

Lorsque Ninon revint, les invités buvaient du cognac dans le grand salon. Immédiatement, elle se dirigea vers Margot.

— Viens avec moi, je dois te parler, lui demanda-t-elle.

Ninon l'entraîna dans sa chambre à coucher.

— J'ai reçu un invité que je n'attendais pas. Je voudrais que tu l'entretiennes pour la soirée.

C'était bien la première fois que Ninon lui demandait de passer la nuit avec un homme. Sa fermeté surprit et irrita la jeune femme. Elle n'était pas certaine de vouloir se plier à cette exigence.

— Je le connais ? Qui est-ce ?

— Un gentilhomme. Très beau, galant. Ne t'inquiète pas, je ne te demanderais pas cela s'il était un laideron. Je ne te demande pas de faire l'amour avec lui, lui assura la courtisane, qui voyait s'assombrir le visage de la jeune femme.

Puis, comme elle ne voulait pas essuyer un refus, elle rusa.

— C'est un défi que je te lance.

— Un défi…

— C'est ce que tu attendais de moi, non ? insinua Ninon. Que je te lance un défi, le prix de ton indépendance. Voilà. Je veux que tu le séduises. De la façon que tu veux, qu'il soit amoureux de toi, envoûté, qu'il te désire furieusement.

Marguerite fronça les sourcils. Elle avait attendu ce moment pendant des semaines, voire des mois. Le ton impératif de sa maîtresse la convainquit qu'elle ne voulait plus avoir à se soumettre à des élans contraires à son désir.

— Ce sera la dernière fois, Ninon. Après, je ferai comme je l'entends.

— Si tu réussis. Il devra te faire une preuve d'amour concrète. J'entends par là une démonstration claire, pas une demande en mariage, mais quelque chose de remarquable.

Un sourire dominateur se dessina sur les belles lèvres de la demoiselle.

« Elle se croit déjà victorieuse, la petite ne sait pas à qui elle a affaire. Bravo ma chère. »

— Attends, Ninon, ce n'est pas un efféminé au moins ? Je veux dire, c'est un homme qui aime les femmes ?

— Ne crains rien, il est parfaitement constitué pour l'amour.

Marguerite ne savait pas à quoi s'attendre. Elle passa à sa chambre afin de refaire sa toilette et de se mettre en beauté. Les questions défilaient dans son esprit alors qu'elle appliquait son fard et lissait ses boucles. L'excitation la gagnait. L'homme était un inconnu et Ninon ne lui avait fourni aucun détail sur son caractère ou ses penchants. Il l'attendait dans l'ancienne chambre de Geneviève, qui avait été transformée en boudoir. Arrivée à la porte, elle décida de frapper.

— Entrez, répondit la voix, virile à n'en pas douter.

Marguerite respira à fond et poussa la porte. Les chandelles éclairaient faiblement la pièce. Le pot-pourri diffusait une senteur agréable de violette et de fleur d'oranger. Le visage du gentilhomme était caché dans l'ombre. Son corps était grand et vigoureux.

— Je n'ai pas les manières qui conviennent à une femme de votre rang, mademoiselle, annonça-t-il lorsqu'elle s'avança dans le centre de la pièce.

Elle versa deux coupes de vin de la carafe qu'elle avait fait monter à l'étage.

— Si vous approchez, monsieur, vous me permettrez d'en juger par moi-même.

Elle perçut son hésitation. Dans ce coin, il pouvait à sa guise l'observer et de se faire une idée de sa personne. Une seconde passa, qui dura une éternité. Puis, la lumière découvrit ses boucles noires, ses lèvres fines, son menton et ses yeux… ses yeux sombres.

— Vous… balbutia Marguerite.

Une meute de chiens enragés, une horde de chevaux, n'aurait pu mieux hébéter la jeune femme. Un vrombissement terrible. Il s'avança dans sa direction. Son cœur battait trop fort et enterrait le son des paroles de l'homme.

«Comment est-ce possible ? » se répétait Margot.

D'un seul coup, elle avait oublié où elle se trouvait, et, plus important encore, elle avait oublié qu'elle était une courtisane. La jeune femme se trouvait encore une fois devant le bandit de grand chemin. L'homme en noir. La terreur et la haine l'envahissaient. Elle quitta la pièce sans se retourner.

ॐ

— En mémoire de votre père, qui m'a honoré de sa précieuse amitié, je souhaite que vous me comptiez parmi vos amis, Xavier de Razès. Si je peux être d'une quelconque assistance…

— Si vous vouliez bien conserver chez vous quelques documents, vous me soulageriez d'un grand poids. Je vous les ferai porter moi-même. D'ici peu, je vais recouvrer mes titres de comte et je serai en mesure, à ce moment-là, de vous remercier convenablement.

La courtisane avait déjà caché plus d'une lettre douteuse autrefois. Amie de la Fronde, amie des parias, des conjurés et d'autres intrigants. Devenue avec l'âge une femme respectée en hauts lieux, elle n'avait plus besoin de se compromettre.

— Ces papiers doivent vous incommoder sérieusement pour que vous veniez me voir, glissa Ninon dans l'espoir qu'il en révèle davantage la nature.

— Disons simplement qu'ils appartiennent à une période de ma vie que je souhaite laisser derrière moi.

Instinctivement, Ninon comprit qu'elle ne tirerait rien de plus de lui. Elle se félicitait d'avoir manœuvré une rencontre entre lui et Margot ; sa protégée lui permettrait d'obtenir des renseignements sur le mystérieux comte et, éventuellement, plus d'influence.

— Gardez-moi votre estime et revenez me voir avec ces pièces, conclut Ninon. Je pars pour la province mais serai de retour dans une semaine.

Les cloches sonnaient les premiers services religieux. Ninon regagna sa chambre. Un sourire astucieux flottait sur ses lèvres. Xavier de Razès : le personnage stimulait son imagination. C'était à la fois un gentilhomme de la meilleure naissance et un homme tourmenté. C'était un être sombre et mystérieux tout en étant le plus franc des hors-la-loi. C'était, on le murmurait, une âme noire, un mercenaire, un assassin.

La demi-mondaine dont la légende avait survécu à une génération de courtisans illustres, qui avait connu Richelieu et Coligny, savait qu'il fallait parfois prendre des risques. À une époque où tous devaient se plier à la volonté d'un jeune roi avide de puissance, Ninon s'autorisait des actes que lui dictait son esprit libre.

Elle attendit que le jour fût levé et se dirigea vers la chambre de Marguerite. Elle trouva la jeune femme étendue sur son lit, toujours habillée.

— Margot, Margot, lui dit-elle en secouant doucement la jeune femme. Réveille-toi. Il est déjà tard.

La jeune femme broncha en clignant les yeux. La chambre baignait dans une lumière crue. Elle se dressa, incertaine d'où elle se trouvait. Ninon se tenait debout près du lit.

— Tu es toute blême… On dirait que tu n'as pas fermé l'œil de la nuit, constata Ninon. J'ai un onguent miraculeux pour cela si tu veux. Je vais te le faire apporter. Je partais pour la campagne, mais j'aurais aimé que tu me relates ta rencontre.

— Ma rencontre, répéta la jeune femme qui émergeait d'un sommeil lourd.

— Bon, je vais te laisser faire ta toilette, viens me voir en bas après.

Une fois la porte refermée, Margot se remémora les événements auxquels sa maîtresse faisait référence. Une vague d'émotion l'envahit. D'un bond, elle fut sur pied, cherchant la direction que cet homme, cet adversaire, avait prise. La cloche de verre qui la protégeait de ses envies de vengeance venait d'exploser, la livrant à ses démons intérieurs. Elle l'avait eu à sa portée et elle n'avait pas profité de sa situation pour l'abattre. Pis, elle était partie sans lui cracher sa haine. Toute personne qui serait entrée dans la chambre à ce moment aurait vu le spectre de Marguerite. Ses traits étaient déformés. Ses mains étaient blanches et crispées.

— Mademoiselle de Lenclos, l'attelage vous attend.

Ninon soupira bruyamment et fit claquer son éventail. Qu'est-ce que Margot pouvait bien faire ?

— Bien, faites porter ce coffre et cette sacoche. Dites à M\ᵐᵉ de Galins que je ne serai pas longue.

Elle se rendit à la chambre de Margot et entra. La cuve ovale était pleine d'eau et des vapeurs odorantes réchauffaient la salle.

— Tu devais prendre ton bain aujourd'hui ? Tu aurais pu m'avertir, je n'aurais pas perdu mon temps à t'attendre. Nous parlerons à mon retour.

— Où est le gentilhomme, Ninon ?

— Il est parti à l'aube. Je dois le revoir dans quelques jours. J'espère que tu lui as fait bonne impression… Il ne m'a pas parlé de toi, remarqua Ninon sur un ton de reproche. Je ne veux pas regretter de t'avoir confié…

— Pourquoi veux-tu que je le séduise, Ninon ? Pourquoi lui ? interrogea Margot à brûle-pourpoint.

— C'est un noble qui a perdu ses titres. Son père a été tué pendant la Fronde, il est rentré d'exil depuis peu. Je me suis dit que ça te plairait ; un paria, c'est excitant, non ?

— Encore faudrait-il que je puisse le revoir, maugréa Marguerite.

Lorsque Ninon fut partie, elle se glissa dans l'eau tiède et parfumée. Ses cheveux flottaient autour d'elle comme les racines fragiles d'une plante aquatique. Les pensées plus claires, elle esquissa une stratégie. Pour le moment, elle se devait de ne rien dire à Ninon. Même s'il lui en coûtait de mentir à sa maîtresse, c'était nécessaire pour la réussite de son plan. La piste de Benjamin l'agitateur, abandonnée depuis plus d'un an, émergeait de l'eau trouble. De petites bulles éclataient, laissant s'échapper des souvenirs de rues sombres et de tavernes misérables. L'arrivée du bandit gentilhomme était peut-être, après tout, un signe. Margot résolut de le séduire.

⁓

Éparpillés sur le sol, les draps blancs formaient nœuds et farandoles autour du lit à baldaquin. Les deux amants, l'un blanc et blond, l'autre brun et basané, reprenaient leur souffle.

— Quand je songe que tu as gâché tes talents avec cette catin, ragea Angecourt en passant une main fine dans la chevelure pâle de son partenaire.

Il ne put s'empêcher de sourire devant les foudres de son jeune amant. Quand bien même il tenterait d'expliquer à Bernard d'Angecourt les plaisirs qu'il arrachait du corps des femmes, il ne ferait qu'exciter sa haine et sa hargne. Angecourt était irrévocablement perdu aux feux de l'enfer.

— Je ne le regrette pas, je te prie de me croire. Si tu le souhaites, je te livre les détails les plus salaces ? ironisa René du Bec, marquis de Vardes.

— Au diable les femmes ! Cette Ninon m'a traité comme le dernier des valets et tu ne m'as même pas prévenu du complot ! Fi !

René se leva d'un bond. D'un mouvement sec de son pied, il balaya la literie qui jonchait le parquet. Furieux, il ressemblait encore plus à un dieu de l'Antiquité. Comme si la courtisane du Marais se trouvait derrière le mobilier, il dardait son œil vengeur sur les meubles et les bibelots.

— Je n'ai pas dit mon dernier mot. Quand je pense qu'elle a fait la fière avec moi ! Cette fille de joie qui n'a ni naissance ni beauté. Ah ! je vais lui faire passer l'envie de recommencer, tu peux me croire.

C'était au tour de Bernard de se mettre à rigoler. Qu'il était beau, son amant, lorsqu'il s'emportait ainsi ! Beau et ténébreux. La violence de René lui faisait peur, il se mordit la lèvre, plaignant cette mijaurée qui jouait les grandes dames dans le Marais. Un frisson de satisfaction lui secoua le corps. Il aurait ainsi double vengeance. Vengé de l'affront que Ninon lui avait infligé, vengé aussi de l'autre qui lui avait pris son amoureux.

— Quant à la « génisse » qui s'est jouée de toi, quel sort vas-tu lui réserver ? persifla, méprisant, Angecourt.

— Elle souffre déjà assez de me savoir près de toi. Je connais trop Sabine, elle n'est pour rien dans l'exclusion dont je suis l'objet, assura René, pensif. Elle m'aime beaucoup, beaucoup trop pour être de connivence avec sa maîtresse.

Bernard serra les dents. Il n'en pouvait plus de sentir son amant accorder du prix à une femme. Si René était trop lâche pour châtier cette gourgandine, il s'en occuperait volontiers, lui.

— Laisse-moi mener l'affaire. Ce sera un immense plaisir de punir cette du Roseau comme elle le mérite. Elle servira d'exemple pour les autres, surtout pour Ninon.

La main de René toucha instinctivement le pendentif qu'il portait à son cou. Le blason fuselé argent et gueule de sa famille. L'emblème qu'il avait brûlé sur la chair de Sabine. Ses sens évoquaient l'odeur de chair brûlée qui s'était répandue dans la chambre. Les pleurs et les cris de la jeune femme, tandis qu'il lui faisait l'amour. Un spasme d'excitation anima son corps. Peut-être qu'il pourrait, une dernière fois, revoir Sabine ? Les caprices auxquels il pourrait la soumettre… une ultime fois. Cette simple idée, ce défi, enflamma son désir et lui donna l'envie de s'ébattre de nouveau.

## 29

*Trois vengeances*

*La brume s'était levée sur le château du comte de Montcerf tel un souffle de dragon. Les casaques rouges approchaient par dizaines. La progéniture du dragon. Il entendait les cris des serviteurs. L'odeur du bois humide se mêlait à celle du soufre. Le dragon sortait de l'enfer. C'est pour cela que le tonnerre percutait ses oreilles. Il serra sa jeune sœur contre lui. Il y eut une autre détonation. « Bang ! » L'homme au plastron étincelant cria quelque chose. Soudain, le comte de Montcerf apparut dans la cour. Entre les fagots et les bûches qui formaient son abri de fortune, il aperçut l'homme en armure s'approcher de lui. Xavier savait que son père n'aurait pas dû se montrer. L'homme prit les documents des mains de son père. Xavier posa sa main sur la tête de sa sœur et la tira vers lui pour lui couvrir les yeux. Les milliers de feuilles de papier se répandirent dans la boue de la cour. « Bang ! » Le corps de son père s'étala sur le sol. Les gouttes écarlates éclaboussèrent les pages.*

Il se réveilla. Le temps de mettre ses idées en ordre, il cessa de chercher sa sœur et l'obsédante odeur de poudre. Un autre cauchemar. Son corps était bouillant. Il se leva et alluma une chandelle. Soudain, l'obscurité disparut pour laisser place à une chambre en désordre. Si seulement il était aussi facile de repousser les démons du passé… Xavier de Razès avait perdu son père à quatorze ans ; il avait perdu ses biens, ses titres, son rang, sa vie. Puis, son honneur, quand il était devenu un mercenaire au service de Jean-Baptiste Colbert. Usant de ses talents pour vivre et satisfaire sa soif de vengeance, il s'était aperçu très tard que son maître était prêt à tout pour assurer la paix dans le royaume.

La fin justifie les moyens lorsqu'on travaille pour la couronne de France. Le duelliste de vingt-trois ans ne comptait plus les attaques et les méfaits qu'il avait orchestrés. Les années se comptaient en cicatrices de toutes sortes. Ce dont il était certain aujourd'hui, c'était que la noblesse ne se mesurait pas en terres ou en rentes ; tout ce qu'il avait voulu reprendre désespérément quand il était au service de l'intendant Colbert, il l'avait égaré en chemin.

Aujourd'hui, il s'apprêtait à lever les scellés sur la vie qu'on lui avait refusée à l'époque où la Fronde était encore trop proche. Après toutes ces années, Colbert lui remettait les lettres de noblesse de sa famille et les titres de propriété de son manoir. Plus que tout le reste, c'était son nom qu'il retrouvait. Un nom lavé de toutes hontes et de tout avilissement puisqu'il rentrait en grâce auprès du roi. Il espérait que, dans les brumes denses des vallées de son enfance, il retrouverait la noblesse de cœur qui était si chère aux comtes de sa lignée.

« Me voilà… hummm… Tu n'as pas trop mauvaise mine dans ce costume. On dirait presque que tu te prépares à aller à un bal. Bon, c'est peut-être un peu élaboré pour un après-midi, mais pour charmer la demoiselle… » pensa Xavier en boutonnant un justaucorps brodé de fil bleu.

Trop souvent entouré de vipères, il avait développé un sixième sens : la franchise. Or, Ninon de Lenclos était la seule personne qui lui avait offert une amitié sincère. Quoi de mieux qu'une courtisane pour apprendre les usages de ce monde qu'il connaissait à peine. N'était-elle pas réputée pour ses talents d'éducatrice auprès des jeunes hommes ? En outre, il avait rencontré une personne charmante à qui il devait des excuses. Il n'avait pas trop d'amis en ce moment, ce n'était pas le moment de faire le fier. Xavier troqua ses pistolets pour un baudrier de soie blanche. Il s'était promis de ne plus porter de noir.

ഇ

Gontran s'approcha de la courtisane qui, en l'absence de sa maîtresse, se chargeait du maintien de l'hôtel. Il lui remit les deux lettres. Marguerite reconnut l'écriture de Ninon. La demoiselle de Lenclos ne donnait aucune explication de son absence prolongée.

— Qui nous écrit ?

— Ninon est toujours à la campagne. Elle dit qu'elle ne rentrera pas avant dimanche.

— Probablement à cause de l'état des routes, commenta Oksana, c'est tellement pénible de voyager par un temps pareil.

— C'est toujours pénible de voyager en carrosse, ajouta Sabine.

— Tiens, pour toi, dit Margot en lui tendant un pli cacheté.

Sabine leva la tête de son ouvrage. Un rayon de soleil n'aurait pas illuminé davantage son regard. Margot lui remit le billet et adressa un clin d'œil complice à Oksana. Les deux femmes se remirent aussitôt à leur lecture. Doucement, Sabine détacha le ruban. Elle osait à peine respirer de peur de faire s'envoler les lettres noires et fines.

— Gontran…

— Plaît-il ?

— Qui a apporté ce billet ?

— C'est comme la dernière fois, mademoiselle, il n'y avait personne lorsque j'ai ouvert la porte.

Le mystérieux admirateur venait encore de se manifester. Chaque fois, sa plume atteignait des sommets plus étourdissants. Sabine ferma les yeux et se laissa absorber par les mots si amoureusement écrits.

— C'est encore lui ? interrogea Oksana, dont la curiosité l'emportait sur sa réserve habituelle.

— Oui, murmura Sabine, rêveusement.

Margot laissa échapper un petit rire.

— Je voudrais lire, Sabine, puis-je ?

Sabine tendit d'un geste nonchalant le billet à Oksana. Ses paupières étaient toujours closes. Nul besoin de conserver le texte ; sa mémoire était un papier précieux et son cœur, une encre magique. Rien ne pourrait effacer les mots. Margot eut un élan de tendresse envers son amie. Qui aurait cru que Sabine se serait éprise d'un poète ?

Pourtant, c'est ce qui l'avait sauvée de son mal-être. Après que Ninon lui eut défendu de revoir René, la jeune femme avait sombré dans un état inquiétant. Elle ne mangeait plus et ne quittait plus sa chambre, emmurée dans son désespoir. Jusqu'à ce que le poète inconnu trouve le chemin de son âme.

— Les vers sont beaux, les rimes sont riches… C'est un écrivain adroit, observa Oksana.

— Qu'importent les vers ? Ce qu'il dit est si fort, évoqua la jeune femme. Ce n'est pas un poète, c'est un séducteur. Il sait lire dans mon cœur, dans mon âme.

— Tu ne sais même pas qui c'est, protesta Margot. S'il était laid ?

— Impossible, conclut la jeune femme.

La Russe s'esclaffa.

— Ne dit-on pas que l'amour est aveugle ? poursuivit sereinement Sabine. Si c'est un crapaud, en ma présence, il se transformera en prince.

— Oh ! s'exclama Margot en se levant tout à coup. J'ai oublié ma promenade avec M. de La Fontaine.

— Vraiment ? Ce n'est pas la première fois, ce me semble, remarqua Oksana.

— Tout le monde ne peut pas être amoureux, répliqua la courtisane en enfilant sa capeline de laine.

Elle sortit en coup de vent. La brise d'avril n'était pas accueillante. La jeune femme se mordait les doigts en songeant à ce pauvre Jean de La Fontaine qui l'attendait depuis un bon moment. De plus, ce n'était pas la première fois cette semaine qu'elle l'oubliait. Comment pouvait-elle être aussi distraite ? Non, il n'y a pas que l'amour qui étourdit… La haine peut être tout aussi envoûtante. Marguerite avait beaucoup de peine à se concentrer sur autre chose que le retour du bandit de grand chemin. En arrivant à la place des Tuileries, rebaptisée place du Carrousel, elle aperçut la silhouette de l'écrivain.

« Essaie de paraître embarrassée, maintenant », se commanda-t-elle.

Bien qu'elle eût près d'une heure de retard, le soupirant n'avait pas perdu espoir. La promenade eut lieu comme prévu. Ils parlèrent de poésie, de philosophie et d'amour. C'était les sujets favoris de l'homme, qui avait compris qu'il figurait parmi la longue liste des martyrs de « Margot la belle ». Au lieu de le décourager, cela avait décuplé son désir.

— J'ose espérer que vous reviendrez mercredi prochain pour notre promenade ?

— J'y serai, monsieur. À bientôt.

Marguerite n'était pas peu pressée de rentrer à la maison. Elle n'avait pas mis ses bottillons et avait le bout des pieds glacés. Gontran lui ouvrit la porte. À sa mine amusée, la jeune femme comprit qu'elle avait le nez comme un bouton de rose.

— Mademoiselle, il y a quelqu'un qui vous attend dans l'antichambre.

Elle ne crut pas bon de demander le nom du visiteur. En entrant dans la pièce, la jeune femme, surprise, porta les mains à son visage et se retourna pour essayer de ressortir avant d'être vue. Sans succès.

— Mademoiselle. Je suis navré de m'introduire comme cela, je devais absolument vous voir.

Margot étouffa un juron et se retourna.

— Il n'y a pas de quoi être désolé, monsieur. Le maître d'hôtel n'a pas cru bon de me dire votre nom. Si je vous ai paru rude…

Il se leva et s'approcha. Le sang de la jeune femme ne fit qu'un tour. Elle pouvait mesurer sa grande stature, ses bras souples, sa démarche féline.

— J'ai l'honneur de vous saluer. Je me nomme Xavier de Razès, pour vous servir.

— Monsieur, vous n'êtes pas ici comme au Louvre. Redressez-vous.

Le ton de la courtisane semblait agacé. Xavier n'en fut pas rebuté ; il s'attendait à cette froideur.

— Je vous ai offensée, mademoiselle, et je souhaite vous exprimer mes plus sincères regrets. Sachez que je me suis trouvé dans une situation fort ennuyeuse et euh… je n'ai pas su comment agir.

— Monsieur ? dit la demoiselle sur un ton qui appelait une explication.

— L'autre soir, j'ai perdu tous mes moyens. J'ai été estomaqué par votre grâce et par votre beauté. Voyez-vous… je n'ai pas l'habitude du beau monde.

— On en douterait, monsieur…

— Vous n'êtes pas obligée de me croire, mademoiselle. Cependant, sachez que je suis revenu pour vous présenter mes excuses.

La courtisane sentit une excitation la gagner. Elle s'avança légèrement. Apprivoisant son ennemi, sa proie.

— Vous êtes tout pardonné, monsieur de Razès, répondit-elle finalement.

Simple formule de politesse, ces mots coulaient comme l'eau pétillante des sources de Vichy, le libérant de ses maux. Tranquillement, il sentait la vie revenir en lui. Aussi sûrement que les fleurs précèdent les cerises, il serait de nouveau un gentilhomme.

— Je ne connais même pas votre nom, mademoiselle.

— Je m'appelle Margot.

— Margot… cela vous va très bien, apprécia-t-il avec un sourire. Et votre nom de famille ?

— Je n'en ai point, monsieur de Razès, se défendit Marguerite, et sachez qu'il est impoli de demander davantage à une courtisane que ce qu'elle juge bon de donner.

Elle eut un mouvement de tête qu'il interpréta comme de l'impatience.

— Je vais retenir la leçon. Je suis ici pour apprendre.

Marguerite se détourna et se dirigea vers la bonbonnière. Ses dents grinçaient de fureur sous l'affront.

« Patience, Margot… Bientôt, il aura d'autres leçons. »

Il la regardait avec une admiration mal dissimulée. La jeune femme paraissait flotter sur le sol. La beauté est si peu de chose ; sans charme, une belle femme est une coquille vide. Il remarqua ses dents légèrement avancées lorsqu'elle croqua une friandise sucrée.

— Vous transmettrez à M$^{lle}$ de Lenclos mes meilleurs sentiments, demanda Xavier de Razès. Je vous laisse, je vous ai déjà assez importunée.

Margot hésita.

— Serez-vous avec nous demain soir, monsieur de Razès ?

C'était davantage une prédiction qu'une question.

— Votre invitation me flatte, témoigna-t-il avec surprise et sincérité. Je tâcherai d'être à la hauteur.

— À demain alors, conclut la courtisane en lui lançant un sourire enjôleur.

Le bandit était loin lorsque la jeune femme se remit à respirer normalement. Un carcan de fer lui tenaillait les côtes en présence de celui qui avait provoqué la disgrâce de sa famille. Il pouvait très bien être responsable de la mort de Benjamin. Sous son costume de satin bleu pâle, il cachait un cœur d'assassin sans remords. La jeune femme se remémorait ces crimes, qui attisaient son besoin de justice et de vengeance. Parce que les manières et l'allure du gentilhomme… enfin, de l'homme, étaient déconcertantes. Parfois, la jeune femme se rappelait qu'il avait aussi sauvé Oksana dans la galerie de Charenton. Comme cela le rendait plus sympathique à ses yeux, elle essayait de ne pas trop y penser. Si Margot se rappelait chaque détail de ses rencontres avec lui, le bandit, lui, ne semblait rien reconnaître.

« C'est lui… La même bouche, le même éclat dans les yeux lorsqu'il s'est penché vers moi. Maintenant qu'il a changé de rôle, il croit pouvoir charmer les demoiselles. On a beau déguiser un âne en prince, il restera toujours un âne. L'oubli est un réconfort pour certains. Je n'ai pas oublié, moi. »

— Mademoiselle Margot, M. de Razès sera-t-il parmi nous au souper ?

— Oui, répondit-elle distraitement.

Le maître d'hôtel hocha la tête avec tact ; il approuvait silencieusement. Marguerite comprit soudainement que le maître d'hôtel connaissait le bandit : il l'avait introduit dans la maison alors qu'il n'était pas attendu.

— Vous connaissez donc ce gentilhomme, Gontran, constata-t-elle.

— M$^{lle}$ de Lenclos le tient en haute estime. J'oserais même ajouter qu'elle sera fort heureuse de savoir qu'il a accepté votre invitation.

— Vos conseils me sont toujours précieux, Gontran, louangea Marguerite en se disant que le domestique devait détenir des informations précieuses sur le gentilhomme. Y a-t-il autre chose que je devrais savoir au sujet de M. de Razès ?

Le serviteur hésita un instant, mais la confiance si manifeste de sa maîtresse à l'égard de Marguerite le convainquit de répondre à sa question.

— M$^{lle}$ de Lenclos a rencontré M. de Razès au sujet d'une délicate affaire de documents…

Quelques heures plus tard, Oksana trouva Margot appuyée sur ses coudes, devant un jeu d'échecs. La belle blonde considérait la Française comme une joueuse redoutable. Elle ne manquait pas une occasion de s'entraîner, et Oksana en profitait pour observer son jeu dans l'espoir de la vaincre un jour. Margot poussa un soupir.

— Je n'aurais pas dû jouer cette pièce…

— Si tu joues contre toi-même, comment arrives-tu à te déjouer ? Si tu n'es pas satisfaite, tu n'as qu'à refaire ton coup.

— Habituellement, je ne me retrouve jamais dans cette situation, affirma la courtisane en passant un doigt distrait sur son menton. C'est la première fois que je me mets moi-même en échec en si peu de mouvements. Regarde, mon roi noir ne peut plus se déplacer.

Elle se cala dans son fauteuil, visiblement embêtée. Oksana approcha un tabouret.

— Ce n'est pas l'échiquier qui te préoccupe. Il y a autre chose, devina la blonde.

Marguerite, d'abord déstabilisée par la perspicacité de son amie, s'abandonna à la confiance que lui inspiraient les iris bleutés.

— C'est juste, j'ai l'esprit ailleurs, admit-elle. Je rumine certains événements de mon passé.

Si Oksana était surprise par ces confidences, elle ne le montra pas. Soudain, Marguerite prit conscience que son amie avait dû traverser les mêmes difficultés qu'elle.

« Comment aborder la question sans heurter la pudeur d'Oksana ? » se demanda la jeune femme.

— Puis-je te poser une question ? Si tu ne veux pas répondre, je comprendrai.

— Je t'écoute, Margot.

— Avant que Ninon décide d'inviter M. d'Angecourt à la soirée, avais-tu déjà songé à te venger de lui ? Je sais que c'est une question délicate, mais j'aimerais savoir.

Oksana regarda Marguerite et parut évaluer sa demande.

— Je me suis vengée, révéla la jeune femme après un moment. Je suis restée vivante. Je ne sais pas si tu prends conscience de ce que cela veut dire pour moi. Mon père m'a laissée pour morte dans un pays que je ne connaissais pas. J'avais des ailes, mais à quoi servent les ailes lorsqu'on n'a jamais appris à voler ? dit-elle d'une voix à la fois ferme et remplie d'émotions. Margot, j'étais destinée à une fin horrible. Aujourd'hui, je ne suis pas entièrement libre, cependant, j'ai davantage de libertés que ma mère n'en a jamais eu. Les hommes qui m'ont outragée baissent les yeux devant moi. Peut-être parce que je n'ai plus peur ? Pour répondre à ta question : si j'ai déjà ressenti le besoin de faire du mal à ceux qui m'ont blessée, ce n'est plus le cas, affirma la courtisane.

La réponse d'Oksana replongea Marguerite dans ses réflexions. Elle décida d'interroger la Russe sur un autre sujet.

— Pourquoi as-tu voulu rencontrer les ambassadeurs ?

Les yeux d'Oksana s'illuminèrent. La perspicacité de son amie l'étonnait et forçait son respect.

— Ah… tu es incroyable, Margot. Je te le dirai avant que ta curiosité ne te fasse mourir ! Je voulais retourner en Russie.

Margot poussa un cri de surprise.

— Ne t'inquiète pas, je n'ai plus cette aspiration. Je ne suis même pas certaine de l'avoir déjà eue, mais je désirais savoir ce qu'on m'offrirait si je me proposais pour servir le tsar. Cette idée flattait mon orgueil. Il ne m'était pas venu à l'esprit qu'on me destinerait plutôt à faire un mariage avec un dignitaire. Ni que les hommes de ma patrie n'accepteraient jamais que j'épouse le candidat de mon choix. J'ai constaté que j'appréciais ma vie ici, beaucoup plus que je ne l'imaginais.

— Tu n'as pas à retourner en Russie pour épouser un Russe. J'en connais un qui soupire en silence, insinua Margot.

— Voyons un peu cette partie, louvoya Oksana en évitant le regard inquisiteur de son amie.

Marguerite se promit de réussir, un jour, à faire parler Oksana de sa relation avec son cousin.

— Margot, Margot. Il y a un moyen auquel tu n'as pas pensé. Là, le cavalier noir.

Margot secoua la tête et se pencha sur le jeu. C'était vrai. Dans le coin droit, le cavalier noir était bien en place pour une attaque contre le roi blanc. Le cavalier noir.

— J'ai raison, n'est-ce pas ?

La jeune femme était trop abasourdie pour répondre. Elle fit signe que oui.

— Bon, je te laisse travailler à la conquête du monde. Qui sait, peut-être qu'il y aura, un jour, une maréchale de France.

## 30

*Noir et blanc*

Malgré les confidences de son amie, Marguerite continuait de rêver chaque nuit à sa vengeance prochaine. En y pensant bien, elle s'était convaincue que sa situation était bien différente de celle d'Oksana. Le soir venu, elle enveloppa sa silhouette dans une robe de satin doré avec des manchettes de dentelle dont le peu de longueur frisait l'indécence.

— Lorsque je te vois si belle, je devine que tu as quelque chose en tête, lui souffla Sabine.

— Et toi, tu n'es pas prête ?

— Je ne viendrai pas. Pas ce soir. Je n'ai pas très envie de m'amuser.

— Si tu t'entêtes à faire la farouche, nous allons devoir tirer Geneviève de ses relevailles pour nous aider à distraire les invités, exagéra Marguerite. Bon, tu vois que tu peux sourire quand tu veux.

— C'est bien ta faute.

— Tu veux que je t'aide à te coiffer ? Je connais une nouvelle coiffure qui t'irait à merveille.

— Tu n'as pas peur que je te fasse compétition ? taquina la jeune femme aux boucles châtaines.

— Si, mais je suis prête à courir le risque.

— Mademoiselle Margot, voulez-vous goûter le potage ? demanda une servante en se glissant dans l'encadrement de la porte.

— J'arrive. Allez, va te préparer, conseilla Margot en donnant une petite tape sur le derrière de Sabine.

La jeune femme assumait avec brio le rôle de maîtresse de maison. Elle attendit que tous les invités fussent au salon pour faire son entrée.

— Chers amis, c'est avec allégresse que je vous souhaite la bienvenue dans notre hôtel ! dit Marguerite en ouvrant ses paumes vers le petit groupe d'hommes qui la contemplaient silencieusement.

L'effet fut réussi. Le sourire de la discrète Oksana la récompensa de la verve qu'elle déployait afin de montrer aux gentilshommes que la maison des Tournelles était accueillante, avec ou sans Ninon.

Le justaucorps lavande se distinguait de tous les autres. La couleur n'était pas en cause. Marguerite s'efforçait de ne pas paraître dérangée par la présence de Xavier de Razès. Elle avait décidé de le placer au centre de la table. Ainsi, elle n'était pas obligée d'entretenir une conversation avec lui. Nouveau, il suscitait un intérêt certain. La jeune femme tendit l'oreille et dut admettre qu'il n'était pas aisément démonté ; habilement, il redirigeait les propos plus indiscrets. Même Sabine, qui avait honoré quelques gobelets de vin, ne réussit pas à le faire rougir par des allégations osées.

— Messieurs, mesdemoiselles, je vous prie de donner un répit à mon invité, supplia la courtisane. De grâce, il ne voudra plus revenir.

— Mademoiselle, votre table et vos attraits sont trop appréciables pour que je me laisse dissuader aussi facilement.

— Voyez : M. de Razès qualifie notre accueil d'agréable. Messieurs, nous devons redoubler de vigueur ! plaisanta Jean de La Fontaine.

Il y eut quelques rires. Chacun savait maintenant vers qui penchait le cœur de l'arrivant. Cela n'était pas sans déplaire à l'écrivain. Marguerite le savait jaloux ; s'il consentait à son rang de soupirant, il n'était pas insensible à un rival pour autant. La jeune femme l'aurait volontiers réconforté quant à ses sentiments à l'égard de Xavier de Razès.

— C'est pour ce comte que tu t'es mise aussi belle ? questionna Sabine, profitant de ce que les gens se dirigeaient vers le grand salon.

— On ne peut rien te cacher, admit Margot avec réserve.

— Je le trouve sensuel, confia Sabine. Il a quelque chose d'un fauve, quelque chose de sauvage.

— Sensuel ? réagit Margot. Sauvage, j'en conviens ; il n'a pas de manières. Tu as vu comment il mange ? Il garde son couteau dans la main.

— C'est vrai qu'il est un peu rustre. Bah, on ne va pas le lui reprocher, ces provinciaux sont tous rustauds, répondit Sabine, indulgente. Mais tu conviendras qu'il est fait pour tenir une femme dans ses bras…

— Sabine, arrête un peu. Je ne veux pas faire l'amour avec lui.

— Comment ? Il m'a dit tout à l'heure qu'il était ici pour apprendre, ironisa la jeune femme. Si tu veux le séduire, il va falloir lui enseigner la manière jolie de faire l'amour.

— Ce que tu peux être niaise parfois ! répliqua la courtisane. Puis, prenant conscience de ce qu'elle venait de dire : Je suis désolée, Sabine. Je… je n'aurais pas dû te dire ça. C'est moi qui suis ingrate. Je devrais mieux te remercier d'être avec nous ce soir.

— Ce qu'il y a, c'est que tu oublies que certains hommes accordent du prix à l'amour charnel. Ce ne sont pas tous des martyrs… Et nous ne sommes pas des nonnes, poursuivit la jeune épicurienne.

Marguerite se mit à rire et attira son amie dans ses bras.

— Que ferais-je sans toi ? Viens, nous avons un groupe d'hommes à conquérir.

Les courtisanes retrouvèrent les invités. Entraînée par la soirée, Margot baissait légèrement sa garde. D'ailleurs, le groupe de gentilshommes opérait comme une défense naturelle autour de sa citadelle. Chaque fois que Xavier essayait de s'approcher, un invité s'immisçait dans la discussion ou l'attirait vers un autre groupe. De sorte que le cavalier noir n'avait jamais le loisir d'être seul avec la reine de la soirée. Le manège n'était pas innocent, Xavier le sentait. Ces hommes le narguaient. Il avait perçu les regards amusés qui s'échangeaient lorsqu'il mangeait. Le duelliste aurait embroché de cette fourchette ridicule ces chapons enrubannés de soie et de beaux mots.

— Je peux vous servir un verre de liqueur, monsieur de Razès ? Chez M<sup>lle</sup> de Lenclos, on fait le service nous-mêmes et hardiment, prétendit un homme blond et moustachu qui avait un léger accent gascon.

— Bien volontiers, monsieur de Lauzun, répondit Xavier.

— Jeune homme, votre mémoire m'honore. Je vous sers de la fenouillette, ou encore un vaté, qu'en dites-vous ? Peut-être ne connaissez-vous pas ces deux spiritueux… piqua le Gascon. J'ai bien connu un comte de Montcerf. Il tenait fort bien l'alcool et, contrairement à vous, savait plaire aux femmes, finit Lauzun.

— Est-ce pour mieux m'insulter que vous me faites le service ? Je n'ai pas de leçon à recevoir de vous, monsieur. On dit partout que vous êtes un mufle !

— Bigre ! Vous voulez goûter de ma lame, monsieur de Razès !

Xavier avait les jointures blanches à force de serrer les poings. Il dépassait son adversaire d'une tête. M. de Lauzun, réputé pour son tempérament batailleur, avait déjà la main sur son fourreau.

— Messieurs ! Vous vous oubliez, intervint Oksana, d'un ton qui ne permettait aucune réplique. Si c'est le seul moyen que vous connaissez pour vous soulager, je vous suggère de rentrer chez vous.

Sans broncher, le Gascon salua la courtisane et retourna se mêler à la cohue. Xavier poussa un soupir en le voyant évoluer, gracieux, aussi à l'aise ici qu'à la cour du roi.

— Je crois que je vais suivre votre conseil et rentrer chez moi, souffla-t-il.

— Ce serait fâcheux, fit-elle remarquer. Prenez plutôt mon bras.

Marguerite s'aperçut, non sans surprise, qu'Oksana avait récupéré son admirateur. L'intimité de leurs échanges laissait deviner une certaine complicité. Elle tiqua. L'attention que le nouveau suscitait pouvait la desservir. Si elle n'agissait pas prudemment, son plan pouvait échouer. Qu'arriverait-il si Xavier reconnaissait qu'Oksana avait été de la soirée chez la marquise de Plessis-Bellière ? Ou l'inverse ?

Sans se presser, elle se dirigea vers le couple. Décidément, Xavier paraissait se plaire en compagnie de la beauté froide.

— Je vous cherchais, annonça Margot, boudeuse.

Oksana fut la première à réagir. Elle leva un sourcil en signe de surprise.

— Comme vous pouvez le voir, je me suis trouvé une compagne qui ne s'enfuit pas en ma présence.

La proie était féroce. Blessée.

— Vous formez assurément un couple singulier. On dirait le jour et la nuit. Le blanc et le noir, observa Marguerite, le plus nonchalamment du monde.

— Je devine que M$^{lle}$ Oksana incarne la blancheur, sourit le comte. Sa beauté n'a d'égale que celle de l'astre solaire.

Margot savait son amie mal assurée lorsqu'il s'agissait de cajoleries et de compliments aussi directs. Oksana rosissait à vue d'œil. Quant à Xavier, il paraissait se réjouir de l'émoi de la jeune femme.

— Vous prenez des couleurs et ma foi, c'est charmant ! lança-t-il d'un ton badin.

— Hum… Je vous laisse aux bons soins de Margot, je dois aller me préparer pour mon récital.

Il se tourna vers Margot, évidemment perplexe. Oksana s'éloignait vers le cabinet. La courtisane posa sa main sur son bras.

— J'ai dit quelque chose qu'il ne fallait pas ? s'inquiéta le comte de Montcerf, soucieux.

— Je ne pense pas. Elle cherchait un prétexte pour nous laisser seuls…

Il ouvrit de grands yeux ronds, il paraissait évidemment confus.

— Moi… vous… bredouilla-t-il.

Marguerite éclata de rire. Subtilement, elle en profita pour se rapprocher de lui. Le parfum qui émanait de lui était subtil. Timide. Il ne portait pas de ces fragrances entêtantes qui masquent avec lourdeur les odeurs naturelles du corps.

— Vous êtes adorable, confia la courtisane qui commençait à prendre plaisir à ce jeu.

— Adorable, moi ? Mademoiselle, vous ne me connaissez pas. Je suis tout sauf adorable. Je suis…

Il s'arrêta, incertain.

— Oui ?

— Je suis insupportable.

— Eh bien. Nous serons deux.

Il faillit dire quelque chose, puis hésita. Une lueur de malice illumina ses prunelles noires.

— Vous promettez de ne plus me tourner le dos comme vous le fîtes l'autre jour ?

— Pourquoi ferais-je une promesse comme celle-là ? Impossible, je ne peux rien garantir. Pas encore.

— Alors je ne vous révélerai pas ce que je me retiens de vous dire depuis le début de la soirée.

— Qu'est-ce que cela, monsieur ? Dites-moi. Je ne m'éloignerai pas, pour cette fois. Vous avez ma parole.

Le jeune homme fit une pause. Sa silhouette dominait complètement la demoiselle ; il savourait cette proximité, mesurant l'effet que causerait sa déclaration. Pourtant, quelque chose lui disait qu'il ne devait pas exprimer le fond de sa pensée.

— Combien me faudra-t-il attendre avant que je puisse vous porter jusqu'à mon lit, Margot ?

— Vous êtes un soudard ! rétorqua-t-elle en levant son éventail pour le taper.

Il saisit la main dans la sienne. D'abord avec fermeté, puis avec une surprenante délicatesse. Il posa ses lèvres brûlantes sur ses doigts. À ce contact, Margot sentit une bouffée de souvenirs l'envahir. Le baiser qu'il lui avait volé sur la route. Le contact de sa langue et de sa bouche.

— Je vous ai confié que je n'avais pas de manières la première fois que nous nous vîmes.

— Je ne désespère pas, monsieur, de vous en inculquer quelques-unes. C'est d'autant plus facile que je sais maintenant que je ne vous suis pas indifférente…

— Vous en doutiez ? Le trouble que je ressens en votre présence, mademoiselle, est… je n'ai pas de mot pour le décrire. C'est quelque chose qui ne m'est jamais arrivé. Sachez que je ne suis pas facilement ému. Ni par les événements, ni par les femmes.

Marguerite n'en doutait pas. Le bandit qu'il était avait dû se repaître de volupté, comme de joyaux et de sang. Elle répugnait à l'idée de se livrer, sans bataille, à cet homme. Mais le temps pressait.

— Vous comprenez que je ne peux pas m'abandonner à vos désirs sans que cela me coûte. Je ne cède jamais à la convoitise d'un homme, avoua-t-elle.

Xavier de Razès l'écoutait avec attention. Ces propos sonnaient comme une introduction.

— Si vous souffrez, monsieur, que je réponde à mon envie, à mon désir, nous en serons quittes pour une nuit d'amour. Je m'offre un caprice, et c'est vous. Une nuit d'amour. La nuit de mon choix.

D'autres hommes auraient été offensés ou blessés. Il n'en était que plus excité.

— Une nuit d'amour…

೧

La courtisane reposa la tasse remplie de thé fumant sur la petite soucoupe. Elle tourna la page de son livre de comptes et relut la dernière colonne pour la deuxième fois. Les dépenses engagées dans le dernier mois étaient exorbitantes. L'achat de produits de luxe tels fards, crèmes, huiles et parfums exigeait une entrée d'argent importante et surtout régulière. Or, d'après les calculs de Ninon, le dernier mois s'était révélé moins rentable et l'entretien de trois pensionnaires avait grugé considérablement ses économies. Sabine l'avait même implorée d'acheter un petit chien de compagnie ! Ninon roula des yeux en trempant sa plume dans l'encrier. Heureusement qu'Oksana et Marguerite avaient depuis longtemps des payeurs fidèles. D'ailleurs, cette dernière ajouterait peut-être bientôt une nouvelle conquête à sa liste. Selon Gontran, elle avait commencé à tisser sa toile et le comte de Montcerf était déjà sous le charme. Ninon se doutait bien que les manœuvres d'un cœur qui cherche à en séduire un autre n'étaient pas aussi simples que ce que le domestique se plaisait à imaginer, aussi attendait-elle d'observer par elle-même les preuves de la réussite de Margot.

Néanmoins, elle se prit à penser à ce qu'elle avait dû traverser elle-même afin d'acquérir son indépendance, financière et sociale, et le souvenir d'un autre comte de Montcerf se rappela à sa mémoire. À l'époque, elle était encore jeune et savourait un succès encore frais. Après quelques amourettes décevantes qui l'avaient laissée amère, elle avait compris qu'elle ne dépasserait jamais le statut de simple femme galante si elle s'alitait pour tous les princes qui franchissaient le seuil de sa porte. Mais voilà que le très charmant comte de Montcerf était apparu dans le décor plutôt mouvementé de ce Paris assombri par l'ombre de la Fronde. Ninon sourit en repensant à ce seigneur d'Auvergne qui avait failli chambarder tous ses beaux projets. L'intensité de leurs rapports l'avait étourdie au point de croire qu'elle pourrait un jour devenir la comtesse de Montcerf. La douleur qu'elle avait ressentie en apprenant qu'il allait marier une fille de baron avait été salutaire pour elle, et jamais la courtisane ne s'était fait prendre à ce jeu une deuxième fois. Amante et amie, elle avait choisi d'être libre et n'avait pas de regret.

Ironie du sort, le jeune comte de Montcerf avait cogné à sa porte pour obtenir son aide, sans se douter des sentiments qu'elle avait déjà éprouvés à l'égard de son père. La rencontre entre Xavier et Margot avait quelque chose de prophétique à ses yeux : l'histoire se répéterait-elle ?

Bien que Ninon souhaitât vivement que Margot le séduisît, elle ne pouvait nier la tendresse qu'elle ressentait à l'égard de ce jeune homme, qui aurait pu être son fils.

◦~◦

Rien n'était plus éloigné du souhait de Margot. La jeune femme avait pesé le pour et le contre, mais la perspective de séduire Xavier pour mieux le perdre rendait sa vengeance encore plus douce. En définitive, elle était allée voir Geneviève afin d'obtenir les herbes qui lui permettraient de mettre son plan à exécution.

Elle palpa la petite pochette qui contenait le précieux extrait de valériane et de pavot. Cela la sécurisait et la calmait. Le feu crépitait dans l'âtre. La chaleur était le seul élément qui l'assurait qu'elle pouvait retirer ses vêtements en toute sécurité.

— Voilà le vin que vous m'avez mandé.

Margot sursauta. Son cœur ne voulait pas entendre raison ; il battait follement.

— Je vous ai fait peur, perçut Xavier avec empathie.

Il s'approcha doucement. Ses cheveux noirs formaient un contraste avec l'ample chemise de soie blanche qu'il avait enfilée. Elle se tourna vers lui. L'impression d'intimité qui se dégageait de la pièce la rendait nerveuse.

« Je suis sur son territoire, il est ici chez lui. Je ne peux pas me permettre de faire un faux pas », pensa la jeune femme.

— Vous devriez vous mettre à l'aise, dit-il en l'aidant à retirer sa cape.

Ses mains étaient aussi habiles que celles d'un tire-laine du pont Neuf. Elle frémit lorsqu'il dégrafa son corsage. Il lui toucha la nuque, l'épaule, le bras. Margot essayait de maîtriser les tensions qui parcouraient son corps et sa peau. Le moindre des frôlements était ressenti au centuple.

— J'ai soif, décréta-t-elle en se dirigeant vers la petite table, imposant ainsi une distance entre eux.

Il se cala dans le fauteuil près de la cheminée, déterminé à ne perdre aucune minute du spectacle qui s'offrait à lui. Dans sa tenue allégée, la demoiselle était d'une beauté à fendre l'âme. Il la sentait troublée et sensible à sa présence. Une nuit de solstice d'hiver n'aurait pas été assez pour apaiser la soif qui le tenaillait.

« Ce n'est pas une fille à soldat, c'est une dame. Délicatement. Tu dois lui montrer que tu n'es pas un rustre. »

En son for intérieur, il voulait se prouver à lui-même qu'il pouvait plaire à une femme comme Margot. C'était la plus raffinée et la plus intelligente de toutes les courtisanes ; la barre était haute. Lui qui n'avait jamais connu que des culbutes hâtives, il accédait à une femme à côté de laquelle ses fantasmes les plus fous perdaient tout leur éclat.

Elle s'approcha et lui tendit une coupe. Le liquide avait la même teinte que ses lèvres. Ils burent en ne se quittant pas des yeux. L'intensité du moment était telle qu'il remarqua à peine le goût âcre qui se mêlait à l'alcool.

— Je vais vous faire mienne…

Ces paroles provoquèrent une secousse dans l'échine de la jeune femme. Instinctivement, elle se raidit. Son corps puisait dans ses réserves de sang-froid pour ne pas faiblir. Il s'approcha. On aurait dit un félin guettant sa proie tant il y avait de souplesse et de force dans ses mouvements. La proximité de son adversaire augmenta encore la tension de la jeune femme.

Il retira son pantalon, puis sa chemise, sans la moindre pudeur. Elle demeurait immobile, incapable de se soustraire à la vue de sa virilité toute prête à la prendre. Nu, il paraissait encore plus robuste. Margot sentait ses yeux la dévisager. Il se réjouissait de la sentir admirer sa nudité. La jeune femme leva les yeux, affrontant l'obscurité de ses prunelles malicieuses. Après tout, c'était elle qui avait voulu cette nuit de volupté.

« Peut-être a-t-il l'habitude des pucelles qu'il peut impressionner et soumettre à sa guise, ce n'est pas mon cas. J'ai une ou deux leçons à lui apprendre. »

Elle ne disait mot, mais chacun de ses regards parlait de désir. Du bout de ses doigts, elle dessina des arabesques sur le bassin musclé, aussitôt, sa peau lui répondit par des milliers de petites saillies. Il essaya de lui retirer sa chemise, mais elle esquiva habilement ses tentatives. Elle dansait autour de lui avec la lascivité d'une bohémienne. Chaque caresse qu'elle lui prodiguait se voulait plus audacieuse que la précédente. Usant de toute sa science amoureuse, elle voulait pousser son adversaire à la capitulation. S'il s'emportait et la possédait, elle aurait la preuve qu'il n'était qu'un bandit ignoble. L'envie qu'il avait d'elle était évidente ; Ninon avait eu raison de lui dire qu'il était parfaitement constitué pour l'amour. Cependant, il se prêtait au jeu avec la résistance d'un moine. Margot aurait préféré qu'il se fâche et qu'il la prenne par frustration.

— Vous êtes encore plus désirable que dans mes rêves les plus fous.

Lorsqu'elle l'entendit chuchoter ces mots, la courtisane sut qu'il se contiendrait et qu'elle ne réussirait pas à le provoquer. Elle cessa de jouer et se dévêtit. L'une après l'autre, les jupes glissèrent au sol. Beaucoup plus tard, Margot apprit qu'il s'était dominé férocement pour ne pas la soumettre à ses assauts lorsqu'elle lui était apparue dans sa splendide nudité. Il lui tendit la main d'un air grave. Elle hésita un instant puis se décida à la prendre. Aussitôt, elle regretta son geste. Prendre la main qu'on lui tendait était un signe de confiance. Tandis qu'une crainte instinctive, inexplicable, gonflait en elle.

La respiration de Margot emplissait l'air. Sa poitrine pleine et ronde s'agitait de soulèvements de plus en plus rapprochés. Résolument, il la mena jusqu'au lit.

Sa peur ne faisait que la rendre plus vulnérable. Sa fébrilité ouvrait la porte à l'escalade du plaisir. Lorsque les mains de Xavier écartèrent ses cuisses pour entrer, elle était tellement chargée d'excitation que la rencontre de leurs corps provoqua une détonation de plaisir dans son ventre. L'orgasme la submergea entièrement. Elle trembla sous les spasmes puissants et son visage se couvrit de larmes. Elle n'avait plus la pleine maîtrise de sa chair qui la trahissait en jouissant avec cet homme, son ennemi. Elle sentait le sol céder sous ses pieds et avait l'impression de disparaître dans un abîme sans fond. Lui, qui la tenait en joue aussi sûrement qu'il était le seigneur de cet abîme, sentit sa jouissance. Décidément, rien ne se passait comme elle l'avait voulu. Margot l'entendit lui susurrer des promesses d'extase dans le creux de l'oreille.

Cela ne fit que redoubler sa détresse. Il n'était pas homme à se satisfaire d'une victoire facile. La courtisane avait acquis une sensibilité et une ouverture inouïes aux caresses; cette disposition à l'amour permit à son amant d'explorer chaque région de sa féminité. Il la visita avec fougue et avidité, s'étonnant de la réaction qu'elle offrait à chacune de ses hardiesses.

Margot avait cédé. Complètement. L'ardeur de l'étreinte bridait sa volonté. Lorsqu'elle croyait qu'elle allait défaillir de plaisir, il redevenait plus tendre, plus lent. Dans ces moments, elle sentait monter la honte et la confusion. Elle aurait voulu sortir indemne de cette nuit; au lieu de cela, il avait réveillé ses instincts charnels. Lui, le bandit. Cette révélation semait chez elle le doute et la troublait.

« Le plaisir m'est venu si naturellement, alors que je croyais le détester avec conviction... Son simple toucher aurait dû me dégoûter. »

Marguerite le regarda sombrer dans le sommeil. Lorsque sa respiration devint profonde, elle se leva du lit. La lune répandait une lueur dans la chambre. La jeune femme se couvrit de sa cape, bien qu'elle sût qu'il ne se réveillerait pas. Elle avait froid. Les ébats érotiques l'avaient épuisée. Seule la perspective de la vengeance la gardait debout.

Avec précaution, elle se mit à fouiller la pièce. Dans le coffre de la chambre, elle ne trouva rien. Pas plus que dans l'armoire. De l'autre côté du palier se trouvait une deuxième porte, elle l'avait aperçue à son arrivée. Elle essaya de l'ouvrir. En vain, c'était fermé à clé. Maudissant le sort qui se jouait d'elle, elle s'appuya au mur et se laissa glisser au sol. C'était trop bête ! Après tout ses sacrifices, une simple serrure l'arrêtait. Marguerite était lasse. Son corps était éreinté et lourd. Elle ferma les yeux.

Soudain elle se rappela avoir vu une clé au cou de Xavier, lorsqu'il se dénudait. Son cœur se mit à cogner avec une nouvelle force dans sa poitrine. Elle retourna dans la chambre et, accroupie, souleva les étoffes avec application. Rien. La clé devait pourtant être quelque part ! Elle se redressa, la gorge nouée, et regarda la silhouette endormie comme si celle-ci pouvait lui révéler son emplacement. Un tintement. Margot regarda par terre, autour d'elle. Ses yeux scrutaient l'obscurité. Un contour sombre. Elle était là !

Quelques minutes plus tard, elle tenait une liasse de documents dans ses mains. Elle les parcourut en vitesse, le souffle court, énervée par la trouvaille qui concrétisait son plan. Il y avait des lettres, des papiers officiels de toutes sortes, des documents de propriété. Elle écarta ces derniers. Ce qu'il lui fallait pour sa vengeance, c'était un outil contre Colbert. Un outil anonyme, quelque chose qui ne se rattachait ni à elle, ni à son père. La vivacité d'esprit qu'elle avait entretenue par des lectures et des discussions lui servait aujourd'hui. Margot saisit une lettre de cachet et deux autres documents, tous signés ou portant les initiales de l'intendant. Margot sortit du cabinet, les preuves en main. La clé retourna dans la masse de vêtements. Tournant le dos à la scène du lit en désordre où Xavier dormait sous l'influence du pavot, elle enfila sa robe.

Aussi silencieusement qu'un fantôme, elle quitta le domicile du bandit. La neige inondait le ciel noir de ses diamants de blancheur. Sa beauté la réconforta. Son ventre, ses seins, sa bouche sentaient encore la présence du bandit.

Néanmoins, sa tête était légère. Les documents étaient à l'abri sous sa cape.

## La couleuvre

Bien que le souhait de Margot eût été de marier sa sœur pour la nouvelle année, elle devait se rendre à l'évidence : ce n'était pas aisé. Évidemment, elle ne pouvait pas chercher le futur époux parmi ses fréquentations. Sa tante avait obtenu une charge de demoiselle de parage pour Claudine, qui semblait tout à fait comblée par sa nouvelle vie. Depuis que la jeune femme demeurait chez la comtesse de Langres, elle écrivait régulièrement à Margot et ses lettres laissaient entendre qu'elle n'était pas pressée de se marier. La courtisane décida donc de repousser le projet d'un an. En quelque sorte, l'acquisition des papiers avait calmé la ferveur de Marguerite, qui voyait venir la libération de son père et le retour à une vie « normale ».

Paris s'était remis à jaser de l'affaire de Fouquet depuis son transfert à la Bastille. L'instruction du procès était d'une longueur éloquente. Les amis de Fouquet, dont certains juges, ralentissaient le processus. Dès lors, l'influence de Colbert était dénoncée, et beaucoup blâmaient le jeune roi pour son hypocrisie dans toute cette affaire. Ce courant de résistance ne faisait qu'amplifier les sentiments de la jeune femme à l'égard de Colbert, le nouvel homme de confiance du monarque. En deux jours, elle était parvenue à apprendre le contenu des lettres et des billets par cœur. Pour quelqu'un d'autre qu'elle, ces documents auraient pu sembler anodins. Entre les mains de Margot, ils devenaient des preuves contre Colbert. Deux lettres mentionnaient la dissimulation par le premier ministre Mazarin de plusieurs actes financiers douteux.

Margot croyait au pouvoir de la justice sur les vivants, même s'il s'exerçait à travers la voix d'un mort. En outre, la jeune femme avait conservé en mémoire le texte du pamphlet que Benjamin avait écrit. Celui-ci proclamait que les fraudes de Mazarin étaient équivalentes à celles de Fouquet, et même pires qu'elles. Ce serpent de Colbert avait travaillé auprès de Mazarin et, comme l'avait proclamé Benjamin avant sa mort, il avait tout intérêt à garder le secret sur ces détails. Margot bénissait la clairvoyance de Langue Sale, sans qui son investigation n'aurait pas eu la même portée.

« Tu crois pouvoir protéger ta position en cachant ces documents, eh bien… on verra qui de nous deux est le plus tenace. Peut-être qu'afin d'éviter un scandale tu n'auras pas trop de scrupule à libérer un prisonnier insignifiant à tes yeux. »

Le retour de Ninon avait coïncidé avec la soirée passée chez Xavier de Razès. La courtisane avait demandé des nouvelles sur le déroulement de leur relation. Margot n'avait su que lui répondre. Elle n'avait pas envie de parler de la soirée passée entre les bras du gentilhomme. Ninon de Lenclos supputait que son élève lui cachait quelque chose ; Margot demeurait encore la plus difficile à lire, même après tout ce temps.

— Serait-ce l'amour qui te met de si belle humeur ?

La jeune femme faillit s'étouffer.

— Je m'en garde, Ninon, finit-elle par dire après avoir retrouvé son souffle.

— Heureusement ! Il y a assez d'une de mes demoiselles qui quitte ma maison pour un mari. Sans compter Sabine, qui a du mal à se remettre de ses amants.

— Pas de ses amants, mais d'un seul, reprit Margot avec gravité.

— Je crois qu'elle va sensiblement mieux. Est-ce qu'elle reçoit encore des lettres de ce mystérieux soupirant ?

— Euh… il me semble qu'elle en a reçu une la semaine passée.

— Je n'ai aucune idée de qui cela peut être, avoua Ninon.

— C'est peut-être quelqu'un qu'on ne connaît pas ?

Ninon lui lança un regard sceptique et prit congé. Marguerite la regarda sortir avec un sourire énigmatique, la tête appuyée sur ses coudes. Ninon avait raison de croire que le poète anonyme était quelqu'un de leur cercle. Margot, elle, savait qui était le mystérieux admirateur de Sabine.

⌒⌒

Il était tard. À cette heure, le Louvre réglait son rythme sur celui des citadins. Le roi et sa cour dormaient. Quelques gentilshommes regagnaient leurs quartiers en évitant de se faire voir par les duègnes qui veillaient, sans grand succès, à la vertu des demoiselles de compagnie. Seul dans son cabinet de travail, Colbert veillait quant à lui aux comptes du trésor. Sa silhouette chétive et noire courbée sur un relevé d'impôt, il ressemblait plus à un rat qu'à un reptile. En fait, sa réputation de couleuvre lui venait davantage de son caractère que de son apparence ingrate.

Il regarda la pendule qui occupait le centre du manteau de la cheminée. Bientôt quatre heures. Il ferma le livre de comptes et laissa tomber sa plume dans l'encrier. Son corps maigre se plaignit en craquant lorsqu'il se redressa. Il réfléchissait mieux debout. Colbert repensa à sa rencontre avec la jeune femme. Elle devait avoir à peu près vingt ans. Son habillement trahissait une aisance matérielle. Ses manières, son éloquence, tout en elle l'avait interpellé. Peut-être l'aurait-il aidée si elle n'avait pas été aussi impudente ! Qu'on le surprît lui déplaisait. Elle était entrée sans gêne dans son cabinet alors qu'il faisait sa toilette. Il détestait qu'on lui imposât quelque chose. La petite l'avait menacé de dévoiler le chantage et l'extorsion auxquels il se livrait s'il ne libérait pas son père enfermé à la Bastille. Elle allait payer pour l'affront qu'elle lui avait fait !

Des bruits de pas résonnèrent dans le corridor. Il percevait le martèlement des éperons sur le plancher. Finalement, il était là. Colbert se plaça derrière son pupitre.

— Monsieur Colbert, l'homme que vous m'avez envoyé quérir est ici, annonça le policier en ouvrant la porte.

— Bien. Faites-le entrer.

Xavier de Razès pénétra dans la pièce. Il était vêtu d'un pourpoint de velours vert et d'une ample cape en serge grise. Colbert leva un de ses sourcils broussailleux. Il était surpris : son serviteur le plus funeste ne portait pas de pistolet sur lui.

— Que me voulez-vous ? Que voulez-vous ? clama Xavier.

L'argousin qui le suivait le regarda avec étonnement. Il n'avait pas l'habitude que quelqu'un s'adressât de la sorte à l'intendant Colbert.

— J'ai besoin que tu t'occupes de quelqu'un qui me menace, répondit Colbert avec un calme qui tranchait avec l'exubérance du gentilhomme. C'est une situation à laquelle tu as été mêlé ; les registres de l'Épargne, tu te rappelles ? Tu m'avais recommandé le faussaire. Une femme a mis la main sur certains documents qui pourraient prouver que je suis intervenu dans l'affaire. En l'occurrence, toi aussi. Tu ne saurais pas, par hasard, comment cela aurait pu se produire ?

— Non.

— Le dévoilement de cette affaire pourrait compliquer le procès de Fouquet et déplairait fort au roi, soutint l'intendant. Je n'ai pas besoin d'en dire plus. Je veux que tu ailles voir cette femme et que tu t'en…

Du revers de la main, Xavier fit voler les piles de documents qui se trouvaient sur le secrétaire. Les feuilles atterrirent sur le sol avec fracas. Le policier saisit le manche de son épée. Flegmatique, Colbert leva l'index. La colère de Xavier le laissait froid. La réaction du mercenaire lui prouvait qu'il avait toujours autant d'emprise sur lui. Il attendit que la tempête se calmât.

— Tu es aussi impliqué que moi, Xavier. Ton nom parviendrait au roi et retarderait fort ton retour en grâce. Je ne peux faire appel à quelqu'un d'autre, dit-il avec dédain.

Le gentilhomme essaya de se dominer. Sa propre violence l'effrayait. Il avait parfois envie de tuer cet homme qui l'avait traité comme un vulgaire mercenaire, lui donnant même des ordres à la place du roi. En mémoire de son père, il se retenait de commettre cet acte qui l'aurait délivré d'un état de servitude de plus en plus lourd à porter. Malgré les promesses répétées de Jean-Baptiste Colbert, Xavier n'entrevoyait pas la fin de son service forcé. Le fils du comte de Montcerf se répétait que son père n'aurait pas voulu qu'il se salît les mains dans les intrigues des grands. Chaque fois que la haine prenait le dessus, il revoyait le corps ensanglanté de son père. Cette vision le calmait. Colbert ignorait encore qu'il devait sa vie au comte de Montcerf.

— Appelez-moi par mon nom et mon titre. Vous me devez les mêmes égards que tout un chacun ! Je peux refuser de faire ce que vous me demandez.

— Tu peux…

— Arggg… grogna l'homme aux yeux noirs.

— Monsieur de Razès, reprit Colbert, avec une pointe de mépris qui allongeait la ride de sa lèvre inférieure, vous avez intérêt à ce que cela ne se sache pas, tout comme moi. J'ai vos meilleurs intérêts à cœur, il faut m'en croire.

Colbert hésita avant de poursuivre l'entretien. Le gentil-homme semblait calme maintenant.

— Jarret, donnez-lui les informations, ordonna-t-il au policier.

Xavier tira le pli des mains de l'officier, qui sursauta. Contrairement à son ancienne habitude, il ne railla pas l'homme et ne tenta pas de l'intimider davantage, ce qu'il aurait fait auparavant pour renforcer son image de mercenaire. Désormais, il n'éprouvait que de la pitié pour les argousins qui répondaient aveuglement aux ordres de leur supérieur.

— Elle y sera demain soir, c'est ce qu'elle a dit.

— Seule ? interrogea Xavier, incrédule.

— Elle s'imagine que je vais me plier à sa demande. La petite ne manque pas d'audace. N'oublie pas de reprendre les documents ! Tu en uses à ta guise, mais après, tu la conduis dans un couvent. Si elle s'oppose à toi, n'hésite pas à la bâillonner.

Les muscles de Xavier se contractèrent. Sa mâchoire se serra si fort qu'il ressentit un élancement jusque dans sa nuque. Il détestait cet homme qui lui renvoyait un reflet dégradé de lui-même. Un mercenaire sans loi, voilà ce qu'il finirait par être à force d'exécuter les ordres de ce bourgeois qui n'avait aucun respect des traditions de la noblesse. Xavier se débattait depuis près de dix ans pour éviter que cette image ne prît le dessus. Il tourna les talons en faisant claquer ses éperons.

⤫

— Margot, es-tu bien certaine de ce que tu fais ?

Elle brossait sa chevelure d'ébène avec une énergie farouche. Dans son miroir, ses yeux mordorés irradiaient d'une lueur provocante.

— Le chevalier de Réchignac sera dans une chambre à côté. C'est une fine lame. Au moindre appel, il viendra.

— Si ce n'est pas cet homme qui se présente au rendez-vous, que feras-tu ? demanda Gabriel, grave. Margot, je ne crois pas que Colbert acceptera de négocier. Il pourrait décider de te faire tuer.

Sans broncher, la jeune femme leva ses jupes jusqu'à la cuisse, découvrant un petit stylet rangé dans une ganse de cuir. Gabriel de Collibret leva les bras au ciel. Décidément, l'assurance de Marguerite était désarmante. Le frère secoua la tête tout en se disant qu'elle confondait sa vie avec un roman.

— Ne te fais pas de soucis pour ta sœur, je suis assez grande pour me débrouiller. N'ai-je pas effrayé Colbert lui-même ? J'aurais aimé que tu voies son visage lorsque je l'ai menacé de dévoiler les documents au peuple !

— Certes, ce devait être tout un spectacle, soupira Gabriel. Promets-moi seulement de ne pas t'entêter si cela se révèle dangereux.

— Je te le jure. C'est pour nous tous que je fais cela.

Elle ramassa sa lourde cape. Le lainage la protégerait du froid qui sévissait dans les rues de la capitale. Elle quitta la rue des Tournelles un peu après le souper. Malgré les efforts de Margot pour convaincre Gabriel qu'elle était prête à tout, la jeune femme sentit l'angoisse monter en elle en pénétrant dans l'auberge. Ce n'était pas un lieu très engageant. Le souvenir de la taverne du Dragon sourd lui revint à l'esprit : les mêmes odeurs aigres de piquette, de sueur et de bois trempé qui brûle. Elle se dirigea vers l'aubergiste, un homme corpulent aux cheveux rares.

— Je veux louer une chambre.

— Vous êtes seule ?

— Quelqu'un va me rejoindre. Donnez-moi la plus grande de vos chambres, exigea Margot en espérant que cela satisferait sa cupidité et, par le même fait, sa curiosité.

La jeune femme paya et se rendit à la chambre, qui se trouvait à l'étage. Elle demanda au tenancier de lui envoyer le visiteur qui viendrait rencontrer « M<sup>lle</sup> Églantine ».

Bientôt, le chevalier de Réchignac viendrait lui aussi louer une chambre. Elle lui avait donné rendez-vous afin d'avoir un allié auprès d'elle. La jeune femme ne l'avait pas mis au courant de la véritable raison de cette invitation singulière, mais elle avait la conviction qu'il bondirait au moindre de ses cris… Le chevalier avait fait ses preuves comme bretteur. De plus, c'était un militaire, un capitaine. Dans la chambre au décor modeste, elle priait en silence pour que sa stratégie fonctionnât. De la salle commune, les voix et le tapage des gobelets pleins d'alcool montaient jusqu'à elle. Margot tenta de se concentrer sur ce qu'elle allait dire. Des phrases entières défilaient dans sa tête dans un roulement incohérent. Elles tournaient sans cesse, avec la même angoisse, la même peur d'être oubliées, parce que l'oubli signifiait la confusion. Marguerite s'accrochait à ces phrases avec un serrement au ventre, incapable d'imaginer la suite des événements.

Tout à coup, elle entendit le grincement de la poignée. Une silhouette sombre se profila dans l'ouverture. Pendant une seconde, la jeune femme songea qu'il lui était encore possible de rejoindre la sécurité du monde extérieur. Puis la porte de la chambre se referma sur le bruit et sur la lumière.

— Mademoiselle, vous êtes seule ? murmura la voix masculine qui n'avait pas encore de visage.

— Avez-vous l'ordre de libération ? relança la courtisane en modulant sa voix afin qu'elle fût la plus monocorde possible.

— Oui.

Elle perçut un craquement et la lumière jaillit. Un éclat illumina un profil couvert par un masque noir. Margot se dissimula dans l'ombre. La mèche de la bougie dessinait une lame de feu qui le rendait encore plus menaçant.

— Donnez-moi les documents, dit-il.

— Pas avant que vous m'ayez fourni l'ordre écrit.

Margot entendit un soupir, ou était-ce un rire étouffé ? Elle profita de la pénombre pour saisir le manche de l'arme sous ses jupes. Sa main trembla en entrant en contact avec le métal. Étreinte par l'angoisse du moment, elle reconnut l'odeur masculine qui émanait de l'homme masqué. Elle avait l'impression que le parfum, à la fois suave et singulièrement viril, emplissait toute la pièce. C'était lui. Aurait-elle le courage de le frapper ?

— Vous savez que mon maître ne vous laissera pas tranquille, raisonna-t-il. Ces papiers qui l'incriminent...

— Si M. Colbert veut avoir la paix, il va devoir libérer mon père d'abord, cracha la jeune femme.

— Mademoiselle, croyez-moi, vous feriez mieux de m'écouter. Je ne vous veux pas de mal. Je veux...

Une voix fusa dans le couloir de l'étage. Margot tressaillit. La diversion servit l'homme masqué. En un battement de cils, il avait gagné le fond de la pièce. Une poigne de fer se referma sur l'épaule de la demoiselle.

L'instinct de la jeune femme s'embrasa ; la proximité de l'ennemi ne lui laissait aucune autre option. Elle brandit le stylet et frappa un bon coup sur son avant-bras. C'était la première fois qu'elle cherchait à blesser quelqu'un. Les battements de son cœur sonnaient comme une alarme.

— Diantre !

Ils se retrouvèrent à nouveau dans l'obscurité la plus complète.

— Reculez ! commanda Margot, ou... je vous ouvre la panse !

— Ça va, ça va, protesta-t-il en faisant quelques pas en arrière. Ma parole, vous êtes une diablesse ! lança-t-il en éclatant d'un rire sonore.

Marguerite écarquilla les yeux. Elle avait subitement l'impression d'entendre le ricanement du marquis des tributs. C'était honteux, elle avait voulu le blesser et il rigolait !

— Cessez de rire ! Vous êtes un monstre. C'est votre faute si mon père a été arrêté. Je vais vous faire payer pour cela. Entendez-vous ! Je vais dévoiler votre vraie nature à toute la société de Paris ! Je vais...

Il ne riait plus. Xavier avait reconnu la voix ; les menaces, comme un dard empoisonné, pénétraient son esprit.

— Margot !

Elle respirait bruyamment. Ses nerfs éprouvés faisaient trembler tous ses membres.

— Ôtez votre masque ! cria-t-elle pour toute réponse.

Xavier était paralysé ; il craignait de pousser Margot à mettre ses menaces à exécution. Comme si, de cette auberge, elle pouvait rejoindre le groupe qui fréquentait Ninon de Lenclos et révéler son passé de mercenaire. Il dénoua les cordons qui tenaient son déguisement en place. La stupeur l'empêchait de saisir les enjeux de la situation. Il était certain que quelque chose échappait à son entendement.

— Margot, je ne...

— Arrêtez de prétendre que vous ne comprenez pas ce qui se passe. Colbert vous a envoyé pour que vous vous débarrassiez de moi, exposa-t-elle d'une voix chevrotante. Vous êtes son homme de main, vous travaillez pour lui. Je vous préviens, si vous faites un geste, j'appelle.

L'obscurité déroutait les sens du jeune homme, il lui semblait que Margot était toute proche, il distinguait son odeur. C'était un poison pernicieux ; choqué et humilié, il ne s'illusionnait pas sur les dispositions de la jeune femme à son égard, même si le souvenir des caresses alanguissait sa conscience et la détournait du danger qui le guettait.

— Personne ne viendrait à votre secours ici, reprit-il avec indulgence.

— Toujours aussi confiant, n'est-ce pas, monsieur le marquis des tributs ? railla Margot. J'ai le regret de vous informer que j'ai des amis en ces lieux, qui accourront au moindre signal. Commencez-vous à comprendre que c'est moi qui ai tout orchestré, ou est-ce que votre orgueil vous aveugle encore ?

— Qu'attendez-vous de moi ?

Le moment était précieux pour la jeune femme. Elle discernait derrière les paroles de Xavier une forme de doute, de la culpabilité et de la résignation.

— La vérité sur les motivations de Colbert. Que vous a-t-il dit ? exigea-t-elle, autoritaire.

— Rien.

— Comment ? Je vous préviens, je veux la vérité. Je n'hésiterai pas à vous dénoncer…

Xavier se rendit compte qu'il ne connaissait pas cette femme. La grandeur de sa propre bêtise lui apparaissait soudain ; elle s'était jouée de lui.

— Croyez-vous vraiment que Colbert a quelque égard pour votre personne ? Ha ! Mais c'est qu'elle est fière, la garce…

— Comment osez-vous ! Gredin ! Vous n'êtes qu'un détrousseur de chemins, dit-t-elle en haussant la voix.

— Et toi… tu es une courtisane. Sais-tu le sort qu'on réserve aux filles comme toi chez les truands ? gronda-t-il en avançant vers elle.

Marguerite se mordit les lèvres en brandissant son stylet dans l'air devant elle. Avant d'atteindre quoi que ce fût, elle se sentit agrippée par l'arrière et soulevée de terre. Elle poussa un cri. Les muscles de Xavier de Razès enserrèrent sa taille, il plaqua une main sur sa bouche pour l'empêcher de hurler et parvint d'un mouvement d'épaule à lui faire lâcher son arme. Littéralement sous son emprise, Margot se débattait comme une forcenée.

— Alors, la belle Margot… on a décidé qu'on n'appelait pas les renforts après tout ? Peut-être que tu ne souhaites pas qu'on te voie dans une position aussi dégradante… Franchement, c'est plutôt flatteur comme angle de vue. En y pensant bien, je préfère un tête-à-tête, je n'ai jamais eu le cœur au partage de toute façon.

Les joues en feu, elle donnait des coups de pied, griffait, mordait, criait. L'humiliation atteignit son comble lorsqu'il la jeta nonchalamment sur la paillasse. Un sac de grain, voilà ce qu'elle était dans ses bras. Il appuya ses coudes sur le bas de ses reins. Le poids la maintenait en place.

— Tut, tut, on ne crie pas, ma belle… J'ai envie qu'on discute un peu, vois-tu.

— Je… t'interdis de me tutoyer ! Je te hais, parvint-elle à lancer entre deux respirations.

Elle tenta de se déprendre en gesticulant. Xavier poussa un petit rire amer ; à tout prendre, elle le détestait vraiment. Le ballet des cuisses blanches de la jeune femme aurait inspiré n'importe quel compositeur de musique.

— Margot, je me réjouis du spectacle que tu m'offres… Ma foi, je dois avouer que si j'avais plus de temps, je me laisserais tenter par tes largesses.

Une pointe d'ironie. La voix, mesurée, lui rendit sa raison. Elle ne voulait pas perdre la maîtrise de la situation. La jeune femme cessa de se débattre. Prudemment, il retira ses coudes.

— Je savais que tu saurais dominer tes sens, dit-il.

Elle aurait voulu pouvoir arracher ses yeux avec ses ongles.

— Vous allez devoir me tuer si vous ne voulez pas que je parle, dit-elle froidement.

Xavier fit comme s'il n'avait rien entendu et alluma une bougie. Leur intimité apparut en pleine lumière. La jeune femme sentit ses joues s'empourprer.

— Colbert m'a envoyé pour reprendre les papiers et… il m'a dit de me débarrasser de la personne. Je ne savais pas que je vous trouverais ici.

— Quelle différence cela fait-il ?

« Apparemment aucune, songea Xavier, dégoûté. Elle se figure vraiment que je vais la supprimer. »

— Une question, Margot. Depuis combien de temps savez-vous, euh, que je suis au service de Colbert ?

— Pfff… Depuis le début. Depuis que Ninon m'a demandé de vous séduire, précisa Margot. Cela vous inquiète, n'est-ce pas ? N'ayez crainte, la vérité sur votre prétendue naissance n'a pas été dévoilée. Ni par elle ni par moi.

— Ce n'est pas un mensonge ! s'emporta-t-il avec fierté.

— Oh… pardon, s'amusa-t-elle en le voyant énervé. Pour moi, cela ne fait pas de différence. Que vous soyez comte, marquis, duc, vous êtes le même. Je vais vous aider à vous souvenir : vous avez attaqué notre carrosse sur la route et volé des documents. Après cela, mon père a été embastillé comme les autres qui travaillaient…

— Avec Fouquet, coupa-t-il, l'air grave.

— Bravo, votre mémoire ne vous a donc pas tout à fait abandonné.

L'attaque du carrosse lui revenait dans tous ses détails. Ainsi donc, voilà ce à quoi Margot faisait référence. Elle devait être assez jeune à l'époque…

— Je comprends votre rancune à mon égard, concéda-t-il.

Marguerite eut un geste d'exaspération. Elle s'attendait à un déni, à une explication, à une justification, à quelque chose. Le silence les ramenait à cette fin d'été, où la chaleur et la poussière avaient quelque chose d'étouffant.

— Ces papiers, je ne les ai pas avec moi. Ils sont en lieu sûr. C'est de la monnaie d'échange pour la libération de mon père.

— Vous ne connaissez pas Colbert. Il ne le libérera pas. Je ne sais pas quelles preuves vous avez contre lui. Votre père, comme tous ceux qui travaillaient avec Fouquet, demeurera prisonnier aussi longtemps que durera le procès, prédit Xavier avec l'assurance de quelqu'un qui s'y connaît.

Elle le regarda intensément. Elle aurait voulu déchiffrer l'expression de son visage. Marguerite fut irritée par la tristesse qui émanait de ces traits droits et beaux.

— J'ai dérobé les papiers qui étaient dans votre cabinet pendant que vous dormiez. C'était un jeu d'enfant, ricana Margot. Je savais que vous vouliez cacher des documents chez Ninon. Oh, elle n'y est pour rien, ce n'est pas elle qui me l'a dit. Ces pièces représentent une menace pour Colbert, il craint que j'expose au grand jour les malversations du cardinal Mazarin.

— Vous ne reculerez devant rien, n'est-ce pas ? Quel courage ! Je suis certain que votre père serait fier de vous, lâcha-t-il en se levant. Adieu, Margot.

— Où allez-vous ?

— Je rentre chez moi, dans mes terres, avant que Colbert ne constate que les fameux papiers étaient chez moi… Je ne veux pas assister à la pendaison de votre père, ni endurer une seconde disgrâce.

Elle n'en croyait pas ses yeux et ses oreilles. Ses talons armés d'éperons argentés la souffletaient de leur morgue.

— Ne me sermonnez pas ! Ce n'est pas Colbert qui a assassiné lâchement un pamphlétaire ! C'est vous !

## 32

### *Les lueurs de l'aube*

Le chemin de Vaugirard s'étirait jusqu'aux dehors de Paris pour les voyageurs qui fuyaient le lever du soleil. Sa largeur permettait à deux voitures de s'y rencontrer sans ralentir leur allure. Ainsi, les promeneurs devaient marcher sur le bas-côté pour éviter d'être renversés.

— Où m'emmenez-vous ainsi ? protesta la jeune femme, qui enjambait les broussailles en peinant dans sa longue jupe rigide.

— Suivez-moi et taisez-vous.

Elle regrettait de n'avoir rien fait lorsque les gardes, d'un œil circonspect, les avaient laissés sortir. En définitive, il restait un bandit et un mufle, pensait Marguerite qui n'éprouvait pas autant de crainte que sa raison aurait dû lui dicter. Son accompagnateur n'avait pas lâché son bras depuis qu'ils étaient sortis de l'auberge. Le pas déterminé, il savait exactement dans quelle direction il l'entraînait.

— Si l'envie vous prenait de filer, vous ne seriez pas en sûreté ici.

— Ne me prenez pas pour une sotte, je sais exactement où nous sommes.

— À défaut d'autre chose, vous ne manquez pas de courage. Je préfère vous prévenir que je ne vous poursuivrai pas à travers champs.

— Vous êtes fâché parce que je me suis servie de vous, fit remarquer la demoiselle.

— Pas le moins du monde, je considère que j'ai été bien payé pour le dérangement. Contrairement à vous, je ne suis pas un animal à sang froid.

Même s'il le niait, Margot était convaincue qu'il était blessé. Elle avait senti que leur rencontre n'avait pas été qu'une partie de jambes en l'air pour lui. C'est d'ailleurs ce qui l'avait troublée pendant leurs ébats.

— Nous y sommes.

C'était une petite habitation, plutôt bien tenue. Les volets s'ouvraient sur un vaste pâturage glacé par le gel. La courtisane leva un sourcil.

— Que venons-nous faire ici ?

Il l'entraîna vers la porte.

— Vous verrez, répondit-il, mystérieux, en donnant deux coups sur le bois dur.

L'espace d'un instant, Margot se dit qu'il n'y avait personne dans ce logis. Puis elle entendit un craquement. L'huis s'ouvrit avec une petite protestation. L'intérieur de la maison était à peine plus illuminé que l'extérieur. Margot n'eut pas le temps de distinguer les contours du visage qui apparaissait. Elle se fit pousser à l'intérieur par Xavier.

— Ho ! s'exclama une voix. Youyou !

— C'est moi, fit Xavier.

— Qui c'est celle-là ?

— Une amie à toi, à ce qu'il paraît.

Le pamphlétaire, qui sortait de son lit, portait encore les traces d'un sommeil profond. La bouche longue et spirituelle se camouflait sous une moustache brune. Le visage avait sensiblement vieilli ; Margot cependant ne pouvait s'y méprendre. Elle poussa un cri de joie.

— Benjamin ! s'écria-t-elle, oubliant son accompagnateur. Vous êtes vivant ! C'est vous ! Oh !

— Bonsoir, Marguerite, hésita-t-il en interrogeant Xavier du regard.

De toute évidence, le jeune homme cherchait une explication à cette visite insolite. Il frotta ses yeux noisette du revers de la main ; lorsqu'il les rouvrit, la jeune femme était toujours là.

— Je vous croyais mort, reprocha Margot.

— Xavier, qu'est-ce que tout cela signifie ? Je… Pourquoi l'as-tu amenée ici ?

— Pour qu'elle apprenne la vérité, expliqua-t-il, désinvolte.

Il s'assit sur le banc de l'entrée et entreprit de décrotter ses bottes.

— Je ne veux pas vous déranger dans vos retrouvailles, faites comme si je n'étais pas là.

Perplexe, Benjamin plissa son front. La jeune femme lui prit la main et il sursauta.

— Pourquoi ne m'avez-vous rien dit ? questionna-t-elle.

— Euh… une minute. Est-ce que je peux savoir ce qui se passe… Xavier ?

Marguerite eut un choc : les deux se connaissaient. La familiarité de leurs gestes, la façon que Xavier avait de se conduire montraient qu'il connaissait les lieux.

— Je pensais que Xavier vous avait tué, admit-elle.

— Ah ! comprit Benjamin. Je croyais bien que j'allais mourir aussi lorsque j'ai vu ce drôle débarquer au Dragon sourd, dit-il.

Xavier leva son visage sur lui. L'obscurité l'habillait d'un masque noir, ne découvrant que ses dents blanches et le brillant de ses yeux ; plus que d'habitude, il ressemblait à un esprit malveillant.

&

Le cœur de Sabine luttait dans sa poitrine. Elle replia le billet avec une parfaite minutie ; ses gestes étaient froids. Le parfum de sa présence environnait le morceau de papier, elle sentait un poids peser sur ses épaules. Malgré tout ce qu'il lui avait fait subir, elle avait le sentiment de le trahir en ne répondant pas à son appel. La jeune femme se laissa tomber sur son lit. C'était la deuxième fois que René lui envoyait une lettre. Des promesses et des aveux en noircissaient le papier du haut jusqu'en bas. Combien de fois avait-elle entendu ce vœu d'amour… Une bonne douzaine de fois. Avant, elle aurait accouru vers la clarté de son phare, navire sans ancrage qui ne se sent vraiment bien que lorsque la chaîne le retient au quai.

Maintenant, elle réussissait à ne pas penser à cet homme. Sortir dans les jardins, rendre visite à Geneviève et à la petite Isabelle, jouer du luth. Lorsque l'image de son amant lui traversait l'esprit, elle ressentait un obscur besoin de le revoir. Elle savait que ce besoin ne la quitterait jamais entièrement. Pas plus que ne s'effacerait la brûlure sur ses reins.

L'équilibre de sa vie était fragile, il reposait sur un espoir. Elle recevait ces lettres depuis près d'un mois. Cette poésie, si elle ne parvenait pas tout à fait à cicatriser sa blessure, réussissait à lui faire croire à une autre histoire d'amour. Sabine du Roseau était la muse d'un artiste. Tranquillement, sa confiance se mettait en place. Toutefois, avant de mettre de la couleur sur le dôme de sa cathédrale, les poutres et les ogives devaient pouvoir en supporter le poids. Sabine s'était interdit de s'éprendre d'un inconnu. Voilà qui présentait plusieurs difficultés. En outre, l'amoureux écrivain ne semblait pas vouloir se démasquer. Les recherches assidues de la jeune femme avaient échoué.

Sabine écarta le rideau de sa fenêtre. Les lueurs de l'aube irisaient l'horizon de leurs teintes rose et orange. Du haut de son perchoir, elle attendait la visite de son mystérieux correspondant. C'était la troisième fois cette semaine qu'elle voyait le ciel de Paris éclore en milliers de chrysanthèmes. Convaincue chaque fois, avec une patience digne des héroïnes de l'Antiquité, que c'était le bon jour, elle savourait ce moment de poésie qui mettait à rude épreuve son tempérament de feu. Une heure passa. Absorbée par son observation, la demoiselle n'entendit pas les coups frappés à la porte de sa chambre.

— Oui. Entrez, dit-elle enfin.

— Mademoiselle du Roseau, une missive pour vous, annonça le maître d'hôtel en entrant dans la pièce.

Sabine tendit la main vers le serviteur. C'était bien le billet qu'elle attendait. Ses sourcils s'arquèrent, elle tourna le morceau de papier entre ses doigts.

— Qui vous a donné cela ?

— Mademoiselle, il n'y avait personne lorsque j'ai ouvert la porte, assura Gontran, ainsi qu'il le faisait depuis plus d'un mois.

— Je vois… On vient de l'apporter ? interrogea la jeune femme sur un ton faussement désinvolte.

— Oui, c'est bien ça.

— Impossible, j'étais à ma fenêtre et personne n'est venu, argumenta Sabine.

Le serviteur pâlit. Il pencha son visage vers la main de la demoiselle, qui tenait la feuille repliée.

— Gontran, qui vous a donné cette lettre ? Répondez, intima la jeune femme, excitée à l'idée de découvrir le nom de celui qui faisait battre son cœur.

— Euh… Je ne sais…

— Répondez, Gontran ! tonna la demoiselle.

Le maître d'hôtel recula d'un pas vers la porte.

— Je vois… constata Sabine. Je vais devoir informer M$^{lle}$ de Lenclos de votre inconduite auprès de la charmante dame qui est venue vous rendre visite l'autre jour…

Il déglutit péniblement. Il regrettait déjà sa décision. Travailler dans une maison de courtisanes apportait indéniablement son lot de dilemmes et de misères.

— C'est M$^{lle}$ Marguerite.

— Comment ? Voyons, cessez un peu ce jeu, répondit-elle incrédule. Qui…

— C'est elle, je vous dis la vérité, reprit-il, piteux.

— C'est Margot qui est l'entremetteuse ? relança Sabine avec l'espoir qu'il corrigeât ses allégations. Savez-vous qui écrit les poèmes ?

Gontran hocha la tête en signe de négation et quitta la pièce.

D'un coup, ce fol amour auquel elle avait cru si fort s'évanouissait. Sabine eut l'impression angoissante de manquer d'air. Le temps d'un battement de cils, elle crut qu'elle allait mourir, que le muscle qui pompait le sang dans ses veines avait renoncé. Les événements du dernier mois défilèrent devant ses yeux comme les actes d'une tragédie. Pourquoi Margot lui avait-elle menti ? Pourquoi cette mise en scène avec Gontran ?

Margot, qu'elle avait crue son amie, sa plus chère amie, l'avait donc trahie… Peut-être n'y avait-il pas de poète amoureux, ni de refuge pour son cœur en peine. La jeune femme cherchait son air.

Elle se dirigea machinalement vers la table ou était posée la lettre de René du Bec ; du bout des doigts, elle toucha les « je t'aime » qui s'alignaient sur le papier parfumé. La plume avait appuyé davantage sur le lieu du rendez-vous, dans l'espoir que la jeune femme répondît à l'appel. Sabine décida de laisser une dernière chance à René.

⟡

La jeune femme écoutait d'une oreille distraite la discussion de Benjamin et de Xavier. Depuis qu'elle savait qu'ils étaient amis, qu'ils avaient, ensemble, imaginé le « trépas » de Langue Sale, l'esprit de Margot labourait le champ de sa situation, creusant des sillons parmi les révélations et les revirements. Sa seule certitude était la précarité de son état. Tôt ou tard, Colbert apprendrait son identité.

— Je n'ai pas l'intention de me mettre au service d'un maître imprimeur qui me dira comment mener ma presse, dit Benjamin. Cette lubie des corporations incommode tout le monde. Ce n'est qu'un autre moyen perfide inventé par Colbert pour contrôler l'édition.

— Les maîtres-papetiers et les libraires formeront aussi une corporation, dit Xavier.

D'abord pamphlétaire, puis imprimeur, Benjamin Doucet avait bâti un petit commerce qui florissait. Les visites du hors-la-loi représentaient toujours une occasion de discuter des nouvelles politiques de Colbert. Le moment de surprise passé, l'ancien gazetier avait invité ses visiteurs à déjeuner. Les deux hommes grignotaient saucissons et pâtés en buvant un gobelet de cidre. L'ambiance conviviale de la cuisine agréablement chauffée contribuait à faire sentir à Margot qu'elle était l'intruse dans cette réunion hivernale.

— Vous ne mangez pas, Marguerite ? J'ai de la confiture de groseilles, en voulez-vous ? C'est Muriel qui l'a préparée, dit le jeune homme.

— Muriel ? Vous la voyez encore ?

— Depuis peu, admit Benjamin. J'ai dû être prudent au cours de mes escapades au marché. J'y vais encore très rarement, le mieux c'est le soir, c'est moins risqué.

— Je ne l'ai pas revue depuis… depuis le jour où vous avez disparu.

Le sentiment de culpabilité qui avait suivi la mort de son ami avait mené la jeune femme à couper les liens avec tous les gens qui le connaissaient. Marguerite se souvint avec lassitude d'avoir regretté durant des mois la bonhomie et la chaleur de la boulangère. Elle s'était imposé cette distance pour ne plus penser à la mort de l'agitateur.

— Muriel m'a dit qu'elle n'avait jamais de visite de vous. Elle croyait que vous aviez quitté Paris.

Marguerite se leva pour cacher sa tristesse. Le temps s'était écoulé et pourtant il lui semblait aujourd'hui qu'elle était encore la jeune femme batailleuse qui osait braver les vilains afin de répandre la vérité. Benjamin se leva et s'avança vers elle. Son corps long et rassurant appela la courtisane, qui se blottit sans gêne contre lui. L'étreinte lui fit ressentir cruellement le manque de tendresse dans sa vie. Tout à coup, elle eut envie d'abandonner la lutte, de trouver des bras chaleureux qui la berceraient lors des longues nuits sans sommeil.

— Fais attention, si elle passe la nuit avec toi… Sois certain de la tenir occupée jusqu'au matin pour qu'elle ne te dérobe pas ton bien, jeta Xavier de but en blanc.

La jeune femme se crispa sous l'effet des paroles. Benjamin raffermit son étreinte, comme pour la maintenir à l'abri des injures.

— Tu es mal placé pour lui faire la morale, que je sache. Au moins, Marguerite a un but honorable. Honorable, mais dangereux, précisa-t-il en la fixant entre ses longs cils. Vous essayez toujours de faire sortir votre père de prison ?

— Oui, répondit-elle d'une toute petite voix.

— Menacer Xavier ne va pas vous aider. Son sort est lié de trop près à celui de Colbert. Vous allez le compromettre et, avec lui, perdre tous vos moyens de négocier.

— Mais c'est sa faute, Benjamin ! Il mérite de payer pour ce qu'il a fait, gémit Margot, en proie à la plus forte émotion.

Benjamin s'émut de la détresse de la jeune femme. Elle apparaissait dans toute sa fragilité, ses boucles désordonnées, son visage couvert de larmes, sa jupe abîmée et humide. Il leva un regard implorant vers Xavier.

— Mieux que personne tu sais ce qu'elle a traversé. Je t'en prie.

— C'est trop dangereux, Benjamin.

— Tu connais les secrets de Colbert, les secrets du roi. S'il y a un moyen de libérer son père, tu le possèdes.

La jeune femme se dégagea des bras protecteurs de Benjamin. Ses convictions allaient à l'encontre de ce que disait l'agitateur. Xavier était et devait rester le bandit, l'ignoble mercenaire. Il avait sauvé Benjamin, soit. Mais cela ne le blanchissait pas de son autre forfait : l'attaque du carrosse.

— Vous vous fatiguez, il est toujours le complice de Colbert, accusa-t-elle.

— Colbert, malgré tous ses défauts, n'est pas la moitié du comploteur qu'était Nicolas Fouquet ! explosa Xavier. Tous les crimes qu'on lui attribue sont vrais ! Il y a pire : il a fomenté une deuxième Fronde. Il tentait de soulever la noblesse contre le roi.

— Margot, ce n'est pas Colbert qui a fait arrêter Fouquet, c'est le roi, exposa l'imprimeur, interrompant la harangue de

Xavier. Le roi Louis XIV, notre roi, ton roi, ajouta Benjamin de sa voix posée. C'est lui qui a condamné Nicolas Fouquet. Croyez-moi, les documents qui étaient dans votre carrosse n'ont fait qu'ajouter aux montagnes de preuves de la toute-puissance du surintendant. Il était perdu bien avant ce vol. Trop d'argent, trop d'amis, trop de faste. Le roi était jaloux, son serviteur avait plus l'allure d'un roi que lui-même. Puis il y avait cette histoire de La Vallière… Vous vous rappelez ?

La première fois qu'elle avait entendu cette histoire concernant la favorite, c'était au marché. Une commère soutenait que le roi s'était offusqué à l'idée que son surintendant s'intéressât à la demoiselle de son cœur. Il lui avait, disait-on, fait la cour d'une façon bien imprudente… Le roi avait-il été jaloux au point de faire emprisonner son serviteur ? Une réaction presque démesurée. Monumentale…

— La Vallière est toujours favorite en titre ? s'empressa-t-elle de demander.

— Vous ne m'écoutiez plus, reprocha l'imprimeur. Je pense que oui.

— Plus que jamais, répondit Xavier.

— Ah… Je croyais que la reine avait été informée de leur relation, hasarda Marguerite.

— Que voulez-vous dire ? s'enquit Benjamin.

— Quelqu'un à la cour voulait que la reine apprît l'infidélité du roi. Une fausse lettre en espagnol a été envoyée, dénonçant la relation du roi avec cette demoiselle. Pour que La Vallière soit mise à l'écart…

— Je n'ai pas entendu parler de cette histoire, admit Benjamin.

— La lettre espagnole… évoqua Xavier. Comment pouvez-vous le savoir ?

— Vous n'êtes pas le seul à connaître des secrets, monsieur de Razès.

Si Benjamin ignorait les détails de la « lettre », il devina la gravité de la révélation à la réaction qu'eut Xavier.

— Les comploteurs croyaient que la petite La Vallière serait délogée facilement, dit Margot.

Elle sourit, pensive.

— Je dois admettre que je suis heureuse d'apprendre que ce n'est pas le cas. Le roi en est sans doute très épris ?

— Très. Il punirait ceux qui oseraient toucher à un de ses cheveux blonds. Si c'est vous…

— Comme il a puni Fouquet, s'assombrit Margot.

— Que s'est-il passé avec la lettre ? demanda Benjamin.

La question s'adressait à Marguerite, mais voyant qu'elle ne réagissait pas, Xavier prit la parole.

— La lettre n'est pas parvenue jusqu'à la reine. Une dame de confiance l'a interceptée. Quand le roi, en lisant la lettre, a compris que quelqu'un osait intriguer contre sa maîtresse, il est entré dans une immense fureur. À ce jour, il n'a jamais su qui était le responsable… ou la responsable, insinua Xavier en regardant Marguerite.

— Il y a bien des secrets qui entrent dans une chambre de courtisane.

## 33

### *La chasse et la cavale*

Un bruissement d'étoffe et de pas pressés accueillit Margot lorsqu'elle poussa la porte du vestibule.

— Margot ! Dieu soit loué, tu es là ! s'écria Oksana.

— Sabine a disparu, ajouta Ninon. On a trouvé ceci sur sa table de toilette.

De sa main encore très blanche, elle tendit un billet à Marguerite. Un coup d'œil permit à la jeune femme de reconnaître l'écriture soignée de René. Voilà qui expliquait les airs alarmés de Ninon et d'Oksana.

— Je ne crois pas que Sabine soit allée à ce rendez-vous, raisonna Margot. Ce n'est pas la première supplique qu'il lui envoie. Depuis quand est-elle partie ?

— Elle est sortie ce matin. Gontran m'a dit qu'elle venait de recevoir une lettre de son admirateur secret, annonça Ninon d'un air grave, presque accusateur.

Marguerite fronça les sourcils.

— Vous pensez que Sabine est en danger ?

— Ninon croit qu'il voudrait se venger, répondit Oksana, dramatique.

— J'ai moins peur de Vardes que de ses amis : Angecourt et Biran. Puis-je te parler un instant, Margot ? demanda Ninon.

Ninon l'entraîna dans sa chambre et ferma la porte. L'entretien avait des allures de conspiration.

— Gontran m'a parlé des lettres. Sabine l'a pressé de répondre et il lui a avoué que c'était toi qui les lui remettais. Je crois que cela explique son départ, relata Ninon.

Bouche bée, Margot se laissa choir sur le lit.

— Tu ne dis rien ? remarqua Ninon.

— Je ne sais que répondre, murmura Margot. Je devrai m'expliquer auprès de Sabine… Oh, si je lui ai fait du mal…

— Alors c'est exact, c'était toi qui les écrivais… J'aurais dû m'en douter. Sabine aura mal interprété tes intentions, elle est si fragile. J'espère seulement que nous pourrons la ramener.

— Ninon… murmura Margot avec des tremblements dans la voix. Me croiras-tu si je te dis que je n'ai pas voulu lui faire de tort ?

— Nous parlerons de tout cela plus tard, coupa Ninon. Penses-tu que le chevalier de Réchignac nous assisterait si tu le lui demandais ? Je ne veux pas prendre de risque, il y a fort à craindre que Vardes redouble d'audace cette fois. La présence du chevalier pourrait prévenir quelques escarmouches.

La jeune femme se souvint qu'elle avait laissé le chevalier sans nouvelles depuis le rendez-vous de la veille. Elle se maudit de son étourderie.

— J'ai une autre idée, répondit Marguerite, son regard s'illuminant d'espoir.

L'évocation du comte de Montcerf avait ravi Ninon. Elle posa des questions, voulut en savoir davantage, mais se heurta au mutisme de Margot. Il s'en fallait de peu que la perspicace Ninon découvre le stratagème de sa jeune protégée. Non, il n'y avait pas de passion derrière l'empressement que Xavier avait mis à répondre à la lettre. Seulement un mélange de culpabilité et une étrange dette d'honneur.

— Bonsoir, Marguerite, firent en chœur Benjamin et Xavier, entrant dans la pièce.

— Messieurs, votre rapidité n'a d'égale que votre discrétion, de rigueur, bien sûr, dit Margot en essayant de cacher sa surprise devant leur arrivée diligente.

— Nous sommes venus aussi vite que possible, répondit Benjamin en faisant un clin d'œil complice à la courtisane.

— Margot, vous me présentez à votre ami ? demanda Ninon, intéressée.

— Mademoiselle de Lenclos, c'est pour moi un honneur de vous rencontrer, dit le nouveau venu. Je m'appelle Benjamin Doucet, humble imprimeur et écrivain. J'ai la chance de servir M. le comte de Montcerf, qui m'a invité à le suivre.

— Mademoiselle Margot, je suis à votre service, annonça Xavier de Razès en s'inclina élégamment.

Les talents de Benjamin pour la conversation égalaient aisément ceux de sa plume. Durant les quatre heures que dura le trajet, il entretint Margot, Oksana et Ninon, qui en oublièrent presque l'appréhension qui les habitait. Quant à Xavier, il chevaucha aux côtés de la voiture qu'ils avaient empruntée, sans quitter la route des yeux. Margot eut beau tenter de capter son regard noir, à la recherche d'une explication des propos qu'il avait tenus devant Ninon, il ne regardait pas dans sa direction. Les cahots de la route finirent par la faire renoncer à ses tentatives et elle se cala sur l'inconfortable banquette.

— Les chemins sont tellement mal entretenus, maugréa Ninon de Lenclos. Ces coches ne servent qu'à nous accabler le fondement[2].

— Si l'attelage ne se renverse pas, ce sera déjà cela, gémit Oksana. Je ne peux pas imaginer Sabine seule sur cette route, à cheval. Elle est tellement hardie…

Ninon eut un regard affligé qui vieillissait ses traits.

« J'aurais dû être plus prudente avec Sabine, se dit-elle. On ne guérit jamais vraiment d'un homme comme René du Bec. Pauvre Margot, elle se sent responsable de ce qui arrive à Sabine. Les jeunes femmes sont comme les étoiles à cet âge. Elles rivalisent de brillance, comme pour attirer le soleil rond et éclatant. Elles ne savent pas encore que c'est la lumière du soleil qui éteint leur clarté. »

---

2. Le derrière.

Ninon espérait que la lumière de Sabine brillerait toujours lorsqu'ils la retrouveraient.

❧

Sabine traversa les grilles de l'hôtel de chasse à la tombée de la nuit. Malgré la rapidité de sa chevauchée, elle avait mis plusieurs heures à se rendre là, en raison du mauvais état des routes. Elle mit pied à terre sur le sol caillouteux. Les fenêtres de l'hôtel étaient à peine illuminées. Aucun palefrenier ou laquais ne se présenta pour conduire sa monture. La jeune femme prit l'animal par la bride et le mena vers l'écurie.

— Viens, ma toute belle, insista la jeune femme à l'adresse de la jument baie.

Celle-ci piétinait le sol nerveusement et tirait sur ses rênes.

— Alors, on se laisse désirer, murmura gentiment la cavalière en caressant la crinière fournie. Je partage ta nervosité, tu sais. Nous avons toutes deux besoin de refaire notre toilette avant…

Un rire résonna dans l'obscurité de la cour. Sabine leva la tête et scruta l'étendue autour d'elle. Elle vit des silhouettes se découper à la lumière des flambeaux : ils étaient trois ou quatre.

— Avez-vous vu, messieurs ? Une génisse qui monte un cheval ! lança la voix d'Angecourt.

— C'est un spectacle bien disgracieux en vérité, ajouta un autre homme.

Un claquement de cravache retentit dans la cour. La jument se cambra et s'élança vers le bois. Désorientée, Sabine fit un geste pour la rattraper. Un deuxième claquement résonna. La jeune femme ouvrit grand ses yeux lorsqu'elle comprit qu'elle était la proie d'un stratagème monstrueux. Elle hurla. À ce moment-là, Sabine du Roseau pria pour que celui qu'elle n'avait jamais cessé d'aimer ne fût pas responsable de ce qui arrivait.

❧

Xavier tira sur les rênes de son cheval. La poussière planait au-dessus du parvis de l'hôtel de chasse, témoignage flagrant du récent passage d'une voiture. Fronçant les sourcils, il descendit. L'instant d'après, le coche pénétrait dans la cour. Il aperçut les traits inquiets de Ninon, qui se penchait déjà à la portière.

— Il n'y a personne ici, observa-t-elle avec une voix éraillée. Si nous voulons les rattraper...

Sans attendre la suite, le gentilhomme s'élança vers la demeure. Aucun attelage ne pourrait distancer longtemps un simple cavalier. Cependant, il fallait d'abord s'assurer qu'il était bien sur la piste de la jeune femme.

— Vardes ! Angecourt ! héla-t-il d'une voix impérieuse.

L'appel se répercuta dans l'enceinte de l'hôtel. C'est à ce moment que Xavier aperçut la jument qui errait nerveusement près de l'écurie. Il s'approcha à pas feutrés pour ne pas effrayer l'animal. Lorsqu'il glissa sa main sur son cou, elle tressaillit légèrement mais, estimant sans doute la présence rassurante, elle se laissa prendre par la bride.

Les trois femmes échangèrent des regards chargés d'émotion en le voyant revenir.

— Montcerf, la vraie bête de somme, je l'ai matée moi-même, laissa tomber Angecourt, qui sortait de l'hôtel à ce moment précis.

Sa chevelure blonde désordonnée et sa tenue négligée accentuaient son air hautain.

— Lâche ! Qu'as-tu fait d'elle ?

« Au diable le protocole ! Aucun témoin ne me gênera cette fois », se dit Xavier en fondant sur l'homme qu'il avait maintes fois souhaité rencontrer dans une allée sombre.

La chemise de soie ample qu'il portait dissimulait ses mouvements et le rendait presque aérien. Vif et précis, il ressemblait à un oiseau de proie. Lorsqu'il le vit s'avancer à la lumière de la lune, Bernard eut un rictus de haine qui déforma son visage. Les masques étaient tombés. Le bruit des éperons résonnait dans la nuit, donnant la cadence, augmentant la tension. Bernard d'Angecourt éclata d'un ricanement glacial.

— Tu es le protecteur de la vertu, maintenant, comme c'est ironique ! dit-il.

— Je vais te trancher en deux ! menaça Xavier en faisant des moulinets avec son arme.

Benjamin se plaça aux côtés de son compagnon, moins pour faire peur à leur adversaire que pour calmer Xavier. Il scruta la pénombre. La jeune femme était quelque part autour, mais où ? La cour des écuries recelait bien des racoins.

— Ninon, c'est elle qui vous a demandé de venir ? Comme c'est tragique… mais vous arrivez trop tard. La pauvre croyait vraiment que Vardes était épris d'elle.

— Dégaine, Angecourt !

— Finalement, tu restes un spadassin. Tu n'as que troqué ton maître pour une courtisane de bas étage, reprit-il.

Le gentilhomme secoua la tête. Le fiel s'écoulait d'Angecourt comme l'eau des gargouilles de la cathédrale. Il fouetta sa cuisse, espérant que cela le forcerait à tirer son épée ; son adversaire ne se laisserait pas taillader. Celui-ci poussa un cri de stupeur.

— Je ne me bats que contre les gentilshommes… Il ne serait pas digne que je tire l'épée contre toi. Profite de ma clémence…

— Porc ! Si tu ne tires pas ton épée, je t'enfonce la mienne dans le cœur.

« Tu ne peux pas l'abattre s'il ne sort pas son arme », fit une voix dans sa tête.

Xavier se devait de ne pas ignorer ces paroles de raison. Il y avait des témoins et Angecourt était un gentilhomme de la suite du comte de Guiche. L'abattre serait un assassinat. Il parvint à dompter le bouillonnement de rage qui parcourait ses veines. Un éclat de lumière : le métal lui renvoya la brillance des astres. De justesse, il esquiva le coup sournois qu'avait tenté Angecourt. Celui-ci grogna et recula, prêt à recevoir la riposte.

— Va chercher Sabine, Benjamin, demanda Xavier de Razès à son ami.

L'imprimeur acquiesça et s'éloigna au pas de course. Le combat s'engagea. Les coups fendaient l'air avec une telle force qu'on entendait le vacarme du fer jusque dans les profondeurs du boisé. Xavier était aveuglé par la rage. Il en oubliait jusqu'à la blessure que Margot lui avait infligée à l'aveuglette dans la chambre d'auberge. Ses réflexes guidaient les attaques, les feintes. Sa lame forçait son adversaire à la retraite ; l'issue du combat, comme le terrain, n'était pas négociable. Chaque coup visait à enlever de la vigueur et de la liberté de mouvement à Angecourt.

Cette fois, Marguerite ne s'étonnait pas de la prouesse martiale de Xavier de Razès. Elle reconnaissait l'habileté de celui qui avait défendu Oksana dans la galerie de Charenton. Ce qu'elle lisait dans son visage, la haine profonde qu'il éprouvait à l'égard de son adversaire, la saisissait. Ninon se tourna vers elle et lui prit la main.

— Ne t'inquiète pas pour lui, c'est un duelliste accompli.

Les yeux verts exprimèrent la consternation. Elle voulut dire quelque chose mais se ravisa.

Chaque vibration qui courait dans le bras de Xavier ressuscitait la douleur aiguë de sa plaie, mais il ne se permettait pas de répit. Il voyait les réflexes de Bernard commencer à s'infléchir sous l'effet de la fatigue. Il esquiva une feinte, donna un solide coup d'épaule. Le revers lui permit de toucher le monstre. Angecourt tituba. Une large tache de sang se répandait sur sa manche. Un rire atroce se fit entendre. Oksana frémit de tout son corps. Il n'y avait pas de regret dans ce rire.

Xavier fit un pas en arrière. Il ne pouvait pas mesurer la profondeur de l'entaille dans la pénombre.

— Dites-nous où est Sabine ! réclama Ninon.

Angecourt trébucha et se retint mollement en s'appuyant contre le muret de pierres qui délimitait la cour. Le duelliste habillé de blanc rengaina son épée. C'était fini, le coup annonçait clairement le résultat du combat : Bernard d'Angecourt était perdant. Xavier s'approcha de celui qui avait la prétention de se dire gentilhomme. Tout à coup, Angecourt se redressa. Un ricanement secouait ses épaules. Xavier vit qu'il tenait un pistolet. Paniqué, il amorça un geste vers sa rapière.

Une détonation illumina la pénombre.

Marguerite écarquilla les yeux. Une épaisse fumée blafarde l'empêchait de voir la scène. Elle entendit un corps chuter sur les cailloux. Ninon se rua vers Xavier. Marguerite demeurait paralysée.

— Xavier ! retentit la voix de Benjamin de très loin.

Margot, abasourdie par le bruit, avait l'impression d'être à une grande distance des autres. C'est à ce moment qu'elle remarqua la jeune femme qui se tenait à son côté. À travers les volutes blanches se dressait Oksana. Un pistolet à la main.

— Oksana ?

La blonde se tourna vers elle et replaça l'arme sous sa cape de fourrure. Elle ne répondit pas et s'avança vers le muret de pierres. Marguerite vit alors que Xavier n'était pas mort. Ninon se tenait à ses côtés. Le corps de Bernard d'Angecourt gisait sur le sol.

— Sabine ! cria Margot en traversant la cour de l'hôtel au pas de course.

Elle ne s'arrêta pas devant Xavier. Il n'était pas blessé. Angecourt était mort.

— Où est-elle ? Conduis-moi à Sabine, s'empressa-t-elle de demander à Benjamin.

Tout se passa comme dans un rêve. Benjamin lui prit la main et la mena à l'intérieur de l'hôtel. Il avait forcé la porte pour entrer. Le lieu arborait plusieurs trophées de chasse et armes de conquête. C'était presque excessif.

— Elle est là, annonça Benjamin en désignant une porte entrouverte.

Margot ne demanda aucune explication à Benjamin ; son expression en disait déjà beaucoup. Elle s'attendait au pire.

— Oh ! Non ! Sabine…

Ce que Benjamin n'avait pas dit à Margot, c'est qu'il avait pris le temps de libérer la jeune femme de ses liens. La posture humiliante dans laquelle il l'avait trouvée, mise en scène élaborée qui présentait Sabine comme une pièce de gibier, avait horrifié le jeune homme.

Les bourreaux avaient poussé l'insulte jusqu'à mettre une pomme dans la bouche de leur victime. Ce qui avait constitué leur amusement dégoûtait Benjamin au-delà des mots. Il n'en parla pas.

Devant les sanglots de Marguerite, il se retira pour aller rejoindre les autres. Familier avec les excès de l'aristocratie, il savait que les complices de Bernard d'Angecourt étaient déjà loin. Ils auraient cherché en vain les autres coupables. Leur trace était déjà perdue.

Tranquillement, les émotions paralysées par le drame refaisaient surface. Le regard de glace d'Oksana évitait d'entrer en contact avec celui des autres, incertaine de ce qu'elle y verrait. La jeune femme regrettait de ne pas être restée à l'hôtel de chasse. Elle aurait voulu s'assurer par elle-même qu'aucun des hommes n'était caché dans la forêt. Consciente que cette idée était aberrante, elle se taisait, mais n'en ressentait pas moins ce besoin insensé. Avant qu'ils prissent la route, Ninon lui avait dit qu'Angecourt serait peut-être là. C'est pourquoi elle avait apporté le pistolet. Non pas pour l'utiliser, pour se protéger. Elle ne connaissait pas Xavier de Razès et son instinct l'avait incitée à ne rien négliger pour sa défense.

Tout se déroulait comme au ralenti. Marguerite ne sentait pas les cahots de la route. Elle avait l'étrange impression que la fumée opaque l'enveloppait encore ; à ses côtés, Benjamin veillait sur elle d'un œil protecteur. C'est lui qui lui avait demandé de s'asseoir dans le coche. Elle jeta un regard autour d'elle. Ninon gardait les yeux clos, mais elle ne dormait pas. La tête blonde d'Oksana était appuyée contre la portière de bois.

— Où est Sabine ? s'exclama Margot, prenant conscience tout à coup que la jeune femme n'était pas dans la voiture.

Les trois têtes se tournèrent vers elle dans un même mouvement. Elle y lut l'étonnement, l'inquiétude, la tristesse.

— Le comte de Montcerf l'a prise avec lui, la rassura Ninon avec douceur. Il ira plus vite à cheval que nous en carrosse.

## 34

### *La croisée des chemins*

Xavier de Razès s'était servi un généreux verre de liqueur de poire pour patienter. Tandis que l'attelage de Ninon pénétrait dans Paris, le médecin mandé en toute urgence s'affairait au chevet de la jeune femme. Le gentilhomme leva les yeux, comme s'il avait pu, au travers du plafond, voir ce qui se passait dans la chambre. Il avait rencontré la demoiselle du Roseau une seule fois. Son joli sourire nacré et son minois en forme de cœur lui rappelaient vaguement sa jeune sœur, avant que son teint de pêche ne fût privé des rayons du soleil par les murs du couvent des carmélites. Il poussa un bruyant soupir. Tant de souffrances avaient jonché sa route. Avait-il créé cette laideur ? Où alors était-ce la laideur qui l'avait créé ? Force lui était de constater que la vie des gens se porterait mieux sans son concours… Celle de Marguerite de Collibret à tout le moins.

Des voix dans le vestibule le tirèrent de ses pensées. Oksana, Ninon, Benjamin et Margot réclamaient des nouvelles de Sabine.

— Le médecin Bourdeau est avec elle.

— Qu'a-t-il dit ?

— Son état est inquiétant, murmura Xavier. Cependant, il a ajouté que sa jeunesse et sa vigueur pouvaient laisser espérer.

Sans attendre, Ninon se laissa choir sur le divan. La fatigue accumulée et l'attente exaspérante avaient raison de son flegme. Oksana l'imita aussitôt. Le jeune imprimeur, moins familier avec l'ameublement et les usages de l'hôtel, se retint de faire de même. Chacun se gardait de spéculer sur l'état de santé de la blessée.

— Servez-vous à boire, messieurs, se rattrapa la courtisane, dont le front avait gagné ses premières rides.

Le comte de Montcerf remarqua le départ de Marguerite. Elle quittait la pièce en silence, afin que personne ne s'alarmât de son air hagard et de sa démarche traînante.

Elle escalada les marches de l'étroit escalier une à une, aussi silencieuse qu'une tombe. La demeure craquait à peine sous le poids de son corps. Devant la porte de son amie, elle s'arrêta, les yeux secs. Elle se répétait sans cesse que Sabine ne pouvait pas trépasser comme ça… C'était inadmissible. Pourtant, chaque jour, la violence fauchait une âme innocente sans que la médecine n'eût pu la sauver. Margot n'admettait pas que la mort se donnât le droit d'entrer dans sa demeure. Sans invite, sans billet. Quelque part en elle-même, la jeune femme tenait un compte serré de la justice. Elle avait la prétention de croire qu'elle avait assez donné ; la mort pouvait aller chercher ailleurs ses victimes. Surtout, qu'elle ne touchât pas à Sabine.

— Marguerite…

La jeune femme tourna la tête. La silhouette à demi noyée dans l'obscurité du couloir se dressait à moins d'un bras de distance. Depuis combien de temps Xavier se tenait-il là ?

— Je suis sûr qu'elle vivra, dit-il.

Margot sentit un flot de larmes envahir sa gorge. Elle ne pouvait plus respirer. Elle se mit à pleurer. Encore et encore. Le souffle humide qui cherchait à sortir de sa poitrine devint un vent orageux.

— Là, là, ça va aller, murmura Xavier.

La courtisane reconnaissait l'odeur de celui qui la consolait. Elle sentait le corps musclé et les boucles de cheveux noirs qui caressaient sa joue, l'odeur de forêt et de chevaux. Son besoin de réconfort était trop grand. Malgré ses résistances, il réussit à la convaincre de se coucher. Ses membres crispés finirent par se détendre. Elle s'endormit.

Le sommeil fut de courte durée. Avant d'être complètement réveillée, elle perçut les braises qui rougissaient dans une bassine de métal. Marguerite remua. La chaleur était confortable. Un bruit sourd la tira de son état comateux.

— Dormez… C'est le milieu de la nuit.

Ses cils étaient joints par les larmes. Ses efforts lui permirent d'entrevoir les quenouilles de son lit et le traversin qu'on avait rejeté à ses pieds.

— Sabine… gémit-elle.

Elle sentit une présence se glisser à ses côtés. Il l'avait veillée pour qu'elle ne fût pas seule à son réveil.

— J'ai été injuste avec vous, monsieur de Razès… Je ne mérite pas votre considération, admit-elle faiblement.

— Le médecin croit qu'elle va se remettre. Les blessures sont légères, annonça-t-il, ignorant sa confession.

— Combien ont participé à son supplice ? Combien étaient-ils ? Les monstres…

— Tut, tut, tut. Nous les retrouverons.

Margot poussa un grand soupir.

— Xavier… Quelle volonté vous habite ?

Il hésita avant de répondre.

— Celle de me racheter. Je suis votre obligé, mademoiselle de Collibret.

Marguerite ébaucha un faible sourire. Yeux clos. Elle apprivoisait cette voix.

— Ninon me croit follement épris de vous, dit-il en s'écartant du lit.

— M^{lle} de Lenclos se vante de posséder le secret des cœurs, rétorqua, énigmatique, la jeune femme.

— Entendez-vous par là que vous pensez qu'elle a raison ? s'aventura le gentilhomme.

— Contrairement à Ninon, je ne prétends pas vous connaître suffisamment pour juger de vos sentiments, murmura-t-elle avec un petit sourire.

— Encore heureux. Cela me laisse la chance d'espérer réussir un jour à vous donner une autre image de moi.

Xavier replaça les couvertures, ce qui lui tira une grimace de douleur. Il releva la manche de sa chemise. Son avant-bras avait pris une vilaine teinte violacée et les contours de l'entaille étaient boursouflés.

— Il vous a touché ? demanda la jeune femme en s'asseyant dans son lit, maintenant tout à fait réveillée.

D'un geste furtif, il replaça le tissu.

— Ce n'est qu'une égratignure, se défendit-il.

— J'étais pourtant certaine… montrez-moi ça ! commanda-t-elle avec un empressement sincère.

Marguerite se leva prestement. Puis, constatant qu'elle ne portait qu'une chemise de soie, elle rougit.

— C'est vous qui…

— Oui.

Elle ne put soutenir l'intensité de son regard. Il perçut son trouble.

— Ne me remerciez pas. Je vous ai débarrassée de cette jupe avec bonheur.

— Voilà qui ne me surprend guère, chuchota la courtisane en s'enveloppant dans une couverture de laine, reconnaissante qu'il ne prolongeât pas inutilement son moment de malaise. Laissez-moi voir cette blessure.

Il ferma un œil en serrant les dents. La douleur n'était pas feinte et Margot se força pour ne pas reculer en découvrant la plaie bleuie.

— Vous auriez dû le dire au médecin, le sermonna-t-elle.

— Je sais.

— On pourrait croire que vous aimez souffrir, monsieur de Razès, murmura la jeune femme, qui tentait d'évaluer la gravité de la blessure malgré son dégoût.

— Je n'ai pas l'habitude d'être touché en duel. Sauf lorsque mes adversaires me surprennent par leur hardiesse, souligna-t-il avec une résignation presque tendre.

— C'est la blesure que je vous ai faite… comprit Margot.

Il se retira d'entre ses mains comme s'il regrettait tout à coup d'admettre sa défaite cuisante.

— Quelle idée de donner une dague à une femme ! Vous m'auriez saigné sans hésiter… lui reprocha-t-il, mi-amer.

— Hahaha…

— Cessez de rire ! Quel idiot je fais en vérité. Je serais mort pour vous cette nuit-là…

Le rire de la jeune femme la libérait de la rigidité qui tendait son corps et sa pensée. L'ironie de la situation lui apparut dans toute sa grandeur. N'était-ce pas vrai ? N'avait-il pas risqué sa vie pour la venger, elle ? Leurs chemins semblaient destinés à se croiser, comme dans un quiproquo de mauvais goût.

La nature avait doté Margot d'un esprit pratique et rationnel. Or, se fier aux faits était plus sûr que de se fier à des souvenirs lointains et à des allégations commodes. Mais si elle décidait de tirer parti de cette infatuation, si évidente pour les sens aiguisés de Ninon, ne risquait-elle pas de se placer dans une position encore plus délicate ?

— Je ne ris pas de vous, mais de moi, avoua Marguerite. Je l'admets, je vous aurais percé le cœur avec ma dague si vous m'en aviez donné l'occasion. Mais je n'ai plus cette intention.

— C'est trop de bonté, mademoiselle, dit-il, sarcastique.

— J'ai besoin de vous, monsieur de Razès, implora Marguerite en se mordant les lèvres, consciente de s'exposer à son mépris. Si je peux être assez folle pour vous mander votre appui… Vous seul pouvez m'aider à libérer mon père.

Xavier tendit l'oreille, intéressé. Ce ton de voix mielleux et déférent, qui l'avait séduit et trompé, était revenu. C'était plus fort que lui : il était sensible à cette femme. S'il n'était pas vigilant, il perdrait encore toute notion du bon sens.

— Vous ne dites rien…

— J'attends que vous m'exposiez votre pensée ; je suis muet de surprise, mademoiselle…

— Je ne peux pas vous blâmer. Que dire, sinon que je vous crois loyal et sincère. Je sais que vous n'avez pas voulu me supprimer, comme l'exigeait Colbert. Vous êtes un gentilhomme...

— Margot, coupa Xavier. Je vais vous aider. Mais cessez de me flatter. Gardez vos manières de courtisane pour un autre. Je pense que je vous préfère encore lorsque vous êtes acerbe, termina-t-il en se croisant les bras sur le torse.

Marguerite se tut.

⁓

Grâce aux soins attentifs de Geneviève, qui avait quitté son devoir de mère et d'épouse, Sabine prit rapidement du mieux. Elle ne parlait pas cependant et ses pupilles hagardes se troublaient dès que quelqu'un pénétrait dans sa chambre. Elle ne versait pas de larmes. Marguerite passa plusieurs heures à son chevet. Incapable de la faire parler, elle avait renoncé à lui expliquer le motif de ses lettres anonymes et se contentait de la coiffer ou de lui jouer des airs gais au luth.

Ninon avait interdit tout visiteur à l'exception des demoiselles de la maison. Aux yeux avertis de la courtisane, la jeune femme avait subi un grand choc. Elle doutait qu'elle pût s'en remettre un jour. Le mal qui rongeait Sabine n'était pas dû à des blessures visibles. Elle avait déjà vu pareille chose chez des femmes qui avaient perdu leur enfant, ou chez des demoiselles qui avaient été la proie d'un amour fou... Sage, Ninon de Lenclos hésitait encore à en parler aux filles. Toutefois, les regards affligés de Geneviève lui donnaient lieu de croire qu'elle était arrivée à la même conclusion. Oksana, par douleur ou par impuissance, évitait de se trouver seule avec Sabine. Il n'y avait que Marguerite, qui lui avait écrit de si beaux poèmes, dont l'affectueuse ténacité lui prouvait qu'elle aurait besoin d'arguments solides pour la convaincre de l'état de Sabine.

Ninon n'était pas loin de la vérité. Depuis que le médecin avait déclaré que Sabine allait vivre, Margot avait conclu que le pire était passé ; le temps cicatriserait les blessures et rendrait la gaieté à son amie. Les autres préoccupations de Marguerite de Collibret ne lui laissaient pas voir que les prunelles couleur de café regardaient trop souvent le vide.

෴

— Monsieur de Razès, qu'est-ce que cela ?

— Vous l'aimez ? C'est la dernière mode. Le damas d'argent couvre…

— Je ne parle pas de votre baudrier, l'arrêta Margot avec un brin d'agacement. Mais de ceci.

Elle étira la main pour toucher le ruban blanc qui enserrait le pommeau de sa rapière. Xavier eut une moue boudeuse.

— Ah, ça. C'est un nœud de paix.

Puis, voyant que la courtisane se retenait de rire, il ajouta, offusqué :

— Ce n'est que temporaire.

— Ce bout de tissu est censé vous empêcher de vous battre en duel ?

— En principe. Cela me retient de convoquer quiconque en duel, mais si je me fais défier… Je ne suis pas certain si je dois accepter dans ces cas-là, s'interrogea-t-il à voix haute.

— Et qui a pensé à vous enrubanner de cette façon ?

— Le roi, qui d'autre ? révéla Xavier comme s'il s'agissait d'une évidence.

« Le roi. Bien sûr, le roi peut tout », songea Margot.

— J'ai trouvé une façon de nouer le nœud de paix pour qu'il se défasse dès que je tire sur ma lame. Voyez, montra le duelliste en tirant sur son pommeau.

Margot leva distraitement les yeux vers lui. Elle n'était pas dupe. Xavier les avait protégées des suites de l'incident du pavillon de chasse, elle, Sabine, Ninon, Oksana surtout. Oksana, pour qui être accusée du meurtre de Bernard d'Angecourt aurait été fatal. Voilà pourquoi le roi lui faisait porter le nœud de paix.

— Ingénieux, complimenta-t-elle avec délicatesse.

— Merci. En vérité, c'est mon père qui m'a appris comment faire, confia Xavier. C'était une fine lame.

Les pensées du gentilhomme semblèrent l'entraîner au loin. Il quitta la chambre de la rue des Tournelles pour voyager dans une autre région de la France. Ses traits se détendirent.

— Ne devions-nous pas justement discuter de ce roi ? l'interpella la jeune femme, le tirant abruptement de sa méditation.

— Vous avez raison. Votre audience approche. Je sais que Colbert n'est pas favorable à cette rencontre. Selon moi, il vous tient rancune des menaces que vous lui avez faites.

— Je lui ai rendu les documents !

— Ce ne sont pas tant les documents qui lui importent que le fait que vous *sachiez*. Tant que vous ne lui aurez pas donné une preuve de votre collaboration, Colbert va vous soupçonner, révéla le gentilhomme d'un ton sérieux. Soyez certaine qu'il assistera à votre entretien. Oh, vous ne le verrez pas, mais il sera présent.

— Vous ne me facilitez pas la tâche…

La courtisane sentait ses genoux fléchir dès qu'elle s'imaginait en présence du monarque. Pourtant, elle avait déjà soutenu le regard d'un prince. L'audience qu'on lui accordait était sa souveraine chance de mettre fin au règne de l'injustice.

— Margot ?

— Pardon. Je pensais au roi, à tout cela. Comment faites-vous ? Tous les jours, faire votre cour, parader, sourire aux hypocrites, ne rien laisser paraître.

— Je pense à vous, rétorqua Xavier avec candeur.

— À moi ! Mais moi, c'est bien différent, affirma-t-elle avec vigueur. Je ne suis pas soumise à l'étiquette de la cour… Du reste, je ne suis pas obligée de déguiser mes sentiments. Non, vous vous méprenez, je jouis d'une liberté qui ne s'apparente en rien à votre position.

— Vous m'avez mal comprise. Ce n'est pas ce que je voulais signifier lorsque j'ai dit : « Je pense à vous », sourit le comte de Montcerf.

— Ah… Que vouliez-vous dire ? demanda Margot, curieuse.

Xavier passa une main gantée dans sa chevelure noire et bouclée. Ses lèvres se soulevaient au coin de sa bouche, un réflexe qu'il pouvait difficilement maîtriser lorsqu'il était nerveux.

— Penser à vous me permet d'aspirer à être un comte distingué. Exemplaire. Ainsi, j'ai un but.

— Je… je ne comprends pas ce que vous dites, dit-elle en percevant l'émoi grandissant du gentilhomme.

Il se força à lever le menton. En croisant le visage de la jeune femme, il maugréa intérieurement contre les prunelles de Margot, dont la couleur rappelait avec précision le feuillage de la forêt de Champagne où il l'avait rencontrée pour la première fois.

— Je veux que le gentilhomme que je suis supplante, à vos yeux, l'ombre du bandit que je fus autrefois.

C'était donc cela. Marguerite ne pouvait pas paraître aussi surprise qu'elle l'aurait voulu. Selon Ninon, qui se trompait rarement dans le domaine du sentiment, Xavier était tout à fait épris d'elle. À tel point que la demoiselle de Lenclos avait accordé la liberté tant espérée à la jeune femme. D'après elle, sa protégée avait relevé le défi haut la main.

— J'aime à croire, monsieur de Razès, que vos efforts serviront à vous tailler une place à la cour, dit Margot avec diplomatie. Si vous êtes en faveur auprès du roi, vos terres, votre famille et vos paysans ne s'en porteront que mieux. Mon opinion est insignifiante à côté des honneurs que vous récolterez.

— Votre sagesse n'a pas d'égale, sourit le comte. Vos arguments sont justes, cependant vous amoindrissez l'estime que mon cœur vous porte. Je…

— Cessez ! coupa-t-elle. Je ne crois pas que ce soit la raison pour laquelle vous êtes ici aujourd'hui. Je ne veux pas que nous nous égarions.

— Nous ?

— Tsss... Vous. Nous. Qu'importe ?

La courtisane se dirigea vers son secrétaire pour prendre papiers et plumes.

— Il me reste quelques jours avant ma rencontre avec le roi. Dites-moi tout ce que je dois savoir.

☙

Margot fit signe aux porteurs d'arrêter la chaise. Elle descendit devant la petite chaumière en tenant ses trois épaisseurs de jupes sur son avant-bras. L'imprimeur lui ouvrit la porte et ne laissa pas paraître sa surprise devant son habillement élaboré.

— Xavier n'est pas là ?

— Non, répondit Benjamin en notant le soulagement apparent de Marguerite. Entrez. Voulez-vous boire quelque chose ? demanda-t-il en lui désignant le logis modeste.

— Avec plaisir. Je prendrais bien un peu d'eau.

La jeune femme s'assit distraitement. Elle tapota le bois de la table du bout de ses ongles. L'imprimeur déposa un gobelet devant elle.

— Comment se porte M$^{lle}$ du Roseau ?

— Elle... prend du mieux. Xavier vous a dit que j'aurais une audience ? lança-t-elle en regardant pensivement la table.

— Oui. Vous allez voir le roi. N'est-ce pas ce que vous vouliez ?

— Je ne sais... Si par mégarde je lui cause du déplaisir, ne lui prendra-t-il pas l'envie de me jeter en prison comme tant d'autres ?

Benjamin réfléchit avant de répondre. Son opinion défavorable de la noblesse le menait parfois à de graves erreurs de jugement.

— Franchement, je ne crois pas que vous devriez vous inquiéter. Xavier m'a dit qu'il avait eu beaucoup de facilité à vous faire admettre… Selon lui, le roi a déjà entendu parler de vous. Admettez que c'est un bon signe.

Marguerite poussa un soupir de dépit.

— Si vous avez peur de faire un faux pas… J'ose croire que vous savez mieux que bien des gens de la cour comment… attirer la faveur. Votre charme…

— Je ne peux pas aller plus haut, déclara-t-elle, lucide. Si le roi ne voulait pas entendre ma requête, je n'y pourrais rien. Tant de choses dépendent de mon entretien. Si j'échoue…

Les chances étaient minces pour que l'entretien royal aboutît à la libération du traitant, Benjamin le savait. Son amie n'avait jamais manqué de courage ; pour cela, il lui vouait une admiration sans bornes. Il aurait voulu lui dire que tout allait bien se dérouler, mais il n'avait pas le cœur à mentir. Néanmoins, l'imprimeur aimait trop Margot pour être tout à fait franc avec elle. Impasse.

— Vous devez être prête. Voulez-vous que nous rédigions ensemble une série d'arguments ? Un plan d'attaque ? demanda Benjamin en souriant pour détendre l'atmosphère.

— J'ai déjà discuté de cela avec le comte de Montcerf. Selon lui, le roi respecte ma famille et sera sensible à notre précarité.

Margot avait passé la semaine à se renseigner auprès de Xavier. Grâce à lui, elle avait pu compiler les faits qui entouraient l'arrestation des traitants et l'instruction des preuves. Le gentilhomme l'avait informée de tout ce qui pouvait lui être utile pour son audience. Si son père n'avait pas été accusé de fraude lui-même, peut-être pourrait-il être libéré en échange d'un témoignage contre Fouquet ? Xavier soutenait que Colbert manquait de preuves solides contre l'ancien surintendant.

— Je vous remercie, Benjamin. Pour tout, dit-elle en se levant.

Le jeune homme esquissa un sourire maladroit, il ne savait que répondre.

— Vous êtes forte, Marguerite, dit-il au moment où elle quittait la chaumière, moins pour l'encourager que pour lui témoigner son admiration.

⁓

Xavier de Razès percevait la fébrilité de la jeune femme ; elle emplissait l'air autour d'elle. La nervosité de Margot faisait trembler ses lèvres rosées et lui conférait une fragilité touchante. Le gentilhomme savait que ce moment serait éphémère : dès que Margot aurait passé cette porte, plus rien ne serait pareil. Peut-être qu'il ne la reverrait plus… Il ne pouvait imaginer longtemps cette éventualité sans que ses sens en fussent bouleversés. La vérité était qu'il ne trouvait de réconfort en rien : Alain de Collibret libéré, il n'entrevoyait pas la possibilité pour lui de revoir Margot. La deuxième éventualité lui faisait encore plus peur : dans quel état serait la jeune femme si son père demeurait condamné ?

Margot s'arrêta, jeta un long soupir. L'impulsion de la prendre dans ses bras pour ne pas la perdre naquit en lui.

— Je vais vous attendre ici. Je ne serai pas loin, dit-il en observant l'expression figée du visage de la jeune femme.

Elle ne le regarda pas et s'avança vers la porte. Il lui semblait que le temps s'était arrêté. Il n'y avait que cette porte et elle. De sorte que lorsqu'elle pénétra dans la pièce, dont les lambris éclataient de brillance à la lumière des candélabres, Margot fut stupéfaite de n'y voir personne. Un immense portrait surplombait le boudoir. Margot déglutit péniblement mais réussit à conserver tout son maintien jusqu'à la banquette. Réaliste dans son immortalité, le regard de l'homme en pourpoint bourgogne paraissait guetter chacun de ses mouvements.

Marguerite cacha ses mains sous sa lourde jupe vert mousse. À part ses mains, elle ne tremblait pas. En percevant le déclic de la porte qui coulissait, son cœur s'arrêta de battre. Peut-être avait-il compris l'importance du moment et, par respect, ne voulait-il pas déranger leur entretien.

— Mademoiselle de Collibret, fit le monarque.

Margot se rappela que la révérence était de mise. Elle se courba profondément et baissa la tête. Elle aperçut les souliers à talons hauts et boucles en ailes de moulin qui s'approchaient.

— Relevez-vous je vous prie, mademoiselle de Collibret, ordonna le roi d'une voix forte qui paraissait ne s'adresser qu'à elle.

Marguerite sentit la main du roi la tirer vers lui. Elle se redressa. Les yeux brun pâle la regardaient. Ils dégageaient une force grandiose.

— Sachez, mademoiselle, que j'ai entendu beaucoup de choses à votre sujet. La moins surprenante est sans doute que vous êtes la plus importante courtisane de mon règne. Ne soyez pas surprise, je me dois d'être informé de la vie de tous mes sujets.

— Sire, s'inclina-t-elle en signe de respect.

— Le comte de Montcerf vous tient en haute estime. Cependant, il ne m'avait pas dit combien votre beauté était grande.

Marguerite ne trouva pas de réponse convenable. Elle se tut. C'était la première loi de l'art de la conversation.

— Mademoiselle de Collibret, vous avez demandé un entretien. J'ai cru comprendre qu'il s'agissait de votre père.

— Majesté, je vous remercie de me rencontrer, dit la courtisane en sentant les battements de son cœur s'accélérer. Toutefois, je souhaite avant toute chose vous instruire d'une situation importante qui concerne la demoiselle de La Vallière.

— La demoiselle de La Vallière ? reprit Louis XIV, évidemment surpris par le propos.

« Prions qu'il me croie », espéra Marguerite, mesurant le risque qu'elle prenait en dévoilant ce qu'elle savait.

— Précisément, sire. Mais je crains que vous ne conceviez une mauvaise impression de moi si je ne vous raconte pas tout depuis le début, avoua-t-elle avec un mélange de respect et de sincérité. Voyez-vous, il y a quelque temps de cela, j'ai fréquenté le marquis de Vardes, c'est-à-dire que je fus sa maîtresse. Chose rare pour une courtisane, je l'ai aimé.

Louis XIV appréciait l'esprit ; il sourit au propos. Marguerite continua :

— Je ne connaissais pas l'objet de votre attachement à ce moment-là. Le marquis m'avait expliqué que sa maîtresse en titre, la comtesse de Soissons, nourrissait pour vous un attachement considérable et qu'elle convoitait l'affection de votre Majesté, raconta la courtisane en pesant soigneusement ses mots. Aveuglée par mon sentiment, je n'ai pas compris que leur projet visait à nuire à votre personne. Je croyais qu'il s'agissait là d'une banale intrigue de cour. Je viens vous demander le pardon. À vous et à la demoiselle de La Vallière, termina Marguerite.

— Je ne vois pas en quoi.

— Le marquis de Vardes m'avait confié son plan concernant la « lettre espagnole ».

— Que dites-vous ? s'exclama le roi, son visage se durcissant brusquement.

— La vérité, sire. Je ne pouvais garder pour moi un pareil secret. Le marquis de Vardes et la comtesse de Soissons ont élaboré ensemble ce complot de la lettre espagnole. J'ai été leur complice, puisque j'ai partagé leur secret.

Marguerite de Collibret prit une grande inspiration. Le roi pouvait la chasser sur-le-champ. Son but était de se faire un allié, de lui montrer qu'il pouvait compter sur sa personne, qu'elle lui était dévouée. Mais allait-il le comprendre ?

— Vous n'agissez pas sur la simple volonté d'être pardonnée, dit le roi. Vous étiez amoureuse, m'avez-vous dit ?

— Je l'étais, sire.

— Vous a-t-il fait souffrir ?

Margot hésita. L'homme devant elle montrait une empathie hors du commun. Elle dut se bâillonner pour ne pas lui raconter les tourments que Vardes avait infligés à ses proches.

— Sans doute, Majesté, y a-t-il un peu d'orgueil blessé là-dessous. Un cœur de femme qui s'est laissé prendre.

— Quel intérêt auriez-vous à me mentir ? Personne n'a jamais pu m'indiquer les coupables de ce complot, admit-il, pensif. Mesurez-vous la portée de votre accusation ?

— J'estime que vous êtes seul juge, votre Majesté, répondit Marguerite en frissonnant.

Il se dirigea vers le secrétaire et griffonna quelque chose sur un parchemin. Sa chevelure brune luxuriante s'immobilisa un moment, et il sembla à Margot qu'il hésitait. Enfin, il revint vers elle.

— Croyez-moi quand je vous dis que je suis soulagée d'en avoir fait part à votre Majesté. Je souhaite ardemment qu'elle ne m'en tienne pas rigueur.

— Vous m'avez éclairé sur les méfaits de certaines personnes qui avaient ma confiance. Je vous en remercie. Tout roi que nous sommes, nous ne sommes jamais à l'abri des complots, mademoiselle de Collibret. Nicolas Fouquet, lui aussi, avait notre confiance. Il en a abusé en commettant de graves fautes à l'endroit de notre royaume et de l'État.

— Majesté, vous êtes bon de vous adresser à moi en prenant le nom de mon père.

— Le nom de votre famille, rectifia le roi. Vous avez des parents en Champagne, n'est-ce pas ?

— C'est exact, sire. J'ai une sœur et un frère, répondit Marguerite. Ma mère a été emportée par la fièvre alors que je n'étais encore qu'une enfant. Mon père était un traitant honnête. Il avait œuvré auprès de votre ministre Mazarin, avant de servir Fouquet, s'arrêta-t-elle en se souvenant qu'elle devait être prudente.

— Votre père nous a beaucoup déplu, mademoiselle. Certains documents qui se trouvaient en sa possession laissent croire qu'il a servi Fouquet au cours de ses crimes contre nous.

« Le vol dans la diligence », songea Margot, qui avait prié pour que cela ne vînt pas au grand jour.

La jeune femme sentit un sanglot monter de sa poitrine. Elle se força au calme.

— Sire, si vos commissionnaires peuvent prouver qu'il s'est enrichi comme son maître... votre justice doit être rendue, dit-elle en courbant sa nuque humblement. Je n'ai rien à redire.

— Vous êtes remarquablement modeste, s'étonna le roi.

— Je crois en votre justice, affirma-t-elle. Par ailleurs, M. Colbert s'est assuré que tous les coupables seraient inculpés. Les procureurs généraux ont tenu audience dans toutes les églises de Paris afin de faciliter les dénonciations de ces négoces illégitimes et outrageuses. Combien de témoins se sont présentés tous les dimanches ?

— Prétendez-vous débattre des politiques de mon surintendant ? s'offensa Louis XIV.

— Je n'oserais pas, répondit Margot en croisant le regard du roi. Mais, sachez que j'aimerais savoir quelles accusations pèsent sur mon père. Assurément, les gens qui connaissaient ses fautes l'ont dénoncé au cours de ces audiences.

Marguerite surprit un regard sombre que le roi Louis XIV jeta vers la porte de son cabinet. Elle se demanda si Colbert surveillait derrière cette cloison...

— Le nom de votre père n'a pas été prononcé au cours de ces audiences, laissa tomber le roi.

Margot se mit à pleurer. Le doute qui avait ébranlé ses certitudes lui causait un regret énorme.

— Mademoiselle... fit le souverain en lui tendant un mouchoir de dentelle.

Avec tout le maintien dont elle était capable, la jeune femme se sécha les yeux. La tristesse qui émanait d'elle demeurait pourtant évidente ; seul un insensible aurait pu la mépriser, et le roi de France n'en était pas un.

— Cela m'apporte un grand réconfort, sire, exprima-t-elle. Puis-je avoir l'audace de vous demander la raison pour laquelle on le retient en prison ? N'allez pas croire à un manque de respect, ce serait mal me juger.

Contre toute attente, le roi sourit.

— J'attendais cette question. Votre père est peut-être le seul, des traitants et des trésoriers, qui ne s'est pas enrichi scandaleusement. À ce jour, rien ne nous permet de penser qu'il ait commis des fraudes en son nom. Seulement voilà, son honnêteté ne l'a pas empêché de servir Fouquet et de couvrir ainsi ses crimes.

— Sire, vous avez affirmé qu'il n'a pas été…

— Il n'est pas coupable, mais il est suspect : il reste un partisan de son maître, Fouquet. Il n'y en a que trop qui courent à l'extérieur des murs de la Bastille. Oui, mademoiselle. Vous les connaissez : Gourville, Saint-Évremond, La Fontaine, Plessis-Bellière, pour ne nommer que ceux-là.

Elle ouvrit la bouche, puis se retint. On gardait son père en prison, car on doutait de ses allégeances. Alain de Collibret savait-il, comme le roi le supposait, que Fouquet commettait des fraudes ?

— Votre Majesté ne peut pas placer sa foi dans de telles suppositions. Mon père a servi le cardinal Mazarin pendant cinq ans. Il n'était pas davantage l'homme de Fouquet que celui de Mazarin… votre parrain, fit remarquer Marguerite, consciente de raviver des souvenirs compromettants.

Le roi se leva et sembla s'absorber dans des réflexions.

— Oui, mais était-il au roi ? laissa-t-il tomber avec hauteur. Voyez, vous-même m'avez montré que Vardes et la comtesse de Soissons étaient indignes de notre confiance. Comment pourrais-je avoir la certitude que votre père ne montera pas un complot pour favoriser la libération de Fouquet ?

— Mon père ne ferait jamais… commença la demoiselle avant d'éclater en sanglots.

Que pouvait-elle faire devant la méfiance d'un souverain et d'un intendant ? Le procès semblait ne jamais vouloir finir, et si Fouquet, un jour, était condamné, son père, lui, ne serait jamais à l'abri des suspicions. Le monarque s'arrêta près d'elle et lui dit :

— Le roi est sensible à votre personne, mademoiselle de Collibret. Je vais vous en donner une preuve.

Marguerite fit un effort pour se ressaisir. Il y avait dans cette voix une réelle douceur qui lui permettait d'entretenir une parcelle d'espoir. La main de Louis XIV se posa sur la sienne. La chaleur qui en émanait rappela à la courtisane que cet homme, bien que couronné, restait un homme.

## 35

*Mai 1663*

L'attente qui avait précédé sa visite à la Bastille avait été pénible. Trois longues journées. Pourtant, le pire était à venir, Margot le savait maintenant. En s'asseyant dans le carrosse qui la ramenait vers la rue des Tournelles, après son tête-à-tête avec son père, elle pria pour avoir la force d'affronter les prochains événements.

Le roi Louis XIV lui avait accordé la permission de rendre visite à son père. En retour, il voulait que le traitant témoignât contre Nicolas Fouquet. Il avait clairement fait comprendre à Marguerite que la libération de son père serait à ce prix. En l'obligeant à s'afficher dans son camp, le roi s'assurait que jamais Alain de Collibret ne retravaillerait pour Fouquet.

Même si la jeune femme savait qu'il y avait anguille sous roche, elle avait éprouvé de la reconnaissance. S'il n'y avait que cela à faire, ce serait facile. Après toutes ces épreuves, la réunion de sa famille était à sa portée.

Escortée par deux gardes du roi, elle mesura du regard la hauteur des tours. Si près des murs, le ciel perdait sa dimension horizontale et le soleil se dérobait entièrement derrière le gris des pierres. Marguerite n'avait que cette idée en tête : convaincre son père, coûte que coûte. Sans doute est-ce cette préoccupation qui lui permit de ne pas trembler en passant au milieu de ces lourdes portes, ces interminables escaliers, ces tristes pierres et ces guichetiers bourrus.

— Par ici, mademoiselle, lui indiqua le lieutenant du guet.

Elle s'approcha de la porte qu'il lui indiquait. Une parmi tant d'autres. Les escaliers l'avaient menée au troisième étage d'une des tours. Le bruit du verrou lui glaça le sang.

— Vous pouvez entrer, je vais vous attendre ici.

Le bas de sa robe produisit un bruissement insolite en frottant sur les pierres, incongru en ce lieu. Elle entra dans la pièce. Était-ce l'effet de l'émotion, ou l'air était-il plus rare ici ? En voyant son père, la jeune femme sentit sa gorge se serrer.

— Marguerite, ma fille, dit son père d'une voix tremblante en s'avançant vers elle.

— Père, s'entendit-elle murmurer avec émotion.

Quelques cheveux blancs et un dos las vieillissaient Alain de Collibret. Le regard embué qu'il jeta à sa fille la saisit ; elle en oublia un moment l'objectif de sa visite pour se réfugier dans les bras de cet homme qui avait incarné ses espoirs depuis bientôt trois ans.

— Ma fille, que venez-vous faire ici ?

Le ton était soucieux malgré sa joie évidente de la voir. Margot observa le décor autour d'elle, le mobilier sommaire, la fenêtre haute qui filtrait le jour et le pourpoint élimé, quoique propre, que portait Alain.

— Je viens…

Le reste de sa phrase mourut dans sa gorge. Tout à coup, elle ne se sentait plus la force de dire qu'elle venait de la part du roi. Ce qui lui avait paru si simple une heure auparavant lui semblait soudain impensable. Elle baissa la tête pour éviter de croiser le regard de son père.

« J'ai l'impression de le trahir. »

Cette pensée la frappa brusquement. L'inconfort qu'elle ressentait à se trouver à l'endroit même où son père était captif ébranlait ses certitudes.

— Le roi m'a accordé la permission de vous rendre visite, admit Margot en levant les yeux vers son père.

Alain de Collibret accusa le coup. Quel que fût le motif du roi, il ne pouvait pas s'agir d'un acte de bonté.

— J'avais perdu espoir de recevoir votre visite… murmura-t-il. Je suis si heureux de vous voir, je ne sais que dire. Depuis la lettre que vous m'avez envoyée, je n'ai reçu aucune nouvelle de vous ni de personne… Avez-vous des informations sur le déroulement du procès de Fouquet ?

— C'est pour cette raison que je suis venue, avoua Margot en pesant soigneusement ses mots. Le roi m'a envoyée vous mander de témoigner contre Fouquet en échange de votre grâce.

Ces mots firent à Alain l'effet d'une détonation de mousquet. Il bondit sur ses pieds comme si le roi était présent avec eux.

— Comment ! Il veut que je cède… Il a même l'audace de mêler ma propre fille à tout cela ! Ce procès est arrangé, Marguerite, dévoila Alain en regardant sa fille avec sérieux, espérant par là lui faire comprendre son indignation.

— Je sais, père, répondit Margot calmement. Je l'ai suivi depuis le début.

Alain de Collibret fronça les sourcils.

— Le roi veut que vous témoigniez contre Fouquet, car il a besoin de preuves que seuls les commis peuvent lui fournir. La fouille des demeures du surintendant ne lui a pas rapporté autant qu'il le croyait et, de plus, la défense de Fouquet s'organise. On raconte que la Chambre de justice est partagée.

— Tant mieux, rétorqua Alain avec un sourire sardonique. Le roi ne peut pas avoir composé une pleine chambre de justice sans inclure quelques sympathisants du surintendant.

— La majorité des amis de Fouquet ont fui la France, reprit-elle. Beaucoup ont été embastillés, mais c'est vous que le roi a choisi pour témoigner, car il sait que vous n'êtes coupable d'aucun crime. J'ai consenti à venir vous voir, non pour porter le message, mais pour vous convaincre d'accepter l'offre du roi, père, annonça Marguerite d'une voix qu'elle voulait ferme.

Alain regarda sa fille avec stupéfaction.

— C'est impossible, finit-il par murmurer avec douleur. Je sais ce que veut le roi et je ne peux salir mon nom avec une déclaration écrite de toutes pièces par Colbert lui-même. C'est l'honneur de notre famille qui est en jeu, Marguerite !

— Notre… famille ? balbutia-t-elle, abasourdie. J'estime au contraire que notre famille s'accommoderait très bien de cet…

écart à votre orgueil, lança Margot, véhémente. Je ne crois pas que vous compreniez ce que c'est que d'avoir un père disgracié, emprisonné par le roi ! Claudine a perdu espoir de vous revoir et Gabriel ne sera jamais tout à fait un gentilhomme. Aux yeux de tous, le déshonneur, c'est que vous soyez en prison, trancha-t-elle avec amertume.

— Je vous interdis de me parler sur ce ton, jeune fille, avertit Alain, déconcerté par les propos de son aînée.

Marguerite faillit répondre mais se retint. Jamais elle n'aurait osé s'adresser à son père de la sorte auparavant et elle en était bouleversée.

— Votre bien-être a toujours été ma première et ma seule préoccupation. Je rêve du jour où je pourrai sortir d'ici, bien que je craigne que ce ne soit que chimère, confia-t-il, lucide et accablé. Le mois passé, plusieurs personnes sont venues me rencontrer… pour tenter de me faire fléchir.

La voix du prisonnier tremblait d'émotion.

— On m'a dit des choses horribles, des mensonges, des calomnies… dans le but de me tourmenter, pour que je me plie aux exigences du roi. Ils m'ont parlé de vous, Marguerite… Ils ont insinué que le sieur de Gourville avait eu… des comportements licencieux à votre endroit. Ils ont dit aussi que…

— Assez, coupa Margot, mobilisant toutes ses forces pour ne pas trembler de honte. J'imagine fort aisément ce qu'on a pu vous raconter.

La jeune femme sentait le regard de son père se poser sur elle, insistant, en quête d'une réponse qui viendrait démentir les propos calomnieux. Elle releva lentement la tête et regarda son visage vieilli par la douleur.

— Lorsque vous avez été emprisonné, j'ai choisi de demeurer à Paris pour tenter de vous faire libérer, raconta Marguerite. J'ai compris rapidement que le roi voulait faire perdre Fouquet et que vous, mon père, n'étiez qu'une des multiples personnes impliquées dans le complot. Enragée et inconsciente, j'ai failli me faire arrêter à mon tour pour avoir écrit des pamphlets. Sans la protection du sieur de Gourville, j'aurais peut-être été victime d'un destin plus sombre. On ne vous a pas menti, avoua-t-elle.

La respiration d'Alain était pesante et ses yeux verts brillaient de rage.

« Ai-je eu tort de placer la valeur de ma vie d'antan au-dessus de tous les sacrifices ? » se demanda Margot pour la première fois.

— Et le reste… est-ce vrai ? questionna-t-il en promenant un regard sur sa robe, sur sa chevelure et sur ses mains, frappé par la maîtrise déconcertante de sa fille.

Marguerite maudit intérieurement tous les Fouquet, les Colbert, les Mazarin et les rois de France qui les avaient entraînés dans leurs complots et leurs rivalités.

— Il y a beaucoup de choses injustes ici-bas, finit-elle par répondre. Nous sommes les seuls qui puissions changer notre sort. Rien ne devrait nous faire reculer devant la promesse d'une vie meilleure… prononça-t-elle d'une voix chargée d'émotion.

Alain de Collibret ferma les yeux, saisi par la culpabilité et la douleur.

⁓

La jeune femme était presque une enfant : Margot en fut ébahie. Ninon lui avait dit qu'elle avait tout juste dix-sept ans, toutefois, ses grands yeux turquoise lui donnaient un air naïf qui la rajeunissait. Elle avait un charme indéniable, et sa prime jeunesse ferait sans doute bien des victimes.

— Il y a quelqu'un, dit la belle jeune fille à l'adresse d'Oksana, qui lui donnait une leçon de luth.

Marguerite sourit avec bienveillance de l'entrée du cabinet de musique.

— Je ne vous ai pas dit d'arrêter de jouer, dit le professeur de musique.

— Je m'excuse, répondit la demoiselle.

La courtisane jeta un regard qui voulait signifier : « Ne sois pas aussi sévère » à Oksana, qui lui répondit par un hochement d'épaule exaspéré. Les doigts malhabiles tiraient de l'instrument des notes discordantes, et Margot devinait sans peine le tourment que cela infligeait aux oreilles de son amie.

— Pour aujourd'hui, cela suffira, jugea la Russe. Vous pouvez ranger le luth.

La jeune femme lança un regard en direction de Marguerite avant de se décider à remettre l'instrument dans son étui.

— Il est plus convenable de dire « je suis désolée » que « je m'excuse », remarqua Marguerite en s'approchant de la nouvelle venue. Je suis Margot.

— Oh… c'est toi ! Vous… je veux dire, hésita la jeune femme en ouvrant de grands yeux admiratifs. J'ai entendu tellement de choses sur vous.

Marguerite ne put s'empêcher de sourire.

— Je suppose que vous êtes…

— Charlotte Carpentier, enchantée, dit-elle en prenant la main que Margot lui tendait.

— Nous allons nous voir cette semaine. Ninon souhaite que je vous enseigne quelques formules d'étiquette.

— Hum… Charlotte, voudriez-vous nous laisser maintenant ? interrompit Oksana d'une voix où l'on sentait un brin d'impatience.

— Bien sûr, acquiesça la jeune femme en baissant les yeux respectueusement.

Lorsqu'elle eut quitté le cabinet, Margot hocha la tête en signe de désaccord.

— Tu es trop exigeante avec elle. La pauvre tremble de peur devant toi, remarqua-t-elle avec attendrissement.

— Quand je songe que Ninon veut qu'elle paraisse dans ses cinq à neuf d'ici un mois, c'est complètement ridicule ! Elle va nous attirer les pires ragots du Marais.

— Ce n'est sûrement pas une raison pour être aussi peu cordiale.

— Ninon n'avait qu'à se charger de son enseignement elle-même, trancha Oksana avec froideur. Toi, ce n'est pas la même chose ; tu vas partir d'ici dès que ton père sera libéré. Peut-être même avant… Tandis que moi…

— Ninon m'a dit que tu songeais à aller habiter avec Aleksei, rapporta Marguerite.

— C'est juste. Sans toi et Sabine, je ne crois pas…

— Comment ? Sabine part ? s'exclama Marguerite.

Oksana mit une main sur sa bouche, mais il était déjà trop tard. Margot se précipita dans la chambre de Ninon comme une bourrasque.

— Ninon ! Qu'est-ce que cela veut dire ? Sabine s'en va ? Où ? Oksana vient de se trahir.

Ninon jura intérieurement contre ce manque de discrétion.

— Assieds-toi, je vais t'expliquer.

« Tôt ou tard, il aurait fallu que tu lui dises la vérité. Ce n'est probablement pas le meilleur moment, mais tu n'as pas le choix », reconnut Ninon.

— Sabine ne va pas bien, comme tu le sais. Elle souffre. Son mal n'est pas physique, non, c'est son cœur, son…

— Elle va s'en remettre. Comme toi, comme moi, comme Oksana.

— Non, pas cette fois Marguerite, soutint Ninon. Écoute, Margot, je ne voulais pas t'en parler maintenant, cependant…

— Foutaise ! Où vas-tu la cacher ? Sa famille ne veut pas d'elle, coupa la jeune femme avec dureté.

— Bon ! Tu vas te taire maintenant ! explosa Ninon en faisant un geste de colère.

Marguerite obéit, habitée par une sourde peur. Il lui semblait qu'une terrible nouvelle allait lui être révélée.

— Sabine s'est confiée. Elle souhaite se retirer à l'abbaye de Chelles, annonça finalement Ninon.

— Au couvent ? reprit Marguerite, incrédule, incapable d'imaginer que ce fût là le désir de sa pétillante amie. Elle veut se cloîtrer ! Pourquoi ? gémit la jeune femme en tordant ses mains.

— Tu vas devoir le lui demander toi-même, murmura Ninon en caressant les spirales d'ébène de la jeune femme. Elle ne voulait pas qu'on te mît au courant encore, confia-t-elle avec douceur. Sabine souhaitait attendre qu'on sût ce qui advenait de ton père.

Des larmes lourdes et rondes se mirent à couler le long de la joue de Marguerite, le goût de sel atteignit le bord de sa lèvre, glissa jusqu'à sa mâchoire.

« Je suis si égoïste ! Oh, Sabine, je ne mérite pas tes égards », songeait la jeune femme.

L'épaule de Ninon se transforma en refuge, sécuritaire et apaisant. La brèche qu'avait ouverte la courtisane en lui révélant le prochain départ de Sabine s'agrandit rapidement et devint un immense vide, triste et gris. Sa profondeur se mesurait à l'aide d'instruments qui n'existaient pas encore et, d'emblée, Marguerite sut qu'elle ne pourrait jamais le combler.

L'idée d'abandonner Sabine était intolérable pour la jeune femme. Quelque lien invisible pour les yeux s'était tissé entre les deux femmes, comme si cela pouvait retenir Sabine dans le monde des vivants. Margot souffrait lorsque ce filament immatériel se tendait. L'intimité qu'elles avaient partagée, et qui avait été le prélude à une émotion beaucoup plus forte, justifiait en partie la souffrance vécue par Marguerite.

— Tu devrais aller la voir, dit Ninon de Lenclos en la tirant de sa torpeur.

Elle avait pleuré. La fatigue avait réussi à la faire tomber de sommeil. Margot n'était pas dupe ; l'épuisement, tel un banquier cupide, lui soutirait quelques heures de conscience de plus chaque jour.

— Je sais.

Comme s'il existait bel et bien un pacte entre leurs deux cœurs, le lendemain, Sabine eut une intuition inqualifiable. Les longues journées solitaires lui laissaient espérer les visites de Marguerite. Elle les attendait comme jadis elle avait attendu les lettres de son poète mystérieux. Bien qu'elle parlât à peine, Sabine avait tranquillement commencé à répondre à son amie. Quelque-fois, elles réussissaient même à avoir une brève conversation.

Sans savoir que Ninon avait informé Margot de ses projets, elle sut que l'absence de Marguerite avait un motif. Pas une journée ne passait sans qu'elle lui rendît visite. Margot comprenait qu'elle n'aimait pas sortir. Depuis l'événement, Sabine n'avait pas mis le pied à l'extérieur de l'hôtel.

Elle quittait rarement sa chambre. Ce jour-là, la vue du couloir et de l'étroit escalier lui donna le vertige. Sabine plaqua sa paume ouverte contre le mur. L'écho du clavecin. Piochement discontinu. S'interrogeant, la jeune femme arqua un de ses sourcils châtains. Elle se dirigea vers la deuxième porte. La courtisane lisait sur son lit. Elle aperçut la silhouette de Sabine et referma aussitôt son livre.

— Tu lis trop, Margot.

— Sabine, as-tu besoin de quelque chose ? s'alarma-t-elle en s'approchant de son amie.

— Je voulais te voir. Je ne t'ai pas vue depuis deux jours…

— Heu… je n'étais pas beaucoup à la maison, se défendit Margot, déstabilisée par la présence de sa compagne.

Sabine fit semblant d'ignorer le visage mobile et embarrassé de la courtisane. Elle s'assit sur l'édredon brodé.

— Oksana est à la maison ?

— Non. Elle doit être chez Aleksei.

— Elle y est souvent, n'est-ce pas ? Je crois que mon… que je la gêne.

— Sabine, tu ne devrais pas penser cela, s'attrista la jeune femme.

Les lèvres charnues de Sabine se soulevèrent en un sourire résigné. La figure de la jouvencelle restait belle malgré sa maigreur et son teint blafard.

— Qui torture le clavecin de Ninon comme ça ?

— Hein ? Je n'entends rien, mais je suis prête à parier que c'est Charlotte. Tu l'as rencontrée, non ?

— Pas encore. Ninon m'a assuré qu'elle allait me plaire, dit-elle en esquissant un bref sourire.

— J'en suis certaine, acquiesça Marguerite. Elle te… ressemble un peu.

— Vraiment ? lança Sabine, sceptique. Marguerite, pourquoi n'es-tu pas venue me voir hier ? questionna-t-elle d'une toute petite voix.

La courtisane hésita et toussa.

— Je n'en avais pas la force, admit-elle. Je ne peux pas me résoudre à te voir entrer au couvent.

L'aveu laissait transparaître l'émotion que Margot maîtraisait avec peine. Sabine battit des paupières. Ses yeux la piquaient, la brûlaient, comme des racines desséchées.

— Je ne peux pas rester ici, Margot. J'ai envie d'un havre de paix. Un lieu où les jours qui passent ne me feront pas sentir cruellement que je ne suis plus la même. Je n'ai pas envie de sortir de ma chambre. Il n'y a que toi, et Ninon… Geneviève parfois, confia la jeune femme aux yeux secs.

— Bientôt tu iras mieux. Tu verras, prédit Marguerite avec espoir.

Sa voix tremblait. Sabine s'en aperçut et prit la main de son amie. Il y avait de l'angoisse et de l'indignation dans la pression de leurs mains.

— Promets-moi de m'écrire, tu vas tant me manquer, pria Sabine.

— Sabine ! Oh, si seulement je ne t'avais pas envoyé ces poèmes, hoqueta Marguerite entre deux sanglots. Je voulais seulement que tu croies à l'amour !

— J'ai gardé chacune de tes lettres. C'étaient les plus belles choses qu'on ait jamais dites à mon propos, se souvint la jeune femme avec nostalgie.

— Je t'aime, Sabine, déclara Marguerite en jetant ses bras autour des épaules de son amie. Je voudrais tellement que tu sois heureuse.

La convalescente ferma les yeux sous l'étreinte de Margot. C'était le premier contact réel qu'elle avait depuis l'incident. Le malaise qu'elle ressentait l'empêcha de profiter de la caresse de celle qu'elle aimait pourtant depuis le premier jour.

— Là-bas, je vais être bien, affirma Sabine en se dégageant.

— Quand tu voudras sortir... alors je serai là. Je serais toujours là. Je ne t'abandonnerai plus.

— Margot, dit Sabine d'un air grave, ce n'est pas toi. Tu n'as rien à te reprocher. Ce ne sont pas tes poèmes qui m'ont poussée à répondre à son appel. J'ai cru que René m'aimait vraiment. J'aurais pu retourner vers lui à tout moment. Il hantait mes pensées.

— Le monstre ! cracha-t-elle.

Sabine soupira. Toute cette haine envers René l'engourdissait... Elle avait de plus en plus de difficulté à se rappeler les raisons qu'elle avait de lui en vouloir. Ses idées étaient confuses : pourquoi Ninon et Margot le détestaient-elles autant ? Ce n'était pas lui qui lui avait infligé ce supplice... C'était Angecourt, le monstre. Rien ne prouvait que René du Bec eût été au courant du traquenard.

— Sabine... murmura faiblement la jeune femme en espérant empêcher sa compagne de s'éloigner, de fuir au loin.

La douleur tapie dans l'âme de Sabine était si intense, sa soif était si vorace qu'elle devait lui permettre de sortir quelques heures par jour afin de ne pas se faire dévorer entièrement. Dès lors, les pupilles se voilaient d'un nuage opaque. Sabine ne répondait plus. Elle n'était tout simplement plus là. Ninon avait prévenu Marguerite que cela arrivait à son amie. Margot se leva et prit doucement Sabine par les épaules pour la conduire à sa chambre.

❧

Jean de Hérault, sieur de Gourville, ne s'attendait pas à un accueil comme celui-là. Il était vaguement heurté dans son orgueil. S'il s'était dit que Ninon lui servirait une ribambelle de reproches, il s'était imaginé que sa présence enchanterait Marguerite.

— Je lui ai fait une scène si touchante qu'il m'a semblé sur le point de pleurer, chuchota Ninon, satisfaite, dans l'oreille de Marguerite. Je crois qu'il a compris le risque qu'il court en étant ici.

— Quelle imprudence, malgré tout, ajouta Margot, qui balançait entre sa joie de revoir son ancien amant et sa crainte qu'il ne fût arrêté par les mousquetaires.

Le sieur de Gourville s'offrait une visite clandestine à Paris. Il ne faisait pas bon être ami de Fouquet ces temps-ci, et sa présence sous son toit ennuyait Ninon plus qu'elle n'aurait voulu l'admettre.

— Il ne restera pas, Marguerite, aussi je te prie de faire vite. Il t'attend dans le grand salon, ajouta Ninon en souriant à sa protégée, consciente des émotions qui devaient l'habiter.

Margot eut beau se composer un visage digne des grands comédiens, la fougue de Gourville, qui témoignait de son plaisir à la retrouver, fit rapidement tomber son masque de circonstance.

— Vous êtes infiniment plus belle que dans mon souvenir ! Quelle grâce, ma foi, vous êtes une dame, Marguerite. Il faut dire que Ninon avait de quoi faire. Que vient-on de m'apprendre ? Vous allez quitter Paris ?

— Mon ami, vous ne me laissez pas placer un mot, serait-ce que vous avez peur que je vous sermonne ?

— Des sermons… il n'y a jamais eu de cela entre nous. Je suis bien aise de vous tenir dans mes bras, votre seule présence vaut bien tous les périls.

— Jean, vous avez été jugé et condamné par le tribunal, s'alarma la jeune femme. Que vous a-t-il pris de revenir en France ? Avez-vous perdu toute notion de bon sens ?

— Je sais tout cela, Margot, ma présence ici sera de très courte durée. Mais n'en parlons point, je ne veux pas semer l'ennui sur mon passage, se peina Jean de Hérault. Vous êtes-vous si peu ennuyée de moi que tout ce que vous trouvez à faire, c'est me disputer ?

L'entrain de Gourville gagna la jeune femme. Elle lui adressa son plus beau sourire.

— Chère Marguerite, à l'époque, vous vous seriez fait hacher menu plutôt que de quitter Paris ! se rappela le financier avec nostalgie. Voilà quelque chose d'étonnant !

— Allons, vous ne vous attendiez quand même pas à me trouver inchangée, plaisanta la jeune femme. Beaucoup d'eau a coulé sous les ponts depuis votre départ.

Le gentilhomme n'osa pas lui avouer qu'il en éprouvait un pincement au cœur. Mais Marguerite était et avait toujours été fortement indépendante.

— Ninon m'a dit que vous aviez vu le roi. Qu'espérez-vous de cette entreprise ? demanda Gourville, sceptique.

— Je me suis assagie, mon ami. J'ai demandé le pardon royal pour mon père, affirma-t-elle sans honte. J'ai bon espoir que le roi nous accordera sa grâce.

— Je ne peux que vous le souhaiter, Marguerite. Mais je serais bien curieux de savoir ce qui vous a poussée dans cette voie.

Le visage de la jeune femme se voila. Elle ne pouvait pas raconter à Gourville tout ce qui s'était passé dans son absence. Elle s'irrita :

— Vous aussi avez plaidé votre cause à sa Majesté, si ma mémoire est bonne.

— Certes, et je n'y ai rien gagné, sinon l'exil et l'éloignement de ceux qui me sont chers, affirma-t-il avec sérieux.

Les yeux du gentilhomme croisèrent les siens et la jeune femme prit conscience de combien elle avait aimé cet homme autrefois. Encouragée par l'exemple de Ninon, qui chérissait l'amitié qu'elle avait avec ses anciens amants, elle prit les mains de Gourville.

— Je dois vous avouer quelque chose, lui révéla-t-elle. Mes sentiments d'amour pour vous s'en sont allés, je ne ressens maintenant envers vous qu'une tendre amitié.

Jean de Hérault fit un demi-sourire. Il ne pouvait lui reprocher d'avoir pansé ses blessures.

— M'en voulez-vous toujours d'être parti ?

— Je vous en ai voulu. Il y a bien longtemps de cela. Depuis, mon cœur a connu d'autres aventures, glissa-t-elle en sentant ses joues se colorer.

Plus sensible que d'autres de son espèce, Jean de Gourville reconnaissait ce ton embarrassé qui n'est qu'un prélude aux confidences.

— Dites-moi que vous aimez et que vous êtes aimée, Margot, et je serai le plus ravi des hommes.

— Hélas, j'ai bien peur que l'amour n'ait pas trouvé chez moi une cible appétissante… se plaignit la courtisane.

— Je n'en crois rien, moi, argua le gentilhomme d'un ton assuré.

Marguerite battit des cils et détourna la tête avec une langueur sensuelle.

— C'est Ninon qui vous a parlé ?

— Non, ce sont vos yeux dorés qui vous trahissent, ma belle, belle, Margot…

## 36

## *D'amour et de hasard*

Au début du mois de juin, Alain de Collibret monta sur le tréteau pour prononcer ce témoignage qui, espérait-il, lui permettrait de revoir sa famille. Parmi l'assistance, tout de noir vêtue, se trouvaient des magistrats assez audacieux pour soutenir que la justice était malmenée durant ce procès. D'autres se plaignaient de son manque de rigueur. Beaucoup étaient sensibles au sentiment favorable qui persistait à l'égard de Nicolas Fouquet dans les hôtels privés de la noblesse de France, où se maintenait la tradition des salons et des soupers. Les faits relatés par Alain de Collibret aidèrent, certes, à ébranler la défense du surintendant ; toutefois, ce qui ne fut pas dit ce jour-là permit aux magistrats lucides de se convaincre que la droiture d'esprit et d'âme s'inclinait devant le roi. L'instruction de l'affaire n'était pas terminée.

Ce même jour avait apporté sa part d'exclamations et d'émoi dans l'étroit vestibule de l'hôtel de Ninon. En effet, Marguerite ne savait pas qu'au moment même où elle apprenait que René du Bec avait été conduit à la Bastille, son père dénonçait l'ancien surintendant devant la Chambre de justice.

— Emprisonné ? À la Bastille ?

— Précisément, ma chère, dit Ninon, le sourire confiant et l'air serein. Mon amie Françoise Scarron me l'a confirmé. Elle avait peu d'estime pour ce bougre, je n'ai pas besoin de te donner de raisons. Enfin, le roi aura compris que ce débauché n'était qu'un fat.

— Hum… Le roi essaie plutôt de se défaire de cette image de libertin qui lui colle à la peau comme un mauvais parfum. Il a besoin que les dévots l'appuient dans son procès contre Fouquet, et tout le monde sait que René du Bec n'avait pas la sympathie de l'Église. Nous devrions nous méfier de ce vent d'austérité, annonça Oksana, grave. Bientôt, nous allons devoir recommencer à faire maigre les vendredis, et qui sait si le roi ne voudra pas nous enfermer dans un couvent ?

La menace du couvent était constante pour les courtisanes ; Ninon elle-même en avait fait l'expérience dans sa jeunesse.

— Tu as probablement raison, murmura Margot, pensive. Néanmoins, rien ne m'empêchera de célébrer cette bonne nouvelle. Devrions-nous le dire à Sabine ?

— Je ne pense pas que ce soit une bonne idée, s'assombrit Ninon. Cela ne causerait pas de joie à Sabine.

Margot hocha la tête avec gravité. Ninon avait raison. Depuis l'incident de l'hôtel de chasse, si Sabine n'avait pas exprimé le désir de voir René du Bec, rien, néanmoins, ne permettait de croire qu'elle l'avait oublié. D'ailleurs, Marguerite soupçonnait que sa belle amie cherchait l'austérité et la sécurité des enclaves religieuses pour s'assurer de ne jamais le revoir.

« Quelle punition horrible ! » songeait la courtisane, dont le tempérament s'enflammait à la pensée que la fougueuse Sabine serait forcée de trouver refuge dans un endroit aussi sinistre.

— Tu as raison. Il vaut mieux que nous n'en disions rien, admit-elle. Quant à moi, je vais prendre un peu d'air.

Le besoin de s'échapper de l'hôtel se faisait sentir de plus en plus souvent. L'atmosphère était lourde : Sabine se préparait à partir, le caractère d'Oksana, qui n'acceptait pas de perdre une autre compagne, ne s'en trouvait que plus irascible. Avec nostalgie, Margot se répétait que rien ne serait jamais plus comme avant. Elle évitait le logis de Geneviève, où elle croisait fréquemment des bigotes qui jacassaient aigrement sous leur bonnet de serge grise. Les jardins, pourtant fleuris, avaient perdu l'attrait que confère l'allégresse.

Margot loua une chaise à porteurs qui la déposa devant l'imprimerie de Benjamin Doucet. Entre les presses immenses et les monticules de papiers, elle se faisait l'effet d'être un iota, un point minuscule dans un monde de raisonnement en ébullition. Benjamin comprenait sa fascination et souriait à chacune de ses visites. Ils ne se parlaient pas toujours.

— C'est ici. Je vous en donne le double si vous m'attendez, promit-elle aux porteurs en leur payant le prix de la course.

Marguerite enjamba les paquets ficelés, ces lardons[3] qui se destinaient à la distribution massive sur le quai des Grands-Augustins. Elle s'étonnait de l'adresse de son ami à publier ces journaux moqueurs sans s'attirer la foudre de la police. Il fallait dire que, depuis ses premières parutions, Langue Sale avait gagné en prudence et en astuce. L'ancien pamphlétaire lui avait confié que c'était une dame assez riche, peut-être une noble, qui l'avait soutenu financièrement dans l'acquisition de son imprimerie. Les quelques commandes qu'elle avait passées depuis à Benjamin laissaient croire qu'il s'agissait probablement d'une alliée de Nicolas Fouquet.

Marguerite s'engagea dans une allée de l'atelier. Les aides-imprimeurs lui adressaient des hochements de tête polis, mais timides. Soudain, en tournant le coin, elle aperçut le propriétaire. Benjamin discutait avec un bel homme qui portait un tricorne décoré d'une plume vaporeuse. Elle reconnut aussitôt Xavier de Razès. Son justaucorps aux manches fermées par des boutons étincelants contrastait avec les presses raboteuses comme de l'or sur du plomb. La jeune femme éprouva un indicible malaise à le trouver ici. Après tout, c'était son sanctuaire, son cénacle à elle.

— Margot! s'étonna Xavier.

— Marguerite, salua Benjamin.

— Ne soyez pas surpris, monsieur le comte. Vous n'êtes pas seul à chercher une retraite loin du faste et des yeux de l'aristocratie, remarqua Margot.

---

3. Périodiques diffamatoires.

L'expression de dépit qui traversa le visage de Xavier de Razès lui confirma qu'elle avait touché juste.

— Je suis heureux de vous voir, mademoiselle, dit le gentilhomme en baisant la main gantée de la courtisane.

Benjamin fronça les sourcils. L'ambiance s'était brutalement transformée ; un courant passait qui n'était pas causé par le mouvement saccadé de l'impression. Lorsque Margot et Xavier se trouvaient ensemble, il lui semblait qu'un procédé chimique et étrange se produisait.

— Je vous laisse, je dois surveiller la distribution, dit l'imprimeur en s'esquivant.

— Vous venez parfois rendre visite à Benjamin ? s'enquit le comte, qui ne remarqua même pas le départ de ce dernier.

— Souvent.

C'était la vérité et il le savait. Cependant, l'entendre dire de sa bouche fit renaître cette cruelle jalousie qui l'avait déjà touché quand son ami imprimeur lui avait parlé de ces visites.

— Monsieur de Montcerf, je suis désolée de vous importuner avec cela, mais, avez-vous des nouvelles de mon père ?

— Non, répondit-il, surpris de la demande. Vous n'en avez pas non plus ?

— Rien. Rien depuis que je suis allée le voir.

La jeune femme lui décrivit son entretien à la Bastille. En l'écoutant, Xavier constata qu'il ne lui en voulait même pas d'être aussi centrée sur elle-même, d'être aussi égoïste. Il se dit que cela faisait partie de son charme. Il se demanda combien d'autres que lui avaient compris cela et l'avaient aimée malgré tout.

— Je n'en puis plus d'attendre. C'est plus pénible encore que de savoir ce qui va se passer. Je me sens comme une lionne dans une cage.

Il rit à cette image.

— Ninon a employé les mêmes mots en parlant de vous la semaine dernière. C'était dans un salon où j'espérais vous voir.

— Je n'y suis pas allée beaucoup, récemment. Ninon ne m'en tient pas rigueur. Vous savez que Vardes a été arrêté ? lâcha Margot, sur le ton de la bonne nouvelle.

— Oui, je l'ai appris hier. On murmure sans réserve qu'il a gravement déplu au roi. Tout le monde croit que la comtesse de Soissons s'affole parce qu'elle a perdu son amant, raconta le comte avec un rictus de mépris. Je pense plutôt qu'elle a saisi ce qui se passe et qu'elle craint que Vardes ne la dénonce à son tour. Cela ne me surprendrait guère. Elle et Vardes se fréquentaient plus par nécessité que par amour.

— Vous êtes très bien en cour, à ce qu'on m'a dit, lança Margot à brûle-pourpoint.

Ne sachant pas s'il devait interpréter les paroles de Margot comme une critique ou comme une flatterie, Xavier se renfrogna.

— Vous connaissez mieux que quiconque mes motivations.

La jeune femme esquiva l'intensité de ses œillades en battant des cils. Elle ne pouvait pas se permettre de laisser une ouverture au comte de Montcerf. Même petite. Leur silence laissa toute la place au bruit singulier des presses. Ni Margot ni Xavier n'avaient assez confiance pour reprendre la discussion ; en outre, il leur fallait couvrir le vacarme des machines pour se faire comprendre. La courtisane eut un sourire ennuyé qui semblait vouloir signifier que tout s'acharnait contre eux. Enhardi, Xavier osa prendre ses mains dans les siennes. Le contact de sa peau lui rappela ses caresses. Maudites. Exaltantes.

— Voulez-vous que je vous raccompagne ?

— Je suis venue en chaise à porteurs… protesta-t-elle maladroitement, en retirant ses mains.

C'était la vérité. Heureusement, car Marguerite se trouvait de moins en moins d'excuses, de moins en moins de détours pour éviter de faire face aux espérances de Xavier. Ses gestes de défense étaient instinctifs : elle ne pouvait laisser le gentilhomme s'approcher davantage. Trop peu de barrières subsistaient encore entre eux.

Dans la rue, le soleil était à son zénith. La jeune femme mit la main en visière.

— Je ne vois personne. Vous leur aviez demandé de vous attendre ? s'étonna Xavier.

— Évidemment, s'énerva Margot en pivotant sur elle-même, attentive au moindre indice qui eût pu trahir la présence d'une chaise ou de ses porteurs.

Elle eut un mouvement d'impatience.

— Mon invite tient toujours, mademoiselle, renchérit le comte avec un sourire franc.

— Puisque je n'ai pas le choix, rétorqua-t-elle, piquante.

Le velours qui habillait la banquette était luxueux et ne présentait aucun signe d'usure. Margot ressentit un choc en mesurant à quel point le comte de Montcerf était dépourvu de soucis financiers.

« Tout ceci devrait être à moi. Si mon père n'était pas en prison, je me promènerais dans un carrosse comme celui-ci, insinuait une voix dans son esprit. D'ailleurs, si je le voulais, tout cela pourrait m'appartenir. La chaleur de son regard sur ma gorge et mes cheveux contient une invitation. »

La jeune femme s'avouait difficilement qu'elle oscillait entre l'attirance qu'elle éprouvait pour lui et son orgueil blessé. Blessé par qui ? Par un homme vêtu de noir, masqué... qu'elle avait rencontré trois ans auparavant. Il lui semblait que cela faisait un siècle. Or, la fierté de Margot ne s'épuisait pas, au contraire. Dès qu'elle se trouvait à l'aise avec Xavier, la petite voix revenait pour lui rappeler que c'était par lui que la disgrâce était entrée dans sa vie.

— Nous retournons au Marais, commanda Xavier de Razès. À moins que vous ne désiriez vous rendre ailleurs ?

La jeune femme indiqua d'un signe de tête qu'elle était d'accord sur la destination. Sa longue jupe de soie violette s'épanouissait sur la banquette comme les pétales d'une fleur. Xavier regrettait les souliers de cour inconfortables qu'il avait laissés dans son armoire ce matin ; ceux-là lui auraient permis d'effleurer la douceur de l'étoffe, alors que ses bottes de cavalier ne pouvaient que la bousculer.

— Euh… Ninon m'a dit que vous ne preniez plus d'amants, laissa tomber Xavier, une fois que le carrosse roulait à bonne allure.

Devant l'impassibilité de la jeune femme, il poursuivit :

— D'après elle, j'ai été le dernier de vos « caprices ».

— Tiens donc, Ninon vous a épargné les détails de mes dernières conquêtes ? Comme c'est touchant… ironisa-t-elle. Ainsi donc, elle ne vous a pas dit que je revoyais Jean de Hérault, le sieur de Gourville ? Je comprends son malaise, puisqu'il a été condamné par le roi…

Xavier s'efforça de ne pas laisser paraître son embarras. Il sentait que Ninon ne lui avait pas menti lorsqu'elle lui avait confié que sa protégée n'avait plus d'amant. Toutefois, la jeune femme lui souriait avec une telle désinvolture… Après tout, Margot n'avait aucune raison de lui cacher la vérité, alors que Ninon cherchait peut-être une façon de l'attirer dans ses soirées. Il est vrai qu'on prêtait à Margot et Gourville une relation à l'époque où elle habitait chez lui…

— J'ai peine à vous imaginer avec ce quadragénaire, railla Xavier, déchiré par la douleur.

— Je dois avouer que je me surprends moi-même, sourit la courtisane. Nous ne nous sommes pas vus pendant deux ans et pourtant, on dirait que nous ne nous sommes jamais quittés.

Marguerite ouvrit son éventail ; cloison légère, protection éphémère. Ils ne dirent mot jusqu'à ce que la voiture s'arrêtât devant l'hôtel.

&

En vain, les archets s'activaient. Les conversations, les rires, les cartes, les dés étouffaient les tentatives de divertissement musical. Un domestique maladroit renversa un plateau de flûtes vides. L'éclatement du verre ne fit même pas lever les têtes.

— Ahahah…

Le comte de Montcerf réfléchissait aux agréments de conter fleurette dans une alcôve avec une demoiselle frétillante. La blonde jeune femme – elle avait bien dix-sept ans – se trémoussait avec beaucoup d'énergie. Il pressa ses mains sur les hanches bombées afin de pénétrer jusqu'au fond de sa fleur humide.

— Ouiii…

Avec acuité, Xavier mit la main devant les lèvres entrouvertes de sa partenaire. Entre les pans du rideau, il apercevait les joueurs de lansquenet assis à quelques enjambées de son plaisir. Tout à leur cupidité, ils se souciaient comme d'une guigne de ce qui se passait dans l'alcôve. Les seins pointus bondissaient à chaque coup de reins. Le comte attrapa les tétons en se disant que ce soir il bénissait sa malchance au jeu… lorsqu'il aperçut sa silhouette. Il portait un masque, mais c'était bien lui. Le sieur de Gourville. Il zigzaguait entre les tables en saluant les joueurs, l'air confiant. Pas de doute. Immédiatement, il sentit tout entrain l'abandonner.

— Habille-toi.

— Monsieur de Razès, protesta la mignonne en essayant de le retenir.

— Je t'ai dit de te rhabiller.

Devant son air attristé, Xavier s'en voulut de se montrer si froid avec elle. Il remit de l'ordre dans sa tenue et s'échappa lestement de la niche. Les idées défilaient à toute vitesse dans son esprit agité. Que venait-il faire ici ? Était-il avec elle ? La seule vue de cet homme lui ramenait les émotions qui l'avaient troublé toute la semaine et qu'il essayait de fuir en prenant du bon temps.

Xavier était tenté de voir dans l'arrivée du sieur de Gourville une sorte d'espoir, un signe du destin. Ironiquement, c'était son seul lien avec Margot depuis leur rencontre à l'imprimerie. Il n'ignorait pas – comment le pourrait-il, toute la ville en parlait – que Marguerite de Collibret allait quitter Paris pour retourner en Champagne. Un écrivain insolent avait même écrit une chansonnette sur le départ de « Margot la belle », contant que le Marais ne se consolerait pas de voir partir les cuisses qui l'avaient naguère fait tant courir. Xavier pensait avec amertume qu'en laissant la ville, elle rompait aussi avec ce Gourville, ce qui le réconfortait presque.

Le bandit réformé saisit une coupe qui traînait à sa portée. Si les femmes et le vin avaient perdu pour lui leur attrait, c'était en grande partie la faute de ce vulgaire financier. Sans quitter l'homme des yeux, il trempa ses lèvres dans le liquide. Les petites bulles éclatèrent dans sa bouche. Du champagne. Il déboutonna son pourpoint et fit claquer ses éperons. Enfin quelque chose de palpitant à faire…

Il y avait foule ce soir à l'hôtel Rakóczi. La richesse du lieu incitait à la démesure, et plusieurs personnes y venaient pour jouer et y perdre des sommes faramineuses. D'ailleurs, le jeu du lansquenet, reconnu pour ses revers de fortune imprévisibles, était devenu la principale cause d'endettement parmi l'aristocratie. Jean de Hérault avait tout de même décidé de s'y risquer.

— Oh, ça par exemple ! N'avais-je pas dit que je rejouerais au prochain tour si notre carte sortait ? s'exclama-t-il en arborant un large sourire.

Ses partenaires de jeu hochèrent hypocritement la tête. Jean ne pouvait pas les blâmer pour leur accueil fâcheux ; le masque de soie qu'il portait en rendait plusieurs mal à l'aise.

— Bonsoir, monsieur…

Jean de Hérault, sieur de Gourville, fut d'abord attiré par la sirène blonde et pimpante que le gentilhomme qui le saluait avait à son bras. Gourville lui rendit son salut amicalement.

— Monsieur de Razès, c'est bien cela ? Votre présence me soulage la conscience ! Le parfait courtisan que vous êtes ne saurait encourir la colère de notre roi en venant à l'hôtel Rakóczi. Si vous êtes ici, c'est que notre monarque est devenu plus clément à l'égard du jeu de Hoca.

— Je regrette de devoir vous informer du contraire, répondit le gentilhomme avec dédain. Je me tiens loin de ces jeux de hasard.

L'ironie de cette réputation de courtisan modèle faisait habituellement sourire Xavier. Pas ce soir. Les rides au coin des yeux de Jean semblaient se moquer de lui. Le comte de Montcerf se demanda dans quelle mesure le financier connaissait ses sentiments envers Marguerite.

— Mais dites-moi, monsieur, vous semblez avoir une certaine habileté à ce jeu ? constata l'ancien bandit en désignant les montagnes d'écus.

— Dame ! J'ai à peine gagné ce soir la moitié de ce que j'ai perdu hier. Croyez-moi, vous avez mieux à faire que de vous risquer à ce plaisir amer, conseilla le joueur de cartes en lançant un clin d'œil complice en direction de la jouvencelle.

— J'aurais cru que M<sup>lle</sup> Margot vous aurait porté bonheur, relança Xavier du tac au tac.

Le sieur de Gourville fronça les sourcils. Il y avait une pointe de sarcasme mal dissimulé qu'il n'appréciait pas dans les propos du comte. Soudain, il douta que le comte de Montcerf fût assez gentilhomme pour préserver son anonymat.

— Comment ? Vous ignorez… un courtisan tel que vous… C'est vrai que la cour ne doit pas vous laisser beaucoup de temps pour vos anciennes amitiés. M<sup>lle</sup> Margot a quitté la ville, mon cher comte, dit Gourville d'un ton goguenard. Mais dites-moi, avec cette jeune personne à votre bras, vous êtes vous-même bien accompagné, répondit-il en se levant de son tabouret.

La mignonne laissa échapper un rire cristallin.

— Ses charmes sont, hélas, pour ceux qui sont libres de cœur, ce que, je le crains, vous n'êtes pas, monsieur, critiqua Xavier d'un ton tranchant.

À la table, les joueurs, qui avaient jusqu'alors écouté discrètement la conversation, se tournèrent avec intérêt vers les deux hommes.

— Je ne doute pas que vous êtes, vous, Razès, entièrement libre de toute attache, répliqua le joueur de cartes.

— Parfaitement ! jeta Xavier, enfiévré par la colère.

— Pauvre idiot, jugea Jean en se détournant.

La main du comte de Montcerf glissa naturellement vers sa rapière. Les curieux retenaient leur souffle en priant pour que la tournure des événements ne fût pas violente. Après tout, le roi n'interdisait-il pas le duel dans le pays entier, sous peine d'emprisonnement ?

— Retirez vos paroles immédiatement, ou je vous les ferai payer chèrement, tout amant de Margot que vous êtes ! cracha Xavier.

Jean de Hérault secoua la tête, hébété par tant d'absurdités. S'il ne l'arrêtait pas, Xavier de Razès continuerait à défendre son droit au rôle de l'amoureux ridicule dans la prochaine pièce de Molière. Il se dressa impatiemment. Les témoins retinrent leur respiration.

— Suivez-moi, ordonna Gourville à Xavier en s'éloignant sans l'attendre.

Le comte hésita, puis abandonna son accompagnatrice pour suivre le financier. Il devait l'avouer, malgré sa folle envie d'en découdre avec Jean de Hérault, il répugnait à l'attaquer sous prétexte que Margot le préférait à lui.

Dehors, Jean s'arrêta au sommet de l'escalier qui menait dans la cour et s'appuya à la majestueuse balustrade.

— Vous me devez des excuses, fit Xavier, de nouveau calme.

— Voyons cela, évalua Gourville avec condescendance. Monsieur le comte, vous êtes venu à ma table et si j'étais devin, je dirais que c'était avec l'intention de me chercher querelle.

Voyant l'expression de dépit sur le visage de Xavier, il éclata de rire.

— Ha ! Ha ! Ha ! Ha ! Décidément, je vous imaginais moins prétentieux et plus finaud.

Les muscles de Xavier de Razès se contractèrent. En un bond, il était sur l'homme et le soulevait par le collet de son pourpoint.

— Je vous préviens, un mot de moi et vous êtes mûr pour le gibet. Pour de bon, cette fois-ci, menaça le comte, qui retrouvait ses anciennes habitudes.

— Arr... arrêtez ! Razès ! suffoqua Jean qui ne sentait plus le sol sous lui.

Sans délicatesse, le comte le laissa tomber.

— Vous… commença Jean en replaçant ses vêtements sous l'œil menaçant de Xavier. Pardieu, vous avez perdu la raison ? Je ne porte même pas l'épée ! Faites-moi plaisir, attendez au moins que je finisse, et après nous verrons si vous voudrez me transpercer ou m'embrasser.

Constatant que Xavier ne se déridait pas, Jean poursuivit :

— Marguerite et moi avons déjà été proches, oui, nous étions amants, au moins là-dessus vous ne vous méprenez pas. Je lui suis reconnaissant de m'avoir toujours gardé son amitié, et cela, malgré le fait que je n'aie pas toujours eu un comportement digne de sa personne, avoua Gourville. C'est cette intimité de jadis qui l'a poussée à me confier qu'elle était amoureuse. Margot est de nature orgueilleuse, ou cela vous aurait-il échappé ? Son orgueil l'empêche encore de s'abandonner au sentiment qu'elle éprouve pour vous, mais si vous savez être persévérant…

— Je n'ai pas lieu de croire…

— Houou ! tempêta Gourville. Nous n'arriverons à rien comme cela, monsieur ! C'est vous qu'elle aime, pas moi, assura-t-il. Je vous parle en ami, je trahis même ses confidences, n'allez pas gâcher votre bonheur ! Si Marguerite s'est sauvée, oui sauvée, c'est pour mieux mettre de la distance entre vous et son cœur… J'en suis un peu responsable, je lui ai autrefois trop bien montré l'exemple à suivre.

Xavier de Razès se félicita de ne pas avoir frappé le financier. Il leva la tête vers la voûte étoilée qui nimbait Paris d'un halo céleste. La saison était très clémente. En combien de temps aurait-il rattrapé le carrosse de Margot ?

## *Épilogue*

La forêt de Traconne formait une ombrelle de feuillage sur leurs têtes. Chaque fois qu'elle tirait le drapé de la fenêtre, un sourire naïf se dessinait sur ses lèvres. Marguerite appréciait les beautés que la Champagne déployait avec générosité sous le regard des voyageurs. Sans chercher à cacher le plaisir qui la gagnait à rentrer dans la baronnie de Mirmille, Margot lança un regard complice à son frère.

À ce jour, elle n'avait pas décidé de ce qu'elle ferait après la libération de son père. Séjournerait-elle longtemps chez son oncle et sa tante ? Ninon elle-même lui avait recommandé de profiter de ce repos ; rien de mieux que la vie provinciale pour se faire désirer à la ville.

En deux mois, la maison de la rue des Tournelles avait complètement changé de visage. D'abord, Sabine l'avait quittée pour l'abbaye de Chelles. Quel soulagement ses traits tirés avaient exprimé lorsqu'elle était montée dans la voiture avec son minuscule bagage. Avec le temps, Margot espérait qu'une image plus joyeuse de son amie remplacerait celle de la jeune femme marquée par l'abjection des hommes qui lui revenait lorsqu'elle fermait les yeux. Le départ de Sabine, teinté de tristesse et de colère, avait convaincu Oksana de quitter le statut de courtisane. Du moins officiellement. La petite société du Marais avait une mémoire éléphantesque pour les antécédents houleux. La belle Russe avait beau tenir des salons où l'on se pressait pour l'entendre jouer du luth, on murmurerait toujours qu'elle avait été une femme galante. Finalement, Oksana avait accepté l'offre de son cousin d'aller vivre chez lui. Depuis, elle donnait des leçons de musique et recevait les gens illustres du Marais.

Hormis la jeune Charlotte, Ninon n'avait plus de pension-naires. Les belles années de l'hôtel de la rue des Tournelles étaient révolues, disaient les plus nostalgiques. Geneviève ne manquait jamais de répéter ces propos à ses amies ; même si elle le niait farouchement, ce discours, qui faisait rougir Raymond, flattait son orgueil. La vie de femme mariée, même amoureuse, n'apportait pas tous les bienfaits, quoi qu'en disent les « précieu-ses » du Marais.

Bien que Ninon de Lenclos ne l'eût pas annoncé explicite-ment, Margot devinait que, lors de son prochain séjour à Paris, elle serait sur la liste de ses invités. Désormais, Ninon n'était plus sa protectrice. Ce détail, jumelé à la libération de son père et à son séjour à la baronnie de Mirmille, permettrait à Margue-rite de recouvrer son statut de noble respectable. Dans quelques semaines, son père serait libre.

En dépit de l'attente prolongée, imputable aux interminables procédures et aux fidèles de Nicolas Fouquet, la fin du procès approchait. Le jeune Louis XIV avait ébranlé la magistrature, et toute la France, en remplaçant arbitrairement Lamoignon, le président de la Chambre, par le chancelier Séguier. Décision calculée. Ce dernier mangeait dans la main du roi. C'était plus qu'il n'en fallait pour cacher les crimes du premier ministre Mazarin. Toutefois, le roi, précautionneux à l'excès, ne s'arrêta pas là. Il choisit également de retirer Omer Talon de son siège et d'y asseoir un noble tout dévoué à sa cause. En conséquence, les deux hommes qui avaient mené l'instruction avec impartialité et droiture étaient récompensés par une quasi-disgrâce.

La population opinait du chef d'un air entendu. Le roi avait pris les rênes du pouvoir : enfin, le coupable paierait. Déjà, les vendeurs de pommes cuites se frottaient les mains en imaginant le profit qu'ils feraient le jour de la pendaison. Plusieurs chan-sonnettes ridiculisant l'ancien surintendant circulaient dans les rues grises et pauvres de la capitale. Aussi pauvres, aussi grises. Preuve que son emprisonnement n'avait pas changé la condition du Parisien moyen.

Seule une poignée de citadins dissidents reprenait les paroles d'un jeune pamphlétaire, disparu depuis fort longtemps, qui avait proclamé que ce procès était truqué. La promesse du châtiment en place publique prenait encore, souvent, le dessus sur l'idéal de la justice.

— Arrêtez le carrosse ! s'écria la jeune femme.

— Comment ? s'égosilla, incrédule, Gabriel de Collibret.

La jeune femme s'échappa de la voiture avant que les roues n'eussent complètement répondu au commandement du cocher. Elle faillit trébucher sur le sol aride et dense. Deux sillons profonds, creusés par le passage des roues, avaient modelé la terre du chemin. Pas de doute, c'était ici que le marquis des tributs avait assailli leur carrosse. Aujourd'hui, la voie était dégagée. Aucun obstacle ne les empêchait de poursuivre leur route.

Marguerite inspira à pleins poumons. L'air avait un parfum familier. La mousse, la terre, la chaleur. Elle n'aurait pas été surprise de voir surgir un étalon noir des arbustes sauvages. Margot sourit béatement, elle n'osait s'avouer qu'elle le souhaitait presque.

— Ne vous inquiétez pas pour elle, murmura Gabriel à l'adresse du cocher. Ma sœur est furieusement enthousiaste aujourd'hui.

— Mademoiselle, ces bois ne sont pas sûrs, plaida le cocher, un trémolo dans la voix.

— Oh, je le sais bien, fit-elle.